KB176593

밤의 노예

Valet de Nuit

Michel Host

밤의 노예

미셸 오스트 지음 | 이재형 옮김

문예출판사

| 차 례 |

텔레마코스*

우리 어머니는 내가 자기의 아들이라고 주장한다.

하지만 내가 그걸 어찌 알 수 있단 말인가?

그 누구도 자신의 탄생을 스스로 입증할 수는 없는데.

—《오디세이아》

* 율리시스와 페넬로페의 아들로 멘토가 그의 교육을 맡았음

당신이 당신의 부모들에게 끼치는 고통이란, 부모들을 이방인으로 만들어버리거나 그들 스스로가 이방인이 되지 않는 한, 소멸되지 않는다는 사실을 우리는 잘 알고 있습니다. 또한 위로할 길 없는 것은 버림받은 사람이 아니라 잊혀버린 사람입니다.

—크리스타 월프,《크산드르》

평범한 소년

강은 양쪽 둑에서 부서져 내리는 흙과 무수한 꽃잎들이 뒤섞인 깊고 누런 강물을 흘려보내고 있었다. 최근 몇 년 동안 도시 상류 지역에서 유량 조절 공사가 벌어졌지만 강 깊숙한 곳을 흐르는 강물의 속도는 변하지 않았다. 공사로 인해 강물이 잠잠해지긴 했지만 그뿐이었다. 강물은 아마 다리를 지키는 알제리 보병의 발목을 적실 정도였으나 차츰 불어나서 가슴까지 그리고 턱까지 차올랐다가 결국은 그 병사의 위가 뾰족한 두건에 이르곤 했다. 그러면 시 당국은 왼쪽 강둑을 가득 메우고 있던 자동차들을 급히 철수시켰다. 오른쪽 강둑은 이미 오래전에 고속도로로 변해 있었다. 사람들은 건망증이 있는 주인들이 주문만 하고 찾아가지 않았거나 아예 버려둔 자동차들을 끌어내느라 분주히 움직였다. 다리 난간에서는 할 일 없는 사람들이 꾸준히 계속되는 그 일을 물끄러미 바라보곤 했다.

10월 밤, 얼마 안 있으면 11월의 밤이 되리라. 강이 꿈을 꾸고, 나는 강과 일체를 이룬다. 강은 도시를 동에서 서로 가로질러 흐른다. 강은 결국 자신에게로 흘러들 수밖에 없는 하천들로 인해 불어났다. 강은 하천들을 굴복시킨 것이다. 왜 하필이면 이 강일까? 세콰나. 세콰나 데아(센 강의 옛 이름).

강은 늘 겸손했다. 그것은 오리노코 강도, 아마존 강도 아니다. 강은 베르시 성문을 통해 도시로 들어갔다가는 기묘하게도 프엥-뒤-주르 성문으로 다시 흘러나온다. 강은 여기서 거의 완전한 둥근 아치 모양의, 마치 어머니처럼 사람 마음을 푸근하게 만들어주는 굽이를 이룬다. 우리 집 창문은 강둑 쪽으로 나 있는데, 고요한 밤이면 나는 강의 그 거대한 물줄기가 흐르는 소리를 듣는다.

돌로 쌓은 강둑 사이, 끝없이 나타나는 아치교 밑을 흐르는 강을 나는 잘 알고 있다. 나와 강을 연결해주는 그 친숙함에 대해 얘기하고 싶다. 사람들은 강과는 아무런 관계가 없었지만 백악(白堊)과 강철로 만들어졌으며 강과 잘 어울리는 다리를 세워놓았다. 강을 위해서 사람들은 책을 썼으며, 그림을 그렸다. 기념물들은 각기 무엇인가를 연상시켰는데, 노트르담 사원은 향수를, 생-샤펠 성당은 마음의 상처를, 루브르 박물관은 헛되이 끝난 사랑을 생각나게 하는 것이었다. 사람들은 물속에 잠길 위험에 처해 있던 아르 인도교를 다시 세웠다. 심지어는 배의 바닥과 철사로 만들어진 뱃전도 새로 치장을 했다. 지나치게 육중한 거룻배가 뱃머리를 부딪치곤 했던 그 교각(橋脚)을 제거하기 위해 사람들은 그냥 아치교를 들어 올리기만 하면 되었다.

내가 강과 은밀히 약속을 한 곳은 퐁네프도, 베르-갈랑호 뱃머리도 아니다. 태양이 수평선 위로 막 떠오를 때면 그곳은 뾰족한 무릎을 가진 못생긴 여자들과 기타리스트들 그리고 사진광 족속들로 바글거린다. 나는 늘 두 장소에서 강을 기다리다가(나는 다른 사람들과는 다르다. 그래서 나의 삶은 한결 수월해질 수가 없다) 내 나름대로 강을 바라보는 것이다.

첫 번째 장소는 열차가 아르스날 역을 지나 라페 승강장에 도착하면 나타난다. 열차는 느릿느릿 왼쪽으로 돌아서 법의학 연구소의 흐릿해 보이는 건물을 우회한 다음 정차한다. 기차가 왼쪽으로 돌 때 연구소의 보랏빛 나는 벽돌들이 내 오른편으로 잇달아 지나가는 걸 보게 된다. 건물 밖의 빛을 조금씩만 들여보내는 두꺼운 유리창을 보려면 두 눈을 치켜떠야만 한다. 해가 지기 직전, 건물 안에서는 아이스크림 빛이 가물거리며 빛나고 있다. 그 빛은 밤이건 낮이건 타오른다. 열차가 멈춰 서면 나는 더러운 담 뒤편 길에 드러누워 있는 그 모든 육신들을 상상하지 않고는 못 배긴다. 얼음처럼 차가운 회전식 나무통 속에서 그들은 기다린다. 도저히 있을 법하지 않지만 친절하고 다정한 눈길과, 경찰의 순찰과, 의과대학생이나 법의학자의 메스와, 장의사 직원의 노련한 손길을.

열차는 타이어와 스프링 위에 온갖 소리 없는 것들을 싣고서는 출발한다. 다른 선로에서는 나지 않는 덜커덩 소리를 내면서. 열차는 오를레앙-오스테를리츠 역을 향해 느릿느릿 달린다. 저번과는 반대 방향으로 선회해서 오스테를리츠 다리를 지나야 하기 때문이다.

기차의 강철로 만든 차체가 내는 소리는 공중에 매달려 있는 레일 위에서 느닷없이 변한다. 우리는 강의 공간 속으로 들어선다. 우리는 그 공간을 비행한다. 포르말린과 얼음 속에 재워져 있는 그 불쌍한 형제들이 우리에게서 멀어져간다. 반짝거리는 물이 나타나면 바람은 광선에 따라 색깔이 변하는 부드러운 흔적을 그 위에 남기며 스쳐 지나간다. 거추장스럽지만 가련한 죽음이란 이젠 악몽에 불과할 뿐이다. 삶은 찬연하고 힘찬 모습으로 전진한다. 삶은 시테와 생-루이라는 그의 섬 기슭에서 몇백 년 전부터 느릿느릿한 속도로, 그러나 확실히 자신을 만들어왔다.

오스테를리츠 역에 들어설 찰나 나는 대성당의 회랑을 껴안고 일렬로 늘어서 있는 거대한 거미의 다리들, 쉴리 다리와 라투르넬 다리, 아르슈베셰 다리를 힐끔 쳐다본다. 반대편 베르시 근처에서는 일그러진 녹색 거울들로 뒤덮인 탑이 딸려 있는 리옹 역 건물이 모습을 드러낸다. 구름이 거기 녹아든다. 모래와 석탄을 실은 거룻배 행렬이 물위를 미끄러져 간다. 한 뱃사공이 별 모양으로 생긴 키를 두 손으로 붙잡고 있는 선실에서 이따금씩 판자 다리가 둘러쳐지고 물위에 뜬다. 그 선실과 뱃머리 사이에 어떤 여자가 속옷가지를 널어놓았다. 마치 시골 아낙네가 네모진 배추밭에 속옷을 내다 걸듯이. 배들은 바람이 쓸고 간 부두와, 햇빛과 빗물에 씻긴 봉창이 달린 높은 회색 건물을 따라 흘러가고 있다. 그 광경을 보면 마주 바라다보이는 법의학 연구소가 슬그머니 머릿속에 나타났다가는 덧없이 사라져버린다. 그러고 나면, 물줄기 같은 것이 흐르는 푸르스름한 암벽과 '영원한 방랑자 뒤보 뒤봉 뒤보네'라는 낙서가 시야를 메우면서 땅 밑 여행이 시작된다.

지하철역들은 많은 이점을 갖고 있다. 역들은 고가 도로 위에 있을 수도 있다. 또한 그것들은 도시라는 책의 여러 장들처럼 보인다. 그것들은 거리들의 표제(表題)와 항목이다. 도시와 친해지기 위해서라면 그 지하 책들의 장들을 한 줄씩 한 줄씩, 한 단어씩 한 단어씩 읽는 것보다 더 간단한 방법이 어디 있겠는가? 가끔씩은 (줄이 끝나는 곳에서) 서로 무관한 주절과 종속절, 삽입절, 유도절에 비유될 수 있는 지하 철로는 서로 연결되어 있다.

나시옹(나는 오데옹을 거쳐 그곳에 가고 샤틀레에서 갈아탄다), 픽퓌스, 벨-레르, 도메스닐, 뒤고미에, 케-드-라-걔르, 슈발르레, 나시오날, 이탈리, 코르비사르, 글라시에르, 당페르-로슈로, 라스파이유, 에드가-키네, 몽파르나스-비엥브뉘, 파스퇴르, 세브르-르쿠르브, 라 모트-픽케-그르넬, 뒤플렉스, 비르-하켕(나는 여기서 내린다), 파시, 트로카데로, 브와시에르, 클레베르, 샤를르 드 골-에트왈. 나시옹-에트왈 선(線)은 수도(首都)의 남부 절반을 연결한다. 철로가 땅속으로 더 깊이 묻혀 있어서 조화가 덜한 나머지 북쪽 절반은 이 나시옹-에트왈 선의 분신이다. 강과 나의 두 번째 약속 장소에 가는 데는 지하철을 타면 된다. 아름다운 계절의 강 말이다.

삼류는 아닌 어떤 독일 소설가는 시간이란 인간들의 삶이 전개되는 공간의 질(質)과 용도에 따라 서로 다르게 느껴진다는 사실을 게르만족답게 정확하게 지적했다. 1제곱미터까지도 계산되며 낭비란 생각할 수조차 없는 도시에서 시간을 허비한다는 것은 더는 허용될 수가 없다. 사람들은 3차원 속에서 공간을 가능하면 많이 차지하려는 것처럼 1분 1초를 아낀다. 그래서 탑과 마천루, 강철로 이루어진 신흥도시가 서는 것이다. 독일 작가의 지적은 가장 작은 촌락에서도 확인될 수가 있을지 모른다. 식료품상 한 사람과 자동차 정비공장 사장 한 사람, 은행 두 곳, 신용금고 한 곳, 빵 장수 한 명, 철사로 만든 마차와 정원용 탁자와 작은 새장과 잔디 깎는 기계로 발 디딜 틈이 없는 주차장을 가진 슈퍼마켓이 서로 경쟁을 벌이는 시골.

하지만 독일 작가의 지적은 그 절대적 특성 때문에 잘못을 범하

고 있다. 도시 공간은 절대로 그렇지가 않아서 사람들은 시간이 일
상적인 속박에서 자유로워지는 뜻밖의 장소를 발견할 수가 없다.
나는 산책길이나 정원, 공원, 동물원, 묘지 같은 임시적이고 종국적
인 도피나 휴식의 모든 장소들을 말하는 것이 아니라 그 기능상 공
사나 시민 봉사를 위한 곳들을 빗대어 말하는 것이다. 예를 들어 화
창한 날 지하철을 타고 가다 그르넬이나 파시에서 내려 그런 장소
를 찾기는 식은 죽 먹기보다 쉬운 일이다.

그르넬은 내가 좋아하는 역이다. 다리는 걸어서 건넌다. 오른쪽
으로 보이는 에펠탑은 손가락으로 만질 수 있을 듯하다. 샹-드-마
르스 운동장 주변과 샤이요 궁(宮)이 모자를 쓰듯 둘러싸고 있는 트
로카데로의 매끈한 돌과 녹음으로 덮여 있는 야트막한 언덕이 눈에
들어온다. 시간의 흐름을 자유롭게 만끽하는 사람들의 진짜 관심은
그쪽이 아니다. 이런저런 박물관을 찾는 사람들과 에펠탑의 철 구
조물을 기듯 올라갔다가 굴러떨어지듯 내려오는 여행객들은 단
1분도 허비하지 않기 때문이다. 그들의 제멋대로인 듯한 무기력한
걸음걸이란 사실 다른 사람들 눈을 속이려는 것에 불과하다. 아니
다, 곧장 다리 끝까지 걸어가서 지하 철로가 파놓은 시멘트와 돌과
주철의 거무스름한 낭떠러지에 닿아야 한다. 알보니 거리는 어둡고
축축한 협곡이다. 겨울 계곡이며 지옥의 입구인 알보니 거리는 도
시 뜨내기들을 어둠 속으로 유혹한다. 알보니 거리에서는 햇살 한
줌 구경하기가 힘들 정도다.

사람들은 그 아름다운 거리들로 들어서는 회랑의 높고 낮은 두
곳에서 왕래하고 있다. 인적이 드문 차도와, 강가에 늘어선 건물들
의 삼층 높이 허공에 늘어져 있는 공중선(空中線)이 그것이다. 파시

역에 닿기 전 호기심 어린 눈은 벌어진 이중 커튼 사이나 또는 철쭉나무의 시든 잎 뒤에서 덧없고 수치스런 어떤 비밀을 간파해내려고 애를 쓴다. 하지만 열차가 섰을 때 그가 본 것이라곤 오직, 대낮처럼 환히 밝혀진 누르스름한 밑그림과 낮은 탁자 주위에 정돈되어 있는 육중한 시팡달제(製) 안락의자가 보이는 거대한 차양뿐이었으며, 살아 있는 것이라곤 넝마와 스프레이로 주인집 응접실의 때 묻은 창문을 청소하느라 애쓰고 있는 앞치마 차림의 하녀 한 명이 고작이었다.

알보니 거리는 마치 건축용 석재 채굴 지역이나 스위스 은행에 출입하는 게 어렵듯이 들어가기가 힘들다. 내가 과장했는지도 모르겠다. 중요한 건 경계하는 일이다. 즉 여기 들어온 사람들은 모든 희망을 버려라……. 아래쪽 차도에서의 끔찍한 느낌은 높다란 두 곳의 계단에서 내려다보면 더욱 심해진다. 그 계단들을 통해서 여행자들은 파시 역에 도착하거나 파시 역을 떠날 수 있다.

그러니 이 전진 초소를 떠나 왼편으로 해서 프레지당-케네디 길(옛날에는 파시 강변도로였던)과 이어서 루이-블레리오와 프엥-뒤-주르 강변도로로 접어든다 해도 하등 나무랄 이유가 없다. 소중한 시간을 허비한다거나 무익한 걸음을 재촉하려는 사람에게 이 산책길은 추천할 만하다.

프엥-뒤-주르만 넘어서면 아무것도, 진짜 아무것도 없으므로, 화창한 봄날이면 이 산책길에는 쨍쨍한 햇볕이 골고루 내리쬔다. 이곳의 겨울 햇살이란 마치 도가니 속을 비추듯 인색하기 짝이 없다. 산책길이 북서쪽에서 남동쪽으로 뻗어 있는 데다가 추운 계절 동안은 수평선 위를 움직이는 태양의 궤적과 거의 완전히 일치하기 때문에 그러는 모양이다. 적당한 온도에 기분도 편안하니 오늘 같은 날은 파리가 곧 천국이다. 이런 말을 하면 나를 남 몰라라 하고 사는 소심한 소시민이라고 할지도 모르겠다. 나야말로 알짜배기 소시민이라고 자부한다. 물론 소시민들을 지긋지긋하게 미워할 때도 이따금씩 있지만.

오른편 강둑에 나가보라. 마치 둔중한 물건으로 가슴을 얻어맞은 듯 깊은 충격을 받게 될 것이다. 보이는 거라곤 오직 강뿐이다. 가로수 길 양쪽으로는 돈의 비밀을 공공연히 간직한 채 닫혀 있는, 손바닥만 한 뜰을 가진 집들이 엄숙한 모양으로 늘어서 있다. 대부분 여자인 파리 토박이들이 혈통 좋은 개와 잡종 개들을 끌고 다니는 좁다란 보도 옆으로는 비쩍 마른 키 작은 관목들과 나지막한 담이 끝도 없이 계속된다.

이곳에서는 잡화상이나 구식 양품점은 물론 카페, 분위기 좋은 술집은 눈을 씻고 봐도 구경할 수가 없다. 이곳이야말로 도시의 사막이나 다름없으며, 그렇기 때문에 절망적이며 찬란한 매력을 뽐내고 있다. 하지만 이곳에서는 마치 사막에서처럼 멀리까지 볼 수가 있다.

반대편 강둑에는 노란색과 푸른색 고층 빌딩, 커다란 호텔, 기업체와 사무실 건물들의 신기루가 서 있다. 그것이 앙드레-시트로엥과 그르넬 강변도로의 아름다움이다. 그것은 전혀 다른 어떤 도시의 수평선이다. 폭발적이며, 부지런하고, 연극적이고, 판지로 만들어져 있으며, 이리저리 기운 자국이 있고, 거대한 노란색 기중기와 그렁거리는 무한궤도가 작업을 벌이는 도시, 우리 시대의 위선적인 사치로 뒤덮여 있으며, 플라스틱으로 가공이 되어 있고, 약탈되었

16

으며, 프로모터에 의해 움직이고, 공단 주택에 살고 있으며, 부식된 도시.

이 도시에서 시선을 떼어, 식물성 반 광물성 반인 뒤죽박죽 속에서, 그리고 세월의 때가 묻은 집과 발코니와 지붕의 무질서 속에서 그 시선이 헤매도록 내버려둘 수는 없다. 투명한 합성수지와 속이 빈 벽돌은 결코 녹슬지 않으리라. 겨우 그 겉모양에 익숙해지기도 전에 모든 것은 얼룩진 때와 먼지를 뒤집어쓰게 될 것이다. 감히 접근하기 어려운 오만함과 침묵 속에 고립되어 있는, 이쪽 강둑의 침을 흘리는 더러운 돌이 훨씬 더 나를 안심시킨다는 사실을 인정하지 않을 수 없다.

그 돌은 시간과 한편이어서 결코 마멸되지 않을 것이다. 또한 그것은 이쪽, 집들과 뜰과 개들 쪽에서 일어나는 모든 일들이 결국 하찮아지고 무기력해지는 이유이기도 하다. 이곳에서는 장구한 세월과의 모순이 너무나도 심해서 첫걸음을 내딛자마자 그 모순이 출현하고 만다. 이쪽 강둑을 빈번히 왕래하는 몇 대 안 되는 자동차들은 마치 길을 잃은 듯하다. 오직 일방통행이라는 요행 때문에 그 차들은 곧장 시내 중심부로 달려갈 수가 있다. 언젠가는 방향이 바뀌어 차들이 반대 방향으로 달려갈지도 모르겠다. 프엥-뒤-주르 강변도로 너머에 있는, 정말 하찮은 것의 경계선을 향해서 말이다.

서쪽을 향해 걷는 사람이 있다. 그는 무심히 흐르는 물을 따라간다. 상류의 눈이 아직 덜 녹은 까닭에 강은 당황해했다. 하지만 강은 여전히 평화로운 기분을 간직하고 있었다. 강은 얼음처럼 차갑다. 거기 빠지면 단 몇 분 만에 죽고 말 것이다. 그 어떤 빛도 그 금속성 표면을 단 몇 밀리미터도 뚫지 못하리라는 점을 생각해보면 그건 뻔한 일이다. 하지만 삶에는 그런 허울이 없다, 전혀. 르아브르와 루엥에서 온 갈매기들은…… 날갯짓 세 번에 이쪽 다리에서 저쪽 다리로 날아간다. 때때로 회색빛 거울에 앉아 있던 갈매기들은 이리저리 흔들리다가는 2인용 보트나 키잡이 없는 4인용 보트에서 갑자기 멀어져간다. 보트를 젓는 사람들은 경주 클럽의 기를 들고 있다. 레시느 가로수 길을 따라서는 넓적부리 한 무리가 긴 울음소리의 여운을 남기면서 물위를 떠간다.

엷은 황갈색 날개를 가진 암컷과 의젓한 모습의 수컷들은 솜털이 보송보송하고 놀란 눈을 한 갓 태어난 새끼들을 데리고 간다. 새들은 강을 따라 내려가서 강둑 쪽으로 간다. 그곳에는 사람들이 기거하기도 하는 거룻배가 정박하고 있다. '남쪽의 별'호, '마르티니크'호, '투아모투'호, '붉은 닻'호, '스피츠버그'호, '부갱빌'호……. 아침이면 사람들은 먹다 남은 음식 찌꺼기를 창문을 통해 거룻배들 쪽으로 내던진다. 물새들은 혹시 길바닥에 먹을 게 떨어져 있지 않나 두리번거리면서 집집마다 돌아다닌다. 어린아이들은 기다랗고 좁은 판자 다리에서 물새들을 바라보면서 고함을 내지른다. 자전거를 타고 그곳을 도는 어린애들도 있다. 푸른색 슬립만 걸친 한 처녀의 몸이 아침의 상쾌한 햇살을 받고 있다.

아침이면, 농촌과 거의 흡사한 그 풍경들을 평안한 마음으로 즐길 수가 있다. 거룻배들은 제각기 독특한 모양이다. 응접실용 마호가니 나무로 만들어진 것도 있다. 마호가니 나무란 왕년의 대서양 횡단 정기선의 호화스런 내부를 장식한 것이다(실제로 '샹플랭'호는 오랫동안 르아브르와 뉴욕 사이를 운항했다). 또 다른 배는 착색 유리창으로 장식되어 있다. 그 배는 물위에 떠 있는 온실이다. 그곳에서는 담쟁이와 백일초(百日草), 파피루스가 자라며, 또 다리에는 마로니에를 심어놓은 통들과 제비꽃 그리고 한련꽃 화분들이 빽빽하게 놓여 있다. 하지만 살아 있는 영혼은 없다. 마치 원예가가 항구를 떠나버린 것처럼.

또 고철 덩이로 된 길쭉한 통이 있는데 그건 속이 빈 선체다. 피처럼 짙은 붉은색이다. 취관(吹管)이 달려 있으며 되는대로 뚫어놓은 현창(舷窓)에서 피같이 붉은 녹이 두꺼운 철판 속으로 뚝뚝 떨어진다. 마치 죽어 있는 것 같다. 하지만 일꾼이 널빤지와 큰 촛대만 가졌다면 단 1분 만에 그 선체를 고칠 수 있을 것 같기도 하다. 선체 안쪽 벽에는 옛날 석탄을 실었던 흔적이 아직도 검게 남아 있다. 그곳을 비추는 반사광은 마치 헝클어진 그물 같은 모양을 그려낸다. 강둑과 붉은색 선체 사이에는, 우중충한 몸에 배에서는 윤기가 자르르 흐르는 살진 황어 한 마리가 수면에 나타날 듯 말 듯 유유히 헤엄을 치고 있다. 산책객이 다가가면 서두르는 기색도 없이 멀어졌다가 깊고 무서운 물속으로 잠수하는 것이다.

또 커다란 배의 높다란 갑판과 강둑 위로 솟아오른 보도 사이에는 글씨가 쓰인 상자들이 있다. 거기 가파른 비탈 위에는 벽걸이와 녹슨 닻, 구멍 난 타이어, 층계, 새로 페인트칠을 한 선교(船橋), 난간 구실을 하는, 가는 끈에 매달린 위태위태해 보이는 나무판자 다리가 어지러이 널려 있다. 바깥쪽 콘크리트 교각은 겨울 내내 물속에 잠겨 있다. 연접한 강철 닻가지와 통이 넓고 속이 빈 파이프는 돌로 만들어놓은 육지의 고정점에 거룻배를 연결해준다. 그래서 배들은 서로 충돌하지 않으며 또한 수위의 높낮이에 상관없이 떠 있을 수 있다.

그곳을 이렇게 조용히 걷고 있노라면 시간이 완전히 정지될 수 있다는 사실을 가장 잘 이해할 수가 있다. 시계와 시간 기록기에 의해 잘린, 계산된 시간이란 시간의 실체 자체가 바른길을 벗어나는 것이며, 시간의 실체란 전적으로 사람들 마음속에 자리 잡고 있다는 사실을 나는 인정한다. 인간들만큼이나 시간은 다양하며, 마치 인간들의 자유로운 맥박처럼 각자에게 속해 있다. 오직 인간의 정신만이 시간을 계산할 수가 있다. 그런데 인간의 시간 계산이란 어쩔 도리 없이 부정확하고 뒤죽박죽이게 마련이다. 왜냐하면 인간의 정신은 결코 어떤 수식(數式)에 의해 시간을 계산하지 않기 때문이다. 그래서 일시적 기분에 좌우되는 인간은 쾌락 속에서 어쩔 줄 몰라 하며, 후회 없이 그리고 이득도 없이 그 귀중한 시간을 낭비하게 된다.

느릿느릿 흐르는 강, 물기 어린 피부를 부드럽게 어루만지는 햇살, 강을 가르며 지나가는 물새들, 거룻배들, 덧없음에 놀라는 인간 존재와 인간 행동의 발자취, 이것들만 보면 내 가슴속에서는 기계적 시간이 내면의 시간으로 바뀌고 만다. 내면의 시간이야말로 나의 존재와 맥박의 고동이다. 그러한 느낌이란 그야말로 느낌일 뿐이었으므로, 이따금 엄마와 같이 보냈던 휴가 동안 올랐던 중간 높이의 산이나 높은 산에서 나는 그런 느낌을 똑같은 식으로 가졌다. 고독, 산등성이의 깎아지른 듯한 능선 위를 휙휙 스쳐 가는 알아듣기 힘든 바람 소리, 구름의 조급하거나 느릿느릿한 흐름, 허공과 공간을 뚫어버릴 듯 날카롭게 솟아오른 눈 쌓인 대산괴(大山塊)야말로 그 당시 내 삶에 충격을 준 것들이었다. 젊은 몽상가였던 나의 삶에……

끝없이 서로 밀고 당기는 밀물과 썰물(나는 그런 경험을 한 적이 없다), 바람에 모래가 마르면 발자국이 없어지고 그 자리를 고운 모래가 다시금 채워주는 바닷가의 환상, 숨이 막힐 정도의 여성용 향수, 턱이 톡 튀어나온 털투성이 조상들이 보고 듣고 냄새 맡았던 그 모든 것들은 길들여지지 않은 시간, 서로 영향을 미치는 조화된 지속(持續)을 되찾게 해줄지도 모른다. 하지만 기계화된 시간은 뚜렷한 흔적을 남기고 말았다. 많은 사람의 경우에 이 흔적은 지워질 수가 없으며, 본원적이며 특권적인 다른 시간을 되찾기 위해 그러한 시간을 버리기를 거부하는 도착증은 후천성이다. 그래서 많은 사람들은 자신들이 무의미한 여가 활동으로 그 텅 빈 공간들을 꽉 채워야 한다고 믿는다. 그러한 여가 활동이란 아무리 폼을 잡아봤자 전혀 쓸모가 없는 법이다. 나의 게으름만으로도 나는 만수무강할 수가 있다. 그래서 난 깊이 있는 생각을 못하는 거다.

어떻게 보면 나는 세상과 그 소음에서 멀리 떨어진 곳에 살고 있다. 내게는 강이 필요하다. 충실한 친구이며 사랑받는 음악인 같은 나의 비사교적인 성격을 대위법을 사용해서 옮겨놓은 곡(曲)이다. 강둑을 따라 걸을 때나 강을 바라볼 때나 나는 불안정하거나 상실된 균형을 되찾는다.

말하자면 엄마와 난 그랑-조귀스탱 강변도로변에 있는 우리 집을 이제는 떠나지 않는다. 그래서 난 좋다. 강은 우리 집 창문 밑으로 흐른다. 늘 그랬듯이 우리는 지난번 휴가도 산에서 보냈다. 엄마는 산을 가장 좋아한다. 우리는 제르마트와 루가노에 갔다. 우리는 포라를베그르 산악 지대의 길게 뻗어 있는 변경 지역과 펠트키르흐를 알고 있다. 최근 들어 우리 두 사람은 서로 가까워졌는데, 부르-

생-모리스에서의 체류가 너무나 실망을 안겨주는 바람에 엄마는 앙가딘느에서 알프스 산맥을 구경하기로 맘을 먹었다. 우린 그렇게 할 여유가 있었고, 다시 한 번 엄마와 동행할 수도 있었다. 하지만 난 우리가 파리 집에서 함께 보내는 열 달에다가 여름 두 달을 덧붙일 이유를 전혀 발견하지 못한다. 물론 엄마를 제외하면 내 삶 속에 자리라고 이름 붙일 만한 자리를 차지하고 있는 사람은 거의 없다. 우리 아버지는 이미 오래전에 사라져버렸다. 엄마의 남자 친구인 토니 소앙은 자신에게 필요하고 유리했던 동안 내게 마치 아버지처럼 굴었다. 폴라 로첸. 2년 전에 만난 처녀다. 파리에 살고 있다. 우리는 가능한 대로 자주 만나곤 한다. 엄마는 최근에, 그것도 아주 힘들게 그녀를 받아들였다. 그러고는 아무도 없다.

엄마는 며칠 전부터 입을 열지 않고 있다. 입술을 꼭 다문 채 엄마는 이 의자에서 저 의자로, 이 방에서 저 방으로 옮겨 다니는 거였다. 그 누렇게 뜬 얼굴로 봐서 잠을 덜 잔 게 분명했다. 오후 3시가 되자 재떨이가 가득 찼다. 내 옷에까지 크라벵 담배의 달콤한 냄새가 배어들었다고 폴라 로첸이 알려주었다.

최근 며칠 동안, 심지어는 내 두 눈이 엄마에게 고정되어 있을 때조차 내 두 눈은 사실 엄마를 보고 있진 않았다. 그것 때문에 화가 난 엄마가 심문을 시작했다.

"포커 게임에서 돈을 잃었니? 아니면 경마에서 돈을 잃었니?"

"제가 그런 거 안 한다는 거 엄마도 잘 아시잖아요."

"그럼 연애하는구나. 그 처녀로구나, 그렇지?"

"맞아요. 엄마가 말씀하시는 그 애예요."

"연애라! 난 뭐 사랑에 빠져본 적이 없는 줄 아니? 아직 넌 괜찮은 앤데……. 폴라는 얌전한 처녀지. 내가 그렇게 생각한다는 걸 너도 알 거야. 하지만 그 앤 시 쓰는 데만 정신이 팔려 있으니……. 요즘 같은 세상에 시에 정신 팔린 사람이 어디 있니? 웃기는 일이지!"

엄마의 희끗희끗한 머리칼이 복도 끝에서 나부꼈다. 쾅 하고 문이 닫히는 소리가 들려왔다. 난 엄마가 그런 식으로 감정 표시를 하는 걸 별로 대수롭지 않게 생각했다. 그런 엄마를 보면 오랫동안 서로 욕설을 퍼붓다가 결국은 마분지로 만든 칼로 서로의 몸을 찌르는 사무라이 영화가 생각났다. 엄마는 결국 조용해지곤 했다. 그러고는 부엌이나 자기 방에서 나와서 이번에는 더욱 누그러진 음성으로 내게 뭔가를 요구하는 것이다. 가령 이렇게 말이다.

"너 공장에 들르지 않았더구나. 거기 가봐야 해. 토니 소앙이 말하더라. 새 기계에 대해서 할 얘기가 있대."

나는 그러마고 대답하곤 했다. 토니 소앙의 바람에 따를 생각은 전혀 없으면서도 가능하면 빨리 공장에 가겠다는 말도 덧붙였다.

그 기계가 미제 전기 직조기라는 것은 알고 있었다. 지난주에 들여온 것이다. 사실 토니 소앙은 그 기계에 관심이 있다면 공장에 들르라고 얘기 도중에 말했던 것이다. 내가 관심을 가질 경우에만 그 기계를 보여주겠다고 말했을 뿐이다. 왜 엄마는 모든 걸 뒤바꾸고 결국은 거짓말을 하고 마는 걸까?

엄마와 내가 차지하고 있는 그 불친절한 행성(行星)에 막 상륙한 정찰자는 우리 두 사람의 난폭한 관계에 틀림없이 깜짝 놀랄 것이다. 그것은 끝없이 계속되는 은밀한 싸움이다. 그 어느 쪽도 불시에 칼로 찌르려 하지 않는 조심스런 싸움. 엄마는 나를 사랑해서라기 보다는 예의상 그러는 것이다. 내가 왜 그러는지는 모르겠다. 나는 나 자신이 신경질적이고 충동적이며 자신도 모르게 난폭하게 저항 한다는 사실을 알고 있다. 심한 경우는 어떤 본능에 의해 물건들에 분풀이를 하기도 한다. 귀하고 비싼 물건일수록 더 사납게 부숴버 리거나 벽에다 내던진다. 얼마 전에는 내가 무척 아끼는 갈레산 도 자기로 우리 아파트 수위인 레이느 부인의 아이들을 다치게 만들 뻔한 일까지 있었다. 그 애들이 아파트 안뜰에서 놀고 있는데 도자 기가 애들 발밑에서 깨졌던 것이다. 내가 유리창을 향해 던졌던 거 다. 도자기가 어두컴컴한 우물 밑바닥에 요란하게 떨어지면서 끔찍 한 소리를 냈다. 레이느 부인의 성깔 더러운 남편은 날 경찰에 고소 하려고까지 했다.

아주 먼 옛날의 일이다. 어린 시절, 겨울 숲의 설경을 수채화로 그리곤 했던 일이 생각난다. 붓 하나, 물감 하나라도 잃어버리 면…… 즉시 발작이 시작되었다. 나는 땅바닥을 데굴데굴 굴렀다. 그러고는 화를 못 참아서 힘이 다할 때까지 울부짖곤 했다. 나중에 는 서랍을 맘대로 뒤졌다며 손에 잡히는 대로, 심지어는 포크까지 도 내던지곤 했다. 중학 시절, 나는 여자 친구를 위해 에로틱한 시를 한 편 쓴 적이 있었다. 그 사실을 안 엄마는 날 못된 놈으로 치부해 버렸다.

그 일 때문에 하마터면 피를 볼 뻔했다. 발작이 절정에 이를 때 면 마치 나는 벽에 부딪히는 듯했고 동시에 냉담한 쾌감을 느끼는 것 같기도 했다. 그 발작이 무엇을 의미하는지 난 알고 있었다. 그 발작으로 말미암아 난 그런 종류의 쾌락에 도달할 수 있었을 것이다. 지난 몇 년 동안 그런 발작 증세는 분명히 완화되었다. 물론 나 자신과 나 자신의 삶에 대해서는 불만이지만 지금 내가 실제로 견뎌내지 못하는 것은 아무것도 없다. 데생과 그림 그리는 취미도 한때뿐이었다. 이제는 시 한 줄 쓰지 않는다.

나는 나 자신을 대부분의 사람들이 말하는 그런 정상 인간이라고는 생각지 않는다. 만일 예술가나 학자, 창작가가 그들의 허약한 신경조직 때문에 고통을 받고 미치광이나 기괴한 인물로 통한다면 예술이나 창작이란 그들에게 알리바이로 쓰인다는 사실을 나는 이해한다. 그 경우 그들은 자신들의 비합리적인 행동거지에 확고한 합법성을 부여한다. 하지만 난 전혀 그렇지 않다. 나로 말하자면 뭘 상상하거나 내 생각에 어떤 형태를 부여하는 데는 전혀 무능하기 때문에 감정 또한 어쩔 수 없이 메마르게 되었다. 그림 하나 감상하는 데도 무지막지한 노력을 기울여야 했으니 그 결과가 어떠했겠는가? 내가 기껏 할 수 있는 일이라고는 음악을 듣고 거기서 기쁨을 느끼는 것이 고작이었다. 그것도 폴라 로첸을 만나고 나서야 가능했다. 내가 할 수 있는 건 사랑을 하는 일이다. 엄마는 그걸 이해하지 못한다.

"우리 변변찮은 필립이 연애를 한다고? 넌 네가 배가 나오기 시작한다는 걸 아니? 그 불쌍한 폴라가 널 어떻게 생각하는지 숙고하는 중이다."

앞에서 말한 정찰자는 또한 두 모자의 이상하기 짝이 없는 행동에 대해 생각해볼 권리가 있을 수도 있다. 은둔지에 파묻힌 일종의 커플, 온갖 물질적 근심에서는 벗어났지만 침묵의 세계에 빠져들었고 결박당했으며 결코 풀리지 않는 실타래에서 빠져나올 수 없는 커플을 형성하고 만 두 모자. 우리는 단 한 번도 깊은 이야기를 나눌 수가 없었다. 그렇다. 침묵이란 늘 우리 수도원의 규율 1조였으니까. 모든 것에 대한, 아무것도 아닌 것에 대한 침묵. 원칙 그리고 아마도 보호의 침묵. 엄마는 내게 단 한마디도 하지 않았다. 나 또한 어머니에게 말을 걸어야 한다는 의무 같은 걸 느껴본 적이 전혀 없었다. 나는 엄마 몰래 모든 것을 배웠던 것이다.

난 이제 마흔 살이 된다. 스무 살이나 위인 엄마가 뭘 느낄 수 있을지 생각해본다. 엄마는 12월 31일에 태어나는 바람에 괜히 한 살을 더 먹게 되었다. 엄마는 여전히 예쁘며 결코 신분증을 가지고 다니지 않는다. 하지만 난 그걸 본 적이 있다. 언젠가 엄마의 핸드백에서 떨어졌던 것이다. 엄마는 정확히는 예순다섯 살이지만 다른 사람들한테는 예순이라고 말했다. 엄마는 날 스물다섯 살 나이에 가진 것이다. 엄마는 이 나이에 도대체 뭘 쫓아다녀야 했던 걸까?

엄마의 언니는 이미 오래전에 결혼했고 친구들도 대부분 결혼했을 것이다. 물론 나랑은 상관없는 일이지만. 그건 내 일은 아니다. 분명한 것은 내가 일곱 달 만에 태어났다는 사실이다. 조산(早産)이었다. 그 부끄러운 비밀은 잘 지켜졌다. 아마도 의사들은 날 살리느라 어지간히 애를 쓴 듯하다. 그건 기적이나 다름없었다. 확실히 살아날 가망이 있다고 생각될 때까지 나는 인큐베이터 신세를 졌다. 나의 추억이 담겨 있는 옛날 사진들을 보면 그땐 엄마가 날 사랑한 듯하다.

영웅의 탈을 쓰고 난 아버지가 전쟁이 끝나기도 전에 우리 곁을 떠나자 모든 것은 엉망이 되고 말았다. 엄마의 표현에 따르면 "그는 마치 똥을 싸놓은 것처럼 우릴 버렸다"는 것이다.

엄마는 또 말했다.

"그 양반이 걸어가면 지축이 흔들릴 정도였지."

그런 식으로 엄마는 아버지를 힐책하면서 그 소름 끼치는 시선을 내게 던지곤 했다. 말하자면 나를 통해서 아버지를 그렇게 째려보는지도 모를 일이었다.

그때는 우리가 살아온 중에서도 가장 끔찍한 시절이었다. 전시(戰時)보다도 더 끔찍했다. 엄마는 죽으려고 했고, 나는 그런 엄마를 말리느라 애를 쓰곤 했다. 우린 곰팡내 나는 빵만 먹고 살았다. 하지만 더는 배급표를 내보일 필요가 없었다. 빵집과 식료품 가게에는 다시금 물건들이 그득그득 쌓였던 것이다. 엄마는 물 한 모금 안 마셨기 때문에 수도꼭지까지 기어갈 힘도 없었다. 그러면 난 엄마에게 물을 여러 컵씩 갖다 주곤 했다. 엄마는 쉬엄쉬엄 한 잔씩 물을 마셨다. 나는 잔이 빌 때마다 컵을 받아 들었다.

전쟁이 끝나갈 무렵이었다. 파리의 거리에서는 총소리가 어지러이 들려왔다. 생-미셸 강변과 파리 경시청 창문 사이에서는 사람들이 서로 총질을 해댔다. 두 손을 쳐든 사람들이 우리 집 발코니 밑을 지나가곤 했다. 무언중에 독일에 협력하며 야코죽어 지냈던 5년 세월에 복수라도 하려는 듯 〈라 마르세예즈〉를 부르며 행진하는 사람들도 있었다. 모든 거리에서 노랫소리가 들려왔다. 태양이 쨍쨍 내리쬐는 8월이었다. 삶은 혹독했지만 세상은 발전하고 있었다. 하지만 우리 집의 공간은 암울했고 냉랭했다. 그때까지도 엄마는 그가 돌아오기를 고대하고 있었다.

엄마는 그를 기다렸다. 유탄 때문에 난 절대로 밖에 나갈 수가 없었다. 게슈타포는 아직 도심을 장악하고 있었다. 게다가 대독 협력자와 독일군 사령부의 지시와 제5열이……. 간단히 말해서 난 수많은 이유 때문에 나갈 수가 없었던 것이다. 다행히도 우린 《파리마치》를 받아 보고 있었다. 신문에서 인간의 해골과 뼈다귀 더미를 찍은 사진을 보았을 때 그것이 내가 우리 집 응접실 창문에서 살짝 엿본 우스꽝스런 거리 풍경보다 훨씬 더 나쁜 일이라는 걸 이해할 수 있었다.

파리가 해방되고 나서도 엄마는 날 집에 가둬두었다. 뭐가 두려워서 그랬는지 모르겠다. 학교가 다시 문을 열고 새로 수업을 시작하려는 참이었기 때문에 나는 다른 애들보다 뒤떨어지게 될 것이었다. 우리 집에는 초록색 눈을 가진 베르탱 양이 하루도 빠짐없이 찾아왔는데, 나에게 기초를 가르치려는 것이었다. 그녀는 더할 나위 없이 상냥했다. 읽기, 쓰기, 셈 외에도 컴퍼스로 원 그리는 법, 특히 노랑 수선화를 섬세하게 그려서 거기다 색칠하는 법을 가르쳐주었다.

우리의 영웅은 단번에 자취를 감추지는 않았다. 시가전이 벌어지기 전의 그 지루하고도 암울하며 혹독하던 시절, 그는 습관처럼 몇 주일씩 사라졌다가 돌아오곤 했다.

엄마는 나에게 말하곤 했다.

"이주일 전에 떠났으니 다음 주엔 볼 수 있을 거야."

엄마의 예상은 거의 빗나가지 않았다. 그는 빈손으로는 돌아오지 않았다. 버터와 마늘 소시지를 우리에게 가져다주곤 했던 것이다. 그 음식들이 풍기던 냄새는 오래전에 사라져버렸다. 어쩌면 그런 냄새는 없이 살 때의 두려움을 불러일으켰을지도 모를 일이었다.

엄마의 예상이 빗나갈 경우엔 어쩔 수 없이 기다려야만 했다. 벽장은 비었지만 우리는 굶어 죽지는 않으리라는 걸 알고 있었다. 그가 준비를 잘해둔 덕분에 그가 돌아올 때까지 모르는 사람들이 먹을 것을 가져다주었던 것이다. 우리는 그가 계속 우릴 보살피리라는 걸 알고 있었다. 그래서 안심을 하고 있었다. 사람들 말에 따르면 그는 어둠 속에서 싸우고 있었고, 그가 우리 집에 남겨둔 공백은 절대적인 것이 아니었다. 그는 바로 우리 머리 위의 지붕이었다.

르클레르 사단과 미군이 파리에 입성하기 일주일 전, 그는 다시는 돌아오지 않겠다는 내용의 편지를 보내왔다. 그것은 청천벽력과도 같은 소식이었다. 정말로 그는 나타나지 않았다. 여러 달 동안 그는 장문의 편지만을 보내왔으며, 그걸 본 엄마는 눈물을 흘리며 탄식할 뿐이었다. 그는 엄마에게 무슨 말을 썼던 걸까? 그 편지들은 사라져버렸다. 나는 물어보지도 않았다. 물어본다고 대답해줄 엄마가 아니었다.

오늘 토요일 아침, 엄마는 자기 방에서 나오지 않는다. 엄마가 커튼을 걷지 않았다는 걸 난 알고 있다. 아마도 두 눈을 뜬 채 어둠 속에 누워 있으리라. 어제 저녁, 토니 소앙이 초대되었다. 엄마와 나는 만성절(萬聖節) 연휴 때문에 어쩔 수 없이 스물네 시간 앞당겨 술을 마셨다. 토니 소앙은 방테 어디쯤 사는 노모에게 인사를 하고, 아버지가 잠들어 있는 지하 묘지의 푸른색 화강암에 달리아 구근 세 개를 올려놓으러 가야 했다.

물론 그는 신도 악마도 믿지 않았다. 사실 그는 여생을 준비하고 있다. 그는 그곳, 어떤 종탑의 어둠 속에서 은퇴를 할 것이다. 아무도 그 얘길 못하게 하는 걸 보면 꽤 자랑스러운 은퇴가 될지도 모르겠다. 그는 신부와도 친하게 지내며 기부도 하고 있다. 그는 차츰 자신을 저명인사로 만들어가고 있는 것이다. 여기 파리의 군중 속에서 그는 눈에 띄지 않는다. 그곳에서라면 그는 정의롭고 올바른 사람으로 통할 것이다. 성공한 사람으로 말이다. 그 사람이라면 그다지 어려운 일은 아닐 것이다. 그 방탕한 인간은 아르쉐 가(家)에 모든 걸 빚지고 있다. 늘 그는 여왕, 즉 엄마와 나에게 기대어 살게 될 것이다.

난 토니 소앙에 대해서는 공평해질 수가 없다. 그는 우리의 내밀한 역사의 일부분이다. 아버지는 우리 곁을 떠나면서 빌뇌브-르-르와 공장을 엄마에게 남겨주었다. 그곳에서는 아직까지도 넥타이를 만들어내고 있다. 그것만으로도 우린 별걱정 없이 살 수가 있었으며, 사실 전쟁이 끝나고 2년 동안은 풍족하게 살 수가 있었다. 거기서는 엄청나게 많은 3색 넥타이를 생산해냈는데, 나오는 대로 불티나게 팔려나갔다. 엄마는 아르쉐 가의 공장을 직접 관리하려고 노력을 기울였다. 그러나 서서히 밀려드는 슬픔 때문에 손을 떼고 말았다. 그러자 아빠는 유능한 인물을 한 사람 보내주었다. 그 사람이 바로 토니 소앙이었다. "사업 감각도 있고 믿을 만한 독신 남자요"라고 그는 엄마에게 썼다.

아빠의 말은 들어맞았다. 토니는 정말 능력 있는 사람이었다. 그는 우선 교묘한 솜씨를 발휘해서 그 지긋지긋한 세금 문제를 해결해주었다. 그때까지만 해도 엄마는 기분 내키는 대로 장부를 기록해서 마치 설탕 냄새를 맡은 파리 떼처럼 세리(稅吏)들이 몰려들었던 것이다. 그가 유능한 사업가 이상이었다는 사실은 나도 인정한다. 토니 덕분에 아르쉐 가는 국내뿐만 아니라 국외에서까지 관심을 끌게 되었다. 우리는 영국의 직인(職人) 조합 네 곳과 아랍의 태수령(領) 여러 곳에 레이스와 셔츠, 리본, 장식 끈을 납품하고 있다. 한마디로 토니 소앙은 없어서는 안 될 인물이었다.

내가 늘 그에게 적대적이었던 것은 아니다. 어쩔 수 없이 그가 우리 집에 오게 되었을 때 사람들은 모두 입을 모아 그가 "굉장한 미남"이라고 말했다. 그는 그 당시의 기준에 딱 들어맞는 인물이었다. 그는 키가 컸으며(이 기준은 아직도 유효하지만) 갈색 머리에 체격도 그럴듯했다. 둔해 보이기는 했지만 아직 부둥부둥한 얼굴은 아니었다. 그가 지나가면 여자들이 몸을 돌렸다. 여자들은 무심코 머리를 돌렸는데, 아마도 30대인 토니와는 잘 어울리지 않는 그 비만한 체격이 존경스러워 보이는 모양이었다. 그 당시엔 모두들 먹고 살기가 힘들었다. 살이 쪘다는 건 일단 가진 게 많다는 얘기로 해석되었고, 그래서 여자들은 사족을 못 썼다. 게다가 그는 능란한 사교술을 몸에 익히고 있었고 또한 후안무치할 정도로 뻔뻔스러웠다. 나는 그의 자신감과 번지르르한 말솜씨에 매료되고 말았다.

발작기를 제외하면 나는 수줍고 얌전한 어린아이였다. 엄마는 병원에 갈 때면 날 토니에게 맡기곤 했다. 그는 그때까지는 공장이라고 할 수 없었던 작업장으로 날 데리고 갔다. 우리는 뤽상부르 공원을 지나갔다. 그는 커다란 분수에 가장 가까운 가두 판매대에서 조그마한 선물을 사주곤 했다. 셀룰로이드로 만든 작은 풍차, 장난감 비행기, 고무 스펀지로 만든 공. 그가 말을 걸 때마다 가두 판매대 여주인의 두 눈은 반짝거렸다. 굳이 감추려고도 하지 않는 여주인의 감탄스런 표정에 나는 그와 함께 있다는 자부심과 기쁨으로 맞섰다. 사실 그때 난 그를 좋아했다.

언젠가는 여주인이 그에게 저 잘생긴 꼬마가 당신 아들이냐고 물었던 기억이 난다. 그는 아니라고 대답했지만 어떻게 생각하면 (나는 그 뜻을 잘 몰랐던 즐거운 듯한 암시적인 목소리였으니까) 그렇다는 대답으로 들을 수도 있었다. 그러고 나서 두 사람은 웃음을 터뜨렸다. 나는 좀 거북하긴 했지만 또한 토니 소앙이 자신이 나의 아버지로 통하는 걸 불쾌해하지 않기를 은근히 바라고도 있었다.

나는 그가 모든 어린아이들 가슴속에서 존경받고 사랑받기를 바랐다. 공원을 지나면 우리는 바벵 거리의 한 주차장에서 그의 차를 타곤 했다. 빌뇌브-르-르와까지 택시를 이용하는 수도 있었다. 왜냐하면 뤽상부르 지하철은 마시-팔레소까지만 갔기 때문에 더 많은 얘길 나눌 수 있었던 것이다.

나는 그가 공장을 순찰할 때도 따라다녔다. 엄마는 그가 나를 사업가의 일들에 익숙해지도록 해주기를 바랐다. 내가 관심을 보였던 것은 우리가 여공들 사이를 지나갈 때 그녀들이 주곤 하던 사탕이었다. 난 또 그녀들이 날 쓰다듬어줄 때가 좋았다.

여공들 사이에서 그는 친절하고 정중한 공장 주인으로 소문이 나 있었다. 그는 여공들이 일하는 것을 바라보고 또 그녀들 의견을 하나도 빠짐없이 들어주었다. 그의 지시에 따라 기계가 옮겨지고 교체되었으며, 안전시설은 조금만 이상이 있어도 검사를 받고 수리되었다. 사람들은 그를 좋아했다. 그는 일종의 영향력을 행사하고 있었다. 여공들의 홍조 띤 얼굴, 겁에 질리거나 반대로 놀랄 정도로 허물없는 표정이 그걸 말해주고 있었다.

그는 사람들에게 질시와 혐오를 받을 수도 있는 그 사근사근하고 우아한 태도로써 사회적으로 성공을 거두었다. 나처럼 여공들도 그가 자신들에게 말을 건네주거나 웃어주면 만족했다. 그것은 공장을 잘 꾸려가려고 그가 최고의 명연기를 보였던 타협의 배역이었다.

여공들은 그를 "지배인 나리"라고 불렀는데, 그 누구도 그를 그런 자리에 임명한 일이 없었다. 아마도 그의 여비서 레리티에 양 방문에 '기획실'이라는 구리 글씨가 커다랗게 붙어 있었기 때문일 것이다. 또 여공들은 공공연하게 그를 "토니 씨", 심지어는 "갈색 머리 미남"이라고 부르기도 했다. 이렇게 해서 그는 여공들 간에 경쟁심을, 방적공들과 제봉사들 간에 라이벌 의식을 유발했다.

여공들은 토니 씨에게 예쁘게 보이고 싶어 했으며, 어떤 여공들은 그에게 더욱더 은밀한 총애를 받으려 했다. 사실 그 잘생긴 토니는 공장 구석구석까지 자신의 매력을 남김없이 과시했던 거다. 공장은 마음의 평화 대신 회사의 평화라고 불러 마땅한 것과 그 즉각적인 결과, 즉 가장 높은 생산성이 지배했다.

사실 토니 소앙의 모든 것은 속임수와 파렴치의 결과에 불과했다. 여공들이 일상생활에서 부딪치는 어려움은 그것이 아무리 사소한 것이라 할지라도 감춰지거나 멸시받으면 안 되었다. 회사 내규를 보면 여공들은 그들로 하여금 완전히 편안한 상태에서 일을 할 수 없도록 만드는 온갖 근심거리를 토니 소앙에게 털어놔야 한다고 쓰여 있었다. 그는 자신의 교활한 수완을 이용해서 공장과 여공들 모두에게 이익이 돌아가도록 문제를 해결하곤 했다. 개인적으로 타협을 해야 하지만 그 결과가 널리 알려질 경우 토니 소앙은 쓸데없는 특혜를 주거나 불공평한 처사를 하지 않도록 신경을 썼다. 그는 아버지같이 자상한 방법을 썼기 때문에 아르쉐 공장에서는 노동자

파업이 발생하지 않았으며 또한 온갖 노력에도 노동조합 결성은 무산되었다.

1950년대에 그는 3개월마다 총회를 열어서 경영진과 노동자 대표를 소집했다. 엄마는 그가 너무 지나치다고 생각했다. 노동자들이 어떻게 회사를 관리할 수 있단 말인가? 권위에 혼란이 생길 위험이 있었다. 토니 소앙은 권위의 문제보다는 신뢰의 문제가 더 중요하다고 주장했다. 기업이란 노동자들이 그곳에서 일하면서 발견하는 이점들에서 이익을 얻어낼 수밖에 없다는 것이다.

그의 말은 옳았고, 그는 경험도 많았다. 그 사실은 아직까지도 증명되고 있다. 생산량은 사정에 따라서 그때그때 변화한다. 생산량을 늘린다 해도 얼굴을 찌푸릴 노동자는 아무도 없다. 마찬가지로 생산량을 줄인다 해도 노동자들은 임금과 노동시간의 변화를 받아들일 것이다.

총회가 열릴 때마다 회사의 재정 상태, 시장 전망, 남은 주문량이 완전히 공개된다. 상품들을 창안하고 제조한 사람들은 모두들 토론에 참가하며, 불평을 털어놓고, 자기 의견을 내놓는다. 또한 그들은 임금 수준과 작업 시간, 작업 방식, 작업 속도, 그리고 수익성에 대해 아무 거리낌 없이 공개적으로 토론을 벌인다. 혁신적인 방법은 일단 결정되면 즉시 시행된다. 기분이 좋을 경우 토니는 그것을 토니 시스템이라고 부른다. 그 시스템은 제구실을 하고 있다. 토니는 자기 봉급을 아무런 주저 없이 공개한다. 그에 따르면 월급이란 능력과 책임에 따라 결정되는 게 순리라는 것이다. 책임 중에서도 그는 노동자와 그 가족들이 극심한 물질적 곤란을 당하지 않으면서 살아갈 수 있도록 해주는 책임을 들었다.

사회보장제도가 발달했지만 기본적으로 토니 시스템은 바뀌지 않았다. 그는 자신의 일이 특별히 복잡하다고 주장하지는 않는다. 자신의 일이란 이따금씩 견디기 힘든 도덕적 중압과, 노동자들이 자신의 이익 때문에 감수하려 하지 않는 위험들을 내포한 사법적 책임을 수반하는 것이라고 그는 확신하고 있다. 노동자들은 모두들 그의 이런 생활철학을 지지하고 있으며, 나로서도 그러한 생활철학이 사기성이 농후하다거나 노동자들을 선동하기 위한 것이라고는 생각하지 않고 있다.

엄마는 자기 나이가 예순다섯 살이라고 털어놓지를 않는다. 엄마는 어떤 감정을 느낄 수 있을까? 모르겠다. 엄마도 내게 얘기하지 않았다. 엄마는 얘길 주고받는 그런 엄마가 아니다. 난 마치 뿌리 없는 나무처럼 시간에서 분리된 채 허공에 매달려 있다.

우연한 기회에 난 베일을 일부 걷어 올릴 수 있었다. 끈질기게 다시 이어지는 조각난 대화들. 그래서 난 엄마의 삶, 즉 나의 삶의 단편들을 꿰매어 이었다. 문제가 되는 건 경솔함이 아니라 나 자신이 알 권리가 있다고 믿는다는 사실이다. 사실 별로 대수롭지도 않은 일이긴 하지만.

외할머니와 외할아버지는 오래 살지 못하셨다.

엄마는 이렇게 말한다.

"요절하신 거지."

외할아버지는 양복점 주인이었다. 외할머니는 그분을 돕는 걸로 만족하셨고, 툴루즈를 떠난 두 분은 아르망티에르에 자리를 잡았다. 거기서 두 분은 가게 겸 공장을 열고는 섬세한 회색 줄무늬가 든 남성용 맞춤복을 만들어냈다. 가게는 굉장히 넓었으며, 안에는 넓은 복도도 있었다. 가게는 두꺼운 마분지 통에 만 갖가지 색깔의 옷감 조각들로 발 디딜 틈이 없을 정도였다. 두세 번인가 나는 누군가에 의해서 그 거울처럼 반짝거리는 떡갈나무 판매대 위에서 미끄럼질을 당한 적이 있었다. 그러고는 다시는 그곳에 가지 않았지만.

공장 안의 어둠침침한 일종의 복도 같은 곳에서는 자그마한 손들이 분주히 움직이며 일을 했다. 외할아버지는 기름기 있는 부드러운 백묵을 가지고 본(本) 위에다가 복잡한 선들을 그리셨다. 그러고 나서 커다란 핑킹가위로 칙칙한 색깔의 옷감을 자르는 것이었다.

신사들은 그곳에 들러서 치수를 재거나, 수선을 하거나, 시침질을 했다. 외할아버지는 그분이 "줄자"라고 불렀던 띠를 손에 든 채 무릎을 꿇곤 하셨다. 외할아버지는 건성으로 천장을 쳐다보고 있는 손님의 어깨 위에 그 띠를 둘렀다가는 다시 사타구니에서 땅바닥까지 미끄러뜨렸다. 난 할아버지가 내 옷을 재단하고 시침질을 했을 때 기분이 이상했고, 솔직히 말해서 언짢기까지 했다. 난 여섯 살이 되려던 참이었다.

외할아버지는 키가 크고 잘 웃는 분이었다. 뼈가 튀어나온 얼굴을 희끗희끗한 머리칼이 덮고 있었다.

공장 뒤편에는 유리를 끼운 문이 아주 많고 어둠침침한 아파트가 옆으로 길게 늘어서 있었다. 할아버지는 커튼 뒤에 몸을 숨기고는 그 문을 흔들어대곤 하셨다. 반대편에 있는 나는 할아버지가 익살스런 장난을 치신다는 걸 알아차렸다. 마지막에는 숨바꼭질이나 말 타기 놀이가 벌어지곤 했는데, 외할머니께서는 할아버지가 편두통을 앓으신다는 이유로 즉시 그만두게 하셨다.

그분의 죽음이란 내게는 최후의 심술궂은 장난이었다. 외할아버지는 만성 변비증 환자였다. 어떤 날은 얼굴이 누런 색깔이었다가 어떤 날은 또 회색으로 변하곤 했다. 어느 날 아침, 그분은 깨어나질 않았다. 의사 선생님 말씀에 따르면 장이 막힌 데다가 피에 독이 들어 있다는 것이었다. 겨우 예순둘의 나이였다. 외할아버지가 돌아가시고 나자 나는 영원한 삶의 어떤 형태를 바랐던 건 사실 환상일 뿐이었음을 이해하게 되었다.

어느 겨울날 오후, 가게 문은 굳게 잠겨 있었다. 바니시를 칠한 마분지 마네킹에 둘러놓았던 보호용 철책은 벗겨졌다. 반짝반짝 반들거리는 머리칼을 가진 마네킹들은 변함없이 웃으며 우스꽝스런 포즈를 하고 있었다. 대부분의 마네킹들은 할아버지가 만드신 옷을 입고 있었다. 마름모꼴 무대 막 뒤의 관람 금지된 무대 위에서 마네킹들은 그림자극을 공연했다.

외할머니는 완전히 딴판이었다. 뚱뚱한 체격에 피부는 장밋빛이었다. 다정한 성격이었지만 필요할 때면 엄한 일면도 드러내셨다. 애들 교육도 그런 식이었다. 시끄러운 건 딱 질색이었는데, 악의 없고 유쾌한 소란까지도 안 좋아하시는 것이었다. 그러니 걸핏하면 손이 올라갔다. 외할머니는 옷깃이나 소매에 쓰이는 레이스로 장식된 부드럽고, 섬세하며, 구슬로 장식된 아름다운 회색 옷을 입으셨다. 과묵하지만 책을 많이 읽으시는 분이었다. 회계장부뿐만 아니라 소설도 손이나 호주머니에 있었다. 외할머니는 매일 새벽 2시까지 열심히 책을 읽곤 하셨다. 그분은 영국(버지니아 울프, 다프네 뒤 모리에, 앨더스 헉슬리, 조지 오웰, 에드워드 모건 포스터……)과 프랑스 작가들(피에르 브느와, 조르주 뒤아멜, 로제 마르탱 뒤 가르)을 특히 좋아하셨다. 그렇게 무리를 하는 바람에 할머니는 시력을 그리고 판단력을 잃고 말았다. 먼저 혈액순환 기관이 상했고 결국은 온몸의 기관이 상하게 되었다.

외할머니는 결국 밤샘과 독서 때문에 외할아버지가 돌아가시고 난 8년 뒤부터 시름시름 앓기 시작했다. 이번에는 뇌출혈이 문제였다. 외할아버지 때처럼 그렇게 간단하지가 않았다. 처음에는 상반신과 성대가 마비되면서 고통스러워하셨다. 입술도 심하게 떨렸다. 아무런 소리도 나오지 않았다. 그런 곳에서 최후를 마친다는 것은 수치와 타락의 마지막 조짐이라는 원칙을 저버린 채 할머니를 병원으로 모시자는 얘기가 나왔다. 달리 손을 써볼 만큼 충분한 시설을 갖춘 병원이 근처에는 없었다. 그래서 외할머니는 대규모 양로원으로 모셔졌다. 엄마나 지젤 이모를 비난할 수도 없었다. 그렇게 해서 어느 날 밤 할머니는 아는 사람 하나 없는 멀고 먼 곳으로 사라져간 것이다.

그 후의 의식에 대해서는 아무 기억이 나질 않는다. 내가 막 열네 살이 되려던 때였던 것 같다. 아마도, 실상 그렇게 믿고 있지만, 엄마는 내가 그 의식에 참석하는 것이 이롭지 못하다고 판단했거나 나로 하여금 그날을 완전히 잊게 했을 것이다.

엄마의 눈자위는 며칠 동안 붉었다. 그리고 나서 엄마는 상복을 벗어 던졌다. 상복이란 시골에서나 입고 다닌다는 게 그 이유였지만 어쨌든 우리는 결코 나가질 않았으니 쓸모도 없었다.

외할머니와 외할아버지가 잠시도 쉴 틈 없이 장사와 일에 매달려 계시던 것이 생각난다. 그래서 나랑 자주 그리고 오랫동안 놀아주실 시간이 없었다. 따져보면 난 그분들을 거의 만나 뵙지 못했다고 말할 수도 있다.

지젤 이모는 암으로 죽었다. 난 이모를 바라보며 감탄했다. 이모의 환상적인 아름다움, 낭랑한 목소리……. 이모는 엄마보다 두 살위였다. 이모부는 지방의 소규모 공업가였다. 세 명의 사촌들은 잘생각이 안 난다. 이모의 얼굴은 길쭉했으며 완벽한 균형을 이루고있었다. 피부는 날 때부터 까무잡잡했다. 이마는 높고 둥글었으며윤이 났다. 깊고 눈웃음을 치는 이모의 두 눈은 늘 어둡고 차가운 두호수 같았다. 이모에게서는 늘 모성을 느낄 수가 있었다.

이모는 그 커다란 입과 두툼한 입술로 내게 유쾌한 얘기만을 해주었다. 날 야단칠 때도 그랬다. 이모는 엄마와는 완전히 딴판이었다. 훗날 나는 그러한 감정들을 이모의 큰딸인 이렌느에 대해 가지게 되었다. 마치 하나의 기념 메달처럼 이렌느는 자기 어머니의 아름다움을 빼닮았다. 하지만 이렌느는 인정머리라곤 통 없었다. 성깔이야 어쨌든 간에 나는 이렌느를 생각하며 수음을 하곤 했다. 젊은 시절의 지나 롤로브리지다와 엘리자베스 테일러를 합해놓은 것같은 이렌느는 언젠가 나를 바보로 취급했다. 또 이렌느는 그녀의열여덟 번째 생일을 축하하기 위해 열린 무도회에서 내가 뒈진 쥐새끼 모양 지루해했다고, 난 사람들 앞에 나설 자격도 없다고 소문을 퍼뜨렸다.

그건 사실이었다. 나는 심한 모욕감을 느꼈다. 복수심에서 나는이렌느 네깟 게 발 벗고 뛰어도 네 엄말 따라가지 못할 거라고 떠벌렸다. 그것 또한 사실이었다. 결국 이렌느는 사냥과 저질 포도주, 테니스를 좋아하는 바보 같은 녀석에게 시집을 갔다. 둘 사이에서는홍부 자식들처럼 많은 아이들이 태어났다. 이렌느는 그 바보 같은 녀석에게 환멸을 느낀 듯싶었다. 하지만 그걸 보면서도 난 썩 즐겁지가 않았다. 지금도 나는 그녀가 이제 마흔다섯이 되었으며 노파가 되리라고는 믿기가 힘들다.

엄마와 이모는 닮은 구석이라곤 단 한 군데도 없었다. 도저히 믿을 수가 없을 정도였다. 차이도 차이지만 장점이란 장점은 모조리 이모가 갖추고 있었기 때문에 엄마는 맘속으로 이모를 질투했다. 나는 그걸 느낄 수가 있었다.

처녀 시절의 엄마는 블론드빛 피부를 갖고 있었다. 턱이 살짝 들어간 엄마의 얼굴은 균형이 잡혀 있었지만 토실토실했다. 키는 지젤 이모보다 작았다. 한마디로 얘기해서, 이리저리 뜯어보나 대충 훑어보나 엄마는 이모가 갖추고 있는 완전함을 전혀 갖고 있지 않았다. 생긴 것만 차이가 나는 게 아니었다. 지젤 이모의 남편은 싹싹하고 자애로운 남자였다. 전시(戰時)에 그는 프뤼스-오리앙탈에 포로로 잡혀 있었다. 그는 통조림 공장에서 일했는데, 거기서 만든 통조림을 러시아 전선의 독일 병사들에게 보냈다. 공장에서는 여러 번씩이나 사보타주가 일어났다.

이모부는 독일군 친위대의 마수를 겨우 피할 수 있었고, 영웅이신 우리 아버지와는 달리 조국에 돌아오게 되었다. 이모부는 가장으로서의 위치를 되찾았으며 공장도 단단한 반석에 올려놓았다. 엄마는 자기와는 천양지차인 이모를, 보석과 밍크를 갖고 있는 이모를, 먼 나라까지 여행을 하고 시골과 바닷가에 집을 여러 채씩 갖고 있으며 지방 상류사회의 존경을 받고 있는 이모를 용서할 수가 없었다. 두 사람 사이는 점점 더 멀어지게 되었으며 결국은 완전히 등을 돌리고 말았다. 두 사람 사이의 그런 대단치도 않은 일들 때문에 나는 처음으로 입에 담기조차 부끄러운 환멸을 맛보게 되었다. 내 마음속에 고귀한 존재로 자리 잡고 있던 엄마가 그런 보잘것없는 것들에 대해 질투를 하다니!

또한, 그토록 오랫동안 존경하고 사랑했던 토니 소앙을 나는 어떻게 해서 경멸하게 되었으며, 그러고 나서는 어떻게 해서 증오하고 비난까지 하게 되었는가? 이따금씩 느끼는 회한(悔恨)이란, 나와 엄마가 그의 수완과 재능에 덕을 본 모든 것에 대해 내가 그 누구보다도 더 잘 알고 있다는 사실에서 기인한다. 말하자면 그 사람 덕분에 우리는 전쟁이 끝나고 몇 년 동안을 사치에 가까울 정도로 넉넉한 생활을 할 수 있었다.

물론 지금 같은 세상을 살기 어렵다고 생각하는 사람은 아무도 없었다. 옛날 세상을 겪어보지 못했으니까. 슬픔으로 수척해 있던 엄마에게 그는 마치 구세주처럼 나타났다. 엄마는 갖은 방법으로 그에게 고마움을 표시할 줄 알았다. 나도 그에게 감사를 표해야 할 것이다.

엄마는 날 증인 삼아 말하곤 했다.

"만일 네 아버지가 토니 씨를 보내주지 않았더라면 우린 어떤 신세가 되어 있겠니?"

또 이런 말도 하곤 했다.

"만일 우리가 토니 씰 만나지 않았더라면 네 어민 완전히 알거지가 됐을 거다!"

엄마도 여공들처럼 그를 토니 씨라고 불렀다. 하지만 나중에는 그냥 토니라고 부르곤 했다.

고백하건대, 토니는 우리 집에서 빼놓을 수 없는 역할을 행사함으로써 넘치는 권한을 가질 사람도 아니었고 지금도 그렇다. 그는 지나칠 정도로 요령을 부리고 교활함을 발휘했기 때문에 우리가 그에 대해 갖고 있는 신뢰를 통해 즉각적인 이득을 취하려고 할 수가 없었다. 그는 일부러 신중하게 접근하는 술책을 선택했다. 내가 보기에 그는 처음에는 안내자로서 그리고 차츰차츰 추정상의 아버지로서 행동했다. 엄마는 그의 그러한 역할을 인정했으며, '이 어린애가 이젠 아버지를 만날 수가 없으므로' 그러한 역할을 그에게 맡기는 것으로 얼마 후에는 결정되고 말았다.

처음에는 나도 그러한 상황에서 유리한 점만을 발견해냈다. 내가 그에게 갖고 있던 존경심 또한 완전히 바닥나지는 않았다. 토니 소앙은 나의 존경심을 오랫동안 능숙하게 관리했다. 엄마는 견고하게 설치된 교두보 같은 그에게 완전히 사로잡혔다. 슬픔과 우울증에 빠져 있던 엄마는 자신에게 결핍되어 있던 애정을 그에게서 발견할 수 있으리라 믿었다.

처음에는 성공을 거두었던 그런 술책들을 도대체 나는 이해할 수가 없었다. 생각나는 것이라고는 이따금씩 날 거북하게 만들었던 친분뿐이다. 드디어 두 사람은 몇 안 되는 친구들과 함께 응접실에 틀어박혀서, 난 소리밖에 들을 수 없는 요란한 춤을 추곤 했다. 두 사람이 엄마 방에 틀어박히는 습관을(열쇠를 잠그고 빗장을 거는 소리가 아직도 생생하다) 갖게 되자 눈치꾸러기로서의 내 위치는 날 더욱 거북하게 만들었다. 원래 난 지나치게 얌전을 부리는 사람이 아니며, 시대적으로 보나 나의 기질로 보나 그런 데 익숙하지 않았던 까닭에, 우리 아버지가 엄마에게 주기를 거부했던 쾌락을 엄마가 토니와 함께 나누고 있다는 사실을 결국에는 인정할 수도 있었다.

내 기분에 거슬렸던 것은 토니도 엄마도 그런 새로운 상황을 공개적으로 인정하려 들지 않았다는(잘은 모르지만 예의범절을 지키려고) 점이다. 그야말로 찬밥 신세가 된 나를 그들은 입에 발린 소리로 위안했지만 시간이 지나면서 나는 쉽게 속아 넘어가지 않게 되었다. 그는 내 앞에서는 엄마를 "네 엄마"라고 불렀고, 엄마에게 말할 때는 정중하게 "아르쉐 부인"이라고 불렀다. 그러다가도 내가 멀리 떨어져 있어서 듣지 못한다고 생각되면 마치 어릴 때부터 알아왔다는 듯 "지네트"라고 엄마를 부르는 것이었다.

그가 그 사랑스런 이름을 부를 권리를 가로채어 자기 것으로 삼았다는 단 한 가지 이유만으로도 나는 도둑맞고 유린당한 듯한 느낌을 가졌다. 지네트, 지네트……. 정중한 예의범절의 규칙들을 일부러 위반하지 않는 한 나는 그 이름을 조용한 밤에나 겨우 불러 볼 수가 있었다. 요즈음은 어린아이들이 자기 아버지나 어머니의 이름을 그런 식으로 부르는 걸 심심찮게 들을 수가 있다. 다른 세대에 속하거나 지나치게 엄격한 교육을 받은 사람들만이 그런 광경을 보면서 기분이 상한다. 공원과 카페테라스에서…… 어린아이가 자기 부모들에게 그런 식으로 말하는 걸 들을 때마다 나는 충격을 받곤 했다. 한 인간의 지위나 직책보다는 그 인격을 인정할 수 있는, 어린 시절부터 인정되는 그러한 권리나 자유를 나는 부러워한다. 라카즈 태생인 지네트 아르쉐는 내가 엄마라고 부르는 것만을 허용했던 것이다.

자기 자신의 행위만은 인도하지 못한다고 내가 배웠던 도덕을 들먹이며 그가 감히 내 첫 모험 속에 끼어들려고 하면서부터 나와 토니 소앙의 관계는 악화되었다. 그는 엄마의 적극적인 협조를 얻었다. 난 열다섯 살이었고, 그 일은 어떤 영국 작가가 여성의 신비라고 불렀던 것을 이해하려는 나의 첫 번째 시도였다. 하지만 추잡스런 생각은 전혀 해본 일이 없었으며, 삶에 대해 실망은 하고 있었지만 그런 추잡스런 태도를 한 적도 없었다. 사실 난 사랑에 대해서는 완전히 무지한 인물이었다.

아르쉐 공장에 여러 번 실습을 하러 갔지만 거기 머무르는 동안 특별히 할 일이 없었기 때문에 짬을 이용해서 한 소녀를 사귀게 되었다. 그 소녀의 어머니는 우리 공장에서 재봉사로 일하고 있었다. 나이는 열네 살이었고 이름은 시몬느였다. 그 갈색 머리 아가씨의 입술은 붉고 툭 튀어나와서 나는 깨물어보고 싶은 난폭한 욕망을 느끼곤 했다.

시몬느는 변두리의 보충 과정 학원에서 공부를 하고 있었다. 여러 가지 요리들을 만들거나 구멍 난 양말들을 달걀 모양으로 생긴 나무 위에 놓고 여러 가지 방법으로 깁는 법을 거기서 배웠다. 말하자면 자신을 위협하는 세상에서 정직하게 밥벌이를 할 수 있는 방법만을 배우는 것이었다. 강의가 끝나면 시몬느는 아르쉐 공장에서 자기 어머니를 기다리곤 했다. 토니 소앙은 여공들이 퇴근하는 시각까지 시몬느가 문서 보관실로 쓰이는 자그마한 사무실을 쓰도록 허락해주었다. 거기서 시몬느는 그녀가 교과(教科)라고 부르는 요리 카드들을 복습했다.

그녀의 두 눈은 마치 석탄처럼 새까맣고 반짝거렸다. 사무실은 쥐새끼 한 마리 얼씬거리지 않는 복도 쪽으로 향해 있었다. 좁다랗고 튼튼한 판유리를 통해 자연적으로 조명이 되었는데 10월부터는 희미해졌지만 빗방울이 유리에 노랗고 푸른 자국을 남겨놓았다. 그 모든 것들을 잊어버릴 수가 없다. 나는 그 쾌적하고 외딴 장소에서 시몬느를 만나는 것이 당연하다고 생각했다.

우리는 우리의 인생과 계획에 대해 얘기를 나누곤 했다. 우리에게 열려 있는 망망대해에 대해서. 우리는 더는 할 얘기가 없을 때까지 끊임없이 얘기했다.

내가 시몬느에게서 사랑한 것은 사실 나 자신이었다. 그것은 바로 내 가슴속에서 생겨났다고 믿고 있었던, 관심을 갖고 여자의 마음을 끌기까지 하는 그 능력을 말하는 것이다. 나는 그러한 능력을 뚜렷이 의식하지는 못했다. 순결한 소녀의 시선을 받으면서 나는 새로운 힘이 솟아나는 걸 느꼈다. 나로 하여금 그녀의 마음 떨리게 하는 불확실한 여성다움을 발견했다는 환상을 갖게 해준 데 대해, 물론 본의가 아니었던 건 분명했지만, 시몬느에게 감사했다. 침묵, 억제된 충동과 느닷없이 튀어나오는 달콤한 말, 탐욕스런 도둑 키스, 처음에는 열정적이었으나 그녀가 아직도 나의 탐색에 내맡길 결심을 하지 않았던 육체의 어떤 부분으로 내 손이 빗나갈 때면 으레 되풀이되던, 철회되던 사랑의 고백. 하지만 내 욕망이 불타올라도 그녀가 거부하는 행동을 강요하려고 애쓰지는 않았다.

그녀의 피부에서 풍기는 레몬 냄새를 들이마시는 것으로 만족했던 것이다. 나를 감동시켰던 것은 그녀가 나를 무조건적으로 신뢰했다는 사실이다. 성급하고 조급한 기분에 이따금씩 자기를 속이다시피 했는데도 말이다. 나는 그녀가 스스로 경계는 하고 있었지만 또한 마음 약한 여자라고 느꼈다. 다른 사람들이라면 아마도 그녀를 손쉽게 얻을 수 있는 먹이라고 생각했을 것이다. 하지만 난 그렇지 않았다. 각별한 이유도 없이 소년 소녀들이 잠자리를 함께하는 지금 세상에 그런 엉뚱한 감정, 쾌감을 느낄 사람이 어디 있겠느냐마는.

공장 꼭대기에는 오래된 함석지붕 쪽으로 향해 있는 고미다락방이 있었다. 장식품이라곤 전혀 없는 곳이었다. 나는 어렵잖게 그 방을 얻어서 공부(난 그때 1학년 학생이었다)와, 내가 소질을 보이고 있던 소묘에 몰두했다. 다락방은 커다란 회전창을 통해서 빛을 받아들였다. 그리고 문이 하나 있어서 지붕으로 올라갈 수가 있었다. 난 좁고 가파른 계단을 통해 지붕에 기어오르곤 했다.

시몬느를 집에 데리고 갈 수는 없었으므로 그녀와 나는 우리가 '초라한 우리 집'이라 불렀던 그 장소에서 만나기로 결정했다. 멋을 내느라 나는 거기다가 몇 권의 책과, 널빤지 하나와 받침대 두 개로 만든 공부 책상을 들여놓았다. 시몬느는 몽트뢰유의 벼룩시장에서 사들인 안락의자 두 개와 소파 하나를 그곳에 올려놓는 것을 도와주었다. 우리는 일요일마다 만났다. 오후가 되면 어두운 영화관이나 오를레앙 성문의 맥줏집 한구석에서 시간을 보내곤 했다. 어둠이 밀려오면 '초라한 우리 집'으로 돌아가서 손을 맞잡은 채 서로의 눈을 바라보며 밤의 절반을 보냈다.

입맞춤과 서투른 애무로 간간이 끊기곤 하던 그 조용하고 긴 시간 동안 나는 격렬한 정열이 끓어오르는 것을 느끼곤 했다. 그녀와 헤어지고 나면 달아오른 내 육체가 아쉬움과 갈등으로 고통스러워하도록 내버려두었다. 시몬느는 쉽게 달아오르는 여자는 결코 아니었다. 하지만 그녀가 나와 똑같은 욕망을 느끼고 있다는 것은 점차 분명해졌다. 그녀의 그러한 욕망이란 단지 더 잘 참을 수 있는 것뿐이었거나 아니면 그녀가 나보다 더 잘 억제하고 억압하는 것뿐이었다. 우리의 애정은 순결하고 참된 것이었다. 우리는 헛된 약속이나 언약 같은 걸 하려고 하지 않았다. ……우리를 관통하는 생(生)의 물결에 실려갔을 뿐이었다. 이따금씩 시몬느의 믿음은 무관심에서 비롯되는 것처럼 보이기도 했다. 우리는 더욱더 섬세하게 서로를 애무하기 시작했다.

우리는 일요일 밤에는 집에 돌아가지 않았다. 그날 밤만은 '초라한 우리 집'에서 보냈으며, 이 새로운 상황은 엄마의 주의를 끌고 말았다. 못마땅하게 생각한 엄마는 모험에 뛰어들고 여자를 사귀기에는 내가 너무 어리다고 말했다……. 그리고 내가 아직 뭘 잘 모른다고 덧붙였다. 여자에 한눈팔지 말고 공부에 몰두해야 한다는 얘기였다. 여자라는 말을 할 때 엄마는 일이 어떻게 돌아가고 있는지도 모르면서 그 말을 그저 간단히 발음하지 않으려고 노력하는 기색이 역력했다. 그러고는 자신이 생각하기에 빨리 해결되어야 할 듯한 이 상황을 악화시키고 싶지 않다고 말했다.

내가 엄마의 충고를 받아들일 의사가 전혀 없음이 확실해지자 엄마 얘기의 진의(眞意)가 백일하에 드러나게 되었다. 처음에 어머니는 무섭게 화를 냈다. 내 쪽으로 이것저것 물건을 내던지는 동안 엄마의 얼굴은 추악할 정도로 일그러졌다. 그러고는 자기 본심을 털어놓는 것이었다.

"네가 반했다는 그 계집은 화냥년에다 갈보인 보잘것없는 잡년이야! 게다가 그년은 여공 딸이라고. 그런 환경에서 공부를 계속할 수 있을 것 같니?"

엄마는 내가 의사가 되거나 고등상업학교에 가기를 바랐다. 엄마가 그런 식의 말투를 쓰자 나는 본능적으로 위축되었다. 하지만 기분이 상했으며, 시몬느에 대한 나의 애정은 확고해졌다. 처음으로 나는 그 역겨운 계급 증오 개념이라는 것이, 건성으로 듣고 넘기던 그런 개념이라는 것이 전혀 예기치도 않은 방향에서 출현하는 것을 확인했다. 상냥함의 화신이나 다름없었던 나의 어머니가 경멸한다는 것이 도대체 이상한데 나로서는 그 사회적 위치란 것에 전혀 관심조차 없었던 존재에 그따위 증오를 표시한 것이다.

"매춘부, 창녀……."

엄마가 그런 추잡하고 경멸적인 언사를 사용하리라고는 꿈에도 생각하지 못했다. 엄마는 자신이 체면에 매달리는 성격의 여자라는 걸 드러내 보인 셈이었다.

엄마는 시몬느와 나의 관계가 진정으로 어떤 상태인가는 알아보려고도 하지 않았다. 우리 두 사람은 입을 맞추고 서로 쓰다듬기만 했다고 엄마한테 말해봤자 아무 쓸모가 없었으리라. 믿으려고 하질 않았을 테니까. 엄마는 나를 꼬마 기둥서방에다 난봉꾼, 음탕한 놈쯤으로 치부해버리고 있었던 것이다. ……사실 전혀 그렇지가 않았는데. 맞다, 시몬느와 나는 '초라한 우리 집' 소파에 밤새 누워 있었지만 그녀는 내가 자기 가슴을 쓰다듬는 것만을 허락했을 뿐이었다. 그녀는 자신의 나일론 팬티를 한사코 벗으려 하지 않았으며, 그걸 벗기려는 나의 온갖 노력은 수포로 돌아갔다.

그 누구에게든 폭력을 행사한다는 건 나의 본성이 아니었고 지금도 그렇다. 시몬느는 내 뺨과 가슴, 어깨뼈를 손가락으로 어루만지곤 했다. 그녀는 그 정도 애무로도 무척 흡족해하는 것 같았다. 우리의 입술은 서로 부딪쳤으며, 혀는 서로 얽혔다. 하지만 그걸로 그만이었다. 그걸 어떻게 엄마한테 얘기할 수가 있겠는가? 도저히 불가능한 일이었다. 지금이라면 나의 그러한 망설임이 무척 우스꽝스러울 것이다. 또한 엄마가 만일 내 말을 믿어주었다면 엄마 또한 우리의 행동을 귀엽게 봐주었을지도 모른다.

내가 들은 척도 않자 엄마는 그 유식하신 토니 소앙에게 구원을 요청했다. 엄마는 그를 완전히 신뢰하지 않았던가? 그 사람이야말로 일을 공명정대하게 처리하지 않았던가? 그야말로 어느 경우건 상황을 장악하는 인물이 아니었던가? 엄마는 바로 그런 사람에게 나의 반항을 억누르는 책임을 맡긴 것이다. 엄마는 날 그 사람에게 보냈다. 사실 엄마에게는 참을성이라곤 털끝만큼도 없었다. 뭔지는 모르지만 자기 인생을 소모하는 것을 기다리는 데 허비할 시간은 단 1초도 없다는 식의 태도였다. 나와 대화한다는 건 생각조차 할 수 없었을 것이다. 훈계를 하건 시위를 하건 난 절대로 내 생각이나 행동을 바꿀 생각이 없었다는 점을 밝혀두어야 하겠다.

나는 훈계를 듣기 위해서 사무실로 토니 소앙을 찾아갔다. 그때까지도 시몬느가 자기 어머니를 기다리던 그 구석진 방 바로 옆이었다. 나의 출두는 기괴한 의식을 보는 듯했다. 호출에 응하지 않을 수도 있었다. 하지만 처음부터 협박이 가해졌다.

엄마는 이렇게 말했다.

"충고하는데 거기 가라! 그러고 나서 다시 얘기하자."

엄마와 대화할 수도 있다는 가능성이 나를 결심시켰다.

토니 소앙은 비서 사무실에서 날 기다리게 했다. 그래서 점점 더 내가 우스꽝스런 상황에 놓여 있다는 생각을 하게 되었다. 레리티에 양은 고맙게도 날 자연스럽게 그리고 동정적으로 대하려고 애썼다. 그녀는 악의라곤 전혀 없이 애교를 떨어가며 나에게 친절하게 굴었다.

토니 소앙의 방에 들어서는 순간 난 너무도 화가 나서 거의 미칠 지경이었다. 지금도 그런 지경에 빠질 때가 있는데, 그런 걸 보면 우리 어머닐 닮은 셈이다. 그는 나더러 앉으라고 손짓을 하더니 살짝 웃고는 자기 앞에 늘어놓은 서류 더미들을 다시 뒤적이기 시작했다. 나는 그것이 손님을 일정한 장소에 격리해 설득하기 위한 연출의 일종이라는 것을 단번에 눈치챘다. 그는 전화로 다른 사람들이 들어오지 못하게 유의해달라고 레리티에 양에게 부탁했다. 두 손을 맞잡은 그는 손가락 끝을 교차하더니 통속극에서 놀림감이 되는 아버지들처럼 아무 말 없이 날 바라보았다. 난 그가 입을 채 열기도 전에 너무도 화가 나 있었는데, 이상하게도 웃고 싶은 거였다. 우린 이 시시한 연극 속에서 어디까지 파멸되어가려 하는가?

"힘들어 보이시는군요! 당신 자신의 모습을 보신다면……."

나도 모르게 이 말이 나오고 말았다. 물론 나는 그 일을 가볍게 생각하고 싶었다. 그런데 토니는 일을 곡해하고 있었다. 그의 코가 일그러지면서 연한 푸른색 불꽃 같은 것이 두 눈에 스치는 것이 보였다. 그의 모든 근육이 팽팽해졌다. 그는 내가 무슨 궁색한 채무자나 경쟁자, 아니면 세무 감독관이나 되는 것처럼 바라보더니 내뱉었다.

"난 네 아버지가 될 수도 있어."

나도 냉랭한 목소리로 응수해댔다.

"하지만 그렇지 않은걸요."

고음이 튀어나왔다. 그다음 일들을 나는 하나도 잊지 않고 있다.

토니의 정연한 목소리. 자신은 오직 자신의 임무를 다할 뿐이라며 나를 설득하려는 그의 의지. 우리 아버지는 자신의 의무를 소홀히 했지만 자신은 그분을 원망하지 않는다는 것, 자기는 아들이 없기 때문에 나를 아들처럼 생각하며 만족한다는 것 등등 그렇고 그런 똑같은 얘기들을 그는 장황하게 늘어놓았다. 41층 건물의 유리창 뒤에서처럼 그의 두 눈 속에서는 자그마한 회색 구름이 줄지어 지나가면서 눈의 생기를 없애고 있었다.

아직 혐의 조항을 선고받지 못한 피고로서의 나의 위치, 짐짓 진지한 체하는 그의 연설, 그 모든 것이 짜증났다. 내가 거짓과 진실을 가려낼 만큼 약삭빠르다고는 생각지 않았다. 그는 회색 정장에 푸른색 넥타이를 매고 있었는데, 둥글고 반짝거리는 그 매듭이 내 시야의 중심에서 떠나지 않았다.

나는 아무 대답도 하지 않았다. 그의 격분은 나의 격분과 똑같은 속도로 슬금슬금 커져갔다. 시몬느는 우리랑 같은 사회 계급이 아니므로 내가 루이-르-그랑 중고등학교에서 받게 될 완전한 교육을 받지 못할 것이라고 그는 경고했다. 그의 말에 따르면 그러한 불균형은 결코 만회할 수 없다는 것이었다. 그는 그녀와 나 사이에 계급이 아닌 본성의 차이를 만들어놓았다. 내가 시몬느와 어떤 식으로든 오랫동안 관계를 유지하리라는 생각을 할 수 없다는 것이다. ……경험으로 미뤄볼 때 교양 측면에서 불완전한 결합이란 대부분 비참한 실패로 끝나며 그 가족들도 고통스러워한다는 것이었다…….

그는 한마디 한마디를 신중하게 발음했다. 마치 내가 처한 그 한심한 상황과 딱 맞아떨어지는 말만을 하나하나 머릿속에서 쥐어짜내려는 것처럼 보였다. 나는 그의 술책에 속아 넘어가지 않았으나 기분은 그렇게 나쁠 수가 없었다. 시몬느와 나는 함께 인생을 살아가겠다는 계획은 조금도 세우지 않았으며 다만 하루하루 살아가는 것으로 만족할 뿐이었다. 토니 소앙의 연설은 나를 격분시켰다. 그의 말에서는 나를 명령에 복종시키려는 의지와 거짓만이 느껴질 뿐이었다. 하지만 나는 아무 말도 하지 않았으며 반응조차 보이지 않았다. 결국 엄마가 가장 불안해했을 말이 터져 나오고 말았다.

"너와 그 어린 시몬느가 무슨 짓을 했는지 난 모르겠지만…… 어쨌든 넌 알겠지, 안 그래? 지금 당장 그만둬야 해."

그렇다. 그게 중요한 문제일 수도 있다. ……그렇다, 비록 보잘것없는 계급 출신이긴 하지만 자기 인생을 살아가야 하는 한 처녀의 평판을 내가 더럽힐 우려가 있다는 것이다. 결국 모든 일은 알려지게 마련이며, 인간이란 입이 가벼운 동물인 데다 그저 어떻게 하면 다른 사람에게 해를 끼칠까 골몰하고 있는 존재. 걱정해야 마땅한 일이 생길 경우 우리 어머니와 나 그리고 그 자신이 당할 어려움은 엄청날 것이라는 얘기였다. 그에게는 시몬느를 낯선 곳으로 데려가야 할 의무가 있기 때문이라고 했다.

그런 식으로 일처리를 함으로써 생기게 될 법적인 문제는 고사하고라도 거기 드는 비용만 해도 그 당시로는 만만치 않은 액수가 필요한 것이다. 그는 이 점에서는 내가 자기를 비난하기가 힘들 거라고 말했다. 사랑하는 사람들이 안전을 위해 자기들 맘대로 할 수 있는 것이라곤 오직 피임법뿐이라는 사실을 내가 알고 있으리라는 것이었다.

교회 당국이 출산율에서의 놀랄 만한 성과 때문에 공공연하게 인정했던 피임법. 연인들은 또 콘돔도 맘대로 사용할 수가 있다(내가 후일 서글픈 기분으로 이용해봤던). 부끄럽긴 하지만 후회는 하지 않는 남자 측에서는 버젓이 자기 동네 약국에서 그걸 사서는 여자의 빈정거리는 듯한 눈길을 받으며 씌운다. 영락없이 여자 측에서는 그 '기구'가 자기 신경을 거슬리게 해서 쾌감을 앗아간다며 투덜거린다. 그래서 나는 줄줄이 계속되는 불행들을 책임질 수 없으리라는 거였다. 악마를 유혹할 필요가 없다는 것이었다. 내 공부는 이제 시작이라고도 했다. 그런 공부를 어떻게 그렇게 쉽사리 포기할 수가 있겠느냐는 얘기였다. 아무 데나 네 물건을 담그다가는 네 정력이 낭비된다는 얘기까지 나왔다.

그러고는 그 시몬느라는 애를 어떻게 믿을 수가 있으며 그 애에 대해 아는 게 뭐냐고 묻기까지 했다. ……또 그 애가 나쁜 병균, 그러니까 스피로헤타 성(性) 콤마 균이나 바이러스를 내게 옮기면 어떡할 거냐는 얘기였다. 물론 그런 일이 일어날 가능성이 희박하긴 하지만 그렇다면 훌륭한 선생님들 덕분에 플로베르나 모파상 같은 인간의 끔찍한 최후를 누구보다도 더 잘 알고 있는 내가 왜 굳이 그런 운수를 받아들이려 하는지 모르겠다는 것이었다……. 또한 백치가 되어버린, 보들레르 같은 인간이 트림을 하듯 쉴 새 없이 내뱉는 그 '빌어먹을!'은?

내 귀에 똑똑히 들려오는 비열한 연설이 계속되는 동안 내 머릿속에는 또 다른 필름이 비쳤다. 시몬느의 포동포동한 팔, 그녀의 포동포동한 금빛 팔을 내 목덜미에 느꼈다……. '초라한 우리 집'의 미광(微光) 속에서 그녀의 입이 내게 말을 했고, 나는 그녀의 눈 속에서 그 말의 그림자를 아무런 의심 없이 바라보았다. 아직 어린애 같은 피라미드 모양 그녀의 가슴에 내 입술이 가볍게 스쳐갔다…….

토니 소앙은 정도를 지나치고 있었다. 그 우스꽝스런 코미디는 중단되어야 했다. 싸늘한 분노가 치밀어올랐다. 잉크스탠드가 토니의 얼굴을 향해 날았다. 그의 눈이 칙칙한 흰색으로 변했다. 발길질을 기다리는 개 같았다.

잉크스탠드는 전쟁 전에 만들어진 것으로 대리석과 청동으로 되어 있었다. 롤러가 달린 서류꽂이가 깨지면서 잉크병이 튀어나와서는 토니의 이마와 왼쪽 눈 위를 때렸다. 그의 눈 밑에서 코까지 검은 잉크 자국이 흘러내렸다. 그는 얼이 빠져 있었다. 그가 턱을 찌푸리더니 경련을 일으키면서 입을 비죽거렸다. 그는 얼빠진 사람처럼 아무 말 없이 자기 자리에 가 앉았다. 나는 몸을 일으켰다. 그리고 옷깃을 여몄다. 레리티에 양에게 인사도 안 한 채로 그곳에서 나왔다. 그 뒤로 6개월 동안 토니 소앙은 내게 말 한마디 하지 않았다.

그 고달픈 6개월 동안 엄마는 나에 대한 불만을 갖가지 방법을 통해 노골적으로 표시했다. 자기가 겪은 두 번의 실패 때문에 툭하면 신경질을 내곤 했던 것이다. 나는 굴복하지 않았으며, 토니 소앙에게서도 거만한 태도가 사라졌다.

일이 그렇게 돌아가자 나와 시몬느의 관계는 본질적으로 바뀌었다. 우리는 서둘러야 했으며, 일단 일을 저질러놓고 나면 그 누구도 우리 사이를 떼어놓지 못하리란 생각을 하지 않을 수가 없었다. 그녀의 승낙을 얻어내려고 안달할 필요도 없었다. 그녀에게서는 약간의 출혈이 있었지만 전혀 쾌감은 느끼지 못하는 듯했다. 나 또한 영원히 잊을 수 없는 쾌감은 느끼지 못했다. 우리는 다시 서너 번 그 일을 되풀이했지만 그 모든 노력을 더 잘 보상받지는 못했다.

스프링 때문에 갈비뼈가 아플 정도인 소파에 드러누운 채 그녀와 내가 선잠이 들어 있던 어느 일요일 아침, 토니 소앙과 엄마가 공장에 들이닥쳤다. 그들은 미리 계획을 짠 것이다. 마치 전세를 결정 짓는 공격 같았다. 우리는 문이 열리는 소리와 그들의 목소리를 들었다. 두 사람은 굳이 소리를 죽이려고 애쓰지도 않았다. 우리가 함정에 빠졌다고 확신하고 있었던 것이다.

엄마는 과장된 그리고 지금보다는 덜 빈정거리는 목소리로 외쳤다.

"올라가요! 그 녀석은 그 갈보 년이랑 저기 있어요! 가서 확인해 봐요!"

엄마는 다프네 뒤 모리에, 폴 부르제,《칼날》……을 읽었다. 그래서 상황에 어울리는 단어들을 사용했던 것이다.

펄쩍 뛰어 일어난 나는 시몬느를 흔들어댔다. 그녀가 눈을 비비며 몸을 일으켰다. 나는 시트와 이불로 쓰던 일종의 술 달린 침대보로 그녀를 둘러싸서는 함석지붕 위, 굴뚝 뒤로 떠밀어냈다. 그리고 다시 드러누워서는 깊이 잠든 체했다. 문이 흔들리더니 열렸다.

"이건 뭐지?"

엄마가 시몬느의 브래지어를 내 코밑에다 대고 흔들어댔다.

"우리 불쌍한 필립, 넌 내가 생각했던 것보다 훨씬 바보 같구나. 하지만 걱정 마라. 숨어 있는 그년을 찾아내지는 않을 테니까. 일부러 애써가며 찾을 필요도 없지. 이 코미디가 끝났다는 걸 알아둬라. 소앙 씨와 나는 공장 열쇠를 네게서 회수하기로 결정했다. 네가 말하는 '초라한 우리 집'은 이제 끝장났다! 그래도 이 방이 그 이름에 어울릴 만했고 네가 조금이라도 여기서 공부를 했다면 우린 양보할 용의가 있다. ……하지만 여긴 보아하니 갈보집이로구나."

엄마가 브래지어를 소파에 내던졌다. 두 사람이 다시 내려갔다. 그 장면을 처음부터 끝까지 지켜보고 있던 토니는 마치 점잖은 아버지처럼 도통한 표정을 지으며 엄마 말에 동의했다. 입도 뻥긋하지 않았다. 엄마가 내게 보인 경멸, "우리 불쌍한 필립", 그리고 내 귀에 퍼부었던 그 추잡한 말들은 나를 참기 힘들게 만들었다. 하지만 나는 엄마가 "그 온갖 음탕한 짓거리"라고 부르게 된 것에 대해 일종의 강박관념을 가지고 있다는 사실을 잘 알고 있었다……

그 후로 시몬느를 만날 수가 없었다. 더는 공장에서 자기 어머니를 기다리지 않았기 때문이다. 그녀는 우리의 일상적인 약속도 거절했다. 압력을 받은 그녀의 어머니한테 단단히 꾸지람을 들었던 것이다. 다시 그녀를 만나려고 이리저리 애를 써봤다. 우중충한 싸구려 아파트들이 빽빽하게 들어찬 변두리 끄트머리에 있는 그녀 집에도 가봤다. 자그마한 키에 온순하고 수줍은 목소리를 가진 그녀의 어머니는 딸은 이따금씩 올 뿐이다, 새로 일자리를 얻었다, 딸을 안 만나는 것이 두 사람을 위해 좋다고 말하는 것이었다. 그러고는 시몬느는 두 사람의 관계를 더는 계속하려 하지 않으며 어쨌든 약혼할 것이라고 잘라 말했다.

엄마의 완전한 승리였다.

"사랑에 빠졌어요."

어쩔 수 없이 이렇게 엄마에게 양보하고 말았다. 그렇다. 아니다. 모르겠다. 그 어느 것도 확실히 단언할 수가 없다. 오직 정직해지고 싶을 뿐이다. 객관적인 표현을 쓴다면 폴라 로첸은 그 어느 살아 있는 존재보다도 내 생각과 시간(사실 무척 한가한)을 차지하고 있다는 사실을 고백해야겠다. 나에 대한 그녀의 감정에 추호의 의심도 품고 있지 않다. 난 내 생각을 절도 있고 조용하게 말한다. 침착함과 절도라는 것이 사람을 옹색하고 편협하게 만든다는 사실을 모르지 않는다.

폴라 로첸 역시 내 생각을 알고 있다. 그녀는 내 생각을 오해하지 않는다. 나 또한 그렇지 않고 우린 아직 열정의 폭발과 대면해본 적이 없다. 자극적인 상상이나 무지로 인해 육체가 갑작스레 요동한 일도 없다. 나로서는 시몬느와 다른 몇몇 여자들의 체험으로도 충분했다.

서로 알게 된 후로 우리는 영원하거나 배타적인 사랑 같은 보람 없는 문제들에 관해 얘기를 나눌 필요성을 전혀 느껴보지 못했다. 우리는 매일매일 우리의 애정을 조금씩만 서로에게 저당 잡히고 있다. 이따금씩 난 우리 관계가 평탄하고 그래서 약간은 지루하다는 생각을 한다. 단조로운 풍경 속을 여행할 때처럼 말이다. 이점이 있다면 그녀와 나 사이의 일이란 단순해서 아무 얘기 안 해도 이해될 수 있다는 사실이다. 우리 두 사람은 몇 시간씩이나 아무 말 없이 앉아 있어도 서로 지루해하거나 우리를 불쌍하다고 느껴본 적이 없다. 우리는 돈으로 쳐바른 무척 가까운 사회 계급 출신이긴 하지만, 친근성이라는 걸 믿고 있다.

지난번 함께 산책하면서 주르당 가로수 길에 서 있는 폐허가 다 된 동양식 정자의 모퉁이를 돌아 나오는데(몽수리 공원에서 오리들한테 빵 조각을 던져주고 난 뒤였다) 폴라 로첸이 말했다.

"우리 두 사람이 함께 무슨 일인가를 해야 되겠어요. 무슨 일을 하건 잘될 거예요."

나는 그러마 대답했고, 그녀가 옳다는 데 추호의 의심도 품지 않는다고 말했다.

폴라와 난 서로 존댓말을 쓰고 있다. 심지어 그리고 특히 사랑을 나눌 때는. 이것은 예의범절 문제가 아니라 자유와 쾌락의 문제다. 지금 세상에서는 처음 만나는 사이인데도 얘기를 나누자마자 대뜸 반말지거리를 해댄다. 이것은 민주적 알리바이를 가장한 비렁뱅이의 태도다. 대뜸 당신 친구라고 떠벌리는 사람에 대해서 당신 우정의 도움을 어떻게 거부하겠는가? 나는 이것을 어리석음의 테러리즘이라 부른다.

내가 폴라 로첸의 명암이 뚜렷하고 싱싱한 어깨를 애무할 때, 손이 그녀 가슴 사이로 미끄러져 들어갈 때, 그녀의 눈꺼풀과 젖가슴에서 입을 떼고 "괜찮아요? 나랑 함께 있으면 행복해요?"라고 물을 때면 우리의 쾌감은 너무도 자극적이어서 마치 우리의 목덜미를 조르는 듯하다. 이따금씩 파묻히곤 하는 속된 시간에서 우리는 서서히 벗어난다. 그래서 우리 두 사람 사이를 떼어놓는 그 표면적인 거리란 우리들 육체의 결합을 더욱 기이하고 괴상하게 만들어놓을 뿐이다. "너"라고 말하는 건 타인에게 그의 정당하고 완전한 위치를 부여할 수 있는 능력을 상실하게 한다.

사랑에 빠졌다고? 물론 엄마는 무슨 일인가가 일어나고 있다는 것을 잽싸게 눈치챘다. 하지만 엄마가 쓰는 말, 그러니까 사랑에 빠졌다는 말의 타당성을 엄마에게 보증해준다는 건 나로서는 불가능할 듯하다. 파리에 돌아온 후로 우리의 생활은 완전히 달라졌다. 나는 해가 지고 나서야, 그리고 이따금씩은 오후에 집을 나가곤 했다. 엄마가 어쩔 수 없이 집에서 그날 저녁 식사를 하도록 만드는 데 성공했던 것이다. 몇 년 동안 우리 집에는 토니 소앙을 제외하고는 아무도 찾아오지 않았다. 폴라와 엄마는 얘기를 나누었다. 두 사람은 시시껄렁한 얘기만 나눴는데, 그날 저녁 우리가 잠자리에 들기 전 엄마가 이렇게 말하는 게 아닌가.

"그 애 괜찮더라. 생각했던 것보다 나아. 실수를 하거나 무례한 짓을 해서 일을 망치지 마라. 조심해."

폴라 로첸이 엄마 눈에 들었다는 사실에 난 기뻐했다.

하지만 늘 그렇게 쉬운 일은 아니었다. 지난 몇 년 동안 나는 대담하게도 대부분 흠잡을 데가 없는 처녀들을 엄마에게 소개하려고 집에 데려오곤 했다. 불운한 처녀들은 엄마의 냉랭한 대접을 받고는 두 번 다시 우리 집에 찾아오지 않았다. 엄마에게 그 처녀들은 생-제르맹이나 몽파르나스에 줄을 지어 서 있는 술집들에 불과할 뿐이었다. 나는 셋방과 여인숙, 그리고 내가 끔찍하게도 싫어하는 은밀한 곳들을 이용할 수밖에 없었다. 엄마와는 그 어느 것도 불가능했다. 엄마는 위선과 거짓 속에서 살아야 했으며 날 그 속에 빠뜨려야 했다. 나는 수치심 때문에 그러한 사실을 웃어넘길 수가 없는 지경에 있었다.

언젠가 그 처녀들 중 한 명과 대충 철책이 쳐진 변두리 묘지 안의 한 무덤 위에서 사랑을 나눈 적이 있었다. 하얀 달빛 아래, 푸른색 후광이 가물거리는 주위 건물들의 창문 앞, 사자(死者) 위에서의 우리의 몸짓은 정말 불편한 것이었다. 처녀는 쾌감이 아닌 두려움으로 신음을 내질렀다. 매 순간 내가 더욱 어렴풋해져가는 욕망을 만족시키려고 애쓸 때마다 그녀는 물었다.

"누구 안 와요? 분명해요? 무슨 소리 안 들려요……?"

더는 참을 수가 없었다. 우리는 머쓱해진 채로 그곳을 빠져나와 파리행 첫 버스를 타는 수밖에 없었다.

그랑-조귀스탱 강변도로에는 왕래가 뜸해지기 시작한다. 생-미셸 가로수 길의 인도(人道) 양편에 다닥다닥 붙어 있는 사무실과 카페, 상점 그리고 의상실들이 문을 열었다. 사람들은 일을 한다. 사람들은 밥벌이를 한다. 밤이 지나고 난 뒤 거리와 도시가 일상과 다시 관계를 맺는 조용한 시간이다. 엄마는 아직도 자고 있다. 겨울밤이니 놀랄 일도 아니다. 토니 소앙은 새벽 3시까지 머물러 있었다. 난 그가 꽝 하고 문 닫는 소리를 들었다. 두 사람은 그때까지 무슨 얘길 하고 있었던 걸까? 내 침대 밑에서까지 담배 냄새가 풍긴다. 이 집을 환기하기로 결단을 내려야겠다.

옛날의 토니 소앙은 강가나 '쇼베'에서 열리는 토요일 저녁 무도회와 댄스파티에서 만날 수 있는, 머리에 기름을 처바른 그런 종류의 미남이었다. 엄마와 함께라면 그는 언뜻 보기에 우아한 커플이될 수도 있을 것이다. 하지만 두 사람의 관계란 무슨 질병처럼 수치스러울 뿐이다.

뤽상부르 공원을 지나던 여인들이 돌아서서 바라보곤 하던 토니, 그 잘생긴 토니는 이제 약간 머리가 벗겨지고 배가 나온 평범한 영감에 불과하다. 점점 노쇠해가는 그를 생각하는 것이야말로 내 즐거움들 중 하나다. 나야말로 나쁜 놈이라는 사실을 알고 있다. 지적인 면에서 보면 그는 아직도 사람을 착각하게 만들 수가 있다.

그는 입버릇처럼 말하곤 한다.

"난 아직 정정해."

그는 아파트 수위와 은행원들이 끔찍이도 좋아하는, 역겨운 냄새가 나는 메카리오 담배를 연이어 피워댄다. 조끼에 담뱃재가 떨어지는데도 털어낼 생각조차 안 한다. 그는 가쁘게 숨을 내쉰다. 층계에서 숨을 고르고는 초인종을 울리는 거다. 그가 이제 무슨 일을 하려는지 알 수가 있다.

이번 금요일처럼 그가 엄마와 함께 밤을 지낼 때면 두 사람은 여러 가지 술을 탄 탕약을 달인다. 마치 그들의 건강도 아껴야 되고 또한 그 근심걱정 없던 젊은 시절을 아직은 떠나보내기 싫다는 것처럼. 두 사람은 그 쓸쓸한 밤을 지내면서 그런 얘길 하는 걸까? 사실 모르겠다. 두 사람에게 아직도 할 얘기가 남아 있다는 사실이 놀랍다. 엄마는 나에게 깊은 속마음을 털어놓지 않는다. 지금까지 한 번도 그런 일이 없었고, 나도 엿듣는 법은 없다. 물론 난 별로 관심이 없지만 아마도 두 사람은 토니 소앙이 은퇴할 경우의 아르쉐 공장 관리 운영에 관해 얘기하지 않나 싶다. 그들은 내 생각은 묻지 않는다. 두 사람의 태도는 옳다.

난 인생 낙오자고, 나도 그걸 알고 있다. 엄마도 나랑 같은 생각이다. 난 내가 그 어떤 일도 해낼 수 없다고 느끼고 있다. 그것은 지능이 필요한 일이 아니다. 루이-르-그랑 중고등학교에서의 내 수학과 물리 성적은 우수했다. 그 성적을 가지고 난 의학교나 상업학교에 진학할 수도 있었다. 하지만 난 시작하기도 전에 포기해버렸다. 엄마는 그걸 나의 선천적인 소심함이라 부른다.

그리고 이렇게 덧붙이곤 한다.

"넌 네 아빠랑 딴판이야."

공장 운영에서도 그들은 날 믿지 않을 것이다. 대학 정도의 졸업장을 딴 사람들은 얼마든지 있다.《르피가로》나《르몽드》,《프랑스-스와르》신문에 구인 광고를 내기만 하면 된다.

공산품 제조 회사. 30~35세의 관리자. 상업기술학교 졸업자를 원함. 영국, 독일, 스페인인도 가능함. 지배인의 경우 연봉 3만 프랑×13에 경비와 상여가 지급됨.

열 명쯤은 몰려들 것이다. 우리는 그중에서 가장 호감이 가는 사람을 하나 골라잡기만 하면 된다. 우리라고? 최종적으로 결정을 내리게 될 토니 소앙 말이다. 여느 때처럼 엄마는 그 결정을 소앙에게 맡길 것이다. 아마도 엄마는 마지막 보증, 즉 아버지가 숨어 있는 곳으로 가서 그의 의견을 들어야 할지도 모른다. 다른 일들도 그런 식으로 진행되는 것을 난 여러 번씩 보아왔다. 배가 약간 아래로 처졌지만 젊어 보이는 남자가 도착할 것이다. 그는 몸에 꽉 끼는 짙은 색깔 정장을 입고 이것과 잘 어울리는 양말과 넥타이를 착용했을 것이다. 은으로 된 고리가 달린 검정색 가죽 가방을 들고 있겠지.

그의 재치 있는 일처리에 엄마는 깊은 인상을 받을 것이 틀림없다. 일을 시작하자마자 그는 일대 변혁과 변화를 제안할 것이다. 그때가 바로 가장 까다로운 순간이다. 우리는 그의 제안에 귀를 기울일 것이다. 그의 기분을 상하지 않게 하면서도 다른 대부분의 제안에 잘 반대하기 위해서 몇 가지는 양보할 것이다. 그는 꽤 만족스러워하겠지. 그날 저녁 집에 돌아간 그는 자랑스러운 듯 아내와 정부(情婦)에게 소리 높여 말하리라.

"여보, 당신도 알겠지만 그 공장에서 난 내 의견을 펼칠 수가 있소……."

자신의 의사 표시 가능성에 자신을 얻은(모든 인생 낙오자들이 그러하듯 나도 원한과 환멸의 사소한 배출구이며 악의 없는 일거리인 일상어의 나쁜 버릇을 쉽게 비난한다) 그는 공장을 잘 운영하려고 온갖 노력을 다할 것이다. 엄마와 난, 바로 이것이 중요한 점인데, 계속 우리 이익 배당금을 받게 될 테고 또한 어디다 돈을 쓸까, 어디서 휴가를 보낼까 따위나 걱정하면서 살아갈 것이다.

밤의 대화

나태와 마찬가지로 몽상 또한 나를 과거라는 부패한 무대로 너무 빨리 밀어 넣는다.

폴라 로첸은 둘 중 한 사람이 그러고 싶을 때 만나기로 결정했다. 같이 산다거나 생활양식을 바꾼다는 건 생각할 수도 없었다. 걷힌 커튼 사이로 수많은 자동차와 행인이 보이고 강둑의 악취가 풍겨오는 내 방은 아직도 내 시간을 가장 또렷하게 보낼 수 있는 장소다. 나의 낡은 가구들, 값싼 골동품들, 책, 커다란 갈색 꽃들이 그려진 벽지는 이제 눈에 들어오지 않는다. 공간이 아닌 시간이야말로 편재자(遍在者)의 참된 조국이다. 스스로 이리저리 헤매다가 궁지에 빠지고 마는, 경계가 모호한 늪지대.

과거. 우리가 끊임없이 눈치를 채지만 어쩔 수가 없는 그 모든 자기 분열. 나는 조금도 내 머리에 떠오르지 않는 미래보다는 과거나 자기 분열 쪽으로 향해 있다. 많은 동시대인들과 어떤 부패를 공유하고 있지만 그렇다고 해서 그러한 부패라는 것이 더 유쾌하거나 기분 좋은 것이 되지는 않는다. 나는 온몸이 습진에 걸린 한 마리 개다. 나는 나의 오래된 흉터, 추억들을 맹렬히 긁어댄다. 나의 추억은 불바다, 피바다로 변했다.

나는 너무 일찍 늙어버렸다. 열세 살인가 열네 살인가 되었을 때부터 노쇠가 시작되었다. 오직 젊음만을 또한 최소한 그 외모만을 예찬하는 시절의 서글픈 확인이었다. 넌 일종의 애늙은이라고 엄마는 말했다. 오늘, 물론 악의가 있어서 그랬다고는 생각하지 않지만, 폴라 로첸은 내가 아주 잘 보존된 애늙은이라고 말했다.

나도 그렇게 생각한다. 노인들처럼 나는 쌓아놓는다. 계속 쌓아왔다. 내 나이 열다섯 살 때 벌써 내 벽장은 정성스레 정리해놓은 신문과 잡지로 미어터질 지경이 되었다. 신문과 잡지 더미들이 무너져서 문을 밀고 나올 정도가 되어야만 나는 그것들을 분리할 결심을 하곤 했다. 그때가 되어서야 진지하게 분류 작업을 시작했던 것이다. 나는 각 호(號)를 대충 넘겨가면서 서류철에 끼워 넣을 가치가 있는 기사만을 잘라내곤 했다. 그리고 표지에 이렇게 써 넣었다. '문학', '회화', '음악', '법률', '과학', '철학' 등. 그 서류철들은 잔뜩 부풀어 올라서 마치 임산부 배처럼 두툼해졌다가 터져버리곤 했다. 다시 나는 부제를 붙였다. '소크라테스 이전의 철학', '고전 철학'……. 그리고 나서 내 관심을 끌지 않거나 내 맘에 안 드는 것들을 없애버렸다.

이 작업을 하면서 꾸준히 쌓아놓은 자료들을 모두 다시 읽고, 기억을 새로이 하고, 중요한 것과 덜 중요한 것을 갈랐다. 이렇게 해서 나는 여러 서류 봉투, 특히 내가 '이데올로기'라고 제목을 붙였던 서류 봉투의 내용을 추려낼 수가 있었다. 드디어 나는 이데올로기의 개념을 다음과 같은 식으로, 즉 어떤 사상적 관점에 얽매이는 진리

나 그런 관점에 봉사하는 거짓으로 정의할 수가 있게 되었다. 그처럼 분명한 시각을 갖게 되었을 때 난 내 벽장을 비울 수가 있었다.

기록들을 그런 식으로 계속 정리하고 분류함으로써 나는 의견, 또는 드물게는 확신을 갖게 되었다. 내 인격의 일부는 내 벽장에 미친 사람처럼 신문과 잡지를 쌓아놓은 덕분에, 결국은 시간의 은밀한 작용 덕분에 생겨난 것이다.

파리는 꿈을 꾸는 도시다. 꿈만 꾸면서도 뭐 하나 망각하지 않는 도시다. 아무리 멍한 행인일지라도 뤼테스 사구(砂丘)에서 보부르 고원까지 가는 동안 기념물 하나 정도는 보게 될 것이다.

도시는 마치 친숙한 육체처럼 내 곁에 있다. 내게 친근한 도시는 밤의 도시다. 조금만 귀를 기울이면, 금지되었는데도 가로수 길 위를 날아오르는 비행기들의 폭음이 들린다. 비행기들은 점령 기간 중에 그랬던 것처럼 구름 밑에서 빨갛고 희게 깜빡거린다.

폭격을 예고하는 야간비행이 시작되면 나는 끔찍한 공포에 휩싸이곤 했다. 처음에는 엄마를 불렀다가 엄마가 오지 않으면 우리 집에 머무르고 있던 마리아라는 시골 처녀를 부르곤 했다. 자기 이름을 들은 마리아는 항상 내게 달려왔다. 엄마도 그 사실을 알고 있었다. 그래, 아마 모르고 있었는지도 모르겠다. 마리아는 깨어 있었는지도 몰랐다. 그녀는 달려와서는 내 손을 잡고 이마를 쓰다듬어 주곤 했다. 그러고는 전혀 변성되지 않은 어린 소녀 같은 목소리로 이야기했다. 필요하면 그녀는 그 건물에 사는 다른 사람들과 함께 날 지하실로 데려갔다. 다음날 아침이 되면 화난 목소리로 살짝 말해주곤 했다.

"우리 꼬마 필립이 어젯밤에도 날 깨웠어."

그러고는 날 껴안아주었다.

마리아는 아마도 자기 고향이 아니라는 이유로 파리를 좋아하지 않았던 것 같다.

마리아는 다리를 절고 있었다.

"허리뼈에 칼슘분이 부족합니다."

의사 두 사람이 그렇게 진단을 내렸다. 1945년 어느 날, 그녀는 베르크 종합병원으로 옮겨졌다. 파리에서 멀리 떨어진 곳이었는데, 다른 나라나 마찬가지였다. 옥소가 많이 포함된 신선한 바닷바람이 부는 곳이었다. ……뼈 부분에서 발생한 병이나 결핵에는 그만이었다. 마리아는 매주 우리에게 편지를 보냈다. 내게 그 편지들을 읽어주고 나면 엄마는 잠시 아무 말이 없다가 이렇게 말하곤 했다.

"참 착한 처녀야! 얼마 있다가 병문안을 한번 가기로 하자꾸나."

어느 여름날, 우리는 베르크에 도착했다. 마리아는 흰 침대에 누운 채로 웃었다. 내가 잘 알고 있었고 또한 내가 그 웃음을 좋아한다는 사실조차 모른 채 좋아하던 바로 그 웃음이었다. 그날 나는 그 어린애 같은 웃음에 사랑을 느꼈다. 사실 마리아는 어린아이나 다름없었다.

그녀는 내 뺨을 어루만져주었다. 그 궁핍했던 시절, 구경하기조차 힘들던 밀감을 엄마가 내놓았다. 그녀의 병은 더욱 악화되어 걸을 수조차 없을 정도였다. 판지와 털실, 크레용으로 그녀는 우편엽서와 예쁜 상자를 만들고 있었다. 그 일에 온 정성을 다하고 있는 듯했다. 그녀는 내가 그중에서도 가장 예쁜 상자와 엽서를 하나씩 골라 가지도록 했다. 그녀에게 줄 것이 아무것도 없었던, 또한 그런 생각을 미처 못했던 나 자신이 부끄러웠다. 하지만 엄마와 내가 그곳을 떠날 때 마리아의 두 눈은 기쁨으로 빛나고 있었다.

몇 달 뒤, 우리는 처음 보는 눈 쌓인 한 시골에 가게 되었다. 그곳 묘지의 한 수수한 무덤 위에서 우리는 묵념을 했다. 색칠이 된 나무 십자가 하나와 네모진 시멘트 판밖에 없는 무덤이었다. 그때 아파트에서 마리아와 벌이던 숨바꼭질을 생각했다. 나는 찬장이나 트렁크에 숨곤 했는데, 마리아는 용케도 찾아냈다. 또한 나는 공포를 물리치던 밤들, 내 손을 누르던 마리아의 손, 그녀의 웃음소리, 갈라지고 불안정한 그녀의 목소리도 생각했다.

포르트-드-생-클루 광장이 눈에 들어온다. 세브르 다리를 통해 빌-다브레와 생-클루 공원으로 이어지는 왼쪽의 에두아르-바이앙 가로수 길과 렌느 가로수 길 그리고 숲 사이에서 환히 빛나고 있는 저 기묘한 원통형 건물들. 새벽 4시쯤 공원 언덕에 올라서면 국방성과 베르시와 샤랑튼 위로 솟은 거대한 탑들의 앞면을 장식한 횃불상을 밝혀주는 태양을 볼 수가 있다. 여름밤이면 공원에서는 젊은 몽상가들이 몽상의 괴수들을 기다리다가는 그물로 낚아채려고 살금살금 다가간다. 낮게 드리운 나뭇가지 아래서 어렴풋이 보이는, 어쩔 줄 몰라 하는 연인들. 누군가를 부르는 소리가 들린다. 잠에서 깨어난 새 한 마리가 부르는 소리인지 아니면 쓰다듬어주고 사랑해주기를 바라는 외로운 어린애가 부르는 소리인지는 알 수가 없다.

나는 지금 불로뉴 숲 기슭에 있다. 숲은 마치 매음과 마약 시장처럼 웅성거린다. 창녀와 여행자, 호모, 딜러……들은 광전지(光電池)와 고함 소리와, 측정 가능한 차원과 보증된 능력을 가진 승격(昇

格)된 성(性), 붉고 이가 빠졌으며 약속을 남발하는 침으로 가득 찬 입을 사용해서 서로 손님들을 잡아끈다.

프엥-뒤-주르와 루이-블레리오 강변도로를 따라서 걷는다. ……현창(舷窓)의 불이 꺼진 호화판 배들이 잠을 자고 있다. 여기저기 페인트칠이 벗겨진 거대한 배들은 천문학자들도 모르는 별들이 흔들리고 있는 어두운 조류 속으로 녹아들고 만다.

인적이 끊긴 콩코르드 광장은 사람의 발길이 닿지 않은 행성처럼 반짝이며 어떤 항구처럼 탁 트여 있다. 마를리종 말들은 철로 된 우리 속에서 뛰어다닌다. 검정색 승용차 한 대가 전조등을 환하게 켠 채 지나간다. 금발 여인이 핸들을 잡고 있다. 담배를 피우며 주위를 둘러보던 그녀는 생-제르맹 거리의 심연 속으로 잠겨든다. 튈르리 강변도로는 태풍 전야처럼 희끗희끗해졌다. 그곳 지하도에선 신문지들이 바람에 이리저리 날리고 있다.

나는 이 도시의 대동맥, 밤의 슬픈 대하(大河)를 따라가야 한다. 11월 강(江)의 축축한 호흡을 들이마시고 난 뒤 다리 쪽으로 눈을 돌려서 뚫어져라 쳐다본다. 그러고 나서 알 수 없는 어떤 힘에 끌려 그 어둠의 통로들 중 하나, 세바스토 가로수 길이나 생-페르 거리, 생-자크 거리로 접어든다. ……파리는 성스러운 도시다. 번쩍이는 보도 위로 여인들이 구두 뒤축을 울리며 지나간다.

한 처녀가 건물 입구에 앉아서 울고 있다. 남자 녀석이 따귀를 올려붙인 것이다. 그 녀석은 육층, 숫자도 좋은 4호실에 있다. 방의 제일 높은 책장에는 레닌 전집이 정성스레 진열되어 있고 침대에는 빨강 머리 처녀가 누워 있다. 나는 울고 있는 처녀 옆에 앉는다. 그리고 다정한 목소리로 말을 건다. 그녀는 잔뜩 경계를 한 채 입을 꼭 다물고 있다. 퇴짜를 맞을 수는 없다. 다시 말을 걸었다. 함께 걷자고 제안했다. 그녀는 결국 내 제안을 수락했다. 우리는 오랫동안 걸었다. 그녀는 나를 쉬렌 언덕의 자그마한 아파트로 데려갔다. 우리는 살금살금 걸어 들어갔다. 그녀 방에서는 그녀의 남자 친구 부부가 자고 있었다.

그녀는 차와 과자를 준비했다. 우리는 먹고 마셨다. 거실의 붉은색 소파에 누운 우리는 자고 있는 사람들이 깨어나지 않도록 은밀하게 사랑을 나누었다. 그녀가 정말 쾌감을 느꼈는지 아니면 그런 척했을 뿐인지는 알 수가 없었다. 창문 유리에는 혜성 모양을 한 투명한 성에가, 밤의 덥고도 차가운 심장이 서려 있었다. 그녀는 자기 삶의 일부를 얘기해주었다. 그녀의 아버지는 어느 시골 도시에서 빵 장사를 하고 있는데 그녀가 열여섯 살 되던 해부터는 말 한마디 건네지 않는다고 했다.

그녀는 또 자기 집에는 중국을 여행했던 남자 친구 하나가 이따금씩 머무른다고 말했다. 그 녀석은 모베르에 살고 있었다. 그녀 방에서 그는 조울증에 걸린 빨강 머리 처녀, 그래서 다음날 아침이면 입원을 해야 하는 그 처녀를 애무하고 있었다. 정신병 의사들은 아무 도움 없이도 그녀를 완전히 미친년으로 만들 것이다. 그 또한 제정신이 아니다. 그는 공부를 좀 했다. 그는 철학교사를 지망해 시험에 합격하기를 바라고 있다…….

처녀는 졸지 않았다. 나도 그랬고. 우리는 차를 더 마셨다. 다른 사람들을 방해하지 않을 정도로 볼륨을 낮춘 채 그녀는 레코드판을 돌렸다. 난 그녀에게 〈울려 퍼지네〉, 〈성령 강림 축일의 주일을 위한 그대의 노래〉 같은 칸타타를 청했다. 하지만 판이 없었다. 합창을 끔찍하게도 싫어한다고 그녀는 말했다. 대답할 말이 없었다.

그녀는 마리화나를 피우자고 제안했다. 우리는 그걸 피웠다. 남자 녀석이 아무 어려움 없이 구해올 수 있다는 거였다. 원하기만 한다면 나는 그들과 함께 다시 한 번 더 그걸 피울 수가 있었다. …… 나는 자신 있는 목소리로 그러마 대답했다. 내가 그녀보다 열두 살이 더 많다고 말하자 그녀가 웃었다. 나는 그런 우연한 만남에 아무런 의미도 부여할 수가 없다.

옆방에서는 둔한 육체들이 조금씩 움직이고 있다. 자동차 한 대가 큰길 아래쪽으로 지나간다. 건물 어디에선가 어린애가 우는 소리가 들린다. 다시 침묵이 찾아든다. 그 처녀의 눈 밑에는 푸르스름한 멍이 보인다. 그녀는 입을 꼭 다문 채 천장을 바라보고 있었다. 창문 뒤로 하늘이 훤하게 밝아졌다가 다시 푸른색으로 변했다. 자그마한 붉은색 지붕들이 어둠 속에서 드러났다. 나는 그녀에게 다가가서 머리를 쓰다듬었다. 그녀는 섬세하고 기다란 머리칼을 풀어내렸다. 이름을 물었다. 그녀 이름은 실비였다. 우린 할 얘기가 거의 없었다. 그녀와 헤어지기 전에 나는 이렇게 말했다.

"괜찮다면 다시 찾아오지."

그녀가 대답했다.

"그러세요."

밖에 나서자 살을 에는 듯 차가운 공기가 얼굴과 심장을 때렸다. 하지만 도시의 손안에서 길을 잃을 수는 없었다. 밤이건 낮이건 나는 그 생명선이자 운명선이다. 도시는 나의 오아시스며 심오한 본성인 것이다. 광막한 대해처럼 드넓은 채소밭 한가운데, 두 번의 전쟁과 텔레비전 중계국 설치로 인해서 초토화되어버린 마을 너머의 도시는 모든 것이 놀랍고 모든 것을 먹어봐야 하는, 연회에 참석한 밥통이며, 자유항이며, 대상(隊商)의 숙소다. 도시는 아무런 주저함 없이 탁자와 침대 그리고 우리가 얘기를 나눌 수 있는 곳, 전화, 술집, 공원 벤치, 서점들을 제공해준다. 어떤 날씨에도 그곳에는 만만치 않은 상대가 있다.

실비 같은 여자에 대해서는 그래도 뭔가를 예측할 수 있지만 그밖에 낯설고 생소한 사람들은 얼마나 많은가? 도덕적인 사람, 부도덕한 사람, 말 많은 사람, 과묵한 사람……. 얼마나 재미있는 일인가? 높다란 담벼락 뒤편 굴뚝에서는 불길이 솟아오르고 있었다. 거기서는 말과 그림과 엉뚱한 소리가 요리된다. 들어가서 앉기만 하면 된다. 모든 음악은 차츰 어떤 의미를 띠게 된다.

나는 도시를 마치 오랫동안 경멸받아온 어떤 어머니처럼 사랑한다. 결국 나는 그 장점들을 인정하고 있다. 잡아먹고 싶을 정도로 도시를 사랑한다. 배를 채우려고 육체를 찢어발겼으며, 육체는 그 한없는 관대함 속에서 늘 다시 태어난다. 옛날에도 그랬지만 우리 어머니는 대지다. 고달픈 밤이 시작되어도 어머니는 여전히 생기 있고 자신의 모든 추억들의 향기를 풍긴다. 어머니, 어머니……. 검게 변한 보석이 달린 스커트를 입고 연기 빛깔 베일을 쓴 당신. 우리의 허파에 때가 묻어도 상관없다. 우리의 호흡곤란이란 마음과 정신의 자극적인 기쁨에 비하면 아무런 무게도 느껴지지 않는다.

당신은 가엾은 대지. 나처럼 헐벗고 허약한 존재들이 살 수 있는 유일한 나라. 그들은 이 나라에서 위안과 양식, 충만하며 진정한 삶, 그리고 환상을 발견함으로써 자신들이 살아 있다고 믿게 된다. 당신 한가운데를 대동맥이 관통하듯이 그들은 내밀한 꿈과 몽상을 통해 자신들을 먹여 살리는 당신에 의해 관통당한다. 자신들이 은혜를 입고 있다고 믿는 사람들도 있다. 어리석은 증오심과 공포로 시달리는 대부분의 사람들은 바닷가나 겨울 스포츠를 즐길 수 있는 곳으로 서둘러 피신하고 만다. 거기서 그들은 당신의 풍부한 다양성을 회복하려고 애를 쓴다.

후손들의 공공연한 배은망덕함! 또는 무관심. 그런 일은 그들이 죽을 때까지 계속되리라. 그때가 되면 그들은 몇천 번이나 파헤쳐지고 학대받은 당신의 대지 속에서 그들의 은신처를 찾아낼 것이다. 그들은 자궁으로, 옛적의 칸막이로, 페르-라세즈 공동묘지로 되돌아갈 것이다. 당신 시계 문자판 위의 바늘과는 반대 방향으로. 몽파르나스, 몽트루즈, 장티이, 발미, 베르시, 생-망데, 벨빌, 몽마르트르, 바티뇰, 보지라르……. 성내(城內), 성외(城外).

"아, 필립인가? ……잘 있었나?"

그는 힘겨운 듯 천천히 말했다. 그의 전화 목소리는 거의 노인의 목소리나 다름없는 콧소리였다. 할 말을 찾고 있는 듯했다. 내가 전화를 받는 게 못마땅하면서도 꾹 참고 있다는 걸 난 눈치챘다.

"음, 부탁이 있는데…… 자네 어머니한테 말을 좀…… 음, 오늘 밤은 함께할 수 없다고…… 그러니까 다른 때처럼 갈 수…….

토니 소앙은 능숙한 거짓말쟁이는 아니었다. 엄마에게 많은 걸 감출 수 없다는 사실을 그는 알고 있었다. 물론 사업상 일이라면 그의 감언이설은 어느 정도 실제적인 효과를 볼지 모르지만 이런 경우라면…….

"어머니께선 섭섭해하실 겁니다. 저도 그렇고요."

"고맙네. 자네가 전혀 섭섭해하지 않는다는 걸 알고 있네. 하지만 그렇게 말해주다니 고맙군. 어머니한테…… 내가 집에서 나갈 수 없는 형편이라고 알려드리게. 유행성감기라서…… 잘 말씀드려주게, 필립. 내가 유감으로 생각한다고 말이야. 특히…… 어머님을 방해하지 말게."

"그대로 전해드리지요. 전화해주셔서 고맙습니다. 건강이 최고죠."

그가 전화를 끊었다. 평상시라면 그는 내 부자연스런 정중한 태도에 속아 넘어가지 않았을 거다. 나는 우리가 그를 간호해주는 게 어떨지, 대신 약국에 가줄지, 약을 가져다줄지 물어보지 않도록 조심했다.

엄마는《피가로 매거진》을 읽느라 정신이 없었다.

"우습구나, 필립. 이 소설 광고 좀 봐라. 소설이란 채소 통조림이나 치즈랑은 다르거든! 누구니?"

"토니요."

"너랑 얘기하고 싶다던?"

"아니요. 감기에 걸려서 오늘 밤에 못 온다고 전해달래요. 섭섭해하더군요. 그래요, 섭섭해했어요."

"아, 그분이 섭섭해했다고! 섭섭해했단 말이지. ……그럼 난 혼자 있어야 되잖아! 그게 바로 그 사람이 노리는 거야……."

엄마가 목소리를 높였다. 흥분이 되는 모양이었다. 몹시 불안한 듯 날카롭게 소리쳤다. 나는 엄마가 마지막으로 한 그 심술궂은 말을 걸고 넘어졌다.

"어떻게 혼자 있을 거라고 말씀하시죠? 전 안 나가요. 어머니랑 같이 있을 거라고요."

"이해할 수가 없구나. 그래서 뭐가 달라진다는 거야? 어차피 네 방에 틀어박힐 텐데!"

엄마는 손수건을 매만지고 있었다. 《피가로 매거진》지가 양탄자 위에 떨어졌다.

"진정하세요, 제발! 우리 함께 식사하지요. ……이야기도 나누고……."

"그 사람 정확히 무슨 얘길 했니?"

"유행성감기 때문이래요. 그것뿐예요."

"거짓말을 하는 게 틀림없어. 아픈 영감 같은 목소리였을 거야, 그렇지?"

"그래요(분명한 걸 어떻게 부정하랴?), 진짜 아픈 것 같았어요."

"넌 어쩜 그렇게 잘 속아 넘어가니? 넌 그 사람을 너무 몰라. 아마 그 사람은 널 쥐도 새도 모르게 속여먹을 수 있을 거다. 하지만 나한테는 어림도 없지. ……난 그 사람이 왜 늙은 염소 같은 목소리로 아픈 체하는지 알고 있어. 여드름투성이 중학생처럼 말이지. ……그 사람은 거짓말을 하고 있는 게야! 그 치사한 사람이 거짓말을 하는 거라고! 쉰 살 때부터 그랬지. 감기라고? 난 안 속아! 어제만 해도 잉어처럼 쌩쌩했다고. 갈보 년이랑 나갔을 거야. 틀림없어……."

엄마는 화를 못 참겠다는 듯 찔끔찔끔 눈물을 흘렸다. 날카로운 목소리로 봐서 히스테리를 일으킨 듯했다. 한 손으로 잡지를 주우려고 애썼지만 헛수고였다. 무릎을 꿇은 나는 엄마가 진정하기를 바라면서 잡지를 내밀었다. 엄마가 응접실 창문과 복도 천장으로 눈을 굴렸다. 날 보지 않으려는 것이었다. 이 무슨 웃기는 연극인가! 엄마의 손이 허공을 더듬더니 다시 밑으로 처졌다. 회색빛 뺨의 떨림과 양쪽 콧방울의 발작적인 경련만이 엄마의 편하지 않은 심사를 나타내주었다. 난 그 순간 동정이 뒤섞인 갑갑증을 느꼈다. 엄마의 손을 잡았다.

"우리 함께 나가도록 해요. 라페루즈에 가서 저녁 식사를 하면 어떨까요?"

"레스토랑에서? 내가 지금 어떤 상태인지 넌 모르니?"

기분 나쁜 밤이었다. 엄마는 안락의자에 푹 파묻힌 채 코를 훌쩍거리며 알아듣기 힘든 소리로 중얼거렸다.

"레스토랑에서…… 레스토랑에서…… 그 비열한 인간이 날 혼자 버려뒀어. 갈보 년이랑 나간 거야. 난 혼자야……."

나는 문을 쾅 닫고는 내 방으로 피해버렸다.

난 실망하지 않았다. 습관이 그러니까. 엄마가 결코 변하지 않으리라고 생각했다. 동정을 해야 하지만, 그 누구도 엄마를 딴사람으로 만들지는 못할 것이다. 멀고도 가까운 벽 뒤의 엄마 방에 귀를 기울였다. 엄마는 딸꾹질을 참으려고 애쓰고 있었다. 나도 마찬가지였다. 우리 두 사람은 각자 자신의 방문 뒤에서 똑같은 곤란에 처해 있었다. 그런 일이란 아무런 의미도 없었고, 그러니 뚜렷한 해결 방법도 찾아낼 수가 없었다.

아파트를 떠난다? 아파트를 떠나? 진짜 아들이라면 어떻게 슬퍼하지도 않고 그런 결심을 할 수 있겠는가? 그런다 해도 어디로 간단 말인가? 돈도 없는데. 나는 내가 그런 문제들을 해결할 능력이 없다고 스스로 느끼고 있었다. 폴라 로첸은 밤이고 낮이고 날 견뎌낼 준비가 되어 있지 않다. 애정이나 사랑에서 엄마와 난 완전히 파산한 셈이었다. 기다려야 한다. 기다려야지.

나는 벌렁 드러누운 채 마치 독물이 든 우물처럼 고통스러워하는 어머니의 고독과 침묵에 대해 생각했다. 왜 엄마는 그토록 매몰차고 자기중심적일까? 또 나는 왜 그토록 끊임없이 고민하고 괴로워하면서도 그 고통을 입 밖에는 내지 않았던 걸까? 내 어린 시절부터, 그리고 청춘 시절, 하루도 빠짐없이 정력과 자책 때문에 황폐해졌듯이 이제 내 품위 때문에 그러는 걸까? 그건 정말이었다. 하지만 엄마가 내 코앞에서 저토록 고통스러워하고 있을 때면 난 나 자신을 동정할 수가 없었다.

정신이 마비되고 나면 다시 회복이 된다. 제로 상태에서 다시 출발하는 듯하다. 풍경은 '예전으로' 되돌아간 듯하다. 최소한 그렇게 믿으려고 애쓴다. 그 풍경을 훤히 내려다보는 것처럼 여전히 멀찌감치 떨어져서 냉정을 유지하기도 한다. 하지만 그 어떤 방법도 효과가 없다. 의지란 아무것도 아닐 수가 있다.

'프랑스 음악 방송국'이 재방송하는 어떤 프로의 잡음을 들으며 잠이 들었다. 쇼팽인 것 같았다. 그의 음악을 들으면 이유 없이 불안해진다. 가볍고 경쾌한 곡을 들을 때조차 마치 무슨 차가운 물건을 만진 듯 섬뜩하다. 그 환상적인 마스크 뒤에 무엇이 있는지를……난 알고 있다. 내게는 인정도, 감수성도 없는 걸까? 그렇다 해도 놀랄 건 하나도 없다.

결국 나는 어떤 이중적 불안으로 빠져들었다가는 잠이 들고 말았다. 잠을 깨보니 한밤중이었다. 비가 내리고 있었다. 자동차 타이어가 조각난 아스팔트에 찔려 터지면서 슈 소리를 냈다. 다시 기분이 상쾌해지는 걸 느꼈다. 배가 고팠다. 육체란 배고픔을 그냥 넘기지 않는 법이다. 바로 거기에 뭔가 마음 놓이는 것이, 아마도 삶의 충동 같은 것이 있는지도 모르겠다. 하지만 난 언제나 먹고, 용변을 보고 그리고 씻어야 하는 욕구를 마치 부끄러운 의무라도 되는 것처럼 생각해왔다. 내가 나의 육체와 화해를 하는 일은 거의 없다.

몸을 일으키고는 부엌에 있는 냉장고로 갔다. 먹고살기 위해서 내가 하려는 행동들이 결국은 추억까지 흩어놓을지도 모르는 문제들을 심각하게 생각해보기로 작정하면서 난 여전히 불안했다. 기본적인 욕구를 충족시킬 권리를 스스로 인정하려 할 때는 늘 그랬듯이. 그러한 불안감 역시 지워버려야 했다.

냉장고 문을 연 나는 타락 속으로 빠져들었다. 엄마가 열심히 정돈해놓은 통조림 말고도, 반투명 종이에 싸놓은 버터가 있었고, 도자기 접시에는 정어리가 네 마리 놓여 있었다. 나와 엄마는 그것들을 지나치게 많이 먹고 있다. 정어리는 고체 기름을 먹인 두툼한 종이 위에 엉겨 있다. 냄비에다가 물을 붓고는 그 위에 뚜껑 대신 받침 접시와 목 잘린 정어리 네 마리를 올려놓았다. 그것들을 가스 풍로에 올려놓고 달무리처럼 생긴 푸른색 불꽃을 켰다.

풍로 위로 천창이 살짝 보였다. 캄캄한 하늘은 벨벳처럼 부드러운 어둠에 휩싸여 있었다. 그 어둠을 더 잘 보려고 창을 완전히 열어젖혔다. 냄비 물이 조금씩 끓기 시작했다. 어둠 덩어리가 열린 창문의 면적만큼씩 연이어 나타나더니 사라지고 말았다. 바다 드넓은 땅에서 잘라낸 침묵만이 지배하는 몽상 속으로 빠져들었다. 열한 살 때《해저 2만 리》를 읽었을 적에 나타났던 바로 그러한 바다 밑 땅. 그렇게 되면 나는 오랫동안 마음이 가라앉았다. 그 유일한 몽상 덕분으로 그랑-조귀스텡 강변의 우리 집 부엌은 '노틸러스'로 변했다.

나의 몽상은 "한 시간에 1만 5천 리씩 달려갔다". 모래벌판 위를 지나 산호 숲을 지나갔다. 무시무시한 조류와 심해의 거대한 압력에 부딪히기도 했다. 건물 밑바닥에서는 아무런 소리도 들리지 않았다. 조용한 시간이었다. 레이느 부인의 아이들은 벌써 오래전에 잠들었다. 내가 두 눈을 뜬 채 꿈을 꾸는 바로 이 순간에 그 아이들이 꾸는 꿈은 정처 없는 천상의 어둠과 흡사한 듯하다. 아마 꿈속에서 아이들은 잠이 깨면 다 잊힐 즐거움과 두려움을 느낄지 몰랐다. 두려움과 즐거움 때문에 아이들 눈 밑에는 푸르스름한 생채기가 생겨날지도 모른다. 틀림없이 그들의 어머니가 (진짜 착한 생모라면) 불안해할…….

앰뷸런스의 날카로운 사이렌 소리에 나는 다시 정어리 생각을 하게 되었다. 냄비에서 춤을 추던 물이 잘그락거리는 받침 접시를 다시 들어 올렸다. 목 잘린 정어리들은 액체로 변한 기름 속에서 제멋대로 헤엄치고 있었다. 불에 데지 않도록 조심하면서 나는 정어리들을 식탁에 올려놓았다. 수도꼭지에서 물이 한 방울씩 떨어지고 있었다. 도자기 그릇 위에서 대양의 파도 소리를 듣기 위해 귀를 기울였다. 현기증이 날 정도로 빠르게 도시에서 멀어지면서 나는 마치 기포(氣泡) 속에서, 기이하고 아주 작은 행성 속에서 살고 있는 듯한 느낌이 들었다.

정어리를 한 마리 먹는다는 건 간단한 일은 아니다. 세심한 손재주가 필요하다. 마치 빵을 먹는 데 버터 한 조각과 포크, 그리고 나이프, 이왕이면 날카롭고 뾰족한 부엌용 나이프가 필요하듯이. 정어리는 우선 가느다랗고 지느러미가 달린 등뼈를 밑으로 해서 놓아야 한다. 그러니까 포크 날을 이용해 생선을 그런 식으로 고정해놓고는 나이프 끝으로 배에서 꼬리까지 갈라야 한다. 그렇게 되면 물고기는 그 향기 나는 분홍빛 육체의 비밀을 드러낼 것이다.

그러고는 섬세한 수술(이 단어는 정확히 외과 수술을 의미한다)이 이어지는데, 여전히 나이프 끝으로 그 단단하고 불그스레한 부속기관, 과거의 생식력과 번식력의 증거인 어백(魚白)을 들어내는 것이다. 마찬가지 방법으로, 떨어져나간 대가리에 붙어 있던 기관의 찌꺼기인, 응고된 힘줄들을 떼어낸다. 마지막으로 가느다랗고 반투명한 천연 진주 목걸이인 등뼈를 떼어내서 접시 가장자리에 올려놓는다. 꼬리를 단번에 잘라내고 나면 정어리는 마치 프로크루스테스〔고대 그리스의 강도. 사람들을 침대 길이에 맞춰 잘라내거나 잡아 늘였다고 함〕의 침대 위에 놓인 듯 먹힐 준비가 되어 있다. 정어리의 등뼈를 발라내고 두 쪽으로 갈라 얇게 다지고 있노라면 손가락과 손목에 쾌감이 온다.

두 번째 정어리의 배를 가르고 있을 때 마루청이 삐걱거리는 소리가 들려왔다. 날카롭게 삐걱거리는 걸로 봐서 그것이 마루에서 나는 소리라는 걸 알아차렸다. 양탄자 위를 끄는 발소리, 옷감이 구겨지는 소리가 들렸다. 부엌문이 열렸다. 엄마가 날 바라보고 있었다.

"어머, 아직 안 자니?"

기력 없는 몸을 창틀에 기댄 채 한 손은 천장 등(燈)에서 비쳐 내리는 눈부신 빛을 가리려고 이마에 갖다 댄 엄마는 기진맥진해 보였다. 차가워 보이는 푸른색 실내 가운 차림 엄마는 몰골사나웠다. 나는 그 가운을 몹시 싫어했다. 마치 히브리 민족이 이집트에서 탈출할 때, 8월의 태양이 쨍쨍 내리쬐던 플라타너스 나무 껍질 벗겨진 줄기에 자신의 피곤과 고통을 기대놓느라 큰길가에 멈춰선 한 여인의 환상을 보는 듯했다. 나는 그 환상을 쫓아내버렸다.

"문에 그러고 계시지 마세요. 앉으세요. 정어리 드시겠어요?"

"그래, 고맙다. 한 마리 다오."

"뭘요, 우선 통조림을 하나 따드릴게요. 냉동이 됐으니 맛이 있을 거예요."

"맘대로 하렴. 친절하구나……."

엄마는 내 앞에 앉았다. 잠시 침묵을 지키고 난 엄마는 마르고 쉰 목소리로 말했다.

"조금 전에 있었던 일을 용서해주렴."

놀란 나머지 나는 손에 들고 있던 접시를 떨어뜨릴 뻔했다. "용서해주렴." 엄마가 내 앞에서 그렇게 겸손해진 적은 없었다. 하지만 그게 겸손이었을까? 혼란스런 마음을 감추려고 나는 괜히 개수대 왼편에 붙어 있는 찬장을 열었다 닫았다 했다. 우린 거기에 밀가루 반죽과 설탕, 초콜릿, 절인 음식을 넣어두고 있었다.

"제발…… 사과하거나 미안해하실 필요 없어요."

어떤 어머니가 뭐든 사과할 필요가 없으면, 용서받을 필요도 없다면, 그 어머니는 도대체 어떤 사람일까 하고 나는 내심 생각했다. 어떤 어머니가 이렇게까지 자신을 낮출 수가 있을까? 또한 '엄마를 이해해요' 하고 자기 어머니에게 말할 수 없는 아들이란 어떤 아들일까?

드디어 찬장 속에서 겨울날 태양처럼 눈부시고 반들반들하며 노란 상자를 찾아냈다. 올리브기름 중에서 우리가 가장 좋아하는 소피케 상표가 붙어 있었다. 나는 매트 위에서 레몬 하나를, 식탁 서랍 속에서 식기를 한 벌 끄집어냈다.

"레몬을 곁들이겠어요. 뭘 마시겠어요?"

"커피로 주렴. 고맙구나."

"그럼 잠을 못 주무실 텐데?"

"내가 잠이 없다는 걸 잘 알잖니. 네가 아까 날 초대한 것이 아직 유효하다면 여기서 같이 식사를 하자꾸나. 함께……."

"그 초대는 아직 유효해요."

나는 정어리와 커피를 섞어 먹으면 소화가 안 된다는 사실에 대해서는 일언반구하지 않았다. 엄마가 몸을 일으키더니 부엌 한구석을 뒤적였다. 좁은 공간은 쇠가 부딪치는 소리와 종이 구겨지는 소리, 가정집 특유의 냄새로 가득 찼다. 그런 것들이야말로 결국 인생을 즐겁게 만들어주는 것이다. 나는 정어리 여섯 마리를 접시에 올려놓았다. 엄마는 먹지 않았다. 평상시에는 무척 세련된 취미를 갖고 있던 엄마가 그냥 꼬리만 잘라놓고는 배는 가르지 않는 것이었다.

기분이 좋은 날 같으면 엄마는 "정어리는 꼬리도 없고 머리도 없어"라고 품위 있는 농담을 할 수도 있을 것이다. 나는 그 은빛 나는 자그마한 생선 조각에 레몬즙을 뿌리는 것으로 만족치 않고 여러 개의 빵 조각에 버터를 발랐다. 엄마가 접시 양쪽에 찻잔을 두 개 내려놓았다. 커피의 뜨거운 향기가 올리브 향기와 뒤섞여 있었다. 밤에 어울리는 정중한 어조로 내가 물었다.

"설탕을 넣으시겠어요?"

"난 블랙커피는 못 마신단다. 넌 그걸 알았어야 하는 건데."

그렇다. 난 그 사실을 알았어야만 했다. 설탕은 살이 찌게 하고 그릇에 때가 끼게 만든다는 사실을. 당신은 당신 건강을 돌보고 있나요? 결국 그것이야말로 내 질문의 의미였다.

커피포트는 천식 환자처럼 가래침 뱉는 소리를 냈다. 코드를 뽑고 난 엄마가 탁자에 뜨거운 커피를 날라왔다. 어머니가 자리에 앉았다. 그리고 내 찻잔에 커피를 따르며 말했다.

"아까는 내가 좀 우스꽝스러웠지. 하지만 레스토랑에 가지 않겠다고 한 건 잘했지. 느닷없는 소풍이 훨씬 재미있어. 날이 어두워지면 난 별이 보이는 곳으로 피크닉 가는 게 좋아……."

별은 보이지 않았다. 다만 빛 하나가 엄마의 두 눈을 잠깐 스쳤을 뿐이었다. 엄마 역시 기쁨을 감추거나 아끼고 있었다. 엄마는 아무 말이 없었다. 또다시 자신을 숨기려는 걸까? 엄마는 달팽이였다. 마치 연체동물처럼 엄마는 동맥의 흐름을 늦추고, 정원 끝 자기 기와 밑으로 되돌아가서 겨울 내내 잊힐 줄 알았다. 엄마는 그토록 민감했다. 나는 조심을 하지 않으면 안 되었다. 이제 막 건축되고 있는, 이 밤의 부서지기 쉬운 건조물을 파괴할지도 모르는 실수를 저지를 수는 없었다.

우리 두 사람을 위한 밤이 막 시작되려는 참이었다. 나는 엄마를 살짝 곁눈질했다. 엄마는 열심히 정어리와 빵 조각을 먹고 있었다. 손가락에 기름을 묻히려 하지 않았던 엄마가 빵을 통째로 입에 집어넣는 통에 바삭바삭 소리가 났다.

부엌이 조용해지자 엄마 얼굴에서 피로가 사라졌다. 광대뼈도 홍조를 띠었다. 입가 근처 그리고 입술과 눈꺼풀 위, 잔주름살 밑에서 나는 어머니 얼굴이 옛날처럼 탄력 있고 귀엽지 않다는 사실을 발견했다. 백옥처럼 하얗고, 윤기 있으며, 태양처럼 반짝이고. 사람을 전율시키며, 음악적인 그런 얼굴이 아니었다. 나는 그런 환상을 간직하려고 애썼다. 하지만 엄마 얼굴은 꽃과 기쁨이 사라져버린 겨울 정원 같았다.

"내가 아까는 우스꽝스러웠다고 생각하지 않니?"

피할 도리가 없었다. 질문은 단도직입적이었다. 어쨌든 모든 것이 수포로 돌아가더라도 대답을 하지 않으면 안 되었다. 내가 그렇다고 대답하고, 자기를 모욕하고, 자신을 죄의식의 늪에 빠지도록 도와주기를 엄마는 원했던 걸까? 거짓말을 해서 안심시켜주기를 바랐던 걸까? 내가 보기에는 엄마가 매 순간 악착스레 자기 존재를 망치고, 또한 그 결과로 내 존재까지 망칠 때 우스꽝스러워 보인다는 사실을 엄마에게 고백할 수 있을까? 그럼에도 내가 엄마를 사랑한다는 것을, 우리 두 사람이 히스테리를 부리는 시간을 제외하고는 내가 엄마를, 굴복시키거나 꺾을 수 없어서 끊임없이 우회해야 하는 한 존재로 생각하고 있다는 사실을 어찌 말할 수 있었겠는가? 나는 에둘러 말하기로 결심했다.

"우스꽝스럽다는 건 적당한 표현이 아녜요."

"그럼 너 같으면 어떤 표현을 쓰겠니?"

엄마가 쉰 목소리로 은밀하고 비밀스럽게 물었다. 나는 자신을 회복하려고 애썼다.

"우스꽝스런 사람은 없어요. 그 누구도 우스꽝스럽지 않다고요. 그저 불행할 수는 있지요……."

"내가 불행하다고? 설마 그럴 리가?"

엄마는 평소에 하던 대로 내심 비웃고 있었다. 내가 그토록 싫어하던 그 웃음.

"유리한 위치에 서서 자기 어머니를 동정하고 자비심의 발판 위를 으스대며 걷기는 쉽지……."

나 자신에 대해서 격렬한 분노가 치밀어올랐다. 심술궂은 짐승들처럼 서로 충돌하지 않고도 말을 나눌 수 있도록 분위기를 만들어낼 수 없는 나의 무능에 대해서. 최후 수단으로 나는 바람을 안고 배를 몰았다.

"그래요. 엄마는 정말 우스웠어요. 꼭 그런 말을 듣고 싶으시다면…… 그리고 행복해 보였어요! 어머니가 그런 식으로 숨 쉬는 걸 보면서 얼마나 재미있었는지 어머닌 모르실 거예요!"

"비열한 녀석! 넌 보잘것없고 비열한 녀석이야!"

"어머니한테는 무슨 얘기든지 할 수 있어서 좋답니다."

나는 하고 싶은 말을 모조리 털어놓고야 말았다. 이제는 만사 끝장이다. 침묵이 계속되더니 엄마가 깔깔대고 웃기 시작했다. 처음에는 비둘기처럼 꾸꾸거리는 웃음소리였다가 차츰 음파(音波)로 변하는 것이었다. 어머니는 정어리 여섯 마리의 꼬리만 남아 있는 접시를 앞으로 밀어놓았다. 그러고는 머리를 끄덕이며 나를 바라보았다. 웃다가 흘린 눈물이 푸른 도자기 같은 두 눈을 가득 채우고 있었다.

"애야, 넌 절대로 변하지 않을 거야. 하지만 우린 왜 이런 식이니? 담밸 피우고 싶다. 네 방에 크라벵 담배 없니?"

우리의 밤은 아직 무너지지 않고 있었다.

열두 살 때 처음으로 나는 엄마와 단 둘이서 휴가 여행을 떠났다. 1948년도였다. 엄마는 버려진 직후였으며, 우리는 생-막심에서 한여름을 보내지 않으면 안 되었다.

곰팡이 핀 빵과 수돗물을 엄마에게 먹여야 했던 광란의 시절에 이어 잠시 소강상태가 계속되었다. 엄마는 몇 시간씩 극도의 탈진 상태에 빠져 있었다. 그럴 때의 엄마는 무척 아름다워 보였다. 서른도 채 안 돼 보였던 것이다. 차츰 엄마는 살아가는 재미를 붙이기 시작했다.

생-막심은 늘 태양이 내리쬐는 널따란 해변이었다. 모래는 너무 희고 햇살은 너무 강해서 도대체 똑바로 바라다볼 수가 없을 정도였다. 바닷속에까지 바위들이 솟아 있었다. 오후가 되면 난 거기서 무지개 빛깔을 띤 고기들을 낚시로 잡곤 했다. 근처에서는 어머니가 일광욕을 했는데, 그러면 어머니의 연약한 블론드빛 피부는 천천히 구릿빛으로 변했다. 그해 여름, 엄마는 《하느님의 좁은 땅》이라는 책을 읽었다. 그 책은 엄마 손이 미치는 곳에 늘 펼쳐져 있었을 뿐 진도가 나가질 않았다.

고기를 두 마리 잡을 때마다 나는 몸을 돌리고는 소금기에 끝이 하얗게 변한 엄마의 머리칼을 황홀한 듯 바라보곤 했다. 엄마는 붉은색 무명 모자에 머리칼을 숨겨두고 있었다. 또 나는 엄마의 금빛 나는 둥근 어깨도 황홀하게 바라보곤 했는데, 그 어깨를 보면 맛있는 케이크가 생각나는 것이었다. 엄마가 그렇게 햇살에 몸을 드러내놓고 졸고 앉아 있으면 나는 엄마가 눈치채지 못할 만큼 마음껏 엄마를 바라보곤 했다.

그 당시 그곳은 유쾌한 장소였다. 바닷가와 언덕 중간에는 큰길이 뚫려 있었다. 통행은 뜸했다. 거기엔 또 (정확한 장소는 잊어버렸는데) 예배당으로 통하는 넓은 돌계단도 있었다. 일요일 아침이면 그 계단은 피서객들의 엷은 색 옷들로 가득 차곤 했다. 나는 엄마와 함께 즐겨 그곳에 갔다. 신앙심 때문은 아니었다. 엄마가 주위의 처녀나 젊은 부인들과 닮아 보였기 때문이었다.

엄마와 함께 보내는 휴가는 이제 그렇게까지 즐겁지는 않다. 엄마의 나이, 나이 든 여자의 편집증 때문에 장소와 호텔을 정하기가 점점 힘들어진다. ……엄마는 사람들이 북적거리는 걸 싫어한다. 그러니 사람들이 발 디딜 틈 없이 붐비는 바닷가나 온천장에 간다는 건 생각할 수조차 없다.

우리가 라 볼이나 망통에 가는 것은 한겨울이고, 서부 유럽에서 유일하게 눈 쌓인 산에 가는 것은 8월이다. 여행사란 사기꾼이나 강도들뿐이라며 엄마는 호텔 지배인과 시장, 협회장에게 개인적으로 편지를 쓴다. 그래서 메뉴와 풍향(風向), 담요 숫자, 방의 위치에 따른 여러 경치들 그리고 양탄자의 질에 대해서 꼬치꼬치 캐묻는다. 수고스럽게도 그런 질문에 대답을 해야 하는 지배인이나 책임자에게 엄마는 또 이런저런 형용사나 부사의 정확한 뜻이 무엇인지 밝혀주도록 요구한다.

'무척 편안한 방'에는 세면대가 하나인가 두 개인가, 목욕통은 나막신 모양인가 아니면 그냥 보통으로 생겼는가? '공감이 가는 분위기'란 스포티하고 요란한 젊은이들이 많다는 얘기인지, 아니면 증권 시세에만 관심을 보이는 얌전한 퇴직 연금 수령자들이 많다는 얘기인지? 마지막으로 그들에게 어머니는 그들과 맺으려 하는 도덕적 계약의 조건들을 명예를 걸고 문서상으로 존중하고 지켜줄 것을 요구했다. 그러고는 뜻밖의 일이라곤 단 한 가지도 우릴 기다리지 않는 장소로 모험을 하러 떠나는 것이다.

어쨌든 우리는 떠나게 된다. 우리가 그랑-조귀스탱 강변을 떠나는 순간 또한 볼 만한 구경거리다. 1945년 이후로 엔진과 차체가 전혀 손상되지 않은 우리 차 들라예는 아파트 정문 앞에 서 있다. 우리는 출발 한 시간 전에 골라낸, 대부분 필요 없는 짐꾸러미와 물건들을 자동차에 잔뜩 실었다. 엄마의 반사 신경을 믿을 수 없는 까닭에 핸들은 내가 잡았다. 여러 가지 여건이 괜찮아 보이면 어머니가 몇 킬로씩 차를 몰기도 했다. 머무르는 동안 우리는 까다롭고 곤란하기조차 한 손님으로 보였다. 내가 거기서 휴식이나 기분 전환을 한다는 건 거의 불가능했다. 엄마를 따라다니며 보살펴야 했다. 엄마는 내 보살핌이 없으면 아무 일도 못할 것이라고 생각했다. 하지만 폴라 로첸을 알게 된 것은 바로 그런 식의 휴가 때였다.

그 당시 상황을 말하자면 특별한 것은 없다. 엄마가 신경쇠약에 효험이 있을까 해서 고른 어느 온천 도시의 벨베데르라는 호텔에서 보낸 여름밤이었다. 찌는 듯이 무더운 7월 말 무렵이었는데 바람 한 점 없이 푹푹 찌는 날씨였다. 그곳에서의 진짜 생활은 꽤 선선해지는 해질 무렵이 되어서야 시작되었다. 여자들은 속이 반쯤 들여다보이는 블라우스에 보석을 치렁치렁 달고 다녔다. 호텔 플로어는 그곳 사람들과 외지인들로 붐볐는데, 그들은 짧은 고전 레퍼토리 사이사이에 〈아름답고 푸른 도나우 강〉이라는 왈츠곡을 매일 밤 여러 번씩 연주하는 오케스트라의 명성을 듣고 찾아온 사람들이었다.

악사들은 모든 사람들 요구를 다 들어주려고 애를 썼다. 춤판이 벌어지는 중간 중간에는 유리 목걸이와 포크가 요란하게 덜거덕거리는 속에 끝없는 웃음과 수다가 이어졌다. 붉은색 벨벳이 깔린 걸상에 줄지어 앉은 처녀들은 돈 많은 총각들이 춤을 청해주기를 끈기 있게 기다렸다. 원래 못생긴 몇몇 처녀들의 얼굴에는 질투와 경멸의 흔적이 나타나 있었다. 그 모든 일들의 진행을 감독하도록 파견된 샤프롱과 대모(代母), 아저씨, 아주머니들의 은밀한 시선을 받으며 처녀들은 쌀쌀맞은 얼굴로 여러 색깔 레몬수를 마시는 것이었다.

그날 저녁, 더위를 먹고 몸이 불편해진 엄마는 평소보다 일찍 잠자리에 들었다. 엄마를 방까지 데려다준 나는 공원이나 산책할까 해서 막 내려갈 참이었는데 폴라가 자기 방에서 나왔다. 그녀도 산책을 할 옷차림이었다. 우리 두 사람은 둘 다 계단 위쪽에 서 있었다. 호텔 레스토랑에서 한 번 본 적이 있는 처녀였다. 그녀는 뭔가 낡아빠진 것 같기도 하고 부유해 보이기도 하는 우아함을 지닌 어떤 부인과 함께 식사를 하곤 했다. 그녀의 자연스런 행동들은 우리가 며칠 전부터 푹 젖어 있던 점잔 빼는 환경과는 영 어울리지가 않았다. 나는 그녀의 우울해 보이지만 광채 어린 두 눈, 그녀의 몸에서 풍겨 나오는 설명할 길 없는 어떤 매력에 끌렸으며, 처음으로 듣게 된 그녀의 목소리는 이상할 정도로 감미로웠다.

상황이 그러했던 까닭에 우린 쉽게 서로 인사를 나눌 수가 있었다. 우리가 소곤거리는 걸 누가 봤다면 아마도 우리가 무슨 나쁜 음모를 꾸미는 줄 알았을지도 모른다. 난 그저 내가 그녀의 산책에 동행하는 것이 신중하지 못한 일인지를 물었을 뿐이었다. 은밀한 약속 같은 건 하지 않았다.

우리는 처음에 낭만적인 보름달이 훤히 비치는 공원을 여러 번씩이나 돌았다. 커다란 응접실 창문을 통해서도 정사각형 모양 빛들이 자갈 깔린 산책길을 비추었다. 왈츠 박자에 맞추어 박각시나 방 떼들이 요란하게 춤을 추고 있었다.

우리는 마치 영화의 한 장면과도 같은 로맨틱하고 예기치 않은

우리의 만남, 그리고 공원에서의 산책에 대해 얘기했다. 미광으로
인해 공원은 윤곽이 흐릿해 보였으며 전망도 더 깊숙해 보였다. 폴
라라는 이름은 어딘지 모르게 날 매혹시켰다. 열을 띠던 그녀의 목
소리는 음향과 음률이 짧게 끊어지면서 유창하게 변했다. 나는 그
새로운 음성이 주는 기쁨을 연장시키기 위해 그녀에게 질문을 퍼부
었다. 우리의 상황과 말이 풍기는 부자연스러운 인상을 상쇄할 만
한 타고난 쾌활함으로 그녀는 내 질문에 대답했다.

우리가 연기하는 장면이 어느 영화의 한 장면이 될 수 있을까 우
리는 상상해봤다. 그녀는 내가 제목밖에 모르는 여러 영화들을 열
거했다. 그녀는 그 영화들을 다 봤기 때문에 각각의 역할을 상세히
설명할 수가 있었다. 나는 언뜻 머리에 떠오르는 영화 〈달콤한 인
생〉 하나밖에 댈 수 없었다. 그녀는 그 영화의 퇴폐적이며 정신적으
로도 해로운 분위기, 마르첼로 마스트로얀니가 맡았던 남자 주인공
의 비열함에 대해서 성토했다.

그녀가 느닷없이 이렇게 물었다.

"당신은 그런 사람은 아니겠지요?"

난 물론 아니라고 대답했다. 확신이라도 하는 듯 힘주어 아니요
라고 말하자 그녀가 웃음을 터뜨렸다. 그녀도 나만큼이나 그 산책
이 즐거운 듯 보였다. 그녀는 자기가 공공연히 그런 표정을 짓는다
고 해서 자기를 잘못 생각하지는 말아달라고 부탁했다. 그녀는 나
를 동반했고, 나는 그녀를 동반했으며, 모든 일은 깊은 우정 이상을
넘지 않았다. 그녀 또한 내가 나름대로 그랬던 것만큼 청교도적이
고 관습적이었을까? 그렇다면 우리는 서로 마음이 맞아떨어질 수
가 있었다. 후일 나는 그것이 그녀가 생각과, 이따금씩은 행동을 미

리 알리고, 그러고는 불을 쑤셔 일으키는 방법이라는 사실을 알게 되었다.

나는 우리 두 사람을 〈즐거운 과부〉나 〈비엔나의 정신〉 같은 몇몇 오페레타에 등장하는 배우로 상상하기에 이르렀다. 그녀는 그런 오페레타에 대해 전혀 몰랐다. 그녀는 너무 늦게 태어났으며, 오페레타는 이미 사양길에 접어들었던 것이다. 하지만 1차 대전 조금 전에 태어난 그녀의 어머니(시대에 뒤진 우아함을 간직하고 있는 그 부인)는 모가도르 극장이 가장 뽐내는 공연을 구경했다고 했다.

방금 파랑돌 춤이 시작되었거나 아니면 피에몽 왕자가 무도회에 입장한 듯 호텔 살롱에서는 즐거운 고함 소리가 울려 퍼졌다. 피아니스트는 격렬한 화음을 두드렸고, 팀파니 치는 사람은 돌풍이 몰아치듯 북을 두드려대서 손님들을 열광시켰다. "오!" 소리와 "아!" 소리가 공원의 공간을 꿰뚫는 바람에 두꺼비와 밤 곤충들은 어안이 벙벙해서 입을 다물었다.

폴라 로첸은 나무 그늘 밑으로 깜박거리는 초롱 네 개가 밝혀주는 골목길로 통하는 나무 문으로 날 데려갔다. 수공업자나 상인들이 기거하는 어둡고 나지막한 집들이 나타났다. 그곳이야말로 음울하지만 밝은, 진정한 삶이 영위되는 별천지였다. 그곳 사람들은 벨베데르 호텔 투숙객들이 저지르는 괴상한 짓거리를 조소하고 비웃었다.

우리는 큰길이 끝나는 곳에 자리 잡은 광장의, 유채꽃 냄새를 진하게 풍기는 커다란 회색빛 나무와 돌 벤치가 있는 쪽으로 갔다. 아래쪽으로는 시냇물이 보였다. 시냇물은 자취조차 희미한 오솔길 옆을 반짝거리며 꾸불꾸불 흘러가고 있었다. 서늘하고 평화로운 곳이었다. 벤치에 앉고 보니 로마인들이 놓았다는 다리 난간과, 아직도 부서진 성채에 연결되어 있는 공포와 침략의 성문, 프랑세 성문이 훤히 보였다.

우리는 아무 말 없이 그 조용하고 아름다운 장소만을 바라다보고 있었다.

그녀가 먼저 말문을 열었다.

"무슨 일이 있을 거라고 생각하세요?"

"깊이 생각해보면 전혀 아무 일도 일어나지 않겠죠."

"제가 유대인이라는 사실을 아세요?"

"왜 나한테 그런 걸 묻죠?"

"그냥 내가 유대인이라는 사실을 당신이 알도록 하려고요. 그렇게 해서 사건을 일으키는 거죠."

잠시 침묵을 지키던 나는 그 사실로 인해 그녀를 다르게 보리라고 생각하는가 물었다. 그녀는 내 질문으로 그렇지 않다는 것을 알았다며 내 팔뚝에 손을 얹었다. 부모들은 파리 생-루이 섬에 살고 있고 자신은 프레르 가의 한 아파트에 살고 있다고 그녀는 알려주었다.

두 사람 관계가 이미 우정을 넘어섰다는 사실을 그 순간 우리는 알았다. 그녀가 자신의 얘기를 털어놓았다. 어린 시절에 그녀는 번민을 했으며 정신과 영혼이 완전히 메말랐다는 느낌을 가졌다. 그녀는 반항을 했다. 시를 쓰기 시작하면서 더 낫게 살 수가 있었다. 아니면 다른 사람들처럼 살 수가 있었다고 말해도 좋다. 물론 모든 사람들이 다 시를 쓰는 건 아니지만. 신? 그녀는 신을 믿지 않았다. 자기 민족이 박해를 받도록 방관했다는 이유 때문이었다.

폴라 로첸은 천천히 얘기를 했다. 그녀는 한 문장이 끝날 때마다 침묵을 지키곤 했는데, 그 빈자리는 시냇물 찰랑거리는 소리가 메워주었다. 어떤 음절과 단어에 이르면 그녀 목소리는 희미해져서 알아들을 수조차 없었다.

야광충 한 마리가 우리 발밑에서 빛을 발하고 있었다. 우리는 얼마 동안 야광충을 물끄러미 바라보다가 모든 것들이 허탈 상태에 빠져 있는 호텔로 돌아갔다. 살롱 창문이 살짝 열려 있었다. 숙직자들이 누르스름하고 희미한 등을 켜놓았는데, 그 불빛 때문에 커튼이 조금씩 흔들리는 것이 보였다. 우리는 안으로 들어갔다. 꺼져 있는 수정 샹들리에 밑에 이르를 때까지도 두꺼비 울음소리가 들려왔다. 플로어의 널빤지 위에는 희끄무레한 먼지가 떠다니는 것이 보였다.

우리는 삼층 층계참에서 헤어졌다. 그녀는 어느 정도 자기 마음을 허락하고 있었으며, 난 완전히 그녀에게 반한 상태였다. 방에 혼자 남게 되자 그녀가 유대인이라고 고백했던 방법에 대해 다시 생각해봤다. 그것은 나에 대한 사소한 도전 같기도 했고 나를 시험해보는 것 같기도 했다. 그녀가 내 팔뚝에 손을 얹었다는 것은 내가 그 시험을 성공적으로 치렀다는 것을 의미했다. 그런데 나는 엄마의 편견들을 전혀 나눠 갖지 않았으며 그런 건 애당초 알지도 못했다.

엄마는 늘 침묵을 지켰는데, 특히 전쟁 동안에는 더 그랬다. 아파트나 수용소에서 일어나는 일에 대해 엄마는 그 어느 편도 들지 않았다. 일제 검거라는 회오리바람이 불어닥쳤을 때도 그랬고, 유대인들을 가스실에 집어넣어 몰살시킨다는 사실이 만천하에 알려졌을 때조차 그랬다. 그것은 완전히 찬성하지도 않고 완전히 반대하지도 않는 엄마 특유의 방식이었다.

전쟁이 끝난 직후, 그동안 저질러진 만행을 찍은 사진과 증거를 매주 게재하던 잡지와 기사들을 뒤적거리던 생각이 난다. 눈에 초점을 잃은 채 뼈만 앙상하게 남은 어린아이들, 집단 수용된 아이들, 머리는 푹 숙이고 양팔을 들어 올린 채 걷던 아이들, 총살당한 아이들, 해골과 뼈가 잔뜩 쌓여 있던 가스실 입구……가 특히 생각난다. 그런 심상(心像)들로 인해 확실하고 결정적인 생각들을 갖게 되었다. 나는 이제 보편적 사랑이나 이타심 같은 걸 믿지 않게 되었다. 그 어느 인간이든 그렇게 불쌍한 사냥감, 추격당하고 멸시받는 사냥감이 될 가능성이 있다는 생각이 들었다. 훗날 나는, 냉혈한들과 희생자들 속에서도, 일부 인간들은 극도로 타락했지만 똑같은 환경 속에서도 고결한 영혼과 정신을 유지한 사람들도 있다는 사실을 알게 되었다. 내 생각은 서서히 덜 명백하고 덜 결정적인 것으로 변해 갔다.

나치의 조잡한 선전이 아닌 사교계의 반(反)유대주의에 대해 엄마가 늘 무감각했던 것은 아니었다. 전쟁은 끝났지만 지금까지도 잔존해 있는 반유대주의는 겉보기에는 악의 없고 하찮아 보이지만 사실 살롱에서는 더욱 교묘해지거나 은밀해졌다. 하지만 엄마에게 폴라 로첸 얘기를 할 경우 엄마가 아무런 잔소리도 안 할 거라는 사실을 난 알고 있었다.

강은 갈매기 울음소리로 가득 찬 회랑(回廊), 거울의 회랑, 내가 아는 남부 파리와 불친절하고 퉁명스런 고장인 북부 파리의 경계선이다. 미로에서 멀리 떨어진 은밀한 구석, 아파트 건물의 숨겨진 별

채인 내 방에서 나는 레이느 부인이 그 희한한 쓰레기통들을 끌어당기는 소리를 들었다. 이제는 그것들을 들고 다닐 필요가 없다. 그것들은 소리 없이 굴러가고 미끄러진다. 덕분에 팔과 허리가 그렇게 편할 수가 없다. 난 이 모든 것들을 꿈도 꾸지 못했다. 나는 이불 밑 시트 사이에서 몸을 쪼그리고 있었다. 겨울 햇살이 벽 구멍 양편의 장식 천과 천장 사이를 비집고 들어오려고 애쓰고 있었다.

나는 마주 보이는 강안(江岸)의 밀폐된 공간을 상상했다. 가지를 쳐버린 나무들, 거대한 탑을 이루고 있는 오르페브르 강둑의 선벽(船壁), 그것은 생-샤펠 성당과 파리 법원이다. 그 너머, 그 위의 공간은 열려 있다. 그 공간은 상리스와 보베, 몽디디에, 느와용 평야 위를, 그리고 카페 왕조 때 만들어진 벌판 위를 흘러가는 솜털 구름과 만난다. 그 모든 것들이 외부에 존재했고, 살았다는 사실을 아는 것으로 내게는 충분했다. 내부의 모든 것들은 질서정연했다. 내 방의 질서는(외관상의 무질서는 느닷없이 찾아오는 사람들을 속이기 위한 것이다) 요지부동이었다. 그 속에서 나는 마치 굴속 오소리처럼 살았다. 그러한 질서, 또는 나의 독특한 무질서는 내가 거기서 멀어지게 될 때마다 나를 안심시키곤 했다. 그건 오래된 습관이었으며, 그 습관이 쉽게 없어지지 않으리라는 것을 난 알고 있었다.

아파트는 빌딩용으로 지어졌다. 그래서 광산의 수직굴 모양 안마당 위에 L자 모양으로 세워지게 된 것이다. 안마당이란 사실 사람들도 다니지 않고 햇빛도 들지 않는 곳으로, 레이느 부인 집 아이들의 놀이터로 쓰였다. 아이들 고함 소리와 다투는 소리는 때가 묻어 더러워진 안쪽 벽까지 올라와서는 L자형 건물의 긴 쪽으로 나 있는 복도 창문을 두드리곤 했다. 그러면 레이느 부인이 나와서 조용히 하라고 고래고래 소리를 내질렀다. 너무너무 잠귀가 밝은 집 주인들을 방해해선 안 되었다.

측면으로 뻗어 있긴 했지만 복도는 아파트의 척추나 다름없다. 속이 빈 뼈들, 그러니까 거실과 응접실, 서재, 부엌, 화장실 그리고 목욕탕이 척추에 붙어 있는 셈이다. 그곳은 널따란 출입구를 통해 들어가게 되는데, 끝없이 늘어서 있는 문들이 한눈에 들어온다. 끝까지 가다 보면 팔꿈치에 이르게 되는데, 여기서부터 시작되는 L자 건물의 작은 쪽은 사무실로 쓰인다.

곰곰이 생각해보면, 그건 아름다운 아파트고 내가 갓 난 시절 때부터 변함없이 살아온 곳이기도 하다. 두 눈을 감으면 구석구석까지 쉽게 그려볼 수가 있다. 그 부끄럽고 보잘것없는 것들을 나는 감출 수가 없다. 여기저기 해진 양탄자(그렇게 곱슬곱슬한 순모를 지금은 어떤 곳에서도 찾아볼 수가 없다), 껍질이 떨어져 나간 벽지, 건들거리는 가구, 무슨 때인지도 모를 때가 묻어 있는 어두컴컴한 모퉁이, 여기저기 예리하게 파손된 누르스름한 천장, 푸념을 늘어놓는 듯한 소리를 내는 마루청, 마음껏 뛰노는 장난꾸러기들……

공기! 아파트의 공기. 아파트의 공기는 숨이 막힐 정도로 탁하고 먼지투성이다. 집 안의 영원한 안개다. 결코 바꿀 수가 없다. 그럴 필요도 없을 것이다. 바깥 공기는 더 나쁘니까. 우리 집 공기는 고약한 냄새를 풍긴다. 주로 풍겨 나오는 어렴풋한 설탕 절임 냄새는 주위 온도와 습도에 따라, 여러 가지 주조음(主調音)에 의해 계속 사라지지 않는다. 엄마가 피우는 크라벵 담배의 달콤한 연기에서 풍겨 나오는 곰팡내, 토니 소앙이 피우는 시가의 자극적인 냄새, 당근을 넣은 쇠고기 스튜에 곁들인 파슬리 잎, 올리브유, 살충제, 스페인산

백포도주, 특히 프랑스에서 놋그릇을 닦는 데 그걸 사용하는 사람은 아마 엄마밖에 없을 수산과 규조토의 희귀한 혼합물이 풍기는 냄새.

아파트에는, 떠돌아다니지 않는 먼지들이 걸러내는 빛과 침묵이 자리 잡고 있다. 침묵은 몇십 년 전부터 이곳에 모아놓은 고정된 사물들의 무게로 존재한다. 이따금씩 어렴풋한 소음들, 먼 곳에서 벌어지고 있는 일의 웅성거림, 강변 쪽으로 나 있는 이중창의 떨림, 마당에서 노는 레이느 부인 아이들이 시끄럽게 떠드는 소리가 침묵을 괴롭히긴 하지만 그걸 완전히 무너뜨리기엔 역부족이다. 그것은 생명을 가진 소중한 물질들이 압축되어 있는 침묵이다. 그 침묵은 내 방의 침묵을 감싸고 있으며 자신의 뉘앙스를 가지고 있다. 우리들 목소리가 그 투명한 침묵을 흐리게 하는 일은 거의 없다. 플레옐 피아노는 서재에서 잠을 자고 있다. 엄마는 결혼 후 몇 년 동안 그곳에서 슈베르트를 연주하곤 했다. 피아노는 고생물 연구소의 어두컴컴한 진열실에 정돈되어 있는 어떤 동물의 해골과 흡사하다.

엄마 방은 내 방이랑 길이는 똑같지만 폭은 훨씬 더 넓다. 사실 그것은 침대와 옷장, 장롱, 소파, 안락의자, 책상 그리고 화장실로 꾸며져 있는 거대한 사각형이다. 아파트 속에 또 다른 아파트가 있는 셈이다. 천장은 화장 벽토로 만든 어린 천사 상으로 장식되어 있는데, 어린 천사들은 자그마한 트럼펫을 불면서 리본을 두른 엉덩이를 내보이고 있다. 물론 그 방에 들어가는 것이 금지되어 있지는 않았지만 난 될 수 있으면 거기 들어가기를 피한다.

엄마는 이제 웃지 않는다. 난 엄마가 뭘 읽고 있는지, 심지어는 읽는지 그렇지 않은지조차 모른다. 우리는 매일 아침 《르몽드》나

《르피가로》신문을 받아 본다. 나는 현관의 까치발 탁자 위에서 아직도 배달 종이 띠가 붙어 있는 신문을 여러 부씩 발견할 때도 있다. 그 신문들은 곧장 쓰레기통 속으로 들어간다. 우리는 왜 예약 구독 신청을 취소하지 않았을까? 아마도 게을러서 그랬을 것이다. 아니면 불확실하기 짝이 없는 신문을 통해서 바깥세상과 우리를 연결하려는 욕망 때문인지도 모른다.

우리가 진정으로 뭔가 공유하고 있는 것이 있다면 그것은 우리가 이런저런 뉴스에서 만들어내는 여론이다. 이 여론이란 말은 완전히 잘못 사용되고 있는데, 추잡한 사실들을 지레짐작해서 지겹게도 되풀이하는 것을 말한다. 그러한 여론을 조작하는 사람이란 어리석은 대중을 이용해서 권력을 잡은 진짜 개망나니거나 점잖은 체하는 편집증 환자로서 이기심과 비겁함이라는 본능의 일치를 통해서만 자신을 유지할 수가 있다. 그렇다, 이 점에서 우리는 완전히 박자가 맞는다.

몇 시간이고 어슴푸레한 자기 방에 혼자 칩거해 있는 엄마에게 침묵(소중한 물질들이 압축되어 있는 이 침묵은 또한 나의 것이기도 하다)이란 법칙이다. 침묵이란 두 해독기 사이에 꼭 필요한 마약과도 같다. 신랄한 비판, 눈물, 고함 소리, 깨진 골동품, 문과 건물과 바람을 내리치는 주먹……. 우리는 그런 지옥 같은 주기(週期)에서 더는 벗어날 수가 없다. 나는 유년 시절부터 그런 지옥 같은 주기 속에서 살아왔으며 다른 종류의 삶을 영위한다는 건 생각할 수조차 없다. 솔직히 얘기해서 엄마와 나는 쌍둥이 같다. 엄마는 이제 아무런 희망도 품고 있지 않은데, 아마 그러한 이유로 인해서 내가 엄마에게서 자유로워지지 못하는지도 모르겠다.

밤이 되고 나서 엄마가 처음으로 피우는 크라벵 담배 연기를 삼켰다. 그러고는 성체성사를 하듯 담배 개비를 천천히 입으로 가져가는 것이었다. 머리는 뒤로 젖히고, 눈꺼풀은 내리깔았으며, 콧방울은 경련하듯 수축시키면서 엄마는 독성이 제거된 회색 연기를 뿜어냈다. 자꾸 담배를 피우다 보면 폐암에 걸려서 목숨을 잃을지도 모른다고 한 번 더 알려도 소용없었을 것이다. 아마도 엄마는 내 인생과 인격은 내 것이라고 주장하겠지. 그건 또 일리가 있기도 하고. 엄마는 미주알고주알 훈계를 해대는 나의 편집광적인 버릇에 반기를 들지도 모른다. 게다가 그 담뱃갑을 찾으러 간 건 바로 나 자신이 아니었던가?

끈질기게도 떨어지는 물방울 소리, 엄마가 규칙적으로 들이쉬고 내쉬는 호흡을 나는 듣고 있었다. 미라처럼 자세를 잡은 엄마는 자기 턱밑에 처진 살덩이를 누가 보든지 말든지 거의 신경을 쓰지 않았다. 그 살덩이는 밑으로 내려가서 몸통과 목덜미의 기름기 흐르는 살덩이와 합쳐지고 있었다. 엄마의 안면 피부는 오톨도톨하게 돌기가 져 있었고 누르스름했는데, 전깃불 때문에 더욱 노랗게 보였다. 입 양편으로는 크고 하얀 주름이 아직도 남아 있었는데, 엄마가 느닷없이 말을 꺼내자 더 길고 가느다랗게 변했다.

"네가 무슨 생각을 하고 있는지 안다, 필립. 그걸 나한테 얘기할 필요는 없어. 난 으레 기울여야 할 모든 관심을 인생에 기울이지 않아. ……넌 내 생각을 너무 많이 하고 있어. 하지만 간단해. 난 노파야. 난 지쳤어, 너무 지쳤어. 난 널 잘 알아, 필립. 공상을 한다는 건 잘못이야. 그래, 일은 너무도 간단하다고……."

엄마의 오른손이 식탁 위에서 건성으로 재떨이를 찾고 있었다.

내가 그걸 엄마 쪽으로 밀어 놨다. 깊은 바닷속에 살다가 태풍 때문에 백사장으로 내던져진 생선같이 공허한 엄마의 두 눈 위로 눈꺼풀이 껌벅였다. 두 눈은 시선을 전혀 고정할 이유가 없는 부엌 천장을 뚫어져라 바라보고 있었다. 그러고 나서 머리가 수직으로 들리더니 두 뺨이 부풀어올랐다. 도자기 같은 엄마의 두 눈이 눈웃음을 치는 듯했다.

"내 머리에 총알을 한 방 쏘거나, 바륨 관(管)을 집어삼킬 용기가 내게는 없단다. ……살 용기도 없고. 하나도 이해할 수가 없어. 나도 나 자신을 경멸할 때가 있어. 난 시간에 구애받지 않고, 먹고살려고 일할 필요도 없었고, 원하면 언제나 원하는 만큼 여행할 수도 있었지. ……얼마나 많은 사람들이 그런 식의 인생을 부러워하고 찾는지! 내겐 내 변덕스런 기분을 받아주는 아들도 있지. 너도 알겠지만 난 널 저버리지 않아. 넌 참 다정다감해서 내가 이 덩그런 아파트에서 혼자 살아가도록 내버려두지 않지. 하지만 난 고독이 두려워. 생은 내게 냉담해. 인생, 인생, 난 끊임없이 인생을 얘기하건만 그 인생을 살지는 못해. 네가 불평을 하는 건 당연해. ……우리 둘은 미로에 갇혀 있는 셈이지."

엄마의 얼굴에서 보았다고 생각했던 웃음이 희미해졌다. 나는 귀를 기울여 엄마의 말을 들었다.

"난 개성도 없이 평범한 여자야. 다른 여자들은 날 닮았고, 난 다른 여자들을 몹시도 닮았지. 그 여자들은 나랑 같은 나이지. 그 여자들은 내가 살았던 것을 살았고 나랑 똑같은 지점에 도달했어. 너도 알겠지만 다른 것이 있다면 내가 지금 있는 곳까지 나를 데려온 길이야. 여자들은 각자 다른 길을 따라왔지. 나는 경기장 트랙으로 내

몰렸단다. 밤낮을 가리지 않고 트랙을 달리지. 거기서 벗어날 수도 빠져나올 수도 없어. 트랙의 굽은 부분은 막혀 있어서 똑같은 경사를 가진 아랫부분에 도달한단다. 낯선 계곡 밑바닥으로 말이야.

난 마치 그 어느 곳에도 존재하지 않는 것 같아. 미로 속, 방향을 분간할 수 없는 어떤 곳에도. 난 가시덤불에 찢기고 있어. 내 상처는 아물지 않아. 난 내 앞으로 곧장 뛰어갔지. 환상이었어. 너도 알겠지만 여행은 내게 아무것도 주지 않았단다. 마취를 당했을 뿐이지. 아무리 아름다운 풍경에도 난 감동하지 않았어. 그저 눈만 즐거웠을 뿐이야. 황홀해서 넋을 잃을 때도 있었지. 예의상 마지못해서 그랬거나 그냥 다른 사람 하는 대로 그런 거야. 그래서 다른 걸 찾아야 했단다.

사랑하는 사람들을. 그래, 다른 여자들처럼 나도 그렇게 해서 궁지에서 빠져나올 수 있을 거라고 믿었지. 비밀은 없어. 더는 비밀은 없단 말이야. 넌 이제 어린애가 아냐. 내겐 온갖 종류의 사랑하는 사람들이 있지. 국적도 여러 가지고 인종도 각양각색이고. 하지만 남자들도 그 이상은 아냐. 남자들도 결국은 풍경이나 마찬가지 느낌을 나한테 준단다. 경박한 데다 따분하지. 그래, 맞아, 남자들은 천박해. 남자들은 새털처럼 가벼워. 그저 지식이나 돈, 정치 그리고 음…… 그런 것만을 생각하지. 아무리 그래도 소용이 없어. 그들은 전혀 무게가 나가질 않아. 속이 훤히 들여다보이지. 바람과도 같아.

정말로 믿을 만한 사람들이 있을까? 난 믿지 않아. 불행히도 난 그런 남자들을 만나지 못했어. 솔직히 말해서 토니 소앙도 마찬가지란다. 네 아빠? 어떻게 알겠니? 난 남자들이란 조그만 어려움에도 위축되는 약한 존재라고 믿고 있단다. 비겁한 인간들이지. 서로 싸우기를 좋아하고, 그래야만 자기들을 사로잡고 있는 그 동물적인 공포를 이겨낼 수 있다고 생각하는 거야. 공포야말로 남자들의 무게중심이지. 영혼의 색깔이기도 하고. 남자들은 자신을 구속하고 지배할 수 있다고 흔히들 생각하지. ……바보 같은 생각이야. 사람들은 아무것도 이해 못해."

엄마가 소년처럼 웃음을 터뜨렸다. 오랜 시간 엄마의 가슴속에 억눌려 있던 어떤 힘이 터져 나오는 것 같았다.

"우린 충분히 얘길 나누지 않았어, 필립. 오늘 밤엔 왜 모든 것이 이토록 달라 보이니?"

두 번째 담배를 집어든 엄마가 자신 있는 동작으로 불을 붙였다. 그러고는 마치 구름 같은 담배 연기 사이로 날 바라다보는 것이었다. 엄마의 주름 잡힌 두 눈은 수수께끼 같은 광채만을 내고 있었다.

"넌 어떠니, 필립? 너에 관해 다르게 얘기할 수 있을까? 네가 내 아들이라고 해서 입을 다물어야 하는 거냐? 우습게도 대부분의 어머니들은 자기 아들이 무슨 하느님이라도 되는 양, 미래에 세계를 지배할 임금이라도 되는 양 극성을 부리고 야단이지……."

"어머닌 그렇게 지나칠 정도는 아니죠."

"제발 계속 그렇게 빈정거려 다오. 일이 너무 복잡하니 과장할 필요는 없지! 나처럼 어머니의 일이라는 걸 거의 안 한 어머니가 그 오랜 세월 동안 네 옆에서 살 수 있었다는 데 대해 넌 행복해해야 할 거다. 넌 내가 살아가는 걸 수월하게 해주지 않았으니까 더욱 그래야 할 거다. 난 늘 말없이 널 바라보면서도 네 마음을 꿰뚫어보고 있었지. 지나치게 비굴한 그런 어머니들과는 달리, 난 네가 키도 더 크고 이목구비도 더 또렷했으면 좋겠어. 여드름도 좀 없어졌으면 좋겠고. 사춘기 때 네 얼굴은 온갖 색깔 여드름으로 뒤덮여 있었다. 물론 내게도 어느 정도 책임은 있지만 네 옷 입는 법은 도대체 봐줄 수가 없었어.

넌 어쩔 수가 없었다고. 꼭 넝마를 걸친 것 같았어. 그렇다고 나중에는 좋아진 줄 아니? 그렇지도 않다. 하여튼 넌 유별난 애야. 너 같은 남자는 이 세상엔 단 한 사람도 없다는 말이다. 네가 내 아들이든 아니든 난 분명히 알 수가 있어. 넌 사실 바보 같지도 않고 비겁하지도 않아. 말하자면…… 소심해서 뒤로 물러서는 스타일이지. 난 네가 우유부단한 게 늘 부끄러웠단다. 하지만 네가 다른 사람으로 보이려고, 더 잘 보이려고 애쓰지 않았다는 사실은 인정해야 되겠지. 넌 네 자신을 알고 있지. 모든 사람이 다 그렇지는 않아.

넌 고약한 성격은 아냐. 약한 사람들이 그렇듯 성미가 급할 뿐이지. 내가 널 경멸한다고는 생각 마라, 뭔지 모를 부끄러운 감정 때문에 말이다. 반대로 난 널 꿰뚫어볼 수 있어. 너도 그렇지만 말이다. 자기 약점을 인정할 수 없기 때문에 인간들은 불행한 거란다. 네가 날 모욕하고 위협할 때면 난 어떻게 해야 할지 알아. 너도 마찬가지라는 걸 난 알아. 넌 어린애처럼, 갓난애처럼 약해.

난 네가 여자들과 함께 있는 모습을 상상하기가 힘들어. 넌 상관하지 말라고 얘기할 테고 그 말은 옳을지도 몰라. 하지만 사실 네 말은 일부만 옳은 거야. 어머니란 자기 자식에게 온갖 관심을 기울여야 되는 것 아니냐? 난 그렇게 소유욕이 강하고 욕심이 많은 어머니는 아냐. 그렇게 되면 둥글둥글 원만하게 살 수가 없지. 넌 날 털끝만큼도 비난하면 안 돼.

난 네가 여자들을 어떻게 대하는지 훤히 알고 있단다. 안 봐도

뻔하지. 분별 있게 굴겠지. 네가 하는 일은 뭐든지 합리적이야. 그건 네 성격상 특징이지. 넌 카페나 나이트클럽에 얼쩡거리는 그 갈보년들이나 바보 같은 계집들한테 정신이 팔리지는 않았지. 폴라가 때맞춰서 나타난 거야. 그 아이 영리하고 센스도 있어. 내가 보기에 그 앤 소설을 써야 될 것 같더라. 그 얘긴 그만두기로 하자.

난 네가 그 앨 거칠게 다루거나 학대하는 걸 보지 못했다. 그런 일은 너나 그 애 성미에는 맞지 않지. 그 애도 그런 일을 참으려 안 할 테고. 옛날에는, 뭐 그다지 오래되지도 않았지만, 여자들이 아무 말 없이 맞기만 했지. 무작정 참고 견딘 거야. 그래도 행복해했어. '사정없이 날 패고 날 알거지로 만들어도 난 자길 사랑해⋯⋯.' 다행히도 그런 시대는 지나갔어.

지금 처녀들은 살아가는 법을 알고 있지. 하지만 그런 처녀들도 이따금씩 속곤 한단다. 그건 인간의 본능이니까⋯⋯. 하지만 지금 처녀들은 궁지에 빠지자마자 잽싸게 거기서 빠져나올 줄 알지. 우선 결혼을 하질 않아. 난 그 애들을 나무라지 않아. ⋯⋯폴라는 네게 관심을 보이고 있지. 좋아! 하지만 필립, 넌 무기력해. 난 네가 실제로 무슨 일을 하고 있는지 생각해본단다. 넌 이런 식으로 어떻게 살아갈 수가 있니? 그걸 산다고 할 수가 있는 거냐? 게다가 넌 멋쟁이도 아냐. 참 알 수가 없어⋯⋯. 불 좀 주겠니? (밤이 되고 나서 두 번째가 되는 크라벵 담배가 엄마의 집게손가락과 가운뎃손가락 사이에서 타버렸다.) 고맙구나.

내가 널 즐겁게 해주지 못한다는 걸 알고 있다. 오늘 같은 밤에는 듣기 좋은 얘기, 그러니까 아첨꾼들처럼 얘기를 해야 하는 건데. 하지만 그건 불가능해. 생각할 수도 없지. 오직 진실만이 밤을 변모

시킬 수가 있단다. 내가 겨울밤의 추위와 어둠을 끔찍하게 싫어한다는 걸 넌 알 거야. 난 애정과 달콤한 말 아니면 진실의 고백만을 생각해……."

몇 분 동안 침묵이 이어졌다. 그렇다, 없어서는 안 되는 진실. 그 진실은 우리 사이, 우리 주위, 자그마한 부엌에 떠 있었다. 유령 같은 진실. 그러한 진실이 우리를 연결해주었으며 상냥함이나 애정 또는 진실에 대한 어떤 욕망보다는 단순한 우연 때문에 우리가 밤의 대화를 나누게 되었다는 사실을 난 아무런 어려움 없이 엄마에게 납득시킬 수가 있었다. 우리가 나눴던 모든 이야기, 우리가 나누려 했던 이야기는 전혀 다른 이야기가 될 가능성이 많았다. 토니 소앙이 왔더라면 그날 밤은 완전히 다른 모습이 되었을지도 모른다.

내게 그랬던 것처럼 엄마는 토니 소앙에게도 자신의 그 진실이라는 것을 털어놨을까? 아니다. 두 사람은 오래전부터 전혀 얘길 나누지 않았다. 그렇다면 그가 오지 않겠다고 전화를 했을 때 엄마는 왜 그런 태도를 보였던 걸까? 최근에 일어난 변화가 싫어서? 원래 습관이 그래서? 고독한 밤을 지내야 한다는 생각을 하니 겁이 나서? 대답하기 난처하다.

불쾌한 생각이 들긴 하지만 진실에 바쳐진 오늘 밤에는 마지막 대답이 가장 그럴듯하다. 하지만 만일 모든 일이 정상적으로 진행되었더라면 두 사람은 무슨 얘기를 했을까? 물론 정확하게 알 수는 없을 것이다. 추측하건대 두 사람은 토니 소앙의 방데까지의 여행(연금 수령 예정자들의 좌담), 그리고 아르쉐 공장의 운영 상태와 미래의 전망……에 대해 얘기를 했을 것이다. 신형 전자식 기계들을 구입하고 이브리 쪽에 더 넓은 부지를 매입해야 하는 문제가 있었다……. 우리의 미래가 달려 있는 그런 문제들을 나는 너무하다 싶을 정도로 외면하고 있었고. 누가 사업을 이어갈 것인가? 토니 소앙은 그러한 심상치 않은 상황에 불안해했다(또다시). 다시금 아버지에게 조언을 구해야 할 것인가? 하지만 우리 사업은 아직도 아버지와 관계가 되는 것인가? 아버지는 어디 있을까? 늙거나 병들지 않았을까?

"조용히 해라, 필립. 조용히 해."

밤이 되고 나서 세 번째로 피우던 크라벵 담배꽁초를 재떨이 밑바닥에 비벼 껐던 엄마가 다시 그걸 집어 들었다. 그러고는 그걸 내 코밑에다 갖다 댔다. 한쪽은 으깨지고 또 한쪽에는 붉은색 얼룩이 진 거무스름하고 보잘것없는 꽁초였다. 갑자기 냉정한 태도를 하며 엄마가 꽁초를 재떨이에 담았다.

"필립, 너도 알겠지만 전쟁이란 온 도시와 나라만을 잿더미로 만드는 건 아니란다. 사람을 죽였을 뿐만 아니라 산 사람들까지도 파괴했지. 난 그걸 알아, 난…… 전쟁은 죽은 거나 다름없는 사람들을 만들어냈지. 샘에는 독이 흘러들었지. 톱니바퀴들은 깨졌고. 물론 아직도 기계는 움직이고 있지. 하지만 이상하게도 조금씩 잡음이 일어.

네 아빠? 우리가 그 양반을 심판할 수 있니? 내게서는 그런 기대가 벌써 오래전에 사그라졌어. 심판해봤자 얻는 건 아무것도 없어. 죄지은 사람 앞에서 자기는 결백하다고 확신하는 것도 마찬가지야. 누가 결백한 거냐? 누가 죄인이란 말이야? 신께서도 몰라, 알려고 고심하지도 않고. 오직 한 가지 판단할 수 있는 거라곤 그 자신의 고통뿐이지. 그 양반은 틀림없이 다른 여자들을 만났을 거야. 물론 나로선 기분 좋은 일은 아니지만 난 그 사실을 이해하고 참을 수가 있었단다. 전쟁, 지하 운동, 계속적인 공포는 그럴 만한 충분한 이유가 되지. 난 내가 배신당했다고 생각하지 않았고, 그 사람은 눈물겹도록 애를 써가며 내게 자신의 모험을 감췄지.

난 버림받아서 죽은 거야. 잔인하고도 결정적으로 버림받은 거지. 내 가슴속에서 뭔가가 죽어버렸어. 넌 그걸 잘 알 거다. 그 사람은 네 생각은 했지. 네가 꼭 루이-르-그랑에서 교육을 받아야 한다고 고집을 피웠어. 그 양반은 단순히 사업가적 수완 때문에만 고른 것이 아닌 토니 소앙을 통해서 네가 교육받는 것을 소상히 알고 있었지. 그래서 소앙은 널 보살피는 대리인이 된 거야. 난 또다시 부정된 거지. 허망한 신세가 된 거야.

물론 이 엉뚱한 몽타주는 겨우 1, 2년밖에 가지 못했어. 토니 소앙은 그 역할을 해냈어. 나도 그건 인정해. 그 사람은 애를 썼지. 하지만 아버지란 억지로 만들어지는 게 아냐. ……결국 우린 모두 올가미에 걸린 거야. 전쟁의 올가미에, 거짓의 올가미에. 우리 인생은 일종의 뜯어 맞추기가 된 거야. 그래, 기묘한 뜯어 맞추기가 된 거라고.

우리를 태운 배는 여기저기서 물이 스며들고 있어. 배의 키도 이젠 말을 안 들어. 하지만 그게 뭐 중요하니? 아무 데나 가는 거지. 물론 난 자선사업에 헌신하거나, 여성민주주의동맹에 등록하거나, 체코인과 슬로바키아인들의 수호를 위해 투쟁할 수도 있겠지. ……그래, 존재의 공허함을 가리고 자신을 변화시킬 수 있는 방법은 수없이 많지. 이따금씩 난 우리가 애벌레들처럼 살고 있다고 생각하곤 해. 난 나 자신을 경멸하고 있어. 우리를 경멸하고 있어. 애벌레들,

그래, 미립자 같은 존재들, 자기 자신에게서 아직도 빠져나오지 못한 수없이 많은 우리 같은 애벌레들과 우리가 다른 점은 우리의 의식이야. 우리의 애벌레 같은 상태는 결정적인 것이라고 우리 의식은 말하지. 우리에겐 변태란 없어. 우린 결코 아름답고 쓸모 있는 곤충은 되지 못할 거야."

나는 엄마가 나지막한 목소리로 털어놓고 있는 생각에 익숙해 있었다. 그것은 대개는 나의 생각이기도 했다. 그 생각을 똑같은 말로 얘기할 수도 있었다. 자기혐오라는 것은 그 어느 것도, 그 어떤 사람도 없앨 수 없는 선천적인 잘못을 저지를 수 있는 힘을 가지고 있다는 사실을 알았다. 그 결점을 없애버리고 전진하고 싶었다. 나의 마지막 시도는 폴라 로첸이라 불렸다. 난 그녀를 사랑했거나 또는 사랑한다고 믿고 있었다. 하지만, 엄마 말대로, 자신을 변화시키는 방법은 수없이 많은 것이다.

그날 밤은 충만한 밤이었다. 그날 밤은 하나의 다이아몬드였다.

우리의 손은 열에 들뜬 듯 자유로이 움직였다. 포크와 소금 그릇, 빵 부스러기를 든 채 회색빛 고기만두를 접시에다가 짓이기고 내던졌다.

그날 밤, 우리는 거친 숨을 몰아쉬는 가운데 부들부들 떨면서 제스처를 취했고 맹렬한 기세로 기억을 더듬었다. 강은 우리 발밑에 자신의 물결을 펼쳐주고 있었다. 거기서 빠져나와 전진할 힘이 우리에게는 있을까? 다른 운명의 잔해를 실은 앰뷸런스의 사이렌 소리, 주정뱅이의 고함 소리, 한 행인의 이해할 수 없는 웃음, 내 손목시계의 몸서리나는 똑딱 소리가 분명하게 들려왔다. 창문이 막혀 있는 높다란 발코니, 도시의 진짜 광환(光環)인, 절벽 위에서 영원히 움직이는 수많은 노란색 등대들을 우선 볼 수가 있었다. 엄마가 뼈만 앙상한 손을 입으로 가져갔다. 엄마의 콧구멍은 소생 중인 질식자나 신경질적인 사람들처럼 꼭 죄어져 있었다.

우리는 말하기 창피한 어떤 공포에 사로잡혀 있었다. 하지만 우리는 미지의 공간을 통해서, 어떤 투명한 배의 기포 속에서 밤의 가장 어두운 지점으로, 추상적이며 불가지(不可知)한 항구로 내팽개쳐졌다. 그곳에다 우리는 선박을 정박시키고자 했던 것이다. 하지만 모든 희망은 수포로 돌아가고 말았다.

엄마가 날 바라보았다.

"어디 아프냐, 필립?"

"아네요. 아무것도 아네요."

내 목소리에는 자신감이 없었을 것이다. 사실 난 그 어느 때보다도 몸이 좋지 않았다. 일종의 구역질이 나는 현기증이었다.

"잠깐만, 그대로 있어라."

엄마가 일을 떠맡고 나섰다. 양식화(樣式化)된 꽃들이 춤을 추는 엄마의 푸른색 옷과, 그 옷의 불가해한 무늬가 전깃불 아래서 빛나고 있었다. 나는 휩쓸려 숨을 몰아쉬었다. 아무런 이유도 없었다. 그래도 나는 한 가지 이유를 찾고 있었다. 아니다, 이유는 없었다. 엄마는 내가 아버지처럼 가냘프고 연약하다고 말했다. 어머니는 내게 강장제를 준비해주곤 했다. 내가 모르는 무슨 약 성분을 찾느라 엄마는 벽장을 열었다 닫았다 하고 있다. 나는 장기판처럼 생긴 검정과 노란색 타일 바닥에 쪼그리고 앉아 엄마의 모습을 자주 보았다.

느닷없이 탁자에 샴페인 병 하나와 향료 주머니 여러 개가 놓였

다. 르 뵈브 클리코였다. 에페르네이에서처럼 발 달린 기다란 컵에
다 넣어서 마셔야 하는데, 엄마는 아가리가 너부죽하게 벌어지고
평평한 잔에다 담아서 즐겨 마셨다고 설명해주었다. 왜 그렇게 마
시는지는 설명하지 못했다. 우리에게는 1900년대의 모티브가 조각
되어 있는 아주 예쁜 잔들이 있었다. 아마 그럴 것이다. 엄마는 그
습관을 바꿀 생각을 전혀 하지 않았다. 탁자 위에 잔들이 보였다. 엄
마는 잔에다가 피망 조각 두 개를 잘게 부스러뜨려 넣고는 레몬주
스를 부었다. 그것이야말로 진짜 칵테일이었다.

엄마가 명령했다.

"마셔라. 특효약이야."

투명한 액체는 레몬주스와 섞이자 거품을 일으키며 탁해졌다.
피망의 고운 입자들이 사방으로 퍼지더니 춤을 추듯 잔 밑으로 가
라앉았다. 나는 잔에다가 입술을 갖다 대고는 천천히 들이마셨다.
차가운 듯하면서도 뜨거웠다. 금만큼이나 값비싼 액체를 마신 듯한
느낌이 들었다. 그 액체는 두 사람을 다시 부추겨, 마귀할멈의 물약
처럼 우리를 연결해주었다. 차츰 단단한 내면의 땅에 다시 발을 붙
이게 되었다. 물에 빠진 사람처럼 다급하게 손짓 발짓을 하며 수면
위로 떠오르는 내 의식의 그로테스크한 붕괴에서 벗어났다. 내가 그
날 밤에 벌어진 놀이의 지배자가 아니라는 사실을 난 차츰 이해하
게 되었다. 난 또 내가 믿었던 것만큼 강하지도 않았다.

서양장기를 둘 때처럼 나는 나 자신의 올가미에 걸려들었으며,
전의를 잃게 하는 발길질이 도대체 어디서 쏟아지는지도 알 수가
없었다. 나는 오만과 우둔함 때문에 눈이 멀었다가 다시 눈을 뜬다.
폭력을 써서 상대방을 마음대로 다룰 수 있다고 믿었던 나는, 바로

그 상대방이 날 파멸로 몰고 간다는 사실을 깨닫는다.

음료를 마신 나는 그것이 건강에 도움이 될 거라고 생각했다. 내가 왜 잠시 넋을 잃었던가 하는 이유를 엄마가 눈치채면 안 되었다. 또한 어머니는 우리가 어떤 시합을 벌이고 있는지, 어떤 놀이를 하고 있는지 알면 안 되었다. 그래, 난 허약하고 심약했다. 그것이야말로 충분한 이유였다. 난 위선자로 변해서 엄마를 엉뚱한 길로 잡아끌었다.

"그걸 뭐라고 부르죠?"

그것은 '화승총 사격'이라 불렸다.

난 이미 그걸 맛본 적이 있었지만 기억을 할 수가 없다. 조제법은 시간상으로나 공간상으로나 아주 오래되었다. 난산하는 가난한 부인네들은 그걸 분만 촉진제로 쓰곤 했다. 다른 경우에도 효험이 있는 것으로 증명되었다. 그런데도, 빌어먹을! 내 불쾌감은 없애주지 못했다. 그런데 엄마에게는 약이 부족했다. 엄마는 아주 오랜 옛날부터 쓰이던 약을 알고 있었다. 엄마네 집에서는 돈을 아끼느라 언제나 그 음료를 조제했다. 치료비와 약값은 비쌌다, 여하튼 샴페인보다는……. 나는 그 어두운 샘에서 천천히 빠져나왔다.

밤은 아름답게 반짝거리고 있었다. 나는 그 결정면 하나하나를 황홀한 기분으로 바라보았다. 너무 일찍 수비 자세를 했다. 난 안전하다고 믿었다. 엄마와의 대화는 너무도 수월했고, 믿을 수 없을 만큼 단란했다. 하지만 그건 환상이고 속임수일 뿐이었다. 엄마는 얘기를 했다. 탕약, 고약, 향유, 연고. ……겨자씨와 사리풀, 부싯돌, 고추나물, 쥐손이풀……을 주성분으로 해서 조제하는 것이 그 비법이다.

"샴페인 드려요?"

"그래, 한 잔만 더 다오."

우리가 최소한 그 병은 비울 거라는 사실은 분명해졌다. 난 엄마의 말에 더는 귀를 기울이지 않고 있었다. 그 때문에 엄마는 자기가 어느 것 하나 드러내지 않도록 조심했다고 생각했다. 엄마는 옛날의 그 수많은 처방과 민간약들을 죽 나열했다.

엄마는 뷔시 거리의 약국에서 값싼 약들을 사먹었기 때문에 스스로는 그런 처방들을 거의 쓰지 않고 있었다. 하지만 엄마의 기억력(무궁무진한)은 그 처방들을 충실히 간직하고 있었다. 효심(孝心), 그러한 경험적 지식들은 엄마의 기억 속에서는 대수롭지 않은 걸로 자리 잡고 있었다. 엄마는 3차 대전이 터져 참화가 발생하고 배급제가 실시되면 그 처방들이 꼭 필요하리라 확신하고 있었다. 그렇게 되면 제약 회사의 가동이 중지되어 약을 생산해내지 못할 게 분명하다는 것이다. 그런데도 모든 것은, 원자 무기나 중성자 무기는 사용되지 않을 거라는, 가능성이 희박한 가정에 아직도 의존하고 있다는 것이다.

엄마가 아르니카 정기(丁幾)의 아물게 하고 썩지 않게 하는 효력과, 노간주나무 기름의 옴을 낫게 해주는 수렴성(收斂性) 효험, 검정색 겨자씨를 여러 가지로 조제하는 방법(내 어린 시절의 쓰라린 추억, 엄마는 나에게 겨우 40초짜리 고래 이야기를 해주곤 했는데 그 시간 동안 내 연약하고 민감한 피부는 찜질 약을 붙였을 때의 물어뜯는 듯한 통증을 견뎌냈다), 그리고 마지막으로 개의 심이성(心耳性) 카타르 치료에서 황산아연 3퍼센트 용액이 거둔 놀라운 성공 등등을 열거하는 동안 내 정신은 비몽사몽의 경지를 헤맸다. 나는 어린 시절, 전쟁이 일어났던 당시로 되돌아가 있었다. '영웅'은 그 당시 내가 잠들기 직전에 머릿속에 그려보곤 했던, 위험하고도 흥미진진한 사명을 띠고 우리 곁을 떠날 때의 바로 그런 모습으로 나타났다.

나는 영원히 내 기억 속에서 지워버렸다고 믿었던 사람이 은신하고 있는 숲으로 들어섰다. 그리고 숲의 습기 찬 한복판, 나뭇가지와 나무들이 마치 솔방울의 잣처럼 오그라드는 그곳에 멈춰 섰다. 그곳에는 눈에 안 보이는 죽음의 단층이 뻗어 있었다. 온갖 무기로 무장한 채 싸우고 있는 '영웅'이 보였다. 그 무기들이 갑자기 부러졌고, 과거 위로는 잔뜩 먼지가 낀 벽지가 발라졌다. 지붕틀이나 문지방, 퇴색한 다른 무대장치들 뒤편에는 또 다른 무대장치 같은 것이 있었는데, 마치 처음 그려놓은 그림처럼 생생하고 선명했다. 그곳의 낡은 극장은 다시 문을 열었지만 풋라이트의 전구는 하나도 타지 않았다.

푸른색 바지 그리고 짙은 핑크색과 순금색 장식 끈이 달린 군복 바지를 그는 입고 다녔다. 그것은 호화로운 정장인 동시에 전투복이었다. 난 그 옷차림을 우습게 생각해본 적이 단 한 번도 없었다. 그는 마치 르나르가 뱀장어들을 그랬듯이 자기 허리띠 주위에 연발총과 권총, 대검, 수류탄을 매달고 다녔다. 숲 속 큰 나무 밑 수풀에서 그는 모든 일을 처리했으며, 속사포 사격 준비를 하게 했고, 다이너마이트를 묻고 밧줄을 매게 했다. 그는 자기처럼 잘생긴 젊은이 일개 연대에 명령을 내렸다. 그에겐 난공불락의 지위를 확보한 사람들이 갖는 자신감이 있었다. 그 숲이란 황폐한 조국의 펄펄 뛰는 쓰라린 심장이었다. 하지만 그 심장은 복수와 해방을 소리 높이 알리고 있었다.

전투는 마치 우주 전쟁 같았다. 적은 사방에서 공격을 퍼부어댔다. 적 사단은 신성한 숲을 포화 속에 가두어놓았다. 적 공병(工兵)들은 땅굴을 팠다. 또한 적의 비행 중대는 쉴 새 없이 폭격을 해댔다. 포병들은 밤낮없이 포격을 했고, 적의 공수부대는 마치 어떤 호수의 거무스름한 물처럼 무성한 나뭇가지에 내려앉았다. 하지만 그들은 단 한 번도 승리를 거두지 못했다. 저항 거점은 가히 난공불락이었다.

'영웅'과 그의 부하들은 그 거대한 화로의 주인들이었다. 모든 공격은 수포로 돌아갔다. 숲 기슭에는 시체들이 산더미처럼 쌓여갔다. 적들은 트럭으로 시체들을 실어갔다. 트럭의 행렬은 독일을 향해 끊임없이 이어졌다. 어머니들은 그 미친 짓거리를 멈추게 해 달라며 울부짖고 고함쳤다. 하지만 미친 짓을 멈추게 할 수 있는 건 아무것도 없었다. 그 끝을 모르는 것이야말로 광기(狂氣)의 본질이었으니까. 몇 톤씩이나 되는 깨진 바위와 칼자국이 나 있는 떡갈나무들, 그리고 꼭대기부터 뿌리까지 쪼개진 몇백 년생 떡갈나무들이 땅굴 위로 무너져 내렸다.

포탄은 이끼 속에서 불발되었으며, 난공불락의 참호 지붕 위에서 분쇄되고 말았다. 그런 포탄들은 적군에게로 다시 되돌아가거나 이쪽 편에서 폭발시켜버리곤 했다. 낙하산병들은 나뭇가지에 걸려서 꼼짝 못했다. '영웅'과 그의 부하들은 그들을 마치 열매를 따듯 잡아들였다. 기적적으로 땅에 닿은 낙하산병들은 수류탄이나 권총, 대검에 목숨을 잃었다. 목을 매서 죽이는 수도 있었다. 산 채로 토막을 내기도 했다. 장작불에 벌겋게 달군 총검으로 눈을 후벼대는 경우도 있었다. 그들이 내지르는 울부짖음이 안팎의 공간을 가득 채웠다.

그런 전투와 살육의 현장 속에서 나는 냉혹한 살인자였다. 열다섯 명을 한꺼번에 당해낼 수 있는 힘을 갖고 있었다. 난 이유도 모르는 채 분노하고 증오했다. 열 살짜리 아이에게 적이란 무엇을 의미하는 걸까? 여덟 살짜리 어린애에게 적이란? 이따금씩 내가 적의 목을 자르고, 배를 째고, 내 모든 근육들이 물 먹은 동아줄처럼 팽팽해지며, 바락바락 고함을 지르느라 내 가슴에서 아무런 소리도 나오지 않을 때, 내가 죽이거나 고문한 사람들은, 우리가 겪고 있는 전쟁 상태와는 아무런 관계도 없고 자기가 저지르지도 않은 잘못 때문에 희생을 치르고 있다는 생각이 들었다. 전혀 다른 생각들을 나는 마음속 깊은 곳에 감추고 있었지만 설명할 수는 없었다.

이렇게 해서 잔뜩 공포에 사로잡히게 된 적들은(또한 나 자신도) 더욱더 맹렬하게 공격을 퍼부었다. 눈이 멀고 피투성이가 된 유령들이 원래 있었던 전선으로 되돌아갔다. 끈끈이에 걸린 새처럼 가시덤불에 걸린 채 꼼짝 못하고 있는 적들도 있었다. 그들이 지저귀는 소리야말로 날 잡아 잡수 하는 애원처럼 들렸다. 그들은 지뢰를 밟아 산산이 분해되기도 했으며, 밀렵꾼의 올가미에 다리가 걸리기도 했다. 또 숲 가장자리에 도착하자마자 전우들에게 자신의 고통을 덜어달라고 애원하는 적들도 있었다. 최후의 일격을 가하는 듯한 꽝 하는 금속성 소리가 이따금씩 들려왔다.

'영웅'과 그 부하들은 자비나 동정 같은 걸 몰랐다. 그들은 내 가슴속에 있었다. 그들은 바로 나 자신, 분명히 오직 나 자신이었다. 물론 나는 하루도 빠짐없이 녹청색 군복을 입은 사람들이 파리 시청에서 생-미셸 다리로, 생-미셸 다리에서 퐁네프로 행진하는 것을 보곤 했다. 그들은 프랑스의 무질서를 회복시킬 임무를 띠고 가는 것이었다. 이따금씩 그들은 황소라도 쓰러뜨릴 수 있을 만큼 따가운 햇살을 받으며 행진하기도 했다. 비와 눈을 맞는 때도 있었다. 그들은 만하임이나 함부르크, 아니면 브란덴부르크나 홀스타인같이 궁벽한 시골에서 온 청년들이었다. 그들의 입술은 푸르스름해졌다가는 아예 회색으로 변해버렸다. 그들의 턱은 경련하고 있었다. 이따금씩 그들은 군가를 신나게 부르기도 했다. 난 사실 그들에 대해서 진짜 증오심을 갖고 있지 않았다. 하지만 내 꿈속의 증오심, 내 가슴속 어딘가의 내밀한 장소에 자리 잡고 있던 증오심은 바로 그들을 희생양으로 삼고 있었다.

그 빛나던 해방의 날은 마치 그런 몽상과도 같았다. 8월 어느 아름다운 아침, 우리 집 발코니 한 모퉁이에서 나는 파리 사람들이 보도블록을 뽑아내고, 기관총을 더 잘 발사하기 위해서 시청 창문에 모래주머니를 쌓는 광경을 볼 수 있었다. 너무도 기쁜 나머지 내 가슴은 터져버릴 것만 같았다. 다른 사람들과 함께 내려가서 생-미셸 강변의 보도블록을 나르고, 급조된 방벽을 기어 올라가며, 경멸하고, 무기를 훔치고 싶었다.

……물론 내가 너무 멀리 나갈 때마다 엄마는 육체적·정신적인 벌을 내리겠다고 갖가지 수단을 써가며 위협을 하고 을러댔다. 이치상 그리고 너무 어린 나이 때문에 어쩔 수 없이 싸우고 싶은 갈망을 '영웅'에게 맡겨두는 수밖에 없었다. 그렇게 해서 나는 내 상상의 세계 속에서 한 부분을 차지하게 되었으며, 내 마음과 머릿속에 들어앉아서는 매일 밤 엄격한 규율로 지배하곤 했던 것이다.

그 굴욕과 무력(無力)의 시절, 내 가슴속에서는 파괴적인 어떤 공격성이 생겨났다. 나는 예의범절과 무기력이라는 껍질로 그러한 공격성을 가리곤 했는데, 그래서 이따금씩 비겁하다는 인상을 주었다. 그래서 동시에, 그리고 거의 모순적으로 시련에는 정면으로 맞서야 하며 매듭은 풀거나 잘라내야 한다는 확신을 갖게 되었다. 바로 그 때문에, 도저히 넘을 수 없는 장애물이 나타날 때마다 그토록 무섭게 분노했으며, 어떻게 해서든지 그 장애물을 넘거나 부숴버리기를 그토록 열정적으로 원했다. 그래서 난 지금까지도 평화주의와 평화주의자들을 혐오한다. 그들이야말로 자기들이 그걸 짓는 데 한몫한 도살장으로 가는 길목에서 매애매애 울음 우는 바보 같은 양떼다.

매몰되고 소멸되는 것이라 여긴 과거에 속했던 그 모든 것들은 덜 환상적인 장면들을 가진 한순간으로 변해버렸다. '영웅' 또한 매일 아침 레이느 부인이 우리 집 신문과 우편물을 놓아두는 현관문 까치발 달린 탁자 다리에 자기 손가방을 놓아두곤 하는 어린애 같은 어른이었다.

그는 언제나 씩씩한 몸짓으로 넥타이 가죽 상자에서 꺼낸 뿔빗으로 머리를 빗곤 했다. 그러고 나서 (엄마와 내가 여행용 옷가지들을 넣어두는) 뒤쪽 벽장을 열고는 래글런식 외투를 끄집어내서는 언제나 오른쪽 소매부터 여유 있게 꿰어 입었다. 벽장을 닫고 난 그는 다시 거울 쪽으로 돌아섰다.

어둠의 투사에게는 없어서는 안 될 신중함과 멋을 동시에 갖추고 있는 만족스런 모습이 거기 비치곤 했다. 그의 동작 하나하나는 결코 순서가 바뀜이 없이 세심하게 이루어졌다. 떠나기 직전, 마지막으로 그는 웃옷과 래글런식 외투 사이, 목덜미 주위에 회색이나 갈색 비단 목도리를 살짝 걸쳤다. 옷을 입는 동안 그의 입술은 평상시보다 더욱 가느다랗게 다물어져 있는 듯 보였다. 그의 입 오른쪽 구석에 들어 올려져 있는 콧수염 밑으로는 거의 눈에 띄지 않는 선 같은 것이 뻗어 있는 게 보인다. 오직 그럴 때만 나는 그의 그 악의 있어 보이는 빈정거리는 표정을 읽을 수가 있었다. 딱 한 번 근심과 자부심이 뒤섞인 심정으로 나는 그에게 다가가서 전쟁을 하러 가는지 물어본 적이 있었다.

그가 내게 대답했다.

"걱정 마라. 난 피아노를 치러 간단다. 내겐 아무 일도 일어날 수가 없어."

그의 음조, 그의 두 눈에서 빛나고 있는 광채는 그가 내게 확실한 얘기를 하고 싶어 하지 않거나, 할 수 없다는 걸 가르쳐주고 있었다. 나는 그가 자기 방식대로 전쟁을 치르고 있다고 생각했으며, 우리 주변에서 벌어지고 있는 일들에서 중요한 역할을 맡고 있다는 사실을 믿어 의심치 않았다. 아마도 엄마를 통해서 나는, 그 피아노라는 것이 사실은 아버지가 영국에 특급 비밀 전문을 보내는 무전기라는 사실을 금세 알게 되었다.

회색 머리의 자그마한 남자는 다시 되돌아오곤 했다. 그러고는 날 껴안으면서 말했다.

"자, 이제 가서 자라."

그러고 나서 그는 방문으로 향했다. 방문 근처에서는 두 눈이 붉어진 엄마가 손수건을 만지작거리면서 기다리고 있었다. 회색 머리의 자그마한 남자는 엄마를 포옹했다. 그리고 입술 끝으로 딱 한 번만 입을 맞추었다. 그러고 나면 그는 엄마의 귀에 대고 뭔가를 부탁했다. 전화벨이 울리면 수화기를 든 채, 그날 계산이 끝났는지 저쪽에서 묻기까지 기다려야 했다. 그와 관련된 질문을 받게 될 경우, 푸세 씨는 시골에 가 계시며 언제 돌아올지 알 수 없다고 대답을 해야 했다. 그렇게만 하면 저쪽에서 뭐라고 얘기를 했다.

통행금지 때문에 그는 급히 아파트를 떠났다. 문이 닫혔다. 그는 내게 손으로 작별 인사를 하곤 했다. 엄마는 그의 뒤로 빗장을 질렀다. 계단을 내려가는 그의 발소리가 차츰 작아져갔다.

아파트 정문이 열렸다. 육중한 두 짝 문이 돌 받침에 부딪히고 나면 아파트에는 다시 침묵이 찾아들었다. 문에 기대어 선 엄마는 목이 메어 아무 말도 못했다. 그 틈을 이용해서 나는 창가로 달려갔다. 그리고 통행금지 시간이긴 하지만 그가 멀어지는 것을 바라다보면서 그가 향하는 비밀 장소가 과연 어느 방향일까 점쳐보곤 했다. 대부분 그는 강변도로를 건넌 다음 강을 따라 퐁네프 쪽으로 향했다가 곧장 앞으로 사라져갔다. 그가 입고 있는 래글런식 외투의 갈라진 옷자락이 그의 장딴지를 때리고 있었다. 그가 성큼성큼 걸어가는 모습을 보노라면, 나는 불굴의 결단성 같은 것을 느낄 수가 있었다.

밤이 되면서 그가 회색빛 안개 속으로 잠겨들면 그가 떠난 데 대한 미스터리는 점점 깊어만 갔다. 나 역시 서글픈 기분에 잠겨 있었다. 이따금씩은 울고 싶기도 했다. 하지만 그럴 순 없었다. 전쟁 중이었다. 난 강해져야 했고 자신을 이해해야만 했다. 회색 외투가 부연 빛살 속으로 연기처럼 희미해져갔다.

나는 엄마한테 가서 껴안으려고 애썼다. 엄마는 자기 손 안에 놓인 내 이마를 기계적으로 쓰다듬곤 했다. 나는 엄마에게 전쟁은 끝이 날 것이다, 독일 놈들은 자기 나라로 되돌아갈 것이다, 우린 함께 베르사유로 가서 내가 사진으로만 봤던 여왕의 아모 궁이나 트리아

농 궁을 방문할 수 있다고 말했다. 엄마는 알았다고 대답하고는 계속 훌쩍거렸다. 나의 노력은 수포로 돌아가곤 했다.

엄마는 날 침대에 눕혔다. 그런 날 저녁이면 '영웅'의 모습이 내 마음속에서 점점 커져감에 따라 의문점이 눈처럼 불어나곤 했다. 나는 그가 모습을 감출 때마다 가명으로 사용하곤 하는 푸세 씨라는 이름이 우습다고 생각했다. 이따금씩 엄마가 확인이라도 하려는 듯 중얼거리는 소리가 들려왔다.

"정보를 받고 갔으니 위험하진 않을 거야. 붙잡힐 리가 없어, 지나칠 정도로 신중한 사람인데……."

엄마가 하는 말 중에서 내 꿈이나 야심과 일치하는 건 한마디도 없었다. '영웅'이 현실적인 위험을 무릅쓰고 있다는 사실을 나는 알았다. 또한 그가 자기 목숨까지도 걸고 있다고 굳게 믿었기 때문에, 전쟁이 끝나고 엄마가 펑펑 눈물을 쏟으며 그가 돌아오지 않을 거라고 말했을 때 난 주저 없이 물었다.

"아빠가 돌아가셨나요?"

그러자 이해할 수 없는 대답이 되돌아왔다.

"아냐. 네 아버진 죽지 않았어."

모든 것이 내 머릿속에서 뒤죽박죽이 되어버렸다.

새벽 세 시쯤 된 듯했다. 도시는 소리 없는 잠 속에 펼쳐져 있었다. 도처에서 사람들이 일을 하고, 압력계를 살펴보고, 돌과 유리와 강철과 콘크리트로 만든 여객선 깊숙한 곳에서 수문을 여닫고 있었다. 그들이 하는 일은 흡사 소리도 없고 감지되지도 않는 꿈을 닮았다. 도처에서는 내버려진 육신들이 긴 숨을 내쉬고 있었다. 전류가 불면증 환자들의 몸을 꿰뚫고 지나갔다.

축제의 상상, 죽음의 상상. 이득과 손실을 가소롭기 짝이 없는 숫자로 해석하는 사람들도 있었다. 몸과 몸을 부딪치며 사랑을 나누는 육체들의 전투도 있었다. 많은 사람들이 약장에 손을 집어넣고는 잠이 들게 해줄 수면제나 바르비투르 제(劑)를 찾았다. 무기력하게 서로를 바라보다가는 일어나서 일을 떠나는 사람들도 보였다. 그들은 텅 빈 거리에서 서로의 걷는 모습을 쳐다보고, 자명종이 울리는 시간이면 지쳐서 곯아떨어지곤 했다. 밤을 사랑하는 작가들은 고양이처럼 소리 없이 방황하거나 글을 썼다. 많은 이들은 최후의 취약한 보루인, 사랑하는 여자나 남자의 조용한 육체를 껴안고 있었다.

자동차 한 대가 내리막길을 내려가면서 올빼미 울음소리를 냈다. 자동차가 지나가고 난 뒤의 공기는 고요한 수면처럼 매끄러웠다.

아버지의 수렁에서 벗어난 나는 생전 처음 보는 강가에서 몸을 움직이고 있었다. 엄마가, 어떻게 해서 그렇게 되었을까, 자기 살아온 얘기를 들려주었다.

염색하지 않은 박엽지(博葉紙)에 싸인 채로 상자에 들어 있다가 막 꺼낸 물건들처럼 엄마의 추억은 손때가 묻어 있지 않아 새로웠다. 엄마 자신도 놀랄 정도였으니까.

"어제 일 같구나."

처음 들어보는 소중한 이야기의 줄거리를 끊지 않기 위해서 나는 머리를 끄덕였다.

어머니는 어린 시절을 피레네 지방에서 보냈다. 부모님은 옷감과 남녀 기성복 장사를 하고 있었다. 외할머니는 해가 갈수록 피곤해했기 때문에 공장 견습공들을 감독하는 일조차 할 수가 없을 정도였다. 사업은 남자 양복 만드는 수준으로 줄어들었다. 툴루즈는 건강에 좋은 기후에 쾌적한 도시였지만 공장 규모가 자꾸 작아지는 바람에 수지를 맞출 도리가 없었다.

"파리로 올라가야지……."

엄마는 어린 시절부터 이 말을 귀가 닳도록 들어왔다. 언젠가는 떠날 것이다. 하지만 올라간다는 건 출발을 뜻했다. 그러니 심사숙고 끝에 결정을 내리지 않으면 안 되었다. 그래서 나중에 올라가기로 했다. 달이 지날수록 생활은 점점 옹색해졌지만 출발은 한 해 한 해 연기되기만 했다.

약혼을 한 지젤이 맨 먼저 파리로 올라간 날 이후로 어려움은 좀 덜했다. 외할아버지는 자신이 좋아하는 딸의 곧 다가올 결혼을 노골적으로 기뻐했다. 라카즈 노인은 생각하는 것이나 행동하는 것이나 지네트보다는 지젤을 더 좋아했다. 사실 외할아버지는 지젤만을 생각했다.

엄마의 목소리는 희미했으며, 한마디 한마디가 힘들게 목구멍에서 나왔다.

"괴로웠단다, 필립. 난 지젤을 질투했지. 아버진 늘 언니한테만 얘기했어. 늘 언니 얘기뿐이었단다. 언니는 아름다웠고, 그걸 모르는 사람은 없었어. 아버진 날 바라볼 땐 아무 말도 없었지. 빈정거리는 듯 번득이는 그 스핑크스 같은 눈으로 날 뚫어져라 쳐다보기만 하시는 거야. 언니한테는 그렇게 다정하고 친절하시던 양반이. 참기 힘들었단다.

엄마는 불행한 분이었지. 병이 나서 먼 곳에 계셨어. 엄마는 아무 책이나 닥치는 대로 읽었단다. 식사를 하면서까지 말이야. 집안 일은 돌보질 않으셨지. 바스크 지방 출신 처녀가 부엌살림을 하고 있었는데, 장 보는 돈을 살금살금 빼먹었지. 엄마는 책 읽는 데에만 정신이 팔려서 자기 입에 뭐가 들어 있는지도 모를 정도였단다. 그래서 아버지는 짜증이 난 거야. 아버지가 뭐라고 싫은 소리를 하면 어머닌 흰 눈자위를 굴리며 땅이 꺼져라 한숨을 내쉬었지. 그 눈을 보면 영락없이 미친 사람 같았어. 화가 난 아버지는 식사가 끝나기도 전에 식탁을 떠나곤 했지. 그러곤 공장으로 가서서 이럴 때를 위해 준비해놓은 양말에서 콜롬비아 커피를 끄집어내어 손수 끓여 먹곤 했지. 아버지는 잔뜩 흥분을 한 채 오후까지, 어떨 땐 밤늦게까지 일을 하는 거였어. 한마디 말도 없이. 사는 게 사는 게 아니었지.

사회 관습과 가족 간의 의식을 마지막으로 존중하는 행사였던 지젤의 결혼식 때, 두 양반은 이렇게 생각을 할 수가 있었지. '지젤을 데려가는 녀석은 신부가 너무 예쁘다고는 불평을 못할 거야'라고. 그러고는 머리를 끄덕거리면서 흡족한 표정을 짓고는 혀를 차는 거야. 내 신세는 뻔할 뻔 자였지. 일 시킬 때가 아니면 말 한마디 걸지 않았어. 주문을 받아오거나 물건을 배달해라, 식탁에 빵을 내놓아라, 옷감을 둥그렇게 감아라, 설거지를 해라, 네가 더러운 옷을 입고 있으면 손님들이 우리에 대해서 불쾌한 이미지를 가질 테니 이따금씩 옷을 갈아입어라 등등. 자비심이라곤 없는 양반들이었지. 그런 부당한 명령은 물론 당연하게 보였단다.

지젤에게는 자기 역할이 있었어. 아름답고 생기 있고 사랑받는. 그리고 내게는 내 역할이 있었지. 지젤은 그저 학교 공부에만 매달렸단다. 좋은 점수를 받으면 칭찬받고 상도 받았지. 난 아무리 공부를 잘해봤자 시답잖은 칭찬을 듣기 일쑤였지. 그것 역시 당연한 일이었어. 당연히 난 학교에 금방 싫증이 났고, 늘 뭐 해라 뭐 해라 하는 잔소리 듣기도 지긋지긋해졌지.

아버지한테서 찾을 수 없었던 위안을 난 잠시 엄마에게 찾으려고 했지. 하지만 쓸데없는 짓이었단다. 짜증스런 대답만 들었지. "그만 좀 날 따라다녀! 넌 진드기 같은 애로구나!" 하는. 엄만 정말 엄마 같지가 않았지. 자기 의무는 다했지. 날 낳고, 젖을 먹이고, 기저귀를 갈아줬지. 그거야 기본적인 거지. 더는 아무것도 요구할 수가 없었어. 내게 말을 해주는 것도, 웃어주는 것도. 너도 알겠지만 필립, 우리 어머닌 나한테 아무것도 가르쳐주지 않았어……."

차가운 일진광풍이 부엌에 몰아쳤다. 구름이 희끄무레해지고 행인들이 다시 웅성거리는 소리가 들리는 걸로 봐서 새벽이 오고 있었다. 엄마는 계속 줄담배를 피워댔다. 엄마는 재떨이 위에서 손가락을 떨고 있었다. 엄마의 무겁고 쉰 목소리 또한 떨렸다. 엄마는 힘들게 감정을 억제해가며 외할아버지와 외할머니 얘기를 했다. 난 어머니의 그런 모습을 본 적이 없었다. 마치 아물지 않은 상처에 댄 붕대를 잡아떼는 듯했다.

엄마는 공부에 흥미를 잃었다. 그래도 고등학교 3학년까지는 '다녔다'. 하지만 대입 자격시험에 붙는다는 건 생각할 수조차 없었다. 엄마는 보란 듯이 규칙적으로 수업을 빼먹었다. 교장 선생님이 엄마를 호출해냈으며 부모님들까지도 호출했다. 어쩔 도리가 없었다. 엄마가 원한다면 자유롭게 시험을 볼 수 있도록 결정되었다. 학교

측에서는 자기 학교의 공식 명단에 포함시키기를 거부했던 것이다. 그러니 시간을 보내기 위해서 무슨 일을 해야만 했을까? 엄마는 툴루즈 거리를 배회했다. 어느 날 저녁, 외할아버지가 엄마를 허튼 계집애라고 말했다. 엄마는 외할아버지를 맞대놓고 비웃었다. 엄마는 친구를 한 명 사귀었다. 앞에서 말한 바스크족 처녀였는데 오믈렛을 잘 만들고 캄보 근처의 아이노아라는 동네 출신이었다.

"그 앤 마리아 블랑카 델 로시오 빅토리아 아리체귀라는 스페인 이름을 갖고 있었단다. 집에서는 블랑카나 블랑세트라고 불렀지. 이름과는 달리 그 애의 모든 것은 검었어. 눈은 둥글고 짙은 색깔이었지. 머리칼은 아스트라칸 모피 같았고, 그 애의 모든 것이 날 끌었고 날 매료시켰단다. 이따금씩 그녀를 생각하면 지젤 생각이 나지. 약간 덜 예쁘긴 하지만 더 생기 있는 지젤 말이야. 그 애의 피부는 유별나게 희고 창백해서 이따금씩 사람들이 그 애가 무슨 속병에 걸리지 않았는지, 가능하면 빨리 고향으로 돌려보내는 게 좋지 않을지 묻곤 했지.

그 앤 내 맘에 들었고, 난 그 앨 사랑했다고까지 할 수 있어. 그애도 날 사랑했을 거야. 하녀가 주인집 딸을 사랑하는 식이 아니라 같이 장난치고 깊은 속마음을 털어놓는 친구로서 말이지. 집안 식구가 모두 잠들면 우린 내 방이나 그 애 방에서 다시 모였지. 그리고 둘이서 밤 파티를 벌이는 거야. 층계참 수도꼭지에서 나오는 물에다 포트와인을 섞어 마시면서 비스킷을 먹곤 했지. 은밀한 얘기를 털어놓기도 하고, 이야기를 지어내기도 했단다.

블랑세트는 자기가 하녀라는 걸 부끄러워하지도 않았고 자기의 열등한 사회적 위치도 잘 의식하고 있었어. 우린 거리낌 없이 그런 얘기들을 하곤 했어. 그 앤 자기를 그렇게 멀리, 대부분의 소꿉친구들이 하고 있는 순박한 생활에서 멀리 떼놓은 유복한 농부였던 부모들을 원망하고 있었어. 나이는 열다섯밖에 안 됐지만 자신감 하나는 열여덟이나 스무 살짜리 처녀 뺨쳤단다.

날 감동시킨 그 결단성으로 그 애는 돈을 모을 계획을 세우고 있었어. 마드리드나 바르셀로나, 로마, 심지어는 런던 같은 수도에서 살려고 말이지. 그 앤 영어를 배워야 했지. 그래서 내가 알고 있는 빈약한 영어 개념과 그 애가 태어날 때부터 알고 있던 스페인어 지식을 교환했어. 일단 자신이 선택한 도시에 가서 자리를 잡으면 잘 생기고 유망한 부자 청년을 하나 물겠다는 거였지. 그 남자의 모습을 나한테 설명해주었는데, 정말 놀랄 정도로 상세했지. 그 앤 거의 분명하고 실제적인 의미를 놀랄 정도로 엉뚱한 꿈 같은 얘기로 바꾸는 능력이 있었으니까.

우리는 전혀 알지도 못하는 스페인 남자와 프랑스 남자 그리고 영국 남자들의 장점을 비교해보곤 했단다. 함께 있는 것이 행복했어. 백마 탄 왕자님을 사로잡는다는 건 쉬운 일이었지. 우리 앞으로 지나가는 걸 보기만 하면 됐으니까. 블랑세트 말에 따르면 처녀들이란 딱 한 번만 값을 놓아서 사용할 수 있는 어떤 밑천이 있다는 거야. 그러니 아무 왕자님이라도 유혹하기만 하면 된다는 거였지. 신중하고 분명하게 행동해서 큼직한 생선이 미끼를 물도록 하고 낚시에 걸리도록 해서 정확한 순간에 낚싯줄을 당겨야 한다고. 세상사에서 그만큼 쉬운 일도 없다고 했어.

블랑세트나 나나 조금도 의심을 하지 않았지. 그 문제의 밑천이라는 것에 대해서 난 막연히 감만 잡고 있었지. 블랑세트가 설명을 해줬고 또 함께 연구한 것도 있고 해서 더 확실하게 알게 되긴 했지만. 우리가 그 밑천을 더욱 늘려서 결정적인 순간에는 비싼 값을 부를 수 있다는 점을 그 앤 내게 확신시켜준 거야. 물론 우리는 진짜여자, 다시 말해 창녀라도 될 각오를 하고서 그 밑천을 돈으로 바꿀 각오를 하고 있어야 했어. 간단히 얘기해서 우린 똥값이 되기 전에팔려야 했던 거야. 그래서 우린 우리가 정말 예쁜가, 말하자면 팔릴만한가 하는 걸 알고 싶었어. 그건 당연한 걱정이었지. 우린 아무것도 자신할 수 없었으니까.

그 앤 자기가 무진장하게 갖고 있는 격언들을 들어가면서 용기를 북돋워줬지. 가령, '미인은 사랑엔 운다'라든가 '예쁜 얼굴도 화장하기 나름' 같은 격언 말이지. 난 그 애더러 속담의 뜻을 설명해달라고 부탁했지. 그 뜻을 나보다도 모르는 경우가 많았거든. 그 애 동네에서는 모든 사람들이 아주 어릴 때부터 그런 속담들을 배우지만오직 경험과 연륜을 통해서만 그걸 이해할 수가 있었지.

싸워야 한다는 걸 우린 알고 있었단다. 우리가 갖고 있는 무기들을 알고, 기회가 닿으면 그걸 능란하게 사용하기 위해서 우린 두 사람의 몸 구석구석을 냉정하게 조사했지. 우리의 유희는 점잖지 못했지만 그 대신 순진한 것이었어. 우린 그걸 해부학적으로 비교하는 데 만족하지 않았지.

블랑세트는 산악 지방의 조제법에 따라서 피부 결을 부드럽게해서 반들반들 윤기를 내주는 혼합물을 만들어냈단다. 그 애는 장미 향수와 등화수(橙花水), 밀랍, 부드러운 아몬드 기름, 베르가모트기름, 등화유(橙花油)와 여러 탕약을 사느라 얼마 되지도 않는 저금을 꽤 축냈어. 나도 물론 한몫 끼었지. 그 비밀의 약을 만든 우리는 그걸 몸 구석구석에 바르느라 여러 시간을 보냈단다. 지금도 기억이 나는데, 우린 얼굴을 더 환하게 보이도록 한답시고 알코올과 안식향(安息香), 붕사(硼砂)를 준비하기도 했지. 또 목하고 팔, 가슴에다가는 여러 가지 크림을 발랐는데 우린 그걸 몽땅 '콜드크림'이라고 불렀지. 그것들이 피부에 흡수되게 하느라고 우린 손이 다 닳을 정도였어. 물을 섞은 포트와인을 너무 많이 마실 때도 있었단다. 참 많이도 깔깔댔지.

우린 또, 블랑세트 얘기에 따르면 유럽에서 가장 크다는 런던의 괴상하게 생긴 벽시계와 언젠가는 마리아 블랑카 아리체귀가 유혹해서 결혼하게 될 귀족 얘기도 했어. 천식을 앓는 늙은 귀족 말이야. 이따금씩은 서로 껴안고 자기도 했지. 그럴 때 누가 들이닥치면 어떻게 될까 따위엔 관심이 없었지. 다행히 블랑세트와 나는 지붕 밑 사층 방에 처박혀 있었으니까. 우린 다른 세상, 다른 공간에 살고 있었던 거야.

완전히 잊혀버린 그 높은 곳에서 무슨 일이 벌어지고 있는지 보러 올 생각을 하는 사람은 없을 거야. 만일 엄마가 단 한 번이라도 거기 올라와서 우리가 벌거벗은 채 한침대에 누워 있는 걸 봤다면 나한테는 푸닥거리를 했을 것이고 블랑세트는 화형에 처했을 거다. 그래, 필립, 난 블랑세트를 사랑했지, 아주 많이. 이런 말 해도 난 조금도 부끄럽지 않다……."

부엌 개수대에 뚝뚝 떨어지는 물소리도, 부엌 창문을 통해 계속 스며드는 웅성거림도 이제는 내 귀에 들어오지 않았다. 전깃불이 심하게 깜박거리는 바람에 우리 두 사람은 눈을 깜짝거려야 했다. 피로가 씻은 듯이 사라졌다. 나처럼 엄마도 끝나가는 밤의 다사로운 손길 속에서 기분이 좋은 듯 보였다.

"블랑세트는 어떻게 됐죠?"

"아! 너한테 얘길 하려고 그랬는데, ……참 가련한 얘기지. 간단하면서도 복잡해. 내 이야기랑, 우리 가족 이야기랑 뒤섞여 있거든. 난 그 모든 것들을 너무도 깊숙이 묻어버렸기 때문에……. 하지만 오해는 마라. 나 역시 즐거우니까. 장난을 하는 것 같아. 내 추억들을 만화경 속에 넣어 뒤흔들고는 바라보는 거지. 필립, 너랑 함께 보는 거야. 참 이상하기도 하지! 난 이제 나쁜 어머니는 되고 싶지 않아. 넌 내가 줄 수 있는 것 이상은 요구하지 않았어. 넌 언제나 내 인생을 쉽게 해줬지.

난 블랑세트 얘기와 내 얘기를 기꺼이 해줄 수가 있어. 그 얘기들은 서로 뒤섞인 채 혼동되어 있지. 그렇게 2년 동안 우정을 맺고 착오를 거친 뒤에 우린 서로 교제가 끊어졌지. 아니 그보다는 블랑세트가 사라진 거야……."

"사라졌다고요? 무슨 말이죠?"

"1935년이었지. 스페인 전쟁이 일어나기 전이었어. 지젤은 파리로 그리고 북프랑스로 올라가려는 참이었지. 멋진 결혼을 위해서 말이지. 온통 그 얘기뿐이었어. 난 공부고 나랏일이고 지긋지긋해졌지. 난 모든 걸 밀어붙여보기로 결심했지. 취직을 해서 밥벌이를 하고 싶었어. 그 당시에 처녀가 그런 욕망을 가질 경우, 좋은 소리를 듣는다는 건 생각할 수도 없었지. 난 그런 사실을 몰랐기 때문에 처음엔 아버지한테 그 얘길 했단다. 내가 조금이라도 판단력이 있었더라면 한 대 맞을 각오를 했을 거다. 하지만 그분은 아무 말씀이 없었어. 자신을 억제하는 거였지.

그분이 말했어.

'나도 찬성이다. 다만 한 가지 조건이 있다……'

뭐겠니?

'네가 뭔가 뚜렷한 일을 배우면 허락해주마.'

난생처음으로 난 아버지와 의견 일치를 본 거야. 그것도, 그래, 즉석에서 말이다. 집 근처 병원에서 적당한 학력의 처녀들에게 간호사 교육을 실시하고 있었지. 그래서 난 병원에 들어간 거야. 오전에는 이론 교육이었고, 오후엔 실습이었다. 우린 위생학과 기초 생물학, 기초 의학, 기초 약학을 배웠단다. 우린 병상의 시트를 걷고, 체온계를 읽고, 엉덩이 밑에 변기를 집어넣고, 근육과 혈관에 주사를 놓고, 상처를 소독하고, 습포를 붙이고, 피를 뽑고, 시체를 손질하는 법 등등을 알아야 했지.

한마디로 그건 재미나는 일이었어. 실제로 쓸모 있는 일을 배우는 것 같았어. 난 평판이 좋았지. 강의를 듣는 처녀들은 대부분 나보다 두 살씩 나이가 어렸고 툴루즈 근처 마을 출신이었지. 난 언니 행세를 했어. 그 애들은 단순하고 명랑했지. 하지만 블랑세트만큼 매력적인 애는 없었단다.

블랑세트만이 내 친구였던 거야. 그 2년 동안, 매일 저녁 난 그 애 만나서 그날 병원에서 있었던 일을 얘기해주고, 자유로운 시간을 함께 보내는 걸로 낙을 삼았지. 우리 사이엔 아무것도 변하지 않았어. 오히려 우리 관계는 더 두터워졌지. 약과 환자들 속에서 살았던 나는 그 애에게 기묘하고 끔찍한 얘기들을 들려주곤 했어. 그 앤 시장 보느라 든 돈 때문에 엄마랑 싸운 얘기, 새까맣게 태워버린 감자 얘기 등을 들려주었고……. 우린 새로운 계획을 짜면서 그 하찮은 일들을 잊어버리곤 했지. 블랑세트는 진짜 귀족인 스페인 신사랑 펜팔을 하기로 결정을 내렸단다. 마드리드에 가서 그 귀족이랑 결혼을 할 계획이었어. 그 귀족의 집에 가면 수많은 샤프롱과 가정부들 그리고 시종과 종복(從僕)들에게 명령을 내리겠다는 거였지. ……그앤 타월과 행주, 시장바구니를 모두 다른 사람에게 줘버렸어.

불쌍한 블랑세트는 벌써 오래전에 스페인에서는 귀족이 사라져버렸고 게다가 귀족들이란 상거지 중에 상거지라는 사실을 모르고 있었던 거야. 차츰 난 현실과 꿈 사이에 가로막혀 있는 장애물들을 의식하기 시작했지만 블랑세트의 고귀한 계획은 정말 정당한 것이라고 생각했단다. 내가 만일 그 애와 처지가 바뀌었다면 무슨 생각을 하고 뭘 바랐겠니? 하녀 신세에서 하루라도 빨리 벗어나고 싶었던 그 애의 심정을 난 이해하고 있었지. 난 다시 명랑해졌어. 환자나 죽어가는 사람들을 매일 보고 있었지만 그다지 슬퍼하진 않았단다. 무감각해서가 아니라 있는 그대로의 삶을, 이따금씩은 그 극단까지를 봤기 때문이야.

집(난 집에 거의 붙어 있지 않았다)에서의 내 관계는 수월해졌지. 어머니와 아버지는 내 새로운 일에 대해서 먼발치에서만 관심을 보였단다. 난 한숨을 돌리게 된 거야. 더는 들볶이는 것 같지도 않았고 완전히 무시당하는 것 같지도 않았지. 난 일자리를 가졌고, 삶의 흐름 속에 끼어든 거였지. 잡다한 집안일도 하지 않게 됐고.

드디어 지젤이 결혼을 하게 됐지. 신랑은 '정말 괜찮은' 남자였어. 난 그게 마음에 들기도 했고 마음에 들지 않기도 했지. 언닌 우리 곁을, 그러니까 아버지와 어머니 곁을 떠나야 했어. 일주일 내내 엄마는 두 눈이 붉어진 채 입술을 떨며 다녔단다. 아버진 말문을 열지 않았고. 얼마나 슬펐겠니? 난 누가 볼 때는 의리상 눈물을 흘려보였지. 모두들, 심지어는 지젤까지도 그렇게 믿고 있었단다. 그 바보 같은 언닌 내가 자기랑 헤어지는 걸 섭섭해한다고 생각한 거야. 사실 언니의 떠남이란 그것이 내 존재 속에서 의미하는 것 때문에 날 걱정시켰지. 언닌 자기 인생을 살아나가려 하고 내가 모르는 세계로 들어가려는 참이었어. 지젤은 유부녀가 될 것이고, 그럼으로써 난 제일선에 나서게 되었지. 내가 결혼을 할 차례가 된 거야.

다른 식으로 생각하면 지젤의 결혼은 내게 절대적인 자유의 길을 열어주려 하고 있었어. 엄마 아빠는 언니가 가는 곳이라면 아마 지옥 끝까지라도 따라갔을 거다. 언니네 부부가 독립하겠다고 하면 두 양반은 떨어져 살았을 것이고, 그리 멀리는 아니겠지. 독립과 자유라는 것이 서로 혼동된다는 사실을 엄마는 꿈에도 생각하지 못했지. 엄마 아빠는 언니랑 함께 용케 떠날 수도 있었을 거야. 자동차나 기차로……. 난 전혀 걱정하지 않았어.

하지만 그분들은 날 어떻게 할 건지 생각해보셨지. 날 데려가야 하는지? 거의 다 끝나가는 간호사 실습 교육을 그만둬야 하는지? 난 어느 정도 경력을 쌓고 있었어. 일주일에 나흘 밤을 병원에서 일했거든. 거기서 난 당번 간호사를 거들며 불면증 환자들에게 다과를 나눠주었단다. 그렇게 해서 얼마 안 되는 액수긴 하지만 급료를 받았어. 우선 블랑세트가 날 보살펴주기로 하고 난 그곳에 남기로 결정됐지. 참 신나는 일이었지! 툴루즈에 있는 아파트의 임대차 계약은 아직 3년이 더 남아 있었기 때문에 우리 둘이 거기서 오붓하게 살 수가 있었고, 이층 공장과 집은 어떤 수공업자에게 빌려주었지.

그런데 블랑세트에게 급료를 더는 줄 필요가 없게 되어버렸어.

왜냐하면 우리 아파트를 다시 전세 낸 사람들이 날 감시하면서 보살펴주는 일을 맡았거든. 그러니 블랑세트는 아이노아의 자기 집으로 돌아갈 수밖에 없었단다. 아빠가 그 애한테 그 사실을 알렸지. 그 앤 울었고, 난 아버지한테 대들었어. 그 애한테도 역시 그건 자유를 얻을 기회가 아니었겠니? 그 앤 자유의 길을 발견할 참이었다고! 우린 계획만 짜면 됐던 거야.

지젤이 떠나고 며칠 뒤, 블랑세트는 증명서와 가방을 들고는 아파트를 떠나는 체했지. 그 앤 곧장 병원으로 갔단다. 그리고 수간호사의 허락을 받아내서 휴게실에서 며칠 밤을 잘 수 있게 됐어. 봄이었다. 아침이면 그 앤 침대에다 짐을 놓고는 거리를 쏘다녔지. 난생처음으로 여행을 한 거야. 도미니크회 수도원이나 생세르냉도 가볼 수 있었지. 내 강의가 끝나면 우린 퐁네프나 미디 운하의 둑에서 만나곤 했어. 우린 아무런 근심 걱정이 없었어. 함정이나 계략 같은 건 있을 것 같지 않았지. 아직은 먼 얘기였지. 우린 우리의 덧없는 확신에서 무궁무진한 에너지를 얻어냈던 거야. 모험이야말로 약속된 땅이었지. 우리에게 남은 일이란 오직 선택뿐이었지. 결국 우린 스페인으로 눈을 돌렸단다. 모든 것이 우릴 그곳으로 이끌었지. 블랑세트는 그 나라 말을 할 줄 알았어. 나한테도 기초를 가르쳐주었지.

운하 강둑에 앉아 우린 바르셀로나 바리오 치노에서 보낼 밤을 상상하곤 했단다. 제네랄리프 공원이나 발렌시아의 오렌지 나무 밑에서 맞게 될 찬란한 아침을. 우린 영원한 우편엽서 속에서 산 거야. 잘생긴 기사님들이 세련된 옛날식 예절로 우리에게 구애를 하는 거야. 우린 뭐 하나 부족한 게 없고, 그 신사들은 우리가 필요한 걸 부족한 것 없이 대주고, 우리가 바라는 게 있으면 뭐든지 척척 알아서 갖다 주는 거지.

햇살은 늘 푸근하게 내리쬐고, 밤이 되면 우리는 성벽 밑에 누워서 껴안고 잠이 드는 거지. 우린 네바다 산맥의 지맥(支脈) 위에 있는 요새 비에이유-카스티유를 지나서 세빌리아와 카딕스에 도착하는 거야. 거기서 집시들이랑 어울려 살다가 미국으로 가는 배를 타는 거지. ……세상과 인생이 우리 뜻대로 열리는 거야. 우린 떠나기로 되어 있었어. 우린 떠났다고……."

피로 때문에 엄마의 목소리는 희미해져갔다. 엄마는 자기 추억의 자취를 되찾아내서 나에게 나눠주는 것이 행복한 듯이 보였다. 나는 엄마에게 아침 식사를 전하는 한편 블랑세트 얘기의 속편과 완결편을 들려달라고 요구했다. 진한 커피향이 부엌 안을 가득 메웠다. 내게도 그건 유년 시절의 인상을 되찾는 시간이었다. 그것은 내가 루이-르-그랑으로 떠나기 전, 엄마가 진한 커피를 한 사발 끓여주던 순간 같기도 했다. 그때는 무슨 일이 있어도 일어나서는 수학 선생님이나 라틴어 선생님 질문에 대답할 준비를 해야 했다. 누에고치 같은 침묵이 집을 둘러싸면서 우리의 어깨를 움켜쥐었다.

나는 셀로판 봉지에서 말랑말랑한 빵 조각 네 개를 꺼냈다. 빵 조각이 내 손가락 안에서 말라가고 있었다.

"구워드릴까요?"

"아니야, 고맙구나. 버터만 조금 바르면 된다."

두 술주정뱅이를 무의식적으로 연상하면서 나는 웃기 시작했다.

"왜 웃는 거냐?"

"그저 웃는 거예요, 정말. 자기 아들한테 밥 대신 따뜻한 포도주

한 사발씩을 들이켜게 하고 학교에 보내는 두 주정뱅이를 생각하고 있어요. 그 불쌍한 아이들은 한 시간씩이나 계속되는 믿을 수 없을 만큼 강한 흥분 속에서 학교에 도착해서는 책상에 쓰러지는 거죠. 선생님은 결국 그 아이들이 취했다는 걸 알게 되고……."

"그래, 나도 그 얘길 안다. 전쟁이 끝나고 몇 년 동안은 그랬지. 하지만 난 거기에 대한 보고서는 보지 못했어……."

"그런 건 없어요."

"아! 좋아. 이 토스트 조각에 버터를 좀 발라줄 수 있겠니?"

나는 빵 조각의 말랑말랑한 가운데 부분을 터뜨리지 않으려고 조심조심해야 했다. 굳은 버터가 쉽사리 펴지지 않았다. 시간도 많이 걸리고 또 까다로운 일이었다. 엄마는 집게손가락과 가운뎃손가락 사이에 담배를 끼우고는 피울 생각도 하지 않은 채 있었다. 나는 버터를 바른 빵 세 조각을 접시에 올려놓았다. 빵 조각은 조가비를 닮은 노란색 껍질로 덮여 있었다. 엄마는 한 조각을 집어서 커피에 귀퉁이를 적셨다.

"필립, 생각해보렴. 그 양반들이 떠나자 얼마나 홀가분했겠니?"

침묵이 이어졌다. 다시 엄마가 말을 이었다.

"엄마와 아빠, 지젤은 파리를 거쳐 릴로 가는 기차를 타기로 결정했지. 떠나는 날 아침, 언니는 희색이 만면하더구나. 두 눈은 반짝거렸어. 마치 장화의 단추처럼 그 무엇도 뚫을 수 없는 광채를 발했지. 언니는 스스로도 황홀한 듯 우아하고도 우스꽝스런 표정을 지으며 역으로 나갔어. 우린 우리 가족들만이 그 비밀을 아는 짐짓 가장된 슬픈 기분에 잠겨 있었지. 엄만 눈물을 두 방울 떨어뜨리더니 손수건을 핸드백에 집어넣어 버렸단다.

엄마는 내게 공부를 그만두지 말고 세 든 사람이 도착할 때까지 부엌 개수대를 깔끔하게 해두라고 부탁했지. 아빠는 분만실 출입문 밖에서 하나 마나 한 소리를 근심스레 늘어놓고 있는 젊은 아버지들처럼 얘길 하면서 플랫폼을 걸어갔지. 지젤이 다시 한 번 태어나는 순간이었으니까. 아버지는 그 일을 준비하고 있었고, 그 일에 감동적인 인상을 주려고 했던 거야.

약속과 불확실성의 미래가 언니의 앞길에 열려 있었고, 영락없이 언니의 아버지인 그 양반은 일어날지도 모르는 모든 사고에 대비하기 위해서 그 자리에 있어야 했지. 결국, 그 '잘생긴 남자', 언니가 결혼하게 될 남자는 사진으로만 선을 보인 거야. 그러니 실제로는 있지도 않았던 거지. 지젤처럼 순진한 처녀가 느닷없는 일에 얼마나 많이 부딪힐 건지 아빠는 그 누구보다도 잘 알고 있었던 셈이야. 게다가 신혼부부가 처음 살림을 해나가는 데 보조를 해주고, 안정되도록 도와주고, 충고해주고, 이끌어줘야 되지 않겠니?

……사업은 그럭저럭 되어가고 있었지만 다시 시작해야만 했어. 아버진 사업을 다시 일으켜서 모두 후회 없이 떠나는 그 옹색한 도시에서는 어림도 없을 만큼 번창시키겠다고 장담했지. 그 단호한 태도, 점잖게 입을 다물고 있는 고집스러움은 사태의 심각성 그리고 그가 거기 맞서려고 드러낸 이상스런 성격들을 잘 설명해주는 것이었어. 기차가 드디어 역으로 들어섰지.

그들은 끝없이 이어져 있는 열차를 따라 자기들이 탈 객차와 객실을 찾으러 가버렸지. 힘찬 동작으로 가방을 뒤흔들고 겁에 질린 고함을 지름으로써 그들은 역무원들과 환송객들의 시선을 끄는 데 성공했지. 나는 그들이 거짓으로 그런다는 걸 알고 있었단다. 남이야 뭐래건 그들은 왕초 노릇을 하지 않으면 성이 차질 않았던 거야. 예약된 객실에 자리 잡은 그들은 창문 뒤에서 손짓을 하더니 자리에 앉더구나. 엄마가 손을 흔들었어. 아버지는 일어서더니 선반 그물에 짐 꾸러미를 얹었어.

기차는 얼른 떠나질 않았지. 그들은 다시 술책을 부리기 시작했어. 기차가 움직이기 시작하자 엄마가 다시 손수건을 꺼내 들더니 승강구 문에서 흔들어댔지. 성공적인 이별을 하려면 꼭 그런 동작을 해야 한다고 생각한 게지. 기차가 출발하기 직전 아빠와 지젤은 마지막으로 얼굴을 찌푸리는 거였어.

시야의 변화라는 단순한 현상에 의해서 열차의 행렬은 첫 굽잇길을 지나자 순식간에 작아지고 말았지. 다른 사람들도 나처럼 기차가 사라질 때까지 기차를 뚫어져라 쳐다보고 있었지. 난 어떤 거북스러움을 느꼈지만 또한 내가 냉담한 눈초리를 하고 있다는 사실도 알았단다. 나는 그 점을 오래 자책하지는 않고, 블랑세트가 날 기다리기로 한 아파트로 갔지. 이틀 뒤, 몽파르나스 역 그림엽서 한 장과 거대한 북부 역 그림엽서 한 장을 받았단다. 파리는 거창하더군. 그들은 내 부탁을 잊지 않았던 거지.

블랑세트는 가방을 든 채 길에서 날 기다리고 있더라. 난 그 앨 내 방에서 머물게 했지. 우리는 3주 내내 함께 움직였단다. 아파트와 공장 그리고 가게를 이용할 수 있는 건 3주뿐이었지. 우리 계획을 수정하는 데 3주가 필요했던 거야. 세 든 사람들, 그러니까 알비의 구두 장수와 가족들이 3주 후에 도착하기로 되어 있었거든. 우린 그들이 도착하기 전에 떠나기로 결정했어. 하지만 난 1차 시험을 통과해야 했지. 합격하면 간호 조무사 자격을 따게 되고, 그렇게 되면 우리 둘 밥벌이는 할 수 있을 거라고 생각했어. 병원에서 받은 봉급으로 우린 배는 굶지 않을 수가 있었지. 스페인까지 가는 여권을 얻어내고, 가볍고 간편하게 짐을 꾸리는 일은 블랑세트가 맡았어. 우린 체계적으로 모험을 준비했고, 무거운 가방 때문에 거추장스러워선 안 된다는 사실을 알고 있었지. 여러 가지 소지품을 염가에 산 등산용 배낭 두 개에 집어넣었어. 그 짧은 3주는 정말 행복했단다.

알비의 구두 장수가 도착을 알려왔지. 무슨 사정이 있어서 출발을 48시간 앞당겼다는 거야. 십년공부 도로 아미타불이 될 판이었어. 난 위생학과 생물학, 간호학에서 최고 점수를 얻어서 시험을 통과했지. 2등으로 합격한 거야. 다음날 우린 떠났어.

블랑세트는 가게 서랍에 버려져 있던 푸른색 서지 천 부스러기로 잘 어울리는 여행복을 만들어냈단다. 걷기 편하라고 풍성하게 만든 치마와, 주머니가 여러 개 달린 블라우스 그리고 다른 물건들이 너무너무 맘에 들었단다. 또 블랑세트는 넓은 챙이 달린 면 모자도 만들어났고, 질긴 가죽 샌들도 돈 아까워하지 않고 사들였지. 텐트는 없었는데, 그걸 살 재주가 없었어. 우린 노숙을 하기로 했지.

내가 아낀 돈, 그리고 블랑세트가 두 달 동안 고향 집에 한 푼 안 보내고 저축한 돈을 합치니 몇백 프랑 정도가 여비로 남아 있었단다. 우린 아무 어려움 없이 국경에 도착할 수 있으리라 생각했지. 그 후로는 생각을 좀 해봐야 했어. 우린 일자리를 얻을 수 있을 거라고 생각했어. 난 양로원이나 무료 진료소에서, 그 앤 여관에서 말이지. 그럼 여행을 계속할 만한 돈을 벌 수 있을 거라고 말이야.

우린 아파트 열쇠를 앞 건물 수위에게 맡겨났지. 알비의 구두 장수가 나타나면 주라고 말이지. 자기 방에서 우릴 바라보던 그 선량한 여인의 눈길이 생각나는구나. 우린 영화에 나오는 여자 탐험가들처럼 단단히 무장을 하고 있었거든. '처녀들, 여행을 떠나는 거유? 둘이서만? 겨우 그런 차림으로?'

거짓말을 해서 그 아줌마를 안심시켜야 했지. 하지만 뜻대로 되지 않더구나. 자그마한 검은 두 눈으로 우릴 뚫어져라 쳐다보는 거야. 아줌마를 속이고 또 열쇠를 받도록 하기 위해서 우린 이틀 동안 소풍을 간다고 둘러대고는 돌아올 날짜와 정확한 시간까지 알려주었어. ······여인은 우릴 믿었지. 그런 척했는지도 모르고. 우린 방수포 위에 열쇠를 올려놓고는 줄행랑을 쳤지. 하지만 아줌만 그때까지도 의심을 풀지 않고 있었어. 문턱에 서서는 우리 뒤에다 대고 계속 소리를 지르더라고. 우리 부모가 그걸 알고 있는지를 알려고 그랬던 거야.

8시, 우린 햇살을 받으며 타르브 도로를 통해 툴루즈에서 나왔단다. 우린 생-장-드-뤼즈와 앙다예를 통해 스페인으로 가려고 계획을 세워두고 있었지. 그게 가장 가까운 길은 아니었단다. 하지만 블랑세트는 사람들이 오직 바스크 지방을 통해서만 스페인에 간다고 말해주었지. 다른 길은 밀수입자들만이 알고 있다는 거야. 그때가 1935년 7월 말이었는데 무척 더웠어. 우린 즐거웠고 자신감도 있었단다.

그 어느 것도, 그 어떤 사람도 우리 길을 막을 수 없는 것 같았어. 정오쯤 우린 18킬로나 20킬로미터쯤 갔지. 아리에주 강과 가론 강 합류점 상류에 있는 뮈레라는 도시가 보이는 곳에 이르렀어. 그곳에서 역시 산악 지방에서 뻗어 내린 루주 시(市)를 볼 수도 있었을 텐데. 우린 물가에 누워서는 빵과 초콜릿을 먹어치웠지. 우린 짐을 너무 많이 질 수가 없었지. 그리고 오전 내내 걷고 나면 위치도 알아봐야 했어. 우린 하루하루 살아가기로 하고 지나치는 마을이나 도시에서 먹을 걸 샀지. 과수원과 채소밭을 보니까 훔치고 싶은 생각이 들더라. 참 살기 쉬웠지. 그곳 사람들은 너그러웠고 인심이 후했어. 우린 채소와 과일, 심지어 밀까지도 먹었는데, 밀은 이삭을 손으로 까서 모아두었단다.

하루에 25킬로나 30킬로씩 걸으면 아흐레 만에 국경에 닿을 수 있으리라고 우린 계산했지. 물론 길이 확실치 않았기 때문에 계속 늦어졌어. 우리는 가스코뉴, 베아른, 바스크 세 지방의 휴대용 지도를 참고했지. 그곳에 대해서 아는 것이 별로 없었기 때문에 좋은 의미든 나쁜 의미든 깜짝 놀랄 일이 많았단다. 포도밭과 평야에는 뱀이 똬리를 틀듯 이름 없는 마을들이 자리 잡고 있었지. 많은 시냇가에서 우리는 휴식을 했단다. 급류를 만나면 다리를 만날 때까지 거슬러 올라가야 했고, 산괴(山塊) 중간쯤에 위치한 드넓은 산림의 전초 기지처럼 보이는 어두운 숲을 지나기도 했어. 숲을 통과하고 나면 좁디좁고 평평한 커브길이 나타났지.

뮈레를 지난 우리는 아르마냐 지방과 롱브를 오른편으로 바라보면서 남쪽으로 비스듬히 내려갔단다. 우린 잠시 루주로 가는 길을 따라가다가 사브 강과 세이구아드 강, 지몬 강, 그리고 시간과 장소에 따라 맑거나 흐린 물이 흐르는 강을 건넜지. 우린 끊임없이 경탄하면서 힘든 걸 잊었어. 우리가 자유를 얻었다는 사실이 이따금씩은 참을 수 없기도 했지. 하지만 그런 때만 빼면 우리 가슴과 머릿속에는 자유가 눈송이처럼 쏟아져 내렸단다.

란므장 지방의 마을들을 잇는 버스를 타는 게 문제였지. 몽트레

조 근처였어. 우린 포기를 했지. 돈을 아끼기 위해서였다기보다는 완전히 새로운 자유와, 놀라운 대지와 식물과 경작지와 바위들을 보고 즐기기 위해서였어. 밤이 되면 촌락이 바로 내려다보이는 자그마한 언덕이나 또는 큰길가 앞으로 내민 벼랑에서 잠을 잤단다. 우리는 보고 싶었지 보이고 싶지는 않았던 거야.

대부분 암굴이나, 도로 인부의 오두막집, 버려진 헛간, 언덕에서 풀을 뜯던 짐승들의 지방질액 악취가 풍겨 나오는 양(羊) 우리 한 모퉁이에 나뭇잎이나 건초로 잠자리를 만들었지. 우린 서로 꼭 껴안고 담요 속에서 뒹굴었어. 한밤중이 되면 몹시 추워졌지. 매일 아침, 떡갈나무에 앉은 꾀꼬리나 어치 새가 계곡의 암탉보다도 먼저 우릴 깨우곤 했단다. 우린 즉시 개울을 찾아가서 목욕을 하거나 속옷을 빨았지.

여행을 시작한 지 나흘 만에 카스텔노 근처에 이르렀다. 생-루라는 도시에서 가까운 곳이었어. 우린 또 볼로뉴라는 곳도 지나쳤지. 몇 번씩이나 길을 우회해서 자그마한 촌락을 지나가곤 했단다. 우린 표지판에 쓰인 동네 이름들이 재미있고 희망적이고, 예쁘고, 불안하다고 생각했지……. 갈랑. 카스텔바약. 투르네이. 물르두……. 일부러 우린 국도를 피했어. 그리고 혹시 국도를 만나게 되면 발길을 돌렸지. 길가에 아주 드물게 서 있는 식료 잡화상이나 빵 가게에서 빵과 초콜릿 그리고 정어리를 샀단다.

이따금씩 헌병이나 전원 감시인 복장을 한 영감님, 토마토 밭의 김을 매는 듯한 시골 여인이 우리한테 당황한 듯 놀란 눈길을 던지곤 했지. 그럴 때면 기묘한 자유는 우리의 어깨와 가슴을 짓눌렀지. 그건 분명히, 소금 밀매자를 바라보는 세관원의 눈길, 닭 도둑을 바라보는 주인의 눈길이었지. 그 정직한 사람들은 움직이는 것, 처음 보는 것은 뭐든지 바라보는 거였어. 그 사람들은 우리가 감화원에서 도망쳐 나온 줄로 생각했는지도 모르지.

또 앞집 수위 아줌마는 우리가 제날짜에 안 돌아오자 신고를 했는지도 모르잖니? 만약 그랬다면 우리의 인상착의가 페르피냥에서 바이온느까지의 모든 헌병대에 이미 알려졌을 거야. 그럼 우린 우리가 남긴 흔적을 따라 추적당했을 거고. ……군인들도 우릴 쫓았을 거야. 사거리나 숲 기슭에서 기다리고 있을지도 모르고.

그런 스릴 있는 예상은 우리의 여행에 새로운 자극제 구실을 했지. 우린 어떨 땐 남쪽으로, 어떨 땐 북쪽으로 길을 바꿨고, 곧고 고른 도로를 피하려고 갖은 애를 다 썼단다. 우린 남쪽으로 해서 타르브를 우회했지. 바녜르, 오르디장 같은 마을을 거쳤는데, 다른 마을 이름은 생각이 안 나는구나. 그렇게 지그재그로 걷는 통에 일정이 길어졌지. 하지만 우린 천하태평이었어. 상상 속의 탐색이라는 게임에 정신이 팔린 거였지.

끝없는 공간과 함께 우리의 시간도 느닷없이 불어났단다. 그것은 길과, 급류와, 한껏 솟아났다가 털 이불 같은 안개 속에서 스러져가는 암벽과, 협곡과 언덕 중턱에 교묘하게 일궈놓은 경작지와, 삼각주와 바다로 흘러내리는 신비스런 골짜기와, 우리 주위와 우리 위에서 모든 공간을 교차시키는 비와 바람의 돌풍이 이루어내는 공간이었단다. 그것이 우리가 조금씩 조금씩 편력하며, 우리의 소녀처럼 연약한 육체가 측정하는 공간이었어. 난 오직 추억과 상상 속에서만 그때의 기분을 다시 느낄 수가 있지.

그 후의 여행에서는 단 한 번도 그런 기분을 가져보지 못했어.

오늘날에는 아직 사람의 발길이 닿지 않은 정상을 오르는 등산가나 달빛 아래 사막을 횡단하는 밀수입자, 오직 별빛의 안내만을 받으며 항해하는 외로운 뱃사람만이 그때와 똑같은 정도로 그 기분을 느낄 수가 있지. ……시간의 밀도는 더 부드럽고 여유 있게 변했단다. 그 본질이 바뀐 거야. 시간은 우릴 막아서는 것이 아니라 우리랑 함께 움직인 거야. 우린 분(分)과 시(時)의 도움을 받을 수 있게 된 거지. 새 아침을 맞을 때마다 우리의 근심 걱정은 더 가벼워졌어. 그렇게 며칠 방황하고 나자 우린 시간 밖에서, 즉 시간과 함께 살게 됐단다. 7시보다는 11시에 길을 떠나기로, 시원한 그늘이 지는 밤나무 아래나 풀밭에서 오후를 보내기로 작정을 하게 되었지. 우린 시간과 친해진 거야.

그 여행, 난 그 횡단 여행을 말하는 거다. 그 여행에서 또 하나 좋았던 것은 블랑세트와의 우정에 변화가 일어난 점이야. 눈에 띄진 않았지만 우리가 툴루즈를 떠날 때만 해도 젊은 여주인과 젊은 하녀라는 관계가 두 사람 사이에 존재했는데 여행을 하면서 저절로 없어져버린 거야. 학교와 시민 생활, 계급, 돈에서의 나의 가짜 우월성은 산골과 과수원에서는 더는 통하질 않았어. 그런 우월성은 통용이 정지되어 폐기된 거지. 이번에는 블랑세트가 정말 우월한 사람이 된 거야.

우월한 건 산의 딸인 그 애였지 내가 아니었어. 그 앤 서른 걸음만 가면 우리의 식사에 곁들일 수 있는 식용버섯이나 '분홍빛 포도주'를 찾아냈단다. 그 앤 또 급류의 수심을 잴 줄 알았고, 무시무시하게 소용돌이치는 냇물을 어디서 건너야 하는지를 알고 있었지. 그 앤 자기 동네 남자애들처럼 물구덩이에 팔을 집어넣고는 송어

배를 슬슬 어루만지다가는 손바닥으로 끌어들일 줄 알았지. 그녀는 또 회색 독사와 갈색 독사, 그리고 독 없는 뱀을 첫눈에 구별해낼 줄 알았단다.

죽은 나무줄기에서 벌집도 끄집어낼 줄 알았고, 또 있다, 서양 가새풀로 고약을 만들어서 지혈을 했고, 야생 박하로 신선하고 짜릿한 맛을 만들어내기도 했어. ……하루도 빠짐없이 블랑세트는 색다른 걸 보여주면서 날 깜짝 놀라게 했지. 난 그 애가 알고 있던 상식을 배우는 게 정말 기뻤단다.

우린 이제스트 근방에서 오소 강 급류를 통과했지. 그즈음, 우리는 우리만의 방법에 의해 살아갔어. 그 근처엔 식료 잡화상도 빵 가게도 없었거든. 우린 큰 마을은 피해서 언덕으로 기어 올라갔어. 그리고 골짜기 길이나 숲 기슭에 자리 잡고 앉아서 이삭을 따 들이곤 했단다. 낟알이 충분히 모아졌다고 생각되면 그걸 바위 사이에 집어넣어서 으갠 다음 꿀을 섞어서 일종의 밀가루 반죽을 만들고 그걸 잔솔불로 끓였지. 꼭 필요한 음식이었고 맛도 있었어. 거기다가 나무딸기 열매와 뽕나무 열매만 곁들이면 식탁이 완성되는 거야. 우리 힘만으로 살아갈 수 있다는 것으로 충분했지.

그 후론 날짜 계산도 안 하게 됐단다. 결국은 여행의 목적도 잊어버리게 됐어. 스페인은 확실하고도 멀고 먼 땅이었지. 스페인은 우리 앞에 늘 존재하면서도 항상 뒤로 물러서는 수평선처럼 있었던 거야.

사냥을 하고 열매를 따는 일이야말로 진짜 놀이였지. 우리의 새로운 삶이었던 거야. 도대체 그보다 더 나은 삶은 꿈꿀 수가 없을 정도로 매일 밤 축제가 벌어졌단다. 나무숲에 부는 요란한 바람 소리,

수풀 속 낙엽들이 소스라쳐 부딪치는 소리, 느닷없는 물소리, 칠흑같이 어두운 숲 속에서 벌어지는 잔인한 쫓고 쫓김, 커다란 동물들을 난 더는 두려워하지 않게 됐지. ……우리가 훔쳐 먹는 꿀의 원래 임자인 갈색곰도 겁이 안 날 정도였으니까 말 다했지. 톡 튀어나온 바위 위나 아늑한 곳, 목동들의 울타리 뒤에다 우린 불을 피웠단다. 그리고 풀과 나뭇잎을 두툼하게 깔고는 그 위에다 담요를 폈지. 뭐든지 빚고, 껍질 벗기고, 삶고…… 우린 마치 자매들처럼 정답게 얘기를 하곤 했단다.

하루하루가 지나면서 블랑세트는 차츰 내 언니가 되어갔지. 반대로 그 애에게 나는, 도망치듯 떠나버린 주인 라카즈 씨와 라카즈 부인의 딸인 지네트 라카즈만은 아니라고 생각했지. 우린 그런 새로운 환경에 엄청나게 행복해했어.

우리 두 사람의 육체는 서로에게 그 말을 하려고 가까워지곤 했지. 햇살이 덥혀주고 결국은 우리까지 나른하게 만들어주는 바위에 등을 기댄 채 우린 몇 시간이고 앉아 있었단다. 아니면 우리 두 사람 위로 담요를 끌어당기기도 했고, 서로의 손을 잡거나 허리를 부둥켜안곤 했지. 툴루즈의 처마 다락방에서보다 더 완전하고 꾸밈없이 우린 사랑을 나누었어. 아직도 박하 향기에 젖어 있는 우리의 입술은 서로 맞닿은 채 꼭 누르고 있었지. 내가 산골에서 알게 된 블랑세트는 툴루즈의 블랑세트가 아니었어. 우린 동등한 친구였던 거야. 우리의 입술은 서로를 사랑했고 우린 급류가 흘러내리는 강가에서 둘 다 발가벗고 있곤 했지. 필립, 솔직히 말해서 난 그 어느 남자에게서도, 그 어느 사랑하는 남자에게서도 그런 경험을 해본 적이 없단다…….

하지만 그 놀이는 종국을 향해 치닫고 있었단다. 종말은 우리가 상상했던 것과는 완전히 어긋나게 될 거야. 우린 이소르와 아라미츠를 뒤로했지. 우회를 했던 에체바르에서 노새나 다닐 만한 좁고 가파른 샛길로 접어들기로 결정했단다. 뷔르댕 고개와 아파니스 고개를 넘으면 생-장-피에-드-포르 근처에 다다를 수가 있었거든. 8월 초였는데 벌써 날이 꽤 짧아지고 있었지.

근처 뾰족한 산봉우리들은 1,200~1,400미터는 되어 보였지. 해가 떨어지고 나면 너무너무 추웠기 때문에 우린 저녁 9시부터 아침 6시까지는 걷고 낮에는 태양 아래서 자기로 했단다. 어둠 때문에 걸음이 느려졌지. 식량도 거의 바닥이 나 있었고, 산속에는 먹을 것도 전혀 없었어. 식물이라곤 도대체 구경도 할 수가 없는 비탈길이 정말 원수 같은 생각이 들더구나. 그때까지는 부족한 줄 몰랐던 물도 바닥이 났고. 물은 훨씬 낮은 곳, 그러니까 바위와 가시덤불로 뒤덮인 구릉과, 더 높은 곳, 훨씬 높은 곳, 그러니까 까마득히 잘 보이지도 않는 산꼭대기에서만 흘러나왔던 거야.

어느 날 오후, 우린 헐벗은 비탈 중간쯤에 누워 있었지. 살을 에는 듯한 밤이 지나고 나자 따뜻한 햇살이 뼈까지 파고들어 다시 기운이 솟아났지. 먼지도 끼고 자주 빨아대는 바람에 우리의 푸른 치마는 여기저기 물이 빠져 하얗게 변했단다. 우린 회색빛 두꺼운 대지에 매일매일 가까워지는 도마뱀들처럼 꼼짝 않고 있었어. 수리 또는 산사람의 날카로운 눈만이 마치 보기 흉한 짐 꾸러미처럼 생긴 우리 두 사람을 발견해낼 수 있었을 거야.

내가 먼저 깨어났지. 벌써 어둠이 내리고 있더구나. 사방은 너무도 조용해서 블랑세트의 느릿느릿한 가벼운 숨소리만 또렷하게 들려왔지. 그 앤 한 팔은 머리 밑에 구부려 넣고 다른 팔은 몸 밑에 구부려놓은 채 옆으로 누워서 자고 있었어. 난 그 애의 회색빛 곱슬머리와, 알지 못할 꿈을 덮고 있는 눈썹과, 살짝 벌어진 입 사이로 보이는 이를 찬찬히 바라보았지.

난 놀랐단다. 그 애의 자연스런 아름다움에 넋을 잃고 있을 때, 가축의 목에 단 방울이 울리는 땡그랑 소리가 여러 공기층을 뚫고 들리는 듯했어. 바싹 귀를 기울였지. 그 소리는 가까워졌다 멀어졌다 했어. 저 높은 곳 어디선가 소용돌이치는 바람이 가축들의 불분명한 울음소리를 우리 귀에 들려주었다가 다시 빼앗아 갔다 하는 거였지.

난 우리 앞에 펼쳐져 있는 비탈길을 오랫동안 바라다보았어. 비탈은 완만한 경사를 이루고 있었지만 첫 번째 자그마한 골짜기를 지나고 나면 거대한 경사지 주위의 삼각형 모양 숲이 우리가 있던 오솔길과 수수께끼 같은 초원 사이에 경계선을 이루고 있었지. 훨씬 위쪽으로는 어둡고 칙칙해 보이는 갈색 암벽이 보였는데, 그건 피레네 산맥에서만 볼 수 있는 풍경이었지. 나는 가축들과 그 임자들을 찾아내려고 초원 둘레를 자세히 살펴봤단다. 깊은 골짜기와 숲 가장자리 덤불까지 빈틈없이 살펴봤지만 소용없었어. 개미 새끼 하나 안 보이더라고.

맑은 소리가 차츰 사라져갔지. 내가 꿈을 꿨던 걸까? 그 근처에는 가축이 없었던 걸까? 그렇게 체념을 하려고 하는데 너도밤나무와 전나무 숲 위쪽에서 회색빛 점 같은 것이 하나 눈에 띄더구나. 그건 아주 조그맣게 보이는 지붕이었어. 헛간이나 오두막집 지붕이었지. 그 집이 설사 버려져 있다 해도 거기서 물을 구할 수 있으리라 생각했지. 우린 정말 몹시 목이 말랐으니까, 스물네 시간 전부터 물 한 모금 못 마신 데다가 목욕도 해야 했고 빨래도 해야 했거든. 즉시 길을 떠나면 날이 어두워지기 전에 거기 도착해서 몸을 피할 수가 있었지.

블랑세트를 깨운 나는 2킬로미터쯤 앞에 있는 자그맣고 초라한 집을 보여주었지. 즉시 일어난 우리는 보따리를 챙긴 다음 산을 오르기 시작했단다.

혹처럼 나란히 솟아오른 첫 번째 언덕을 별 어려움 없이 통과한 우리는 비탈길을 오른 다음 숲이 가까워지는 것도 모른 채 골짜기로 내려갔지. 잿빛 돌이 많은 땅이었어. 햇볕은 여전히 쨍쨍 내리쬐고 있었지. 밑에서 봤을 때 금방 손에 닿을 듯하던 숲에 닿으려면 한 시간 이상을 더 가야 했지. 커다란 밤나무와 너도밤나무가 쭉쭉 뻗어 있었어. 위풍당당한 나무들은 울창한 숲을 이루고 있었지만 간격은 제법 떨어져 있어서 부드러운 햇살을 골고루 통과시켰어.

목적지에 가까워지면서 방향을 잃고 말았는데, 그냥 우리 판단대로 길을 따라갈 수밖에 없었단다. 근처에서는 시라소니나 곰을 만날 수도 있다고 블랑세트가 말하는 바람에 난 잔뜩 겁에 질렸어. 그래서 우린 가능하면 조용히 신중하게 산을 올랐지.

우린 인적이 끊긴 지역, 잔뜩 이끼가 낀 갈색 자갈이 쌓여 있는 곳을 멀리멀리 돌아서 갔어. 그 주위엔 마치 능(陵)지기들처럼 거대한 가지가 서로 엇갈려 있는 나무 밑동이 서 있었지. 조약돌이 샌들 밑에서 구르기라도 하면 얼마나 두려웠던지! 눈에 안 띄는 새 한 마리가 나뭇잎을 스치며 날개를 파닥이고 머리 위로 날아갔을 땐 정말! 우린 발이 얼어붙은 듯 그 자리에서 꼼짝도 못하고 있었지. 심장이 멈출 정도였으니까.

말은 안 했지만 우리 두 사람은 오던 길로 되돌아가서 측량주가 세워진 오솔길과 인가를 발견하는 게 더 낫겠다는 생각들을 내심 하고 있었어. 하지만 또한 우리는 냉정한 흥분도 느끼고 있었단다. 포기를 할 수가 없었던 거지. 게다가 우린 월귤나무 숲을 발견했던 거야. 요행히도 그 열매들은 이미 익어 있었어. 보통은 8월 중순 후에나 딸 수 있지. 우린 그 열매를 몽땅 따서 보따리에 집어넣었지.

너도밤나무 숲에 이어서 역시 장관을 이루고 있는 침엽수림이 시작되었어. 우린 침엽수의 회청색 줄기 사이를 지나 양탄자처럼 깔린 바늘잎들 위를 걸어갔지. 고무 위를 걷는 것처럼 발걸음이 가벼웠어. 하지만 비탈길이 급경사였기 때문에 지그재그로 걸었지. 얼마나 시간이 흘렀을까. 초록색 바다처럼 펼쳐져 있는 풀밭에 닿게 되었지. 태양이 저물어가고 있었어. 비스듬히 내리쬐는 햇살이 사방에 그늘을 드리우면서 흐릿한 위광(威光)을 발하고 있었지. 하지만 오두막집이나 양(羊) 우리는 보이지 않았어.

풀밭 주위를 아무리 살펴보아도 소용이 없었지. 어디로 가야 할지 막막했어. 무턱대고 올라오는 바람에 길을 벗어난 게 분명했지. 얼마나 벗어났을까? 어느 쪽으로 벗어난 거지? 올라온 길을 어떻게 되돌아가지? 아래쪽으로 어렴풋이 보이는, 우리가 낮에 쉬었던 비탈은 우리 왼쪽에 있는 걸까 아니면 오른쪽에 있는 걸까? 그리고 물은? 개울은 흔적도 없었어. 확 트인 곳까지 더 기어 올라가서 훤히 내려다보는 수밖에는 도리가 없었지. 하지만 서둘러야 했어. 날이 완전히 어두워지려 하고 있었으니까. 150미터만 더 올라가면 회갈색 지붕을 발견할 수 있으리라고 나는 생각했지.

블랑세트는 그 찌는 듯한 무더위를 견뎌내기 힘들어했어. 완전히 지쳐 있었지. 그 앨 숲 기슭에서 쉬게 하고 난 다시 산을 올랐지. 곧장 앞으로 달려갔어. 짧은 풀이 촘촘하게 나 있었기 때문에 발목이나 장딴지가 피로해지지 않았던 거야. 15분이나 갔을까, 사방이 탁 트인 언덕에 도착하게 되었는데, 아래쪽을 향해서 오른편으로 몸을 돌리는 순간 풀이 무성한 골짜기 속에서 납작한 집이 한 채 눈에 띄는 거야. 나지막한 문과 총안(銃眼)까지 보이더라고.

블랑세트는 개미 새끼만큼이나 조그맣게 보였어. 양 우리처럼 보이는 것 쪽으로 오라고 그 애에게 손짓을 하고 난 나는 측면으로 해서 비탈길을 내려가기 시작했지. 몇 분 뒤 우린 다시 만났지. 우린 차츰 산장 같은 곳에 가까워졌지. 세관리(稅官吏)들의 집 같기도 했어.

햇살은 장밋빛, 연보랏빛으로 물들어가고 있었지. 숲 속에서는 찌는 듯이 무더웠는데 고원 위는 또 살을 에는 듯 지독하게 춥더라고. 우리는 그곳을 대충 살펴봤지. 지붕은 협죽도로 덮여서 황혼 녘 어스름한 빛을 받아 핏빛을 띠고 있더구나. 벽은 높고 두툼했어. 한쪽 벽에는 쪽문이 열려 있었는데, 경첩이 하나만 달렸고 나무판자는 세월이 지나면서 비바람과 달빛에 은빛으로 변해 있었지. 나머지 벽에는 조그마한 구멍만 하나 나 있었고.

우린 있는 힘을 다해서 문을 밀어야 했어. 안은 완전히 칠흑 같은 어둠이었지. 우린 두려웠어. 한 치 앞도 볼 수 없는 이 좁은 곳에 어떻게 들어간단 말인가? 눈이 좀 익숙해지자 짚이나 건초같이 보이는 뭉텅이들과 부서진 걸상 하나, 벤치, 책상이 잔뜩 쌓여 있는 복도 비슷한 걸 볼 수가 있었지. 사닥다리를 타고 이층으로 올라가니 집 면적의 3분의 2나 차지하는 마룻바닥에는 건초 더미가 쌓여 있더구

나. 아마도 고산 방목을 하고 돌아가는 길에 들르는 곳간 같았어.

우린 위층 마른풀 속에서 자기로 결정을 했지. 어두컴컴해지기 전에, 샘이나 외딴 집이 있으니 반드시 있을 우물을 찾으러 갔지. 자그마한 샘이 있더라고. 200미터밖에 안 떨어져 있었어. 물은 깨진 돌무더기 틈에서 솟아나서 마치 양탄자처럼 무성하고 촘촘하게 자란 풀밭으로 흘러넘쳤지. 우린 햇볕에 달궈져서 쓰라린 손을 물속에 넣고 문지르면서 기쁨의 탄성을 내질렀어.

물은 얼음처럼 차가웠어. 우린 물을 마시고 수통에 가득 채웠지. 얼굴과 다리도 씻었어. 물줄기는 아래쪽으로 흘러 내려가서 우리 눈에는 안 보였지만 갑작스레 쏟아져 내렸지. 어둠보다는 추위 때문에 우린 양 우리로 돌아갔어.

맨바닥에서 멀리 떨어진, 향기 가득한 건초 더미 속에 쭈그리고 누우니 그날 밤은 그렇게 따뜻할 수가 없었단다. 피로와 기쁨으로 눈을 감기 전 우린 아침에 근처를 샅샅이 뒤져서 만일 먹을 것만 있다면 그 편안한 집에서 며칠 더 머무르기로 약속했지. 오래 얘기할 기력도 없었다. 물과 바위들의 침묵 속에서 꿈도 없이 보낸 밤이었지. 눈을 떠보니 해는 중천에 떠 있었고 블랑세트는 보이지 않았어. 그 애의 배낭을 보고 안심을 했지. 장과(漿果)나 버섯을 찾느라 풀밭을 뒤지고 있으리라 생각한 거야.

난 다시 잠이 들었어. 오랫동안. 아니면 단지 몇 분 동안뿐이었는지도 모르겠구나, 필립. 내 두 번째 깊은 잠을 깨우는 고함 소리가 멀리서 들려왔지. 처음에는 무슨 소린지 몰랐지. 그리고 나서 그게 블랑세트가 내지르는 소리라는 걸 알았어. 그건 남자들의 쉰 목소리가 뒤섞인 분노의 비명이었지. 남자들이 몇 명이나 되는지는 알 수가 없었다. 잠시 침묵이 이어지고 나서 풀밭을 걷는 발소리가 들려왔지.

문이 사정없이 열렸어. 그들은 블랑세트를 땅바닥에 내동댕이쳤지. 그리고 소리쳤어. '갈보 같은 년! 더러운 갈보 년!' 그 애의 뺨에는 피가 묻어 있었고, 치마는 배 위로 끌려져 있었어. 그 앤 눈물을 닦으며 울고 있었지. 웃음소리를 듣고 난 그들이 둘이라는 걸 알았어. 그들은 샘에서 갑자기 그 애에게 덤벼든 거야. 블랑세트가 반항했지. 그 앤 있는 힘을 다해 울부짖으면서 그들을 향해 부서진 걸상 다리와 건초 더미를 내던졌어. 그들은 블랑세트에게 달려들었지.

난 완전히 얼이 빠져버렸지. 온몸이 부들부들 떨렸어. 벙어리가 된 것 같았어. 꼼짝할 수가 없었고 말도 나오지 않았어.

그들은 젊고 억센 남자들이었어. 하나는 키가 무척 컸고. 그 남자들은 집요하고 호기심 어린 눈길을 이리저리 굴리고 있었지. 가는 끈이 달린 넝마 같은 옷을 입고 있었어. 목동이라기보다는 방랑자 같은 모습이었지. 키 큰 남자는 블랑세트의 치마를 잡고는 벗겨내려 했어.

그 앤 아마 그 남자를 있는 힘을 다해 물어뜯은 것 같아. 그 남자가 죽는 소릴 내질렀으니까. 그 남잔 무섭게 화를 내더니 블랑세트를 사정없이 내리치기 시작했어. 그 앤 몸을 오그리고 있었지. 들릴 듯 말 듯한 신음 소리를 내면서. 불쌍하게도 그 남자가 온 힘을 다해 내지르는 주먹질을 피할 기력도 없어 보였어.

키 작은 남자가 먼저 일어났어. 그러고는 벽에 기대 선 채 그 광경을 재미있다는 듯 바라보는 거였어. 그 끔찍한 구타 장면은 오래, 아주 오랫동안 계속되었지. 블랑세트의 입에서는 아무런 소리도 흘러나오지 않았어. 그 앤 단 한 번도 내 도움을 청하지 않더라. 그 짐 승 같은 인간이 주먹질을 하면서 헐떡이는 숨소리만이 들려왔어. 그놈은 드디어 숨이 차서 주먹질을 멈추더니 내뱉었어. '이 개 같은 년이 날 물었어. 지가 지 스스로 무덤을 판 셈이지.'

블랑세트는 지푸라기와 푸른색 아마포, 머리칼 그리고 고깃덩어 리 무더기에 불과했어. 그 앤 더는 움직이질 않았어. 아니 그 애의 그 어느 것도 더는 움직이지 않았지. 그 앨 때린 그 나쁜 자식은 꼭 쥔 주먹의 튀어나온 뼈마디를 문지르며, 그 애 앞에 떡 버티고 섰어. '다 제 년이 자초한 일이지.' 키 작은 남자가 말했어. '다 제 년이 자초한 일이야.' 그 키 작은 남자가 다시 이렇게 말하더니 앞으로 나섰지.

그러고는 블랑세트를 덮고 있던 지푸라기를 걷어내는 거야. 그 는 천천히 블랑세트의 치마를 걷어 올렸지. 블랑세트의 손은 아무 것도 움켜쥐고 있지 않았어. 그 남자의 머리칼은 어둠침침한 색깔 에 곱슬이었지. 그 애의 팔과 다리를 붙잡은 그 짐승 같은 놈이 블랑 세트를 껴안았어. 마치 가축들한테 낙인을 찍을 때처럼 말이야. 그 러고는 그 애를 짚더미 위에 눕혔지. 그런 다음 그 애의 다리를 벌렸 어. 이젠 키 큰 남자가 그 광경을 바라다보고 있었어. 키 작은 놈이 바지를 내렸어. 그의 물건이 머리를 치켜들고 있었지. 그건 두툼하 고 더러운 무기였지. 그놈은 블랑세트 몸 위로 올라갔지만 삽입할 수가 없었어.

그 녀석이 몸을 버티고 있는 동안 키 큰 녀석이 그 녀석 팔을 잡 고는 가르쳐줬지. 키 작은 놈은 쾌감에 겨워서 요동을 치더니 숨넘 어가는 소리를 내면서 트림을 하더구나. 그 녀석이 드디어 사정을 했지. 난 그 악몽 같은 광경을 보자 죽어버릴 것만 같았어. 몸을 일으킨 그놈이 단추를 잠그며 말했어. '그년 되게 작은데.' 키 큰 녀석이 웃으면서 바지를 벗었어.

난 블랑세트의 상태가 그 정도라면, 그 짐승 같은 자식들이 자기한테 무슨 짓을 했는지도 몰랐을 거라고 믿었지. 하지만 그건 잘못된 생각이었단다. 이번엔 키가 작은 녀석이 키 큰 녀석을 블랑세트의 무방비 상태 육체로 이끌었어. 키 작은 녀석과는 달리 키가 큰 녀석은 아무 소리도 없이, 마치 바보처럼 기계적인 동작으로 온몸을 발작을 하듯 움직였어. 그때 갑자기 블랑세트의 비명 소리가 지붕까지 치솟아올랐지. 그 소리는 온 오두막집에 가득 찼어. 그것은 학대받는 여자 아이의 인간적이며 비인간적인 절규였고, 고통의 저편 미지(未知)의 내세에서 울려오는 절규였어.

난 짚 더미에 무너지듯 주저앉았지. 내 가슴과 머릿속에는 그 절규가 비수처럼 날아와 꽂혔어. 그리고 난 의식을 잃었단다. 다시 정신을 차려보니 적막한 양 우리에는 완전히 어둠이 내려앉아 있더구나.

아래쪽에서 아무것도 움직이지 않았어. 나는 그 심연 같은 어둠 속으로 조심조심 시선을 던졌지. 어둠 속에서 뭔가 어렴풋한 형체가 떠오르더니 감당할 수 없을 만큼 강렬하게 빛나는 거였어. 회색빛 바닥 위, 하나의 실루엣이 마치 깊은 잠에 빠진 듯 짚 더미에 누운 채 꼼짝 않고 있었어. 이름을 불렀지. 내 목소리는 너무 작았어. 블랑세트는 아무 대답이 없더구나. 그 애의 회색빛 육체는 짚 더미에 푹 파묻혀 있었지. 결정을 내려야 했어. 나의 무기력과 비겁함에서 빠져나가야 한다.

나는 사닥다리 기둥을 꼭 움켜쥐고 내려왔지. 단단히 다져진 땅바닥에 발이 닿자 꽤나 큰 소리가 났어. 두 짐승 같은 녀석들이 거기, 담 반대편에서 잠이라도 자고 있다면? 내가 움직이는 소리를 듣는다면? 지금 들어온다면? 난 기다렸어. 아무 일도 없더구나. 블랑세트를 봤지. 여전히 똑같은 자세였어. 쳐들려진 다리가 배 위로 올라가 있더구나. 팔과 손, 손가락은 피투성이 얼굴을 가리려고 애쓰고 있었고.

난 고통과 수치를 덜어주고 싶은 마음에서 그 애의 머리칼과 손가락을 쓰다듬었지. 나의 비겁함이 날 회한 속으로 몰아넣는 순간 그 애의 살갗이 놀랄 정도로 차갑다는 사실을 알게 되었지. 그 완강할 정도의 침묵으로 그 앤 날 보호하려고 했던 거야. 내가 쓰다듬자 그 애의 어깨 피부는 칙칙한 색깔로 굳어졌어. 다시 한 번 불렀지. 그러고 나서 난 알게 된 거야. 극악무도한 죄악이 저질러졌다는 사실을 확신하게 된 거지.

난 그 애의 뻣뻣해진 두 팔을 벌리려고 애썼어. 갑자기 내 두 손은 끈적끈적한 액체로 젖어들었지. 블랑세트는 죽은 거야. 하지만 윤간 때문에 죽은 건 아니었어. 의심의 여지가 없었지. 그토록 튼튼했던 그 애가 마치 숲 속 한 마리 곤충처럼 길게 누워버린 데는 다른 이유가 있어야 했던 거야. ……의심과 공포 사이를 오가면서 난 애를 썼지. 그 짐승 같은 놈들이 그 애한테 '또 무슨 짓을' 했단 말인가? 정말 이 일이 사실이란 말인가? 블랑세트! 블랑세트……!

난 블랑세트의 얼굴에서 손을 치웠지. 감기지 않은 두 눈은 날 보고 있지 않았어. 가슴은 검은 피로 물들어 있었고, 블랑세트는 이미 검게 변한 자신의 삶 속에 누워 있는 거였어. 지푸라기와 대지가 그 애의 삶을 빨아들이고 만 거야. 그 애의 목에는 커다랗게 칼자국이 나 있었어. 면도날처럼 예리한 칼날로 찌른 칙칙한 색깔의 상처였지. 확신하건대 그건 굉장히 큰 상처였다고!

블랑세트! 난 허공을 향해서 그 애의 이름을 절규하듯 외쳤어. 하지만 내 입에선 아무런 소리도 나오지 않았단다. 내 목소리는 밤의 외피(外皮) 속에 응결된 채 끊기고 만 거야. 우린 단 둘뿐이었어. 완전히 얼이 빠진 나는 죽은 몸이나 다름없었어. ……시체 곁에 남아 있을 수도, 도망칠 수도 없었지. 난 이미 측정할 수 있는 시간에 속해 있지 않았고, 차가운 달빛이 비치는 산속의 돌이 되어버렸지. 난 웅크리고 앉았어. 부서져버린 육체가 어둠 속으로 침몰해 들어갔지. 오직 두 눈만이 생각하는 돌처럼 반짝이고 있었지.

난 바깥쪽, 얼음처럼 차가운 여름밤을 바라다보았지. 바깥 날씨는 따뜻했어. 바깥 하늘은 투명했어. 눈을 감고 싶었지만 눈꺼풀을 내리깔 수가 없었어. 눈꺼풀이 저항을 하는 거야. 머리가 그걸 지탱하고 있는 어깨에서 미끄러져서 단숨에 떨어져나가는 것 같았단다. 아래쪽을 바라보고 있던 두 눈은 광채를 잃었지. 난 서서히 해방된 거야. 주위의 침묵이 처음으로 날 안심시키는 듯했어. 이젠 어떻게 해야 할까?"

엄마가 입을 다물었다. 커피가 식었다. 우리 두 사람 사이에는 버터를 바른 무른 빵 조각과 담배뿐이었다. 아마도 우린 그 빵 조각을 먹지 않을지도 모르고, 그 담배를 피우지 않을지도 모른다. 또한 이제 어떻게 해야 할까, 라는 질문이 있었다. 그것은 엄마가 자기 자신에게 던졌던 질문이었다.

아니다. 그것은 생-장-피에-드-포르의 경찰서장에게 던진 질문이었다. 분명히 엄마는 심문당했을 것이다. 시체는? 저 높은 곳에 남아 있어요. 정확히 어디죠? 엄마는 알지 못했다. 개울가 근처 숲 위쪽 오두막집 같은 곳에 있었다는 사실 외에는. ⋯⋯그러고 나서 엄만 무슨 소리를 들었을까? 엄만 시체에 손을 댔을까? 엄만 시체를 숨기려고 애썼을까? 그러고 나서는 아무것도 없었다. 아니다. 엄마는 도망쳤다. 아니다. 우선 엄마는 시신 위에다 지푸라기를 던져 주었다. 왜? 왜냐하면⋯⋯ 엄마는 더는 몰랐다. 그 부근을 어슬렁거리는 동물들 때문에. 그 동물들이 시체를 발견하면 낭패였다. 한밤중에 엄마는 숲을 지나갔다.

어두컴컴한 구멍이나 무너져버린 흙더미에 수없이 빠질 뻔했다. 엄마는 자기가 쫓기고 있다고 생각했다. 시체? 블랑세트가 죽어버린 지금 그게 그렇게 중요하단 말인가? 그렇다, 엄밀한 수사에서는 아무리 하찮은 사실이라 할지라도 범인을 찾는 데는 결정적인 역할을 할 수가 있다. 그 시체가 발가벗고 있었기 때문에. 달리 아무런 방법이 없었기 때문에. 추위 때문에 시체가 얼어버릴지도 몰랐기 때문에. 엄마는 자기가 무슨 생각을 하고 있는지도 몰랐다. 자기가 본 것 때문에, 자기 머리를 꽉 채우고 있던 죄의식과 양심의 거리낌에 대한 소리 때문에.

"자책할 필요 없어요, 아가씨. 당신이 나섰더라면 그 짐승 같은 놈들은 당신까지도 그런 식으로 죽였을 거요."

"하지만 블랑세트가 자신을 희생했다는 사실을 이해 못하세요? 그 앤 나 때문에 희생된 거예요!"

"이해해요. 아가씨. 아가씬 이젠 좀 진정해야 합니다. 하지만 아가씨는 그렇게 외딴 곳에 갈 필요가 없었을 것 같은 생각이 퍼뜩 드는데요. 그 이유를 설명해주셔야 합니다. 어딜 가는 길이었습니까?"

"스페인에요."

"스페인? 하지만 거긴 큰길이 아닌데! ……그래서 그런 일이 벌어진 거로군. 왜 부모 집에 남아 있지 않았나요? 처녀들에겐 부모 집이 자기 집이나 마찬가진데, 그놈들 얘기를 해주시오. 인상착의가 어땠나요?"

엄마는 두 남자들에 관해 상세히 얘기를 해주었다. 단서는 희박했고 얼마 되지도 않았다. 키 큰 남자와 키 작은 남자. 프랑스어를 썼다는 것. 스페인 사람이 아니었다는 것. 바스크족도 아니었다는 것. 엄마는 바스크족을 본 적이 없었다. 몸이 야윈 갈색 머리 두 남자. 발목 주위와 바지 혁대에 가느다란 끈을 두르고 있었다는 것. 목동의 모습이었던가? 엄마는 알지 못했다. 목동을 한 번도 본 적이 없었던 것이다. 책과 조각에 그려져 있는, 끈으로 얽어맨 각반을 차고 곱슬곱슬한 양털 저고리를 입은 목동들에 둘러싸인 아기 예수는 본 적이 있었지만…….

아니다, 두 남자는 목동을 닮지 않았다. 그렇다면 뜨내기들인가? 밀수입자들인가? 그렇다, 뜨내기들일 것이다. 수사는 어려워 보였고 아마도 불가능할지도 몰랐다. 산악 지대까지 경찰을 파견해서 광대한 지역을 추적할 방법이 없었다.

"당신을 찾고 있다는 사실을 알고 있었나요?"

"아네요. 나중에는 알게 됐지만."

수색령을 내렸을 거라는 생각은 했던 것이다.

"맞아요, 아가씨. 툴루즈의 어떤 아파트 관리인이 신고했습니다. 당신은 소풍을 갔다가 이틀 후에 돌아오기로 되어 있었어요. 그래서 관리인이 우리한테 신고를 한 거요. 그 여잔 우릴 통해서 당신 부모에게도 알렸어요. 당신 부모는 사색이 다 됐습니다. 정찰대는 아무것도 찾아내지 못했소. 털끝만큼의 흔적도. 당신들 인상착의를 몽트레조에까지 알렸는데, 당신들을 보았다는 사람이 여럿 있었지. 하지만 그 후 행적은 도무지 찾을 수가 없었어요. 설명을 해보시오. 촌락만 거쳐 갔지요? 큰길은 일부러 피해 갔지요? 당신들은 자유로워지고 싶었던 거요. 자유로워지고 싶었던 결과가 결국 어떤 불행으로 나타났는지를 보게 되었지만!"

사람들은 친절하고 동정적이었다. 서장도 태도가 누그러졌다. 심문이 계속되는 동안 엄마는 어떤 의사 집에 머물러 있게 되었다. 의사는 좋은 사람이었다. 첫날 저녁부터 그는 적당한 양의 진통제를 엄마에게 복용시켰다. 엄마는 잠이 들었다. 그 집의 가장 나이 어린 딸과 카드놀이를 했다. 어떻게 카드놀이를 할 수가 있었을까? 수사가 시작되었다. 아타뷔라 산과 에스칼리에 산 사이의 고지들을 샅샅이 뒤졌다. 양 우리와 목을 찔린 시체가 발견되었다. 낮 동안의 무더위 때문에 시체는 이미 부패해 있었다. 하지만 두 살인자의 흔적은 찾을 수가 없었다. 사흘이 더 지나자 두 남자는 먼 과거 속으로 사라져버렸다. 풍경 속으로 영원히 녹아들고 만 것이다.

목공 한 사람이 포플러나무 관을 짰다. 블랑세트의 유해는 아이노아로 옮겨졌다. 엄마는 결국 남부 프랑스행 열차에 실리게 되었다. 다시 평범한 일개 시민으로 되돌아간 것이다. 도대체 거기서 빠져나올 수가 없었다.

"결혼을 한 언니와 두 눈이 충혈된 어머니 사이에서 나는 네가 생각하는 것 같은 대접을 받았지. 정신 나간 패륜아가 되어버린 거야. 죽일 년이 된 거지. 얘길 나눌 사람이 없었단다. 난 분명히 미친

년이 되어가려 하고 있었어. 미친년 취급을 받고는 좁은 방에 갇히게 되었지. 그 도시는 아르망티에르라고 불렸어. 감자 삶는 역겨운 냄새가 부엌에서 올라오곤 했지. 맑고 투명한 교회 종소리가 활발하게 울려왔고. 그들은 네덜란드산 덩이줄기를 먹더구나. 그게 경제적이니까. 공장에 기계를 들여놓고 지젤 언니네 살림살이를 사주는 데 돈이 다 들어갔지.

언니를 위해서라면, 그러니까 그들을 위해서라면 불평 한마디 없이 온갖 희생을 감수하는 거였어. 그들은 자신에 대한 그러한 잔인성을 사랑했지. 감자를 좋아했고. 난 처마 다락방에서 혼자 식사를 했단다. 식구들은 나랑 함께 식사를 하려 하지 않았어. 난 일종의 살아 있는 수치였지. 날 두려워했어. 식구들은 나한테 빵하고 감자죽을 갖다 주었지. 난 식사를 거부했어. 힘이 빠져갔지. 몸은 버쩍 야위었고. 생리도 하지 않았어. 일어나지도 않고 세수도 하지 않았고. 난 병상에 눕게 된 거야. 아빠는 날 자식으로 생각하지 않겠다고 선언했어. 아마 그전에는 날 자식으로 생각했던 모양이야. 게다가 아버지는 내게서 상속권까지 박탈해갔어. 재미있는 일이었지.

너무나 여위어 있었기 때문에 내가 죽을지도 모른다는 사실은 분명해졌지. 위험한 지경에 이른 거야. 체면도 있고 또 스캔들을 일으킬지도 모른다는 두려움 때문에 식구들은 급히 의사를 부르기로 결정했단다. 외딴 교외에서 찾아낸 장발의 늙은 의사였어. 식구들이 날 두려워한다는 사실은 전혀 발설되지 않았지.

의사는 작은 계단을 통해 올라왔어. 오물은 치워져 있었지만 그는 내가 쓰레기 속에서 살고 있다는 사실을 알았지. 쓰레기 같은 인간들 속의 쓰레기 말이야. 그는 펄쩍 뛰더니 날 진단할 테니 모두 나

가달라고 말하더구나. 그는 다정한 목소리로 내가 죽을지도 모른다
고 말했어. 난 한마디밖에 생각 안 나. '아가씨, 당신은 보살핌을 받
아야 해요. 당신은 양로 병원에 가서 치료를 받게 될 거요. 이제 두
려워하지 않아도 돼요.' 식구들이 내가 치료를 거부했다고 의사한
테 말했던 모양이야. 그가 식구들을 불렀어.

그가 말했지.

'당장 오늘이라도 따님을 옮겨야겠습니다.'

아버지가 대답했지.

'좋습니다. 될 수 있으면 먼 곳으로.'

먼 곳이었어. 파리 근방이었지. 양로원 겸 병원이었는데, 늙은 의
사가 여자 원장을 알고 있었어. 의사 양반은 숙박비에서 에누리도
해줬단다."

다시 침묵이 이어졌다. 말이 계속되기를 기다리면서 주발 뒤에
서 담뱃불을 붙여서는 엄마에게 슬그머니 건네주었다. 엄마는 손가
락 끝으로 그걸 받아 들더니 입술로 가져가 한 모금 내뿜고는 오랫
동안 두 눈을 감고 있었다. 엄마의 얼굴은 긴장이 풀려 평온하게 보
였다. 웃고 있는 것 같기도 했지만 확실히는 알 수 없다. 난 기다렸
다. 기억을 더듬어봤지만 그때보다 더 소중한 순간을 가져본 적은
없었다.

도시가 잠에서 깨어나려는 순간이었다. 급류 속과 다리 밑으로
밀려가서는 창문이 막힌 건물 정면과 성벽, 물기 젖은 도로를 어루
만지는 바람의 노랫소리가 들려왔다. 검푸른 물이 흐르는 소리. 살
랑거리는 바람 소리와 뒤섞인 엄마의 숨소리. 밖에도 안에도. 이상
하게 느껴지는 삼투(滲透). 나는 어린애처럼 현명해서 꼼짝도 하지

않았다. 내 손목시계는 5시 반을 가리키고 있었다.

"이상한 얘기지, 그렇지, 필립? 난 상리스 근처의 양로원에서 1년을 지냈단다. 오! 불평을 할 필요가 없었지. 직원들은 친절했고 능력도 있었어. 그곳에 입원한 사람들? 직원들보다 더 친절했지. 괴팍하고 독살스러운 사람들도 일부 있긴 했지만. 그곳 사람들과는 할 일이 없었어. 그 사람들 얘길 듣기만 했지. 그 사람들과 하는 일은 시시했어. 하지만 생활은 대부분 너무도 안락했지. 삶이 쓰라렸기 때문에 그들은 아침이 되면 활기를 얻었어.

근심 걱정 없는 날들이 지나고 종말이 가까워오면 육체의 온갖 불행이 시작되는 거야. 그들은 이해하지 못했어. 그들은 자기네들을 더 잘 이해하지 못하는 세상 사람들을 원망했지. 그 누구도 그 사람들에게 말을 하지 않았어. 그들은 서로 헐뜯으면서 자기들의 나머지 삶을 살고 있었지. 나머지 사람들은 다정하고, 평화를 사랑하고, 잘 웃고, 명상적이고, 상냥했어. 또 그 사람들은 삶을 통해서 인격을 닦은 착한 사람들이었단다. 그들은 자기 나름대로 인생을 헤쳐나가는 것이었지. 그들은 날 사랑했고 내게 다시 자신감을 북돋아준 거야. 죽음에 그토록 가까이 다가가 있었던 그 사람들이 내게 삶의 의욕을 불러일으킨 거지.

늘 그렇듯이 그런 종류의 시설에서는 재력이 제한되어 있는 까닭에 선의가 존중을 받는 법이란다. 6개월 동안 치료를 받고 휴식한 덕분에 난 회복되었지.

난 남을 도움으로써 내가 진 빚을 갚고 싶었어. 간호사 공부를 했고 또 경험은 별로 없지만 간호 조무사 자격도 가지고 있었기 때문에 양로원장은 나를 채용하기로 결정을 했지. 난 양로원에서 봉급을 받았어. 분관(分館) 한쪽 측면에 내 방도 따로 갖게 됐고, 수준이 더 높은 자격증을 따도록 권유를 받았어. 상리스 병원에서 일부 강의를 받고 나머지는 통신 강의를 받았지. 하루하루가 지나면서 내가 사는 인생은 점점 더 내 것이 되어가는 듯 보였어. 난 다시 삶 속으로 되돌아간 거야.

노인들과 빈번하게 접촉을 하게 되면서 나는 가장 예외적인 인간은 자기가 할 수 있는 일만을 한다는 사실을 알았지. 자기 자신을 초월하지 않는 거야.

난 결국 살아가는 법을 배운 거지. 양로원에 점점 애착을 느끼면서 나는 마치 즐거운 어린아이처럼 새롭게 서로 주고받는 행복을 알게 되었어. 앙잘맹 박사부터 시작해서 내 주위에 있는 나이 든 사람들은 모두 부모나 다름없었단다. 앙잘맹 박사는 예순쯤 되었는데, 자신이 조제한 탕약을 계속 먹었기 때문에 마치 열대지방에서 자라는 리안처럼 버쩍 마르신 분이었지. 그분은 정신이 맑을 때면 철저히 비밀에 싸인 식물을 연구하셨어. 놀라운 결과는 그분이 돌아가시고 난 뒤에 나타났지만.

당시 주위에 있던 사람들 중에서도 난 체격이 아주 자그마하고, 눈처럼 흰 백발에 목소리가 가냘픈, 늘 한결같은 노부인을 가장 좋아했어. 그분의 이름은 오르탕즈 루이즈 마레샬이었는데, 아르쉐가의 미망인이었지. 그분이 바로 네 할머니란다, 필립. 양로원에 도착했을 때부터 그분은 날 극진히 보살펴주셨지. 앙잘맹 박사가 알려준 바로는 그분이 내가 헛소리를 하면서 혼수상태에 빠져 있던 며칠 동안 날 간호해주셨다는 거야.

그분의 눈은 자그맣고 타원형이었지. 회색이 섞인 푸른색이었는데 사람 마음을 푸근하게 만들어줬어. 결코 곁눈질을 하지 않으셨고 내가 깨울 때마다 다른 사람들보다 더욱 따뜻하게 웃으며 날 뚫어져라 쳐다보시곤 했지. 그분은 잠시 생각에 잠겼다가는 진정한 삶이란 내가 살아온 삶이 아니고, 난 내일을 생각해야 한다고 말하곤 했단다."

난 우리 할머니 오르탕즈 루이즈에 대해서는 흔적 같은 것밖에 기억할 수가 없다. 내가 태어난 지 두 달 만에 그분이 돌아가셨으니까. 그분에 대한 흔적이란 앨범이라는, 판지로 만든 묘지에 누워 계시는 사진 두 장뿐이다. 그 사진은 엄마가 방금 내게 해준 설명과는 일치되지 않는 듯하다. 전혀 달라 보였다. 훨씬 더 젊은, 마흔에서 쉰 살쯤 되었을까. 억지로 웃고 있는 시선 때문에 그분에게서는 자연스러운 느낌이라고는 전혀 들지가 않았다. 엄마 말과는 반대로 그 시선은 아무 데에도 미치고 있지 않았으며 그 어디에도 고정되어 있지 않았다.

"그분에게는 아들이 하나 있었지. 샤를르 에바리스트 위젠느라는 아들이. 주말이 되면 어김없이 어머니를 방문했어. 샤를르 에바리스트는 청년은 아니었지만 아직 마음은 청춘이어서 이따금씩 자기 직물 공장과 기성복 공장 일을 돌보고 있었지. 중간 정도 키에다가 잘생긴 편이었어. 머리칼은 갈색이었고. 그는 남자들을 루돌프 발렌치노와 대충 닮아 보이게 하는 포마드를 바르지 않았어. 그의 눈은 짙은 녹색이어서 나와 그의 어머니가 보기엔 비범한 사람 같았지.

샤를르 에바리스트가 흥미롭지 않은 사람이 아닌 건 분명했어. 오르탕즈 루이즈는 그 사실에 기뻐하면서 자기가 '솔직한 생각'이라고 부르는 일을 하도록 날 부추겼어. 그러면서 충고를 해주었지. 난 신중하게 접근을 해야 했지. 그분의 아들은 수줍어하지는 않았지만 여자들로서는 납득할 수 없는 언행을 보였지. 그는 결혼을 해볼까 하는 생각은 있었지만 떠벌리고 다니지는 않았어. 여자들이 몇 명 있긴 했는데 지쳐서 나가떨어졌나 봐. 그래서 오르탕즈 루이즈는 나한테 기대를 건 거야.

그분은 아들이 독신으로 늙어서 손자를 못 보게 될까 봐 애를 태우고 계셨지. 결국 샤를르 에바리스트(오르탕즈 루이즈가 푸코 신부에게, 정밀과학에 열중했으며 이미 고인이 된 남편이 수학자인 에바리스트 갈르와의 망혼을 달래주었다고 고백한 특별한 예식 때문에 지어진 이름)는 내 감정을 알게 되었단다. 언젠가 하면, 일요일마다 그 사람은 자기 어머니랑 양로원 정원을 산책하곤 했는데 꼬박꼬박 나랑 부딪쳤고, 게다가 내가 다가가기만 하면 노부인의 얼굴이 홍조를 띠곤 했거든.

그 사람은 뺨과 턱이 부드럽게 보였지. 입술은 가느다란 것이 음험해 보였어. 그게 맘에 안 들긴 했지만 그 녹색 눈이 모든 것을 메워주었단다. 그가 자기 어머니와 보내는 시간은 점점 줄어들었는데, 그래서 그의 어머니는 무척 기뻐하셨지. 얼마 지나지 않아 그 사람은 푸조 자동차에 날 태워서 상리스로 데려갔지. 그는 비행복을 입고 찍은 자기 사진을 보여줬단다. 부르제 공항에서 찍은 거였어. 브레에-되-퐁호를 타고 비행 중에 찍은 사진도 몇 장 있었지. 난 홀딱 반했어.

정말 혼란스런 시대였단다. 1936년이었어. 제조소, 공장, 백화점, 모든 것이 노동자들 손에 들어가 있었어.

그 사람은 나한테 말하곤 했지.

'아르쉐 공장은 상관없어요. 걱정할 건 아무것도 없습니다. 전 이미 여러 가지 요구 사항을 들어주었으니까요. 우린 외국인과 함께 일을 하고 있는데, 계약 파기를 안 당하려면 계속 공장을 움직여야 해요.'

그는 자기로 하여금 양보를 강요했던 노동자들에게 아무 유감도 갖고 있지 않은 듯 보였어.

어느 날, 오르탕즈 루이즈 부인이 말하길 내가 샤를르 에바리스트에게 얘길 해야 할 순간이 다가왔다는 거야. 그 사람 쪽에서 무슨 말이 나오길 기다린다는 건 백년하청(百年河淸) 격이라는 얘기였지. 열쇠는 내가 쥐고 있었던 거야. 필요하다면 나는 가장 적합해 보이는 수단을 써서 일을 추진해야 했지.

오르탕즈 루이즈 부인 역시 실리적인 분이었지. 물론 그분은 내가 타산적인 처녀가 아니라는 걸 알고 있었지. 하지만 내가 확인한 사실, 즉 샤를르 에바리스트가 관심 가는 결혼 상대 이상이며 특별한 결혼 상대라는 사실을 나로 하여금 모르게 할 권리가 자기에게 있음을 자각하지 않았어. 아르쉐 회사의 총 매상고, 그에 따르는 내 행복과 안전의 보증도를 알게 되었지. 난 샤를르 에바리스트에게 의사 표시를 했어. 그래서 그 사람은 우리가 상리스에 외출 나갔을 때 호텔에 들어가자고 말하게 된 거야.

수월한 게임은 아니었지. 우린 둘 다 경험이 없었거든. 난 바보같이 블랑세트 생각을 했어. 2개월 뒤 난 임신을 하게 됐어. 결혼식은 노트르담-데-샹 성당에서 거행됐지. 넌 결혼식이 있고 난 지 4개월 뒤에 교외의 한 병원에서 태어났고. 조산(早産)이었어. 그래서 며칠 동안 보육기 신세를 졌단다. 널 볼 수도 없었지. 그들이 널 내 침대에 올려놨을 때 넌 이름과 생일을 새긴 팔찌를 차고 있었어. 네가 정말 내 아기라는 행정적인 증거였지. 난 널 안아볼 엄두도 내지 못했어. 익숙해져야 했거든.

오르탕즈 루이즈 부인은 병원에 한 번 오셨어. 샤를르 에바리스트가 자동차를 타고 그분을 찾아가서 그날 저녁에 모시고 왔지. 그분은 인큐베이터가 있는 층까지 널 보러 올라왔지. 네가 아들이라는 걸 퍽 자랑스럽게 생각하셨어.

그분이 날 껴안으며 축하해줬지.

'얘야, 난 너희 두 사람과 샤를르 에바리스트가 있어서 얼마나 기쁜지 모르겠다! 이제 됐다. 마음 푹 놓고 죽을 수가 있게 됐구나.'

그분이 눈물을 흘리시자 난 무척 감동했지.

그 후, 우린 그분을 딱 한 번밖에 못 뵈었단다. 그때도 일요일이었는데, 샤를르 에바리스트는 이 아파트에다가 18세기식 방을 꾸며 놨지. 그날, 넌 종일 자고 있었기 때문에 오르탕즈 루이즈 부인은 널 안아보지 못한 것을 섭섭해하셨어. 그다음 수요일, 그분은 동맥 파열을 일으키셨어. 결국 의식을 되찾지 못하고 목요일 밤에서 금요일 사이에 돌아가시고 말았단다. 장례식이 거행됐지. 난 샤를르 에바리스트가 우는 모습을 보았는지 기억할 수가 없어.

그는 아르쉐 공장을 운영하느라 잠시도 쉴 틈이 없었지. 사업은 수월하지 않았어. 그는 하루 종일 빌뇌브-르-르와에서 지냈지. 난 갑갑해했고, 독서와 피아노, 어린애 교육으론 한 여인의 삶을 충족시키기엔 부족해서 매월 두 번째와 네 번째 토요일이 되면 친구들을 접대했지. 그 사람들은 전쟁통에 모두 죽어버렸어. 일요일마다 우린 퐁텐블로나 말제르브 근처로 소풍을 가곤 했단다. 양장 전시

회나 자동차 전람회, 프레 카틀랑이나 경마장 같은 곳에서 열리는 재치 경연 대회도 보러 갔지만…….

네 아버지 친구들은 점잖은 동네에서들 살았어. 우리가 외출을 하면 넌 페랭 부인이 돌봐줬지. 아마 생각이 안 날 거야. 그 술주정 뱅이 르와조 부인보다 먼저 있었던 사람이지. 르와조 부인이 나가고 나서 레인느 부인이 왔지. 페랭 부인은 참 선량한 사람이었는데 널 꽤 귀여워했단다.

샤를르 에바리스트가 울가트나 도빌에서 일요일을 보내겠다고 말했을 때 난 내키지 않았어. 널 데려가고 싶었단다. 하지만 어림도 없는 생각이었지. 샤를르 에바리스트는 온순한 사람이었지만 자기 생각에 털끝만큼이라도 반대하는 건 용납하지 않았지. 난 뭐든지 복종했어. 솔직히 말해서 별 어려움 없이. 내겐 특별한 기대도 없었지. 그 생활은 내겐 아주 새로운 것이었어. 만족하고 있었지. 아파트 사면 벽에 갇힌 내 신세까지도. 피레네 산맥에서의 그 악몽 같은 기억은 사라졌지만 내 가슴속에는 기본적인 스프링 하나가 부러져 있었지. 난 마치 물에 빠진 사람이 지푸라기를 잡듯 샤를르 에바리스트를 붙잡은 거야. 난 물결 흐르는 대로 떠내려가고 있었지. 샤를르 에바리스트와 나는 되는대로 떠내려가고 있었던 거야. 그는 그 사실을 나보다도 더 잘 알고 있었어.

난 오직 한 가지 점만은 그 사람한테 절대로 양보하지 않았지. 그는 나더러 우리 부모를 다시 만나라고 간청했지. 우리의 결혼과 너의 출생을 그들에게 알리길 바란 거야. 부르주아사회에서는, 최소한 허물뿐인 가족 관계라도 없어서는 곤란하지. 이 문제 때문에 여러 달 동안이나 갈등이 계속됐단다. 그 사람은 내가 편지를 쓰길 원했지. 편지 쓰는 걸 도와주겠다는 제안까지 했어. 내가 누누이 설명을 했는데도 그는 내가 아직 어린애 티를 벗어나지 못했기 때문에 부모를 그렇게 두려워하고 증오한다고 생각했어. 상리스 양로원에서 전송을 해주었기 때문에 아버지 편지는 이곳에 도착했지. 4월이었어. 에두아르 브랑리의 장례식이 거행되던 날이었어. 아버지는 여러 해 동안이나 근심 걱정 속에 기다렸는데도 아무 소식도 듣지 못했다, 자신도 나 때문에 꽤 애를 썼다고 불평을 늘어놓았더구나.

양로원장한테서 내 얘길 들었다는구나. 원장은 내 건강이 좋아졌다는 것만 그 양반에게 알려주고 내 편지를 전달받은 거야. 그 양반은 자신이 부당하고 터무니없게 취급받았다고 생각했다는 거지. 그럼에도 자신의 부성과 나 사이에 장애 요소가 될 나쁜 행동을 용서하겠다는 거였어. 상황이 그렇고 또 유럽에서 전쟁 기운이 감돌고 있으니 빠른 시일 내로 내 주소를 알려달라고 그 양반은 명령했지. 그러고는 아직도 여전히 날 사랑하고 있는 가족들 품으로 돌아올 준비를 하라고 썼더구나.

그 밖에도, 우리 불쌍한 어머니의 노력과 희생 덕분에 기성복 가게가 드디어 문을 열게 되었고 또 내가 필요하다는 사실도 알게 되었지. 믿음이 필요한 일을 남한테 맡길 수는 없었던 거지. 그 일이야말로 내가 1935년 여름에 저질렀던 일 때문에 생긴 아주 나쁜 인상을 지울 수 있는 최소한의 일이라는 거야. 하지만 모든 걸 용서하고 (그러니까 용서하지 않았다는 거지) 과거를 잊을 준비는 되어 있지 않았다는 거였어(그러니까 과거를 잊지 않았다는 거지). 어머니는 백내장에 걸려 있어서 별로 도움이 안 된다고 했고(그러면서 나더러 집안일 말고도 회계와 송장 작성 일을 해달라고 썼더구나). 지젤은 잘 있다, 네 형

부도 잘 있다, 네게 키스를 보낸다, 이렇게 쓰고는 서명을 했더구나.
'네 아비가.'

난 절망과 분노에 휩싸였지. 모욕감 때문에 견딜 수가 없었어.
샤를르 에바리스트는 그 편지에 토로된 감정이 다소 애매모호하다
는 점은 인정하면서도 어쨌든 거기서 우리 아버지가 내게 가지고
있는 관심의 흔적을 찾아내려 했지. 관심. 어쨌든. 용어의 선택이란
가장 덜 불행한 사람들을 위한 거지. 난 샤를르 에바리스트가 끊임
없이 사회생활의 규범에 복종한다고 비난하곤 했지. 그의 순응주의
를 말이야. 그렇게 해서 우린 처음으로 언쟁을 벌였어. 여러 번 싸웠
어. 가족 관계의 회복이라는 문제에서는 난 양보하지 않았어. 샤를
르 에바리스트는 결국 지고 말았지. 하지만 침묵은 그가 날 조금도
이해하지 못하고 있다는 걸 의미했어.

우리의 부부 생활은 바로 그때 끝장나고 말았지. 1940년 6월이
었지. 북부와 동부, 심지어는 서부전선까지도 돌파당했어. 영국인
들은 프랑스를 떠났고, 파리 사람들은 기다렸지. 일상생활의 행위
들은 하루하루가 지나갈수록 점차 꿈처럼 되어갔단다. 날아드는 소
식들은 마치 딴 나라 얘기 같았어. 피난민들, 부상자들, 도망병들이
큰길과 역을 가득 메웠지. "독일 놈들이 온다!"라는 고함만 온 프랑
스 땅에 가득 찼지. 프랑스 정부는 파리를 떠났어. 정부는 흩어져서
사라져버린 거야.

14일이 되자 독일군들이 파리에 진입한 것 같았어. 하지만 난 믿
지 않았단다. 생각 좀 해봐라! 하지만 그들의 트럭이 우리 집 창문
밑으로 지나갔지. 다음날이 되자 독일군들이 줄을 지어 지나갔고,
독일 군가도 들려왔고. 그들은 이미 정부 부처와 시청, 경찰국을 점

거했지. ……샤를르 에바리스트는 하늘이 무너질 만큼 낙담했지. 마흔두 살이었는데도 폭삭 늙어버린 거야. 1년 사이에 너무 늙어버린 거지. 점령 사업은 체계적으로 진행됐어. 전략적 가치가 거의 없었던 빌뇌브-르-르와의 공장은 강제로 징발당했고, 그 후로 그 공장은 독일 놈들이 움직였지.

샤를르 에바리스트는 공장 일에 관심이 없었어. 그는 아파트에서 영국 라디오 방송을 듣거나 또는 자크 드 레댕이나 로베르 드 보플랑이 매주 펴내는 미치광이 같은 대독 협력 신문을 읽으면서 하루를 보내곤 했지. 그는 결국 낙담 상태에서 벗어났어. 뭔가 해야겠다고 선언한 거야. 신세 한탄이나 하면서 팔짱만 끼고 앉아 있을 수는 없다는 거였지.

'레지스탕스'라는 단어는 존재하지 않았어. 프랑스 그 어디에도 레지스탕스란 존재하지 않았으니까. 아니면 당시에는 너무 미미하고 취약해서 눈에 안 띄었기 때문이었겠지. 샤를르 에바리스트는 그저 뭔가를 하고 싶었던 거야. 반대할 생각은 전혀 없었단다. 어쨌든 그 사람이 날이 갈수록 위축되는 것보단 나았으니까. 널 위해서나 우릴 위해서나 그 사람이 신중하게 행동해주길 바랐지. 이렇게 해서 모든 것이 시작됐지. 아니 모든 것이 끝나버렸어. 샤를르 에바리스트는 자신의 계획을 오랫동안 신중하게 준비했어. 그가 말했지.

'깊이 생각해봤소. 좋은 구실이 있어요. 난 독일 놈들만을 위해 돌아가는 공장을 운영하고 있지. 독일에 협력하는 공업가 역할을 성실하게, 공공연하게 해내겠소. 난 더 열심히 할 거요. 그래서 그걸 이용하겠소. 어떻게 해서든지 프랑스 점령 독일군 사령부에 발을 들여놓도록 해서 그놈들이랑 친해질 거요. 모든 일이 잘된다면 그

놈들 중 하나와 교제를 시작하는 거야. 난 의심을 받지 않을 테고, 오직 총 매상고를 늘리는 데만 전념할 거요. 내가 잘 알려지면 점령군 당국과 계약을 맺는 거지. 간단히 말해서 조그만 구멍만 뚫게 되면 어디서고 갈라진 틈을 찾아낼 수 있겠지⋯⋯. 내가 유용한 인물이 될 수 있는 기회를 갖게 되는 거라고⋯⋯.'

당시 상황으로 봐서 그건 훌륭하고 또 이치에 맞는 계획이었지. 위험하긴 했지만 모든 행동은 다소간 위험하게 마련이니까. 샤를르 에바리스트는 위험을 무릅쓸 각오가 되어 있었고, 난 처음으로 그 사람을 존경하게 되었어. 그는 더 자주 빌뇌브-르-르와의 공장에 갔어. 어느 정도까지 관여됐는지 난 전혀 몰랐지. 그는 지나칠 정도로 비밀을 지켰고, 나한테는 신중을 기하기 위해서라고 말했어. 가끔 이런 말을 듣긴 했지.

'내 계획은 무르익어가고 있소. 다 잘되어가고 있어. 그놈들은 동부전선에서 진퇴양난에 빠져 있소.'

그 후의 일은 너도 알고 있지. 1942년이 되자 우린 그를 한 달에 한 번밖에 못 보게 되었어. 그는 라디오 방송을 했지. 물론 우린 부족한 것 없이 살았고 그러고 나서 그는 돌아오지 않았어. 1943년 3월이 마지막이었지. 난 그가 잘 조직된 어느 조직의 일원이라는 사실을 알고 있었어. 사실을 말하면 도대체 정체를 알 수가 없는 조직이었어. 전쟁 전의 우리 친구들은 아무도 거기 속해 있지 않은 듯했단다. 그쪽에 대해서는 아무 소식도 들을 수가 없었지. 경찰? 어림도 없었단다. 경찰에 의지할 생각은 추호도 없었으니까. 그런데 그 사람은 정기적으로 편질 보냈지. 내 답장은 늘 공장을 통해서 전달됐고, 그는 불시에 공장을 찾아오곤 했어. 그 후론 결코 돌아오지 않앗어. 해방이 되자 그는 우리한테 토니 소앙을 보냈지."

"토니 소앙……."

"네가 그 사람 안 좋아한다는 건 알고 있다. 그 사람은 너한테 아버지 노릇도 조금 했지. 그 사람은 너한테 애착을 가졌어. 그가 빈자리를 채운 건 당연한 일이었어. 그가 내 애인이었다는 사실을 난 부끄럼 없이 고백할 수가 있어. 필립, 너도 알겠지만 나는 욕심을 다 못 채웠다는 이유로 잔뜩 발톱을 세운 채 자기 아들한테 덤벼들어 제 것으로 삼아서는 와작와작 씹어 먹는 그런 어머니가 아니다. 그런 덴 취미가 없어. 난 그런 유혹을 느끼지 않도록 조심했어. 너한테 매몰차게 대했지. 널 엄마의 본능에서 보호하는 건 어머니로서 내 의무였어.

그 점에서 토니 소앙은 날 도와주었지. 내가 특권적 관계라는 손쉬운 내리막길로 미끄러지지 않게끔 해준 거야. 네가 널 데리고 멀리 가지 않게끔 해주었지. 내가 원했으니까……. 예를 들면 스위스의 산에 말이지. 우리에겐 돈이 있었어. 난 외딴 산장을 고를 수도 있었어, 폐병을 고칠 수 있을 만큼 공기가 맑고 높은 곳 말이야. 우린 녹음에 뒤덮인 섬에서 단둘이서 행복하게 살 수도 있었어. 널 자연 속에서 자유로운 어린애로 키울 수도 있었고, 우린 꽃과 물, 곤충, 포유동물, 새, 바람, 눈, 계절……, 뭐든지 알 수 있었을 거다. 책도 사서 함께 읽었을 게고. 난 네게 기초적인 걸 가르쳐줄 수도 있었겠지. 네가 여덟 살이 됐을 때쯤이었으면 뭐든지 가능했을지도 몰라……. 가장 나쁜 일, 전혀 불가능한 일까지도 말이야. 너나 나나 이 백일몽 같은 생활에서 벗어나서 진짜 인생으로 돌아갈 수도 있었겠지.

아마도 토니 소앙은 내 뜻대로 날 사랑하지 않았는지도 모르겠다. 난 그 사람을 탓하지 않아. 그 사람은 최소한 너에 대해서는 자기 의무를 완수했어. 그 사람은 네가 어머니의 신경쇠약 때문에 파멸되어가는 걸 막아준 거야. 넌 그 사람한테 그렇게 가혹하게 대할 자격이 없어."

엄마는 밤의 추억과 생각의 두루마리를 다 펼쳐 보인 듯했다. 난 입을 다물었다. 우린 아마 보기 흉한 모습들을 하고 있었을 거다. 얼굴은 부풀어오르고 피부는 누렇게 떠 있었으니까. 우린 기묘하게도 두 사람 모두 창백한 얼굴이었다. 진짜 아침 식사를 언제쯤 해야 좋을지 잠시 말이 오고 갔다.

마지막으로 남은 무른 빵 조각에 곰팡이가 핀 것을 본 엄마는 자기 같은 바보 늙은이는 그걸 기꺼이 먹을 수가 있다, 자긴 이제 걱정할 게 아무것도 없다고 말하더니 내가 그 말에 거북해하는 걸 눈치채고는, 자기는 자신을 거의 사랑하지 않는 까닭에 결국 거기서 아무것도 얻어내지 못할 과학에 유골을 기증할 생각이라고 덧붙였다.

나는 엄마의 그런 허세라는 것이 실은 가장된 공격에 불과하다는 사실을 알고 있었다. 엄마는 다시금 일상적이고 평범한 자신의 모습으로 되돌아간 것이다. 엄마는 줄줄이 피워대는 크라벵 담배 연기를 천천히 한꺼번에 들이마셨다. 그 치명적인 연기는 엄마의 허파로 내려가서 모세혈관에 배어들고 온몸으로 퍼져갔다. 난 엄마가 자진해서 스스로를 파멸시키고 있다고 말해주었지만 소용이 없었다. 나한테 도덕 강의를 할 필요는 없다, 어쨌든 난 머리에다 총을 쏠 용기는 없다는 대답뿐이었다…….

기묘한 웃음이 엄마의 얼굴에 감돌고 있었다. 희끄무레한 하늘

위로 날이 차츰 밝아왔다. 천장 등이 시시각각 흰색으로 물들어갔다. 강둑과 함께 강은 이제 그 은밀한 목소리를 감추었고, 밤의 홀로 꿈꾸는 듯한 안개 속을 떠나가고 있었다. 강이 다시 침묵으로 빠져들자 행인들 발소리와 귀청이 터질 듯한 자동차 엔진 소리가 그 자리를 가득 메웠다. ……강은 더러운 물의 고요함 속에서 졸고 있었다. 나는 마치 누구에겐가 쫓기듯 퍼져나가는 구름을 바라보았다. 하지만 요술은 풀리고 말았다.

"뭘 생각하니, 필립?"

엄마의 쉰 목소리는 팽팽하게 긴장되어 있었다.

"어머니의 숨소리를 생각하고 있어요. 본의 아니게 듣고 있었거든요."

"넌 늘 바보 같을 거다, 필립. 늦게 오더라도 날 깨우지 마라."

폴라 로첸

여름이나 겨울이나 아파트는 늘 어스름에 잠겨 있었다. 이중으로
된 판유리가 달린 창문에 발라놓은 두툼한 벽지 때문이었다. 강 양
편 둑으로 쉴 새 없이 차들이 왕래하기 때문에 창문은 단 한 번도 열
어놓은 적이 없었다. 러시아워가 되면 기다란 유리판이 끊임없이 진
동하고 심하게 윙윙거리는 바람에 얘기조차 나눌 수 없을 정도였다.

폴라 로첸은 특색도 있고 괴상하게 생겼다며 우리 아파트를 좋
아했다. 그녀는 그 후로는 더 자주 아파트를 찾아왔다. 엄마는 그녀
가 상냥하고 품위가 있다고 칭찬을 해주었다. 시를 쓰는 과오도 용
서되었다. 최근에 나온 그녀의 시집을 비평가들이 호평한 덕분에
일은 더 수월해졌다. 엄마는 왜 폴라와 내가 결혼할 생각을 안 하는
지 놀라워할 정도까지 되었다. 엄마 말에 따르면 그 이상 좋은 상대
는 만나기 힘들 거라는 얘기였다. 그건 사실이었다. 하지만 우리는
결혼이라는 굴레에 속박될 계획이 없다는 점을 어떻게 엄마에게 설
명할 것인가?

폴라의 웃음은 수정처럼 맑고 솔직했다. 웃음은 그녀를 꼭 닮았

다. 내 방 책상 앞에 앉거나 침대에 누운 채로 그녀가 독서에 빠져 있을 때면 난 그 웃음소리를 듣고 싶어 안달했다. 그녀가 거기서 잠을 자고 난 후 난 내 방을 다른 눈으로 보게 되었다. 잔뜩 쌓여 있는 자질구레한 실내장식품들, 서가(書架)들은 마치 실제적인 관심은 불러일으키지 않는 오래된 시골 박물관 같아 보였다. 전부 쓸고, 닦고, 다시 페인트를 칠하고, 환기해야 할 것만 같았다.

……하지만 나는 절대로 먼지를 털지 않는다. 더구나 커튼 틈으로 흘러 들어오는 가느다랗고 뿌연 새벽빛을 반사해서 나를 깨우는, 난로 선반의 거울에 걸레질을 해서 눈부신 거울 면이 드러나는 건 정말 원치 않는다. 빛을 통과시키는 한결같은 얇은 막(폴라는 먼지와 때가 끼어 그렇다고 했다)은 자그마한 추시계와 내가 거울 테두리에 끼워놓았던 그림엽서 그리고 내 방을 구성하는 대부분의 물건들을 뒤덮고 있었다. 이 보호 층은 내게는 지연되는 시간의 증거물이다. 또 폴라는 내가 방을 잘 손질하지 않기 때문에 온통 악취가 풍긴다고 불평을 했다. 환기를 시켰어야만 했는데, 물론 그렇게 할 수는 없다. 방 안 공기는 아주 서서히 바뀌어야 한다.

그건 당연한 얘기고 폴라도 그 사실을 잘 이해하고 있었다. 내 방의 독특한 냄새를 가리켜 "고정된 시간의 향기"라는 멋진 표현을 쓴 것이 바로 그녀였기 때문이다. 난 그녀에게 내가 가지고 있는 부처님 상 두 개를 주었는데, 그녀는 그것이 아주 훌륭하다고 말했다. 그 후로 두 부처님 상은 프레르 거리에 있는 그녀 방의 낮은 책상에 앉아 있게 되었는데, 그녀의 방은 그곳의 공간이나 비쳐드는 빛으로 보면 내 동굴 같은 방과는 완전히 대조적이었다.

"아르쉐 직물 공장." 빌뇌브-르-르와. 새 기계가 도착했다. 어떤 기계일까? 솔직히 말해서 난 공장 조직에는 아무 관심이 없었다. 토니 소앙은 내가 그 기계들을 구경하기를 바랐다. 깊이 관여할 일 같지는 않아 보였다. 아무것도 모르는 그 기계에 대해서 꼭 내 의견을 말해야 할까? 그건 아무 의미도 없는 일이다. 서명을 해달라고 그러는 걸까? 엄마는 최근에 나에게 대리권을 위임했다. 그래, 맞다. 틀림없다.

어쨌든 내게는 그럴 법한 이성이라는 게 있었다. 난 대담하게 지하철 통로로 내려갈 수도 있었다. 특별히 할 일도 없긴 했지만 그렇다고 목적지도, 이유도 모르는 채 어디로 갈 수는 없었다. 강둑을 따라 걸으면서 폴라 로첸을 생각했다. "낱말이란 달구었을 때 두들겨야 해요"라고 그녀는 말하곤 했다. 아니면 낱말이란 재단하고, 깎아내고, 오려내야 한다……. 육체를 만들듯 낱말들을 빚어야 한다. 낱말들의 육체. 난 폴라 로첸의 말을 늘 잘 이해한다고 말할 생각은 없다.

날이 추웠다. 아침 이른 시간이었다. 오페라 역과 쇼세-당탱 역에서는 이른 아침에 출근하는 사람들이 물밀듯이 쏟아져 나오리라. 파시에서 베르시 사이에는 배가 잔뜩 나온 구름들이 서로를 떠밀고 있었다. 하늘을 한번 힐끔 쳐다보기만 해도 오늘 날씨가 아주 고약하리란 사실을 알 수가 있었다.

세귀에 거리는 온통 개똥투성이인 좁은 통로다. 각각의 시대는 삶의 질을 높이기 위해서 필요한 일을 한다. 요는 거기에 구두 바닥을 적시지 않는 것이 중요하다.

페늘롱중학교의 떡갈나무 교문은 닫혀 있었다. 거인족이나 다른 우주인들의 공격을 두려워하거나 기대하는 수녀들로 가득 찬 일종의 수녀원(모든 중학교는 수도원 같은 인상을 풍긴다)을 생각해봤다. 그러나 쥐새끼 한 마리 보이지 않았다. 너무 이른 시각이었다. 늘 그렇듯 근사하게는 차려입었지만 입에는 추잡스런 말만 가득 찬 소녀는 어디에도 보이지 않는다. 먼지투성이 웃옷을 입고 알따란 책가방을 든 선생의 그림자도 없다. 장난꾸러기들을 만나러 파시 거리를 거슬러 올라가는 마르셀 주앙도(Marcel Jouhandeau : 신비적인 신낭만주의라는 평을 받았던 프랑스 소설가)처럼 말이다.

생-제르맹 거리. 바뀐 풍경. 점점 더 많은 사람들이 실험실과 사무실, 탈의실, 멋을 부렸지만 초라하고 자그마한 카페로 몰려들고 있었다. 난 그렇게 꾸역꾸역 흘러나오는 군중과 반대 방향으로 걸었다. 지하철 통로로 내려갔다. 오스테를리츠 역으로 갔고 쥐시유에서 갈아탔다. 10호선은 여전했다. 회색 차체는 레일 위에서 덜거덕거렸다. 멋은 없지만 열차가 부지런히 다니는 노선이었다. 지긋지긋하다. 어딜 가나 누렇게 뜬 무표정한 얼굴들뿐이다. 플랫폼 위에 어떤 손이 글씨를 써놓았다.

"난 감방에서 나왔다. 일자리가 없다."

사람들은 무거운 머리들을 끄덕거리고 있다. 때 묻은 파이프는 오줌과 광고 전단을 내뿜으면서 뻗어가고 있었다. 희미한 한 줄기 노란색 빛이 모든 역의 열차 속을 뚫고 들어오곤 했다. 사람들은 두 눈을 뜨고서 깜빡거리다가 다시 감아버렸다. 7호선으로 접어들었다. 프티 베르사유 지하역이었다. 열차의 푸른색이 전기의 열반(涅槃) 속에서 반짝거리곤 했다. 열차는 타이어에 파동을 일으키며 다가왔다가 날짐승이 가쁜 숨을 내쉬듯 멈춰 섰다. 어떤 포스터에는 낙서들을 잔뜩 휘갈겨놓았는데, 그중에는 펠트로 만든 만년필로 이렇게 쓰인 것도 보였다.

"2만 년 전에는 당신 조상도 흑인이었다."

비트리에서 버스를 탔다. 아까 그 잉크가 구름 속에서 뚝뚝 떨어지고 있었다. 느른한 교통 혼잡. 핸들 위에서 떨고 있는 손. 빌뇌브-르-르와. 마레샬-조프르 가로수 길과 리요테 거리. 제네랄-드-골 거리. 도시의 지명을 보면 전쟁과 식민지 건설에 한몫을 한 사람들의 이름이 많다. 아블롱 시계(市界)에서는 노란색 담벼락들이 어둠 속에서 튀어나와 있었다. 높다란 곳에 나 있는 천창에서는 연보라색 네온사인이 깜빡거렸다. 더 자주 와야 할 것 같다고 생각했다.

마치 운석처럼 지면에 내던져진 회색빛 시멘트 블록(파리 교외의 고물상) 사이로는 참새와 고양이들이 득실거리는 초라한 비탈길 그리고 시골 역 같은 분위기를 풍기는, 규석(硅石)으로 지은 별장이 몇 채 눈에 들어왔다. 지붕들 너머로는, 메마른 시멘트 둑 속에 갇힌 센 강이 사람의 마음을 푸근하게 만들며 반짝반짝 흘렀다. 갈매기 한 마리가 그 모든 것을 뒤덮을 듯 공중을 떠돌다가는 이국적인 울음소리를 내곤 했다. 엷은 빛깔 하늘에 닿을 듯 말 듯 붉은 글씨로 쓰인 '아르쉐 공장'이라는 간판이 빛났다.

종업원들이 출근하고 있었다. 남자들은 개버딘 코트에 캡을 썼다. 해진 외투를 입은 중년 부인들은 우산을 팔 밑에 끼거나 집에서 만든 가방에 반쯤 보이도록 집어넣었다. 두 개의 벽돌 기둥에 붙어 구식 기계 장치로 열리는 정문이 삐걱거렸다. 수위실에서 증명서를 내보이길 거절했더니 수위가 캡을 벗는 시늉을 하며 말했다.

"선생님을 잘 알고 있습죠."

공장 마당에 깔린 자갈들은 일상적인 노동의 나날들이 내뿜는

막연한 색깔을 띠었다. 관리실로 통하는 시멘트 길로 접어들었다. 문 위에서 나는 '환영합니다' 대신 '실망하십시오'라는 말을 읽었다. 살그머니 문을 열었다. 서류와 서류 케이스들이 페인트칠한 금속 선반에 그득그득 쌓여 있었다. 옛날 이곳에서 나와 시몬느는 서로를 서투르게 애무하곤 했다. 시몬느는 어떻게 되었을까? 그녀의 얼굴과 목소리를 기억해내느라 애를 써야만 했다. ……지붕을 덮고 있던, 꽃잎처럼 생긴 판유리들은 열려 있었다. 지금은 손으로 빚은 기와 밑에 흰색 옻칠을 한 천장이 보였다.

공장은 발 디딜 틈이 없었던 반면 사무실은 텅 비어 있었다. 관리 직원들은 남녀 노동자들보다 몇 분씩 늦게 출근하는 버릇들이 있었다. 물론 서열 때문에 그러겠지. 레리티에 양의 사무실에만 불이 켜져 있었다. 노크를 하고 들어갔다. 레리티에 양은 적갈색 여우 모피를 옷장에 넣어두었다. 오직 여우 모피만 넣어두는 옷장이었다. 여우 모피는 이미 30년 전에 유행하던 것이었는데, 그녀는 그 사실을 모르는 듯 보였다. 그녀가 나에게 인사를 하고는 앉으라고 권했다. 우리는 서로가 정확하게 시간을 지킨 걸 칭찬해주었다. 너무 오래 토니 소앙 씨를 기다리지 않아도 되며, 토니 소앙은 내가 도착하는 대로 날 만나기로 했다고 그녀가 말했다.

그녀는 직업적이면서도, 냉정하고 신중하게 예의를 차려가며 엄마의 근황을 물었다. 그건 그녀의 제2의 천성이었다. 그러고 나서 전기난로를 켰다. 그녀는 흰색 가느다란 줄무늬가 든 녹색 모직 정장 차림이었다. 그녀는 조금 굵어 보이는 허리를―나이가 어느 정도나 됐을까?―커다란 물소 가죽 허리띠로 졸라매고 있었는데, 별로 우아해 보이지 않는 그 허리띠는 아마도 살진 배를 감추기 위한 것인 듯했다.

토니 소앙은 늦지 않았다. 걸음이 둔해 보였다. 얼굴도 그랬고. 그는 소년처럼 활짝 웃더니 약간 아플 정도로 세게 내 손을 쥐었다. 하지만 나는 그의 눈 밑 양쪽 뺨과 입 가장자리에 부둥부둥 살이 올라 있는 걸 놓치지 않았다. 그는 약간 빈정거리는 듯한 어조로 우리가 만난 지 오래됐으며, 초대에 응해줘서 기쁘다고 말했다. 그의 의도는 무엇일까? 뭐라고 유감의 뜻을 표시할까? 앞뒤 잴 것 없이 그냥 설설 기어버려?

그의 사무실에 들어서는 순간, 한쪽 가장자리가 깨져 있는 핏빛 대리석 문갑(文匣)이 처음으로 내 시선을 강하게 자극했다. 토니 소앙은 회색 정장을 꼿꼿이 세우며 내 앞에 앉았다. 그러고는 두 손을 책상에 올려놓았다. 나는 기다렸다. 그는 옛날에도 그랬던 것처럼 아버지같이 엄격한 얼굴이었다. 껄껄 웃으면서 가버리고 싶은 생각이 치밀어올랐다.

그가 말했다.

"전해드려야 할 중요한 얘기가 있소."

우선 아르쉐 공장 얘기가 나왔다. 경영 상태는 극히 만족할 만한 것이었다. 아르쉐 공장은 국내외 시장에서 소위 경쟁 기업으로서는 아주 유리한 위치에 있었다. 토니 소앙은 그러한 성공에 대해 자신의 공을 내세우지 않았다. 그는 늘 그랬듯이 우리 어머니와 내가 최대한 이익을 볼 수 있도록 공장을 운영하는 걸로 만족했다. 설사 그가 기술 개선 분야에 개입했다 해도 그것은 숙련 기술자와 회계 책임자로서 도와주는 것에 불과하다. 어느 일 한 가지도 모험성을 띤 것은 없었다. 하급 노동자의 인사이동이나 급여 인상 문제부터 장래의 생산량에 관계되는 문제, 예를 들면 옷감 구성과 도안에 쓰이는 컴퓨터 프로그래밍이 된 기계를 설치하는 문제에 이르기까지 그런 식이었다. 자신에 대한 나의 감정이 내가 어린아이였을 때 자신이 느끼던 그런 감정이 아니라는 사실을 알고 있다고 그가 불쑥 덧붙였다. 그건 어쩔 수 없는 일이었다. 그게 인생이었다. 그게 세월이었고.

나는 그런 식의 사고방식에 찬성을 표시했다. 그는 자신이 내게 비난받아 마땅하다는 것을 기꺼이 인정했다. 그는 은퇴하기 전에 불화의 원인을 제거해두고 싶은 모양이었다. 그것 역시 문젯거리였으니까. 그는 자신이 몇 년 동안 휴식할 자격이 있다고 생각했다. 방데 지방 사람들이 그를 기다리고 있었다. 위임을 받아서 아버지 행세를 하려고 했던 자신의 시도가 실패로 돌아갔다는 사실을 그는 어느 누구보다도 더 잘 알았다. 물론 마음이야 쓰라렸겠지만 그는 우리 두 사람이 뤽상부르 공원을 산책하던 시절을 그리워했다.

그는 낡아빠진 도덕 질서를 서투른 방법으로 내게 강요하려 했다. 시몬느 사건은 우리 관계를 악화시켰을 뿐이었다. 그와 나 사이에는 우리 아버지가 존재했으며, 이 완전한 결핍을 대신해보겠다는 계략이나 시도는 실패로 돌아갈 수밖에 없었다. 결국 우리 어머니와 그의 관계만이 남았는데, 두 사람은 특별한 모험을 시도했다. 자신과 우리 어머니가 자유를 연습해보는 연습장이었던 그들의 관계가 극도로 신중하게 이뤄졌음에도 내가 고통스러워했다는 사실을 그는 알고 있었다. 나는 금요일 저녁의 소주연(小酒宴)을 생각했다. 서로 마음을 툭 터놓는 데는 그보다 더 나은 방법이 없었다. 바로 거기서 상황과 인생이 결정을 내렸다. 그는 남자 대 남자로 내게 얘기하고 싶어 했다. 그는 차분하면서도 확신이 깃든 목소리를 냈다.

사건들, 운명. ……존재의 일반 법칙이란 그것에 복종함으로써 드러내게 되는 법. 훈계하기 좋아하는 늙은 신부가 돌아와 있었다. 그 특별한 모험의 추억을 망가뜨리지 않기 위해서 자기는 이제 창녀들만 상대한다고 그는 덧붙였다. 최소한 그 얘긴 거짓말이 아니었다. 엄마의 붉어진 눈꺼풀이 눈에 선했고, 창녀들에게 퍼붓는 엄마의 욕설이 귀에 들려왔다. ……토니 소앙이 내 눈을 똑바로 쳐다보고 있었다. 이따금씩 그는 자기 앞에 납작하게 펴두었던 오른손을 들어 올려서는 가슴으로 가져가서 몇 초 동안 꼭 누르고 있었다. 이렇게 해서 그 허울 좋은 진실이 표현되는 것이었다.

"자, 필립, 어떻게 할 거요?"

토니 소앙이 엄폐 진지에서 사격을 했다. 사실 그거야말로 일격을 가하는 듯한 최후의 질문이었으며 그와 내가 나누는 얘기의 유일한 주제였다. 그는 나와의 사이에 거리감을 두고 또한 내게 경의를 표시한다는 뜻으로 유난스레 존댓말을 썼다. 상자에 채집된 나비에다가 결정적으로 바늘을 꽂아야 하는 늙은 청년의 신중함. 그러고는 옛날처럼 상냥한 목소리로 내 이름을 불렀다. 잠시 동안의 침묵이 언제까지나 이어질 기색이었다.

"곤란한 질문은 아닙니다. 그렇지요? 하지만 언젠가는 그런 질문을 제기하고 그 질문에 대답을 해야 합니다."

난 정정당당하게 승부하기로 결정했다.

"어떻게 해야 할 건지 전혀 생각해보지 않았어요."

"최소한 당신이 아무 일도 할 생각이 없다는 얘기는 아니겠지요."

"둘 다 아녜요."

나는 그가 내 알쏭달쏭한 대답에 대해 곰곰 생각해보도록 내버려두었다.

"거참 상당한 손실이군요. 네, 큰 손실이에요."

그는 우리 어머니에게 말했고, 그런 식의 얘기에서 내게 그 사실을 감추지 않은 것을 어쩔 수 없는 자신의 솔직성 때문이라고 보았다. 엄마는 그를 계승하겠다는 내 뜻에 대해 그가 여러 가지 억측을 하지 않도록 했다. 그 점에서 그는 거짓말을 하지 않았으며, 엄마는 내가 수완을 보이기를 몹시 바랐는지도 모르지만 또한 오직 한 가지만을 염려하고 있었다. 내가 우리 공장을 운영하다가 파산을 할지도 모른다는.

하지만 엄마는 내가 기업을 운영하는 사람이 져야 할 무거운 책임에 관심을 갖고 의젓하게 잘해낼 수 있으리라 믿었다. 성공이 가져다줄 기쁨도 고려를 해야 했다. 공장과 나의 미래는 내 손에 달려 있었다. 물론, 그리고 물론 제1안은 될 수 없겠지만, 학위를 취득한 새로운 경영자를 모집할 수도 있었다.

토니 소앙은 아르쉐 가와 아르쉐 가의 이익에 애착을 갖고 있었고, 특히 자신이 훌륭한 하인 노릇을 잘해냈다는 데 자부심을 느꼈다. 결국 그는 우리 아버지에게 복종만 한 셈이었다. 결국 그가 나에게 보인 겉모습이라는 것이 기만적이었음은 분명했다. 나는 내 발밑에 있는 음험한 함정과 간섭을 걱정하느라 온몸이 팽팽하게 긴장되었다. 내가 다시 한 번 침묵을 지키자 그는 신경질적인 손짓을 해 보이더니 성격이 까다롭고 또 나름대로 노력도 하지 않는다고 나무랐다.

내 능력은 문제가 되지 않았다. 그는 내가 공부하는 것을 지켜봐

왔기 때문에 나의 가치를 알고 있었다. 무슨 일이지? 아마도 심장이 꽉 막힌 모양이다. 본분의 의미에 대해 잠시 마비 증상이 왔다. 새로운 침묵. 난 그에게 전혀 기회를 주지 않았다. 물론 그는 은퇴하기 전에 내가 모든 일을 알게끔 해줄 준비가 되어 있었다. 그는 즉시 대답을 해달라고 요구하지는 않았다. 바로 그 순간 나는 공격을 개시했다.

"내게 이런 제안을 하도록 우리 아버지가 시키던가요? 그분을 최근에 보셨나요? 어떻게 지내시죠? 왜 그분은 꼼짝 않고 계시는 겁니까? 왜 편지도 안 보내시는 거죠? 왜 안 오시는 거죠? 왜 그분은 자기가 있는 곳으로 만나러 오라고 나한테 요구하지 않는 거죠? 여하튼 그분은 어디 계십니까? 어디 숨어 계신 겁니까? 겁이 나서 그러시는 건가요? 어떤 방해물이 있나요? 아직 살아 계신가요? 나는 사업 같은 건 전혀 취미가 없다, 난 평생 아무 일도 안 했고 그러고 싶지도 않다고 그분께 직접 말씀드리고 싶습니다. 난 중요하지도 않은 일에만 관심을 쏟고 있다고 말입니다. 토니 소앙, 당신은 왜 움츠러드는 거죠? 왜 갑자기 방어 태세를 하는 겁니까? 뭘 원하는 거죠? 날여기 불러서 뭘 하려 했습니까? 나한테 뭘 원하는 겁니까?"

흥분과 분노 때문에 내 말은 목에서 몽땅 막혀버렸다. 그가 몸을 일으키더니 내게 다가왔다. 아니다, 내가 잘못 생각한 것이었다. 그는 아무것도 원치 않았다. 그는 나를 통해 아무것도 구하려 하지 않았다. 이런 자리를 만듦으로써 어머니를 만족시키려 했다고 그는 고백했다. 내겐 아무 책임도 없었다. 난 생각해볼 만한 시간을 가졌어야 했다. 구체적인 질문이란 늘 그 해답을 얻게 되는 법이다. 아버지 문제에서 그는 아버지가 살아 있다는 사실을 가르쳐줘도 상관이 없었다. 나머지 문제에 대해서는 비밀을 지켜야 할 의무가 있었다.

"어디 계시죠?"

창백해진 그는 이 대화를 끝내겠다는 표정을 노골적으로 지으며 자리를 옮겼다. 그는 내가 그곳을 찾으려면 시간이 오래 걸릴 것이다, 그 집은 이제 존재하지 않으며 어떤 인명부에도 나와 있지 않다고 자신 있게 말했다. 그는 그 이상은 말해줄 수 없었다.

그는 마음대로 쓸 수 있도록 회사 차를 내주었다. 나는 오를레앙 성문에 차를 세워두었다.

걸어야 한다. 주위 사람들이 모두들 걷고 있었다. 행인들도, 사무원들도, 노동자들도, 파리지앵들도. 결코 쉬지 않는 생각. 결코 부딪치지 않는 생각. 내 인생에 대한 생각. 전혀 흡족하지 않은. 운명? 무의미한 흐름. 운명과는 반대되는 위치. 하지만 모든 것이 걷고 있었다.

난 그 모든 것들과 함께 걸었다. 더럽혀진 담벼락 폐석(廢石) 속에, 오염되고 눅지근한 공기 더미 속에 응고된 채. 나와 함께 모든 것이 앞으로 나아갔다. 도시의 인간들은 원사체(原絲體)처럼, 원자(原子)처럼, 개미처럼, 회오리바람처럼 움직였다. 순전한 환상. 시점의 문제다.

오래전(대단히 정확하게는 1895년 12월 28일, 카퓌신 거리의 그랑 카페에서 처음으로 영화가 상영되던 날)부터 사람들은 직사각형 영화 관람용 안경을 통해서 그 브라운식 왈츠를 지켜보는 데 익숙해져 있었다. 평평하고 덧없는 그림자처럼 생긴. 하지만 그 영상은 가짜다. 그것은 움직이는 도중에도 인생을 고정하고 축소하는 몽상일 뿐이다.

살아 있는 존재들의 순환, 끊임없는 충동, 개인과 군중의 대규모 조작이란 카메라의 의안(義眼)으로 포착될 수가 없다. 설사 이동 촬영과 전진 부감 촬영, 반(反)전경 촬영, 투명한 열대 바다에서의 수중 촬영 기술들을 동원하더라도 마찬가지다. ……평평한 스크린 위, 제멋대로 고정된 차원에서 이윤 때문에 어느 시간 동안은 어둠에 잠겨 있는 극장에서의 영사(映射)로는 더더구나 어림도 없다.

평범한 영화의 평균 상영 시간이 한 시간 반으로 정해진 것은 우연이 아니었다. 그 이상이 되면 평범한 수준을 가진 영화 팬의 평범한 주의력은 휴게 시간의 위안거리가 있어야만, 즉 청량음료나 사탕, 샌드위치를 먹거나 영화 감상 기술에 대해 수다를 떨어야만 다시 살아날 수가 있다. 살아 있는 존재들의 순환, 끊임없는 충동, 군중 속에서의 개인들의 대규모 조작이, 그 살아 있는 진실 속에서, 그 4차원(습관적인 세 개의 차원 외의 시간) 속에서, 그리고 손으로 만질 수 있을 만큼의 상당한 두께 속에서 포착되는 것은 오직 함께 묶인 개인과 전체의 몹시 힘든 행군 연습에 의해서일 뿐이다.

개성을 잃어버린 개인과 전체는 함께 모여서는 1초에서 다음 1초로, 백만 분의 1초에서 다음 백만 분의 1초로…… 똑같은 박자로 함께 움직인다. 평평하고 감력적(減力的)인 안경을 통해서만 모든 것을 본 까닭에, 모든 것이 돌아가면서(우린 영화를 돌린다. 그렇지 않은가?) 끊임없이 자기 꼬리를 물어뜯는 바람에 그 종말을 보기가 불가능하다는 사실은 전혀 놀랍지 않다. 모든 것의 종말.

다른 해결책은 없다. 나는 걸었다. 몸을 움직인 것이다. 난 한 지점에서 다른 지점으로, 항상 가장 빠른 길은 아니지만, 가며, 다른 사람들도 나와 함께 간다. 다른 사람들. 낯익은 사람. 낯선 사람. 평평하게 만들고 싶어 하는 그 순수한 차원 속에, 시인들은 운명이라 부르고, 다른 사람들은 그냥 그들의 울퉁불퉁하고 용해될 수 있는 생활이라 말하는, 저 멀리 아득한 길 위에 모든 사람들이 존재한다.

비가 온다. 곧 12월이 되리라. 번쩍거리는 인도는 매끈매끈해서 빗물이 스며들지 않는다. 빗물은 인도가 이어지는 대로 따라 흐른다. 제너럴-르클레르 거리. 내 뒤로는 거리들이 합류하는 빅토르-바쉬 광장이 보이고, 거기서는 생-피에르 성당의 궤양(건축학상의 궤양을 말함)이 반짝인다. 평생 다시는 그곳을 못 지나갈지도 모른다. 그것은 이유도 없고 설명할 수도 없는, 최근에 생겨난 이상한 느낌이다. 거리를 지나가는 예쁜 여자들을 보면 자주 그런 생각이 들곤 한다. 내가 느닷없이 손짓을 하거나, 슬쩍 눈길을 주거나, 반짝이는 눈이나 이를 보여주거나, 입술을 찌푸리거나, 눈썹을 추켜올리거나 해도 전혀 눈치채지 못하는 여자들 말이다. 사실인지도 모른다. 거짓인지도 모르고. 남을 속이려면 가짜 연기를 해야 한다. 걸어야지. 모든 사람들이 연기를 한다. 그래서 여자들이 지나가도 난 돌아보지 않는다.

그 여자들이 내게서 멀어진다기보다는 내가 그 여자들을 내게서 떼어놓는 것이다. 마치 무덤으로 떠밀려는 것 같다. 기묘한 쾌감이긴 하지만 여하튼 쾌감은 쾌감이다! 그런 식의 감정을 혼자만 느낀다고 생각하면 마치 바보처럼 격렬한 기쁨에 휩싸인다. 더구나 그것이 그러한 감정의 진수인 바에야! 좋다. 그럭저럭 괜찮다. 난 이해하지 않는다. 이렇게 해서 나는 세상 사람들과 연결되고 접합된 내 불쌍한 존재가 움직이는 것을 느낄 수 있다. 내 비천한 존재는 움직임 속의 움직임이며, 바로 그 점에서…….

하지만 내가 가장 좋아하는 이미지는 (흰색 사각형 안에 갇힌 이미지가 아니라) 도시의, 여자들의 유혹에 흔들리면서 금방이라도 무너질 듯한 살아 있는 이미지다. 도시의 모든 것이 이미지인 것이다. 도시란 두 개의 m으로 장식되는 여성의 육체다. 여성의 육체는 패물만을 걸치고 있다. 그 육체는 계속 바뀌는 유행의 물결에 충실히 복종한다. 자질구레한 패물을 걸치고 있는 여성의 육체야말로 인간의 가장 연약한 창조물이다.

비가 내린다. 나 혼자만 걷는 것은 아니다. 생-미셸 거리 아래쪽은 이미 수없이 많은 발자국이 남아 있다. 지네트 라카즈(지네트 라카즈가 누구지?)가 그랑-조귀스탱 강변도로의 자기 아파트에서 홀로 쉬고 있는 우리 집 근처. 날이 훤하게 밝았다. 눅눅하고 쌀쌀하기는 하지만. 그녀는 자고 있고, 그녀의 아들은 걷다가 그 근방 큰길에서 방향을 겪는다. 어디로 가야 할지 알 수가 없다. 그는 잠에 빠져든다. (하지만 그의 아들이 누구인가?) 도시는 깨어난 상태에서 꿈을 꾸는 상태로 가는 그러한 순환 속에서 마비가 된다.

그것이 바로 도시인의 삶, 깨어 있는 꿈, 멋쟁이 여자와 야한 장식품의 꿈이다. 어떤 멋쟁이 여자들은 일을 하고 또 어떤 멋쟁이 여자들은 즐긴다. 그러고 나서 움직임이 뒤바뀌면 즐기던 여자들은 겉보기에 쓸 만한 일거리에 몰두하고, 일을 하던 여자들은 끔찍한 고통을 즐기기 시작한다. 만져봐도 느껴지지 않는 시간 속에서 그 여자들이 여유와 휴가, 방학, 국경일, 노동 휴가(이날만 되면 난잡하기가 이를 데 없다), 주말, 항해 여행, 일요일의 산책⋯⋯이라고 부르는 자기만의 기쁨 말이다.

자신들의 다른 일과 정확히 비례해서 계속 즐기지 않는 한, 그 여자들은 일을 해서 먹고살 수가 있다. 나처럼 놀고먹거나 또는 판단을 내릴 만한 자격을 확보할 경우가 되어야 그런 이치들을 잘 이해할 수가 있는 것이다.

아니다. 나 혼자가 아니다. 저기 저 도시는 혼자 돌고 있다. 사람들은 마치 물방아가 돌아가듯 그곳으로 돌아간다. 그리고 똑같은 식으로 도시에서 나온다. 경박한 커다란 몸통이 숨을 쉰다. 빨펌프와 밀펌프처럼. 사람들은 갈수록 도시에서 도망친다고들 한다. 하지만 사람들은 더는 혼자 있지 않으려고, 따뜻하게 잘 지내려고, 일하며 즐기는 그리고 부끄러워하면서도 열정적인 수많은 멋쟁이 여자들과 사랑을 나누려고 그곳에 묘지와 납골당이 있는 집을 마련해 둔다.

비가 내린다. 내년 봄까지는 계속 비가 내릴 것이다. 이건 순전히 느낌이지만 여기서는 오직 느낌으로밖에 살 수가 없다. 비가 억수같이 쏟아지는 바람에 강이 넘치고 말았다. 강의 냄새는 우리가 숨 쉬는 공기에 배어들었는데, 나는 덧문이 잠겨 있는 우리 집 창문 밑을 지나는 순간 그 사실을 알게 되었다. 덧문에 칠한 페인트가 벗겨지고, 안락의자 끄트머리 여기저기에 때가 끼어 있는 것이 눈에 띄었다. 그때 나의 머릿속에는 어처구니없고, 불쾌하며, 짜릿한 생각이 떠올랐다. 그 덧문이란 것이 인접한 건물들의 덧문들 그리고 다른 수많은 덧문들과 비슷하며, 그 덧문 바로 옆에 사는 이웃들, 즉 지네트 라카즈의 이웃들과 도저히 구분될 수 없다는 생각 말이다.

난 소리치고 싶었다.

"지네트 라카즈, 눈을 떠요. 일어나서 나랑 함께 가요. 늙지도 말고 죽지도 말아요. 처녀 시절로, 사진 속 그 어린 시절로 다시 돌아가요. 날 극도의 불안에 빠트리는 그 더러운 게임을 그만둬요. 원한다면 움직이는 모든 것들에서 빠져나와서 반들반들한 샘으로 몸을 던져요. 근육이 다시 유연해지고 단단해지며, 눈이 반짝이고, 머리칼에 윤기를 주는 그 샘으로 말예요. 난 유혹당하고 구원받고 싶어요. 하지만 당신은 그걸 원치 않아요. 지네트 라카즈, 거기서 나오시렵니까? 당신은 왜 날 구해주러 오지 않습니까?"

난 고함을 치지 않았다. 사람들이 뒤돌아볼 테니까. 경찰을 부를지도 모른다. 지금 세상에, 미친 자는 용서받지 못한다. 사람들은 미치광이들이 무서운 음모를 꾸미고 있다고 의심을 하며, 더구나 시끄러운 소리는 견디질 못한다. 특히 고통스런 소리는. 또한 사람들은 죽음의 침묵에도 귀를 기울이려 하지 않는다. 그렇게 되면 미치광이가 갈 곳은 마르모탕뿐이다. 아니면 프레-보클뤼즈든가. 미치광이들이 갈 곳은 그런 데지 우리 집은 아니다. 이 도시도 아니다. 특히 이곳은 더더구나 어림도 없다. 이 모든 빗방울, 아침부터 도시를 누르고 있는 이 더러운 습포(濕布)에 의해 이미 크게 위협을 받고 있는 우리 아름다운 도시의 풍경을 일그러뜨릴 생각이 없는 까닭에 나는 아무 말도 하지 않는다. 강을 따라 걸었다. 내 뒤에 알 듯 모를 듯한 그 아름다운 여인, 밤새 내게 얘기를 하느라 지친 지네트 라카즈를 남겨두었다.

강은 여전히 흐르고 있었다. 강은 미궁으로 통하는 길이다. 그 회색빛 평평한 물결은 도시의 계곡을 절단한다. 여기서 보면 그 물결은 직선을 이루고 있다. 내가 지금 있는 지면 가까이에서는 물결의 곡선과 곡류(曲流)를 볼 수가 없다. 주름살이 여자들을 절단하듯 물결은 도시의 동체를 절단한다. 물론, 그리고 상상만 해보는 것이지만, 물결은 겉보기에는 깨끗해 보이지만 사실은 역겨운 오물들로 가득 차 있다. 그것은 강철판이다. 지금은 죽어버린 그 강철로 사람들은 콘크리트가 섞인 철구(鐵具)와 부엌세간, 자동차 차체를 만든다.

내가 골몰해 있던 모든 것들과 함께 걷던 나는 그 비참한 광경을 보고는 눈을 감아버린다. 다른 식으로 강을 생각해본다. 가을이 끝나갈 무렵, 붉게 물든 나뭇잎들이 양편에 늘어선 강을. 다갈색과 갈색이 수면에 비치고 있다. 걸음을 멈추었다. 1년에 한 번씩 피가 흘러나오는 강의 벌어진 성기를 나는 찬찬히 바라보았다. 현기증이 나면서 그 풍경은 하늘 아래로 날개를 폈다가, 도시 탄생의 팔딱거림 속에서, 각각의 그리고 모든 것의 앙상블 속에서 다시 자리를 잡는다. 그 풍경은 우선 생선, 그리고 새, 여우, 쥐, 암사슴, 쇠물닭, 이어서 작은 배와 어부를 탄생시키고 생명을 불어넣는다. ……봄이 온다. 핏빛 낙엽들은 사라진다.

부드러우면서도 강렬한 녹색이 등장한다. 사냥꾼들이 나타나고 그 뒤를 이어 나무다리와 밧줄 매는 쇠말뚝, 물받이 판이 달린 물레방아, 불안정해 보이는 집, 아랫부분이 아직도 진흙에 파묻혀 있는 옛날 돌집, 사람들이 포장을 해놓은 진흙투성이 거리, 수많은 산책객들, 고문서 학자들, 광맥 탐사자들, 창녀와 은행가들(그래서 약간 놀라셨다면, 아아! 아아! 이렇게 소리 내시오), 심부름 다니는 소년, 레이스 만드는 여공, 순경, 그리고 어리석은 임금들이 백성들 속에서 행복하게 살겠다고 생각했던 옛 궁전, 형차(刑車)와 기요틴이 놓여 있는 광장, 역, 공장, 공항, 공단 주택……이 보인다.

이 모든 것은 한꺼번에 진동하다가는 누구나가 한가할 때 바라볼 수 있는 강의 성기 주위로 퍼져나간다. 각자가 그것을 원하고 자신의 욕망을 부끄럽게 생각하지만 않는다면 바라볼 수 있는 성기.

오르세 강둑에 들어서면서 나는 눈을 떴다. 인도와 반들반들한 차도와, 냄새 고약한 솜뭉치 같은 하늘과 어울리는 차가운 물결이 다시 눈에 들어온다. 흐르는 피와 슬픔을 막기 위한 솜뭉치. 처음 눈에 띈 전화박스에서 폴라 로첸에게 전화를 했다.

초인종을 눌렀다. 복도에 깔린 양탄자를 밟는 그녀의 발소리를 난 구별해낼 수가 있었다. 마치 고양이처럼 폴라 로첸은 공기와 가구를 스치면서 가볍게 움직였다. 그녀가 문을 열어주었다. 파리를 횡단하느라 내 몸은 뼛속까지 젖어들었다. 문 앞에 서 있는 그녀가 호리호리하게 보였다. 나긋나긋 날씬해 보이는 몸매야말로 폴라 로첸이 아니면 가질 수 없다. 돼지처럼 처먹거나 지나치게 운동을 해서 보기 흉한 모습이 되어버린 지금 처녀들이랑은 천양지차다.

"진짜로 파선당했소."

이어서 의례적인 인사.

"축복 있으라. 당신을 이렇게 만들어주신 당신 어머니와 당신 아버지께 세 번 축복 있으라."

그리고 그녀는 웃었다. 우선 좌초한 배를 다시 띄우는 일부터 시작해야 했다. 내 머리칼과 옷에서 떨어진 물방울이 양탄자에 구슬처럼 맺혔다. 옷을 벗어서 욕실 전기 건조기에 집어넣은 나는 양탄자에 드러누웠다.

"방해가 된 건 아니오?"

"당신은 절대로 날 방해하지 않아요."

그것은 가장자리에 가시금작화가 섬세하게 수놓인 모래 색깔

고급 양털 양탄자였다. 물이 빠진 강바닥에 누워 있는 듯한 기분이었다. 내가 그녀에게 준 두 개의 부처가 불가사의한 표정으로 날 바라보고 있었다. 난 침대보를 둘러썼다. 녹색과 자주색이 주조를 이루는, 양털과 비단으로 만든 사각형 침대보였다. 나는 폴라 로첸의 절도 있고 명백한 세계 속으로 내 선천적인 무질서를 들이밀었음을 알았다.

그때 그녀는 시를 쓰지 않고 있었다. 일시적인 무력감 때문이었다. 기다리는 시간을 때우기 위해 그녀는 속옷가지를 빨았다. 공허한 시간의 불안을 미리 삭이려는 방법들 중 하나였다. 나는 평소처럼 행동을 함으로써, 아니 차라리 당연히 해야 할 행동을 하지 않음으로써 나 자신을 과장했다. 나 아닌 다른 사람 같으면 환대에 감사하려고 듣기 좋은 말을 최소한 네 마디는 찾아냈을 것이다. 다른 사람 같으면 그녀의 아름다움에 찬사를 보냈을 것이다. 다른 사람 같으면 비바람에 흠씬 젖어 층계참에 서 있는 내 모습을 보는 그녀의 시선에 광채가 서리는 걸 놓치지 않았을 것이고, 또한 자기 목 주위에는 한 번도 스치지 않았던 그녀의 팔 고운 피부에 매료당했을 것이다. ……호메로스 이후로, 내가 아닌 모든 사람들은 그랬을 것이다. 3천 년 동안 유지되어온 예절에 한 획을 그으려고 얼마나 열중을 했던가!

폴라 로첸은 소매 없는 연보라색 화장복을 입고 있었다. 역광을 받은 그녀의 갈색 눈이 깊은 물처럼 어렴풋한 빛을 발했다. 안구에서 흘러나오는 것이었다. 아무런 족쇄도 채워져 있지 않은(컬클립도, 고무줄도, 머리핀도, 리본도 없는) 그녀의 머리칼은 실내복의 깊이 파인 가슴 부분까지 내려와 있었다. 그 우아한 맵시 또한 나를 오래도록 매혹시켰다. 우선 나는 잘못을 인정했다. 여드레 이상이나 코빼기도 비치지 않다가 느닷없이 나타난 잘못 말이다. 그것도 즉시 구조하지 않으면 안 되는 방랑자 같은 몰골로. ……폴라는 원망을 할 줄 아는 여자가 아니었다. 그녀는 문어(文語)와 구어(口語), 거짓 나무람과 공모(共謀)의 정다운 목소리를 쓰곤 했다.

"아직도 추워요?"

"아니요, 침대보를 썼더니 이젠 좀 낫구려."

"당신 옷은 한밤중이 지나야 마를 거예요."

"기다리겠소. 당신 집에 있으면 편해."

"졸린가 보죠?"

"아니 그렇지 않소."

난 흰색 천장을 바라보았다. 천장 한가운데는 지나칠 정도로 기교를 부린 장미꽃 모양으로 장식되었는데, 소라 기둥이 두 개 겹친 모양이었고 그 안에서는 꼬마 에로스 신이 프시케의 가슴에 화살을 쏘고 있었다. 또 그 둘레에는 가느다란 프리즈 장식이 짙게 그려져 있었다. 프리즈 장식은 너무도 가느다란 것이 주(主) 모티프라고는 생각하기가 어려울 정도였으며, 부채 모양 조가비가 네 귀퉁이에 하나씩 그려져 있었다. 어찌 보면 눈같이 하얀 거품 속에서 굳어버린 바닷가를 연상시키기도 했다. 위쪽만 보아도 창문으로는 잿빛 광선이 스며들었는데, 섬세한 모슬린 커튼을 통해서 여과되기 때문에 녹청색 벽지와 뒤섞여서 신비하게도 금빛으로 변했다.

폴라는 자기 방을 어지럽히지 않도록 배려를 해두고 있었다. 밤에는 나지막한 침대 말고도 속옷을 넣어두는 환한 색 자단(紫檀) 옷장이 눈에 띄었다. 옷장의 서랍 하나하나에는 반짝거리는 구리 단추가 달려 있었다. 그 위에는 책이 몇 권 굴러다녔다. 하지만 대부분의 책들은 현관의 높다란 책장에 꽂혀 있었다. 부엌은 좁았고 욕실과 연결되어 있었다. 부엌에는 풍로와 냉장고, 둥근 식탁, 그리고 밀짚으로 엮은 의자 두 개가 보였다. 폴라는 표지가 마분지로 된 자그마한 수첩에다 글을 쓰곤 했는데, 침대에 마치 양복장이 같은 포즈로 앉은 채였다.

그녀는 내 왼쪽, 침대와 나 사이에 누웠다. 아무도 입을 열지 않았다. 우리에겐 부족한 게 전혀 없어 보였다. 눈을 감은 채 나는 가시금작화가 수놓인 모래 색깔 양탄자와 빛을 잠시 생각했다. 내게는 거의 초자연적인 것으로 보이는 빛이 깃드는 그 아파트는 귀로 들을 수 있는 유일한 잡음에도 아랑곳없이 마치 시간의 외부에 존재하는 것처럼 보였다. 우리의 숨소리는 프레르 거리의 끊임없는 소음에 덧붙여졌다.

폴라 로첸이 그 불완전한 침묵을 먼저 깨뜨렸다.

"어머니는요?"

"잠을 자고 계시든가 책을 읽고 계실 거요. 오늘 새벽까지 얘길 했으니까."

"얘길 했다고요?"

"그래요. 특히 어머니가."

"왜 어머니만 얘길 하셨어요? 당신은 할 얘기가 전혀 없었나요?"

"그렇소, 전혀 없었소."

"그럼 당신 어머니는 무슨 얘길 하셨나요?"

"어릴 때 얘기, 우리가 추억이라고 부르는 얘길 해주셨소. 우리 아버지와 관계되는 최근의 일도. 하지만 아무것도 알아내지 못했어요. 하기야 조금은 알아냈는지도 모르지."

"뭘 더 알고 싶어요?"

"모르겠소. 생각 중이오. 내가 뭘 알아낼 수 있을지, 알아낼 일이 있을지 잘 모르겠소. 우연이란 것이 그 오래된 이야기를 좌우했던 가, 아니면 그 유일한 원인이었던 것 같소."

"당신과 우리 아버질 만나게 해주겠어요. 그분이라면 당신을 도 와줄 수 있을 거예요."

"당신 아버지가?"

"이틀 후에 아버지가 잔치를 여는데, 당신을 초대하실 거예요. 당신을 보면 굉장히 기뻐하실 거예요……."

들릴 듯 말 듯한 우리 목소리, 드러누운 우리 육체는 식별될 것 같지 않았다. 하지만 우리 목소리와 육체는, 즉 우리는 어떤 역할인 지는 모르나 마르그리트 뒤라스의 영화에 나오는 배다른 젊은 연인 들이나 공범자들 같았다. 이 호젓한 장소에서 평온을 되찾은 것이, 전혀 계획에도 없이, 그녀 아버지의 엉뚱한 생각 덕분에 느닷없이 열리게 된 잔치에 초대받은 것이 나는 기뻤다.

가시금작화가 수놓인 양털 양탄자의 우툴두툴한 부분에 어깨가 배기는 것이 느껴졌다. 방 안은 더웠다. 폴라가 허리띠를 풀고는 연 보라색 가운을 방긋이 열었다. 그녀의 가슴과 배, 허벅지로 이어지 는 곡선이 드러났다. 그 곡선을 더듬던 내 손이 그녀의 음모 위에 머 물렀다. 폴라가 중얼거리듯 말했다.

"그만요. 움직이지 말아요."

그리고 덧붙였다.

"안 돼요. 지금은 안 돼요."

파리에 어둠이 내려앉았다. 우린 결국 스르르 잠이 들고 말았다. 분을 알리는 시계 소리에 깨고 만 옅은 잠이었다. 우린 배가 고팠다. 능금주가 있었고 오믈렛도 만들 수 있었다. 물론 낮에 종일 잤기 때문에 눈을 감을 수가 없었을 엄마에게 전화를 했다. 그리고 오늘 밤엔 돌아갈 수 없다고 설명을 했다. 엄마는 조금도 화를 내지 않았다. 즉석 식사를 끝내고 폴라가 버슨의 시를 읽어주었다. 버슨은 특히 내 기억에 오래 남아 있었다.

쥐 한 마리가 빠졌네
물통 속에 빠졌네
밤은 차가운데

그러고 나서 이번에는 침대 속에서, 발가벗은 채 서로 껴안고서 오누이처럼 밤을 보냈다.

그녀는 그 밤의 거품 속에 잠겨 있었다. 4시쯤 된 것 같았다. 고슴도치처럼 웅크린 채 숨을 내쉬던 그녀가 내 쪽으로 돌아누웠다. 그녀 숨결이 내 팔뚝을 스쳤다. 그것은 잔잔하면서도 끊이지 않는 보랏빛 숨결이었다. 불면증은 수면과 공통점이 있는데, 불면증이 그 경계를 없애고 있다. 안도 없고 밖도 없다. 어디에 존재하는지 알 도리가 없었다. 아무 데고 있을 수 있다는 얘기였다. 개념도 없었다. 체계적으로 생각할 수도 없었다. 그것은 이성의 총알이 닿을 수 있는 거리에 자리 잡은 꿈속에 웅크리고 있는 공상이다. 하지만 총알은 나가지 않았다. 우린 결국 바짝 붙은 채 잠이 들었다.

도시는 죽었다. 도시를 어둠 속에서 보는 듯하다. 난 어떤 거리, 어떤 광장으로 나간다. 다시 되돌아온다. 걸음을 멈춘다. 이 집에서 저 집으로, 이 거리에서 저 거리로, 이 구역에서 저 구역으로, 이쪽 구(區)에서 저쪽 구로, 이쪽 강둑에서 ……로 움직인다. 그러자 생각이 명확하고 확실해진다.

다른 모든 사람들처럼 나 또한 거대한 주사위의 한 칸 한 칸을 영원히 옮겨 다니는 존재다. 다리—12번 칸에서의 약속. 여인숙—당신은 거기서 밤을 보내시오. 우물—거기 그냥 있든지 6번 칸으로 가든지 하시오. 계단—당신 나이에 대퇴골 경부(頸部)를 부러뜨렸단 말이오……? 미로—도시, 당신은 원을 그리듯 돌아가시오, 당신은 원을 그리듯 돌아가시오. 감옥—그 누구도 법을 무시할 수는 없다. 무덤—출발점으로 되돌아가시오. 거위의 성—당신은 구조되었소, 식인귀가 당신을 잡아먹을 것이오. 이상하고 터무니없는 게임에서는 사람들이 더 잘 당신을 속여먹으려고 당신 손에 올려놓은 주사위에 모든 것이 달려 있다.

입김이 방향을 바꾸었다. 유체처럼 내 손가락 끝을 만지는 것이었다. 늘 계속될 것 같은 이 평화로운 기쁨을 누릴 자격이 내게 있는지 생각해봤다. 두 눈을 뜨고 있었더라면 그 의문이 내 가슴속에 불러일으켰을지도 모를 불안감조차 느낄 수가 없었다. 폴라 로첸은 자기의 밤, 나의 밤이 포함되는 더 큰 밤 속에서 잠을 자며 숨을 쉬고 있었다. 그녀는 그 사실을 알까?

도시의 벌어진 손 안에서 사람들이 걷고 있다. 언제고 그들은 도시의 담벽 사이, 닫힌 창문 밑을 거닐었다. 그들은 난폭하며 상스러운 일들을 하러 간다. 도둑질. 매복. 강간. 참살. 폭탄 장치. 지하실에서의 고문. 그런 것들이야말로 늘 내 기억 속에 간직되어 있는, 그들의 밤의 작품들이다. 아직 레지스탕스라는 힘겨운 일이 남아 있다. '영웅'은 모든 네거리에 존재한다. 내 머릿속 상상적인 것들이 보잘것없는 추억들과 겨룬다. 벽들이 벌어지면서 시간을 드러낸다. 시간을 여는 것이다.

'영웅'은 웃었을까? 그렇지 않았을 것이다. 아마도 그는 거의 웃지 않았던 그 시대와 흡사했는지도 모른다. 소낙비, 거무스름한 담벽, 정부 부처의 정문마다 모래주머니로 막아놓은 보초막. 그 시대의 마지막 구식 도살장을 지키고 있는, 무감각하고 짜증난 병사들. 특히 그 시대의 겨울은 잔뜩 눈이 내리는 바람에 춥기는 했지만 무척 아름다웠으리라. 러시아나 스칸디나비아의 전설 속에서만 상상할 수 있는 겨울. 라일락이나 미모사 같은 철 지난 꽃들이 피는 봄은 화려했을 것이고, '영웅'은 그 모든 소낙비와 병사들, 그 눈더미 그리고 그 꽃들을 자기 가슴속에 품고 다녔을 것이다.

추억이 내 가슴속을 걸어가듯이 그 또한 추억 속을 걷는다. 저기 높은 곳, 응접실 안, 나의 창문 뒤에서 나는 어둠의 일을 하러 떠나는 그를 살펴본다. 열쇠가 자물쇠를 돌리자마자 나는 창문 유리 쪽으로 급히 달려간다. 엄마는 먼저 위쪽 빗장을, 그리고 다시 아래쪽 빗장을 건다. 나는 두 눈을 똥그랗게 뜬 채 인적 없는 강변을 바라본다. 그리고 기다린다. 시간을 헤아린다.

그가 드디어 길을 건넌다. 그의 래글런 외투와 모자는 그 당시처럼 흐릿한 잿빛이다. 그는 그 시대와 딱 어울리며, 그 시대의 안개와 회색 속으로 녹아 들어간다. 요술과도 같은 통행금지를 그는 냉담하게 위반한다. 엄지 동자 영웅인 그는 짧은 보폭으로 빨리 걷는다. 왜냐하면 그는 키가 크지 않기 때문이다. 그가 운동선수도 아니고 거인도 아니라는 사실이 또한 나를 두렵게 만든다. 무척 키가 큰, 믿을 수 없을 만큼 키가 큰 사람들이 만(卍) 자 형 장갑차에서 내린다.

하지만 난 믿고 있다. 그는 늘 자신 있어 했다. 일부러 자신 있어 하는 걸까? 나는 그가 약하다는 걸 눈치챈다. 만일 그들이 그를 체포해 고문한다면……. 내 눈에 이슬이 맺힌다. 물론 그는 협박을 당하거나 고문을 당해서 죽을지도 모른다. 그는 말을 하지 않을 것이다. 그들은 그의 이를 부러뜨릴지도 모른다. 그래도 그는 말을 하지 않을 것이다. 이미 그는 반대편 인도로 멀어져가서 어둠 속으로 사라졌다. 그러면 그의 발소리는 내 머릿속에서 울린다. 마치 내가 그의 곁으로 가는 듯이, 마치…….

폴라 로첸이 몸을 뒤척였다. 깨고 나면 아무것도 기억할 수 없는 어떤 생각이나 꿈의 움직임을 따라가는 육체의 설명할 수 없는 움직임. 그녀는 번듯이 등을 대고 누워 있다. 두 팔은 보기 좋게 가지런히 놓여 있다. 그녀가 한숨을 내쉬었다. 숨결이 가빠지기 시작하더니 꾸준히 그 속도를 유지했다. 그녀 얼굴에서 어떤 까다로움 같은 것을 느낄 수가 있었는데, 내 생각에는 그런 사소한 결점까지도 그녀 얼굴을 독특하게 만드는 것 같았다.

잠을 자는 그녀 얼굴에는 순간적인 두려움조차 스쳐 지나가지 않았다. 그것은 묘석에 옆으로 누워 있는 조상(彫像)의 얼굴과도 같았다. 돌과 잠. 나는 그녀가 죽어 있을지도 모른다고 생각했다. 그러고 나서는 그러한 생각을 떨쳐버리고는 그런 못된 생각을 한 나를 나무랐다.

밤이 끝나가려 하고 있었다. 늘 그랬듯이 죽음을 연상시키는 생각들이 가까스로 사라져갔다. 나의 밤을 어지럽히는 혼란과 불안 속에서 어떤 목소리가 뭔가를 말해주었다. 하지만 분명히 그 말을 전혀 이해할 수 없었고, 오히려 나도 모르게 감정만 부글부글 끓어올랐다. 나는 내가 미쳤고, 사람도 아니고 대단한 인간도 아니며, 뭔가, 누군가 또는 대단한 존재가 되려는 생각도 거의 하고 있지 않다는 사실을 확신했다. 확실한 것이라곤 그렇게 나를 낙담시키는 것밖에 없었기 때문에 아마도 내 얼굴은 살인자의 얼굴처럼 보였을 것이다. 살인자의 얼굴이란 결국 잠 못 자는 인간의 얼굴일 수밖에 없다.

틈새로 스며드는 프레이르 거리의 빛, 첫 차가 끈끈하게 구르는 소리가 폴라 로첸의 숨결을 지워버렸다. 난 내 터무니없는 생각이 실현되었다고 생각할 수도 있었다. 왼쪽으로 몸을 돌린 나는 그녀 팔뚝에 내 손을 얹었다. 그녀 삶의 온기가, 아침의 현실이 느껴졌다.

폴라 로첸은 생-루이 섬의 좁다란 길에 자신의 오스탱 승용차를 세워놓았다.

"알게 되겠지만 우리 아버지는 꽤 친절하세요."

내게서 겁에 질린 듯 불안한 기색을 느낀 것이다. 잘 본 셈이었다. 예를 들면 나는 그녀 아버지에 대한 내 생각을 그녀가 어떻게 생각하는지 짐짓 순진한 표정으로 물어봄으로써 그녀를 속이려고 애썼지만 소용없었다. 그래서 구차한 설명을 늘어놓는 수밖에 없었다.

"난 아버지들이랑 같이 있으면 불편해한다는 걸 알잖소."

금방 대답이 되돌아왔다.

"필립, 당신은 누구랑 있든지 편안하지 못해요. 익숙해져야 해요."

우리는 순식간에 흘러가는 강물 맨 꼭대기에 서 있었다. 폴라가 건물을 두드리는 동안 나는 내가 꼭 이 연회에 참석해야 하는 것은 아니라고 생각하고 있었다. 우리가 현관에 이르기도 전에 나는 되돌아갈까 해서 갖가지 얼토당토않은 핑계거리를 생각했다. 우선 나는 초대를 받을 만한 사람인가? 무슨 자격으로? 물론 폴라의 친구이긴 하지만 사귄 지도 얼마 안 된다. 나로서는 그녀의 가족 생활에 끼어들 이유가 전혀 없다.

어쨌든 그녀의 가족들은 유대인들이 나 같은 이교도들에게 보이는 공손하지만 대수롭지 않은 친절만을 보일 것이다. 두려움이란 어리석음과 불공평으로 변할 수도 있지만 두려움은 어쨌든 두려움으로 남게 마련이다.

마지막으로 힐끔 쳐다본 장밋빛과 잿빛 하늘, 마치 괸 물 밑바닥에서 물방울이 올라오듯 옛날 엄마의 입에서 쏟아져 나오던 반(反)유대적인 생각들, 이 모든 것들이 이상한 불쾌감을 불러일으켰다. 이상하게도 그러한 불쾌감이 맹렬하게 느껴지기는 하는데 눈에 보이지는 않은 채로 나를 엄습했다. 궁극에는 우리 아버지 생각을 했다. 결국 내가 폴라의 초대를 받아들이게 된 것은 아버지 때문이었다. 뭣보다도 그를 위해서 그곳에 간 것이다.

엘리베이터는 금방 올라갔다. 나는 나의 무분별함을 나무랐다. 인생의 단순하고 정상적인 행위들을 자연스레 수행할 수 없는 나라는 존재는 도대체 어떤 종류의 인간일까 생각했다. 어쩌면 나는 특별한 존재 이유를 안 갖고 있었던 것 같다. 하지만 난 원래 그랬고, 물론 그 점을 전혀 자랑스러워하지도 않았다. 우린 층계참에 도착했다. 삶에 대한 만족감이란 당연히 느껴야 할 정당한 감정이었다. 하지만 난 그럴 수가 없었다. 로첸 가(家) 대문이 열렸을 때 나는 겉 보기에 침착했고 나 자신도 컨트롤할 수가 있었다.

아파트는 연회장의 화려한 분위기가 지배하고 있었다. 층계참에 서는 들리지 않던 왁자지껄한 목소리들이 그곳에 들어서는 순간, 우 레처럼 내 귀를 어지럽혔다. 제한된 공간에 많은 사람들이 모여 있 는 탓이었다. 응접실 문 양쪽에 서 있는 두 개의 옷걸이에는 수많은 모자와 외투가 걸려 있어서 마치 동화에나 나오는 잡다한 동물들을 연상시켰다. 우리에게 문을 열어주었던 키 큰 남자가 폴라에게 허리 를 굽히더니 기쁜 듯 그녀를 포옹했다. 남자는 금발이었다.

"동생 니콜라스예요."

"니콜라스, 이분은 필립 씨야."

나는 마치 운동선수처럼 힘차게 그와 악수를 했다. 응접실 안에 는 샹들리에 세 개가 환하게 빛나고 있어서 사람들을 황홀하게 만 들었다. 빛이 너무도 환했던 탓에 얘기하는 사람들 얼굴과 몸과 목 소리가 마치 굳어진 바윗덩어리처럼 빛났다. 폴라가 나를 자기 앞 으로 밀쳐냈다. 가운데 샹들리에 밑에 놓인, 갖가지 색깔의 음식이 푸짐하게 쌓인 식탁이 멀리 보였다. 마치 거대한 교유기(버터 만드는 기계) 속에 들어 있는 듯한 보이지 않는 팔들이, 끊임없이 돌아가는 회전목마처럼, 손님들을 그곳으로 안내하고, 다시 다른 곳으로 안 내했다가, 또다시 그곳으로 데려가곤 했다.

분자운동이라는 이해할 수 없는 법칙에 따라 우리는 인간 마그 마 속을 헤쳐갔다. 폴라 로첸은 그녀를 아는 듯이 보이는 사람들과 지나가는 길에 인사를 했다. 이따금씩은 나를 소개했다. 나는 대부분 나이가 든 신사들의, 가끔씩은 그 부인들의 손가락을 슬그머니 쥐어보곤 했다, 그들이 들고 있는 비스킷 접시를 뒤집어엎지 않으려고 애쓰면서.

어떤 사람들은 처음 보는 내 얼굴을 마주하고 웃었는데, 나도 따라서 웃었다. 그들의 입은 판에 박힌 듯 예의를 차린 말들을 내뱉으려고 꿈틀거렸는데, 나도 어색한 말로 대꾸해주었다. 음식을 오래오래 씹느라 중얼거리듯 말하는 사람의 말을 나는 유리한 대로 해석하기로 작정했다. 모르는 남자에게서 모르는 여자 사이로, 그룹에서 그룹 사이로 옮겨 다니다 보니 응접실을 전부 돌게 되었다. 우리는 접근하기 힘들 정도로 따로 모여 있는 사람들은 피해서 갔다. 그런 사람들이란 사귀기도 힘들었고, 또한 그들은 자기네 서클을 선택된 친구들만으로 제한하는 것을 유일한 낙으로 삼기 때문이다.

폴라의 아버지 주위에는 그의 친구들 몇 명이 모여 있었다. 허우대가 좋은 그녀의 아버지는 쩡쩡 울리는 목소리로 유대인 이야기를 해서 그를 추종하는 성가대원들의 웃음을 자아내고 있었다. 솔로몬이나 모세가 이기심이나 악의 때문에 자기들에게 씌워진 올가미를 늘 자기들에게 유리하게 이용한다는 얘기였다. 그다음으로 폭소를 자아낸 얘기는 분명히 폴란드나 갈리시아의 옛 교단에서 유래한 것들이었다.

"어느 날 아브라함이 친구인 모세네 집에 가서 당나귀를 빌려달라고 부탁했답니다.

모세가 물었지요.

'왜 노새를 빌려달라는 건가?'

아브라함이 대답했습니다.

'시장에 가려고.'

'미안하지만 그럴 수가 없네, 아브라함. 우리 당나귀는 들에 나갔어. 여기 있다면 서슴없이 빌려줄 텐데.'

그의 말이 끝나자마자 당나귀가 근처 외양간에서 푸르르푸르르 요란하게 우는 소리가 들려왔답니다.

아브라함이 말했지요.

'음, 이상한 일이로군. 자네 당나귀는 들판에 있는데 여기서 울음소리가 들리다니!'

기분이 상한 모세가 이렇게 응수했어요.

'자네가 나보다 당나귀를 더 믿는다니 믿을 수가 없군!'"

폴라는 아마 자기도 알고 있었을 그 엉터리 같은 얘기에 박수를 보냈다.

그녀의 아버지는 그것 말고도 여러 가지 얘기들을 해주었는데, 그때마다 큰 인기를 끌었다. 폴라에게서 내가 친숙하게 느꼈던 모든 것들, 즉 가지런한 이마, 초승달같이 둥그런 검은색 눈썹으로 둘러싸인 두 눈, 붉고 두툼한 입술을 활기 넘치는 그 남자의 얼굴에서 다시 확인할 수가 있었다. 우리가 그쪽으로 가는 순간 합창이 시작되었다. 손이 들어 올려졌다. 잠시 조용해진 사이에 폴라가 나를 소개했다. 그녀의 아버지가 일어나더니 하도 다정하게 인사를 하는 바람에, 처음으로 내가 그 잔치의 불청객이 아니라고 느끼게 되었다.

그가 내 어깨에 팔을 두르더니 식탁으로 데려갔다. 노련하고 선량해 보이는 그는 이렇게 말하면서 날 편안하게 해주려고 애를 썼다.

"아르쉐 씨, 내가 당신을 모른다고 말한다면 거짓말일 거요. 내 딸 폴라가 당신 얘기를 여러 번 했거든. 이렇게 직접 만나니 무척 기쁘군요. ……자 이리 오시오, 내 친구들과 아내를 소개하겠소.”

우선 우리는 소파 옆에서 걸음을 멈추었다. 거기서는 치렁치렁 보석을 두른, 러시아 사투리를 쓰는 노부인들이 수다를 떨고 있었다. 그 저편에는 노부인들만큼이나 나이 들어 보이는 몇몇 화가들이 모여 있었다. 그들은 예술가적 농담을 뒤섞어가면서 요리법에 관한 얘기를, 그러니까 한심하기 짝이 없는 시시한 얘기들을 늘어놓았다.

“당신이 오늘 완전히 이방인이 아닌 또 다른 이유는, 내가 한때는 당신 아버지를 꽤 잘 알았기 때문이오. 폴라가 벌써 얘기했겠지만…… 그렇소. 그땐 그 끔찍한 전쟁이 일어났지. 당신도 어느 정도는 기억할 거요. 원한다면 당신 아버지 얘길 해드리겠소. 샤를르 에바리스트와 당신은 그저 닮기만 하진 않았다는 사실을 고백해야겠군요. ……당신은 그보다 키가 더 크지만 얼굴 표정은 빼다 박았어요. 특히 당신이 심각한 표정으로 뭔가 생각할 때는 더더욱 그렇소. 정말 놀라운 일이오. 미리암! 미리암!…….”

그는 열을 내가며 그렇게 말했다. 우리는 식탁 쪽으로 갔다.

“미리암은 내 아내요. 그녀도 당신을 만나게 되어 무척 기뻐할 겁니다. 자, 날 따라와요.”

늘어서 있는 손님들 사이를 마지막으로 헤쳐가야 했다.

폴라의 어머니는 색색의 음료들을 칵테일 잔에 옮겨 붓느라 정신이 없었다. 후리후리하게 큰 여인이었다. 남편이 부르는 소리에 그녀가 얼굴을 돌렸다. 나이가 들었는데도 우아하고 아름다운 얼굴이었다. 젊었을 때는 빼어나게 아름다웠을 거라는 생각이 머리를 스쳤다.

폴라의 아버지가 그녀 팔을 잡으며 말했다.

"미리암, 당신 샤를르 에바리스트 생각나오? 여기 그의 아들 필립이 왔소."

우리는 의례적인 인사를 했다. 나는 너무 어색한 모습을 보이지 않으려고 애썼다. 샤를르 에바리스트를 기억하고 있던 그녀는 전쟁이 끝나고 나서는 그를 보지 못했다며 서운해했다. 그 구역질 나는 시대는 예상도 못한 갖가지 방법으로 삶을 뒤흔들어놓은 것이다.

전쟁이 어떤 짓을 저질렀는지조차 알 수가 없을 정도였다. 어떤 사람들은 몰살당해서 한 줌 재로 변해버렸다. 어떤 사람들은 행방불명이 되었는데, 지구상 어느 곳에서 아직 살아 있는지 어떤지 영원히 알 수가 없을 것이다. 여전히 잘 지내거나 잘 지내게 된 사람들도 있었다. 여전히 못 지내거나 못 지내게 된 사람들도 있었다. 그 자신 불공평해질지도 모르는 위험을 감수하지 않고는 그 누구도 타인을 심판할 수가 없었다. 그 소란스런 응접실 안에서도 그녀가 내게 뭘 말하려고 하는지를 알 수가 있었다. 그녀는 대단히 친절해 보였다.

더 자주 놀러 오라고 그녀가 부탁했을 때 나는 다시 한 번 그 사실을 확인할 수가 있었다. 그녀는 자기 딸이랑 가까운 사이라는 이유로 날 놀러 오라는 것이었다. 그렇게 해서 나로 하여금 애매모호한 자격으로 잔치에 참석했다는 찜찜한 기분에서 벗어나게 해주었다. 그녀는 손목에 긴 백금 팔찌를 빼놓고는 아무런 장식품도 없는 매끈한 손을 내게 내밀었다. 잠시 그 손을 입술로 가져가고 싶은 생각을 가졌으나 꼭 잡고만 말았다. 수줍어서라기보다는 지금 세상의 그 멋대가리 없는 풍습에 따르기 위해서였다.

"이리 오시오."

폴라의 아버지가 나를 잡아끌었다.

"사람들이 없는 우리 본거지로 피신합시다."

우리는 얘기들을 하느라 정신이 없는 사람들을 제치고, 샴페인이 흔들거리고 있는 술잔에 부딪히면서 응접실을 마지막으로 지나갔다. 문제의 본거지는 아파트 반대쪽 부분에 자리 잡고 있어서 복도를 지나가야만 했다. 그래서 찬장 위에 푸른색 도자기가 놓여 있는 옛날식 부엌을 살짝 엿볼 수가 있었다.

나는 아주 조그마한 월계관 무늬가 주조를 이룬, 녹색 비단으로 덮인 제정 시대풍 소파에 앉았다. 서재의 가구들은 지나치게 격식을 갖추고 있었다. 폴라 아버지는 그 가구들이 모두 진품이라고 자랑스럽게 말했다.

"난 여섯 달 이상이나 골동품 목록을 뒤졌지요. 그게 가장 덜 움직여도 되는 방법이었으니까. 지금 보고 있는 이 팔걸이 의자는(그는 다른 것들이랑 전혀 달라 보이지 않는 의자를 가리켰다) 말메종 제(製)요, 보증을 받은 거지. 보증서가 붙은 가구를 수집하기가 얼마나 힘든지 아무도 상상 못할 겁니다."

청동 수리 장식으로 세공을 한 L자 모양 쇠붙이가 붙어 있고 대리석 판이 깔려 있는 책상에서 그는 자그마한 수첩을 한 권 꺼냈다. 사진첩이었다.

"지금부터 내가 보여주려고 하는 게 흥미진진할 거요."

표지는 얇은 밤색 가죽이었고, 안쪽은 두꺼운 갈색 마분지로 되어 있었다. 첫 페이지에는 '1935~1945'라는 연도가 흰색 고무 수채화법으로 쓰여 있었다.

"아르쉐 씨, 내가 질서정연하고 체계적인 사람이라는 건 이걸 보면 확인될 거요. 난 10년 단위로 내 추억을 정리해왔소. 편지도 그런 식으로 정리해왔고. 2차 대전 동안 우리 모두를 살려준 것은 바로 이런 편집광적인 방법이었지요. 그래서 우리 가족과 내가 살아남은 거요.

이 사진들은(그는 두 번째 페이지의 사진들을 가리켰다) 당신과는 직접 연관은 없어요. 다음에 보게 될 사진들이 당신과 관련이 있지. 하지만 이 사진들을 주의 깊게 봐줬으면 해요. 1935년 4월 5일에 근동 지방에서 찍은 거요. 이건 이스탄불의 무두장이 골목에서 찍은 거고, 이 옆 것은 스미르느에서…… 모두 새로 지은 집이오. 1922년에 대(大)화재가 있고 나서 몇 년 후에 지은 거니까. 도시 전체가 다시 건설되었어요. 당신은 내 딸과 개인적인 관계를 맺고 있지만 그 애 아버지에 대해서는 아무것도 모르고 있소! 난 그저 양탄자 장사에 불과하다는 걸 알아두시오. 난 이란과 시리아, 이라크의 양탄자를 사러 터키 구석구석을 뒤지곤 했소. 그래서 한재산 모았지."

앨범 속 페이지마다 조심스레 붙어 있는 사진들은 가장자리가 톱니 모양인 6×9형이었다. 그 사진들 속에서는 그의 모습과 함께 검정색 정장과 깨끗한 와이셔츠를 입은 낯선 사람들 모습도 보였다. 모두 환히 웃는 모습이었다. 장사를 해서 한밑천 잡은 상인들이었다. 그들 뒤편으로는, 상점 진열대에 놓인 장대나 팽팽한 줄에 걸려 있는 양탄자와 옷감 보따리가 보였다…….

"난 이 사람들을 아주 잘 알았소. 선량한 사람들이었지요. 모두들 나름대로 기벽이 있었소. 예를 들면 이 사람(타타르의 기병처럼 보이는 뚱뚱한 인물)은 아마 자기만이 아는 듯한 선술집으로 으레 날 데려가서 아라크 소주를 마시면서 장사 얘기를 하곤 했지요. 또 여기 이 사람은, 음, 그건 나로군! 난 그 사람들이랑 조금 닮았으니까. 옷도 똑같이 입었고⋯⋯. 스물두 살 때였소. 그 당시에 성공을 하려면 스물두 살짜리 청년도 40대로 보여야 했으니까."

알아보기 힘든 그 청년은 2차 대전 때까지만 해도 유행하던 음침해 보이는 옷을 입고 있었다. 훤칠한 키에 말라 보이는 청년은 분주하고 진지한 표정을, 어떻게 해야 할지를 알고 있는 사람의 표정을 짓고 있었다. 머리는 텁수룩했으며, 생기 있게 반짝이는 시선 밑의 코는 뾰족해 보였다.

"1936년이군요. 페이지를 넘깁시다. 참 행복한 해였소. 난 우리 부모님들이랑 함께 살고 있었지. 모든 프랑스 사람들이 바캉스를 떠나는 것 같았어요. 해마다 그랬듯이 그해에도 우린 바닷가로 떠났소. 난 우리 아버지의 녹색 탈보라고 자동차를 운전했지요. 참 굉장한 차였소! 우린 시속 150킬로로 달렸지. 믿을 수 없을 만큼 자유로워진 느낌이었소. 그 후론 결코 그런 자유를 누려보지 못했지. 우린 첫날은 상스에서, 그 다음날은 엑스에서 잤소. 이 부인은 우리 어머니요."

플라타너스 가로수 길에서 찍은 사진이었다. 당시에 유행하던 포즈였다. 그는 환하게 웃으며 핸들을 잡고 있었다. 그건 어떻게 보면 비죽거리는 웃음 같기도 했는데, 얼굴에 쨍쨍 내리쬐는 햇살 때문에 그랬는지도 몰랐다. 그의 오른편에 앉은 그의 어머니는 쉰 살쯤 되어 보였다. 그녀가 쓰고 있는 스카프 밑으로 환한 머리칼이 흘러내렸다. 장갑을 낀 손 하나가 무심코 또는 보기 좋게 차창 밖으로 늘어져 있었다.

"우리 어머니는 늘 청춘이셨다오. 좋게 말해서 몸과 마음이 다 젊으셨지. 나이 든 사람들과는 달리 얼굴을 찌푸리지도 않았고 역정도 안 내셨소. 결코 늙지 않으셨다고 해도 틀린 말은 아닐 거요. 굉장한 분이었지. 그분은 우리가 해마다 생-라파엘에 내려가는 걸 무척 좋아하셨지요. 그곳에는 어머니가 아끼던 별장이 한 채 있었소. 1938년이 되자 부모님들은 그곳에 은거하셨소. 위스키 들겠소?"

그가 드와르즈 위스키를 한 잔 따라주었다.

"우린 4년 전 부모님이 돌아가시고 나자 별장을 팔았지요. 우리에게 그 해안은 너무 멀거든. 그 후로 해안은 많이 변했어요. 노르망디의 집은 그대로 있지. 하지만 거긴 가보지 않았어요. 사실 난 파리 말고 다른 곳에서는 살 수가 없소. 노르망디 집이 지금 어떤 상태인지도 모르겠어요. 그래요, 그래서 난 이 집을 봐둔 거지요, 인간이란 결코 아무것도 모르는 법이오, 안 그렇소? 그 집은 잉글로-노르망디 섬에서 배로 두 시간 거리지요. 우리 유대인들은 도망갈 구멍을 마련해두어야 할 의무가 있어요. 계단은 극장처럼 비밀 계단이랍니다. 난 언제 거기에 한번 가보라고 폴라에게 부탁해두었소. 어떻게 되어 있는지 내가 좀 알 수 있게 말이오. 고칠 곳이 있으면 고쳐야지. 아르쉐 씨, 언제 폴라랑 그곳에 한번 같이 가보지 않겠소?"

나는 그것 말고 딱히 해야 할 의무나 일거리는 없다고 설명하고는, 따라서 폴라 로첸이 원하면 노르망디까지 그녀와 동행할 준비가 되어 있다고 말했다.

"당신은 정말 친절하구려. 이해하겠지만 난 그 애가 거기 혼자 간다는 게 불안했소. 생활하기가 쉽지는 않을 거요. 물도, 전기도 아마 끊겼을 테니까. 그곳은 무척 아름다운 곳이오. 보게 되겠지만, 노르망디의 길들도 매혹적이오.

자, 다시 앨범을 봅시다. 여기 내가 1936년 5월에 찍은 사진이 있군. 당시 분위기가 충분히 나타나 있는 흥미로운 사진이지요. 여긴 14번 구(區)의 레이몽-로세랑 거리요. 이 노동자들을 보시오. 자기네 시멘트 회사나 뭐 그 비슷한 종류의 회사 사무실 앞에 모여 있는 거요. ……공중변소 위에 올라앉아 있는 이 열 명을 보시오. 주먹을 쳐들고 있소. 〈인터내셔널〉가와 〈카르마뇰〉가를 부르고 있는 거요.

그리고 사무실 건물 위쪽 창문가에 팔꿈치를 괴고 있는 사무원들을 보시오. 이들은 아래쪽 노동자들과는 다른 사람들이지요. 서로 욕설을 퍼붓고 있는 거요. 난 이 회색 셔츠 차림 십장(什長)이 부르짖던 소리가 지금도 자주 생각납니다.

'프랑스는 멋진 나라다, 젠장! 프랑스는 끝장났어! 유급휴가라…… 그래, 신나게 싸우면 뭔가 좀 생기겠지!'

또 다른 사람들은 목청을 다해서 노랠 불렀소.

반항자, 그의 진짜 이름은 인간
더는 말이나 소가 아닌
오직 이성에만 복종하는
그리고 자신 있게 행진하는!
과학의 태양은
수평선에 붉게 떠오른다.

위층에서 욕설을 퍼붓던 자들이 먼저 지쳤소. 반대편은 숫자도 많았고 희망에 가득 차 있었어요. 술도 마실 수가 있었고……."

나는 그 사진을 자세히 훑어보았다. 공중변소의 둥그런 지붕에 올라앉은 몇몇 노동자들은 병을 들고 있었다. 그들의 이는 역광을 받아서 더욱 반짝거렸는데, 마치 하늘을 집어삼키려는 것처럼 보였다. 나는 당시의 소요에 대해 어떻게 생각하는지를 폴라의 아버지에게 물었다.

"난 그 일이 다시는 쉽사리 일어나지 않을 것이라 보고 사진을 찍었소. 그건 나와는 별로 관계가 없는 일이라고 결론을 내렸던 거요. 나는 확고한 정치 신념을 갖고 있지 않았소. 어느 편도 들지 않았지. 결심을 할 자신이 없었거든. 유대인이었던 나는 바보처럼 이 나라에서의 내 위치를 생각하고는 정치적·사회적 투쟁에 절대로 휩쓸리지 않았지요. 나랑은 상관없다고 생각한 거요. 우리 아버지는 나한테 수도 없이 되풀이했소.

'어딜 가든 절대로 어디 끼어들지 마라. 네 일에만 몰두해야 한다. 자기 일은 자기들끼리 알아서 할 테니까.'

난 그 인생철학을 따랐소, 전쟁이 터질 때까지는. 하지만 끼어들 수는 없어도 이해하려고는 애썼지. 감정적인 측면에서 나는 노동자들이 노예 상태에서 벗어나려 한다는 걸 알고 있었지요. 그들의 생각이 옳았소. 그래서 그 후로는 누구도 그들에게서 빼앗을 생각을 못하게 된 권리를 1년 만에 쟁취해낸 거요. 그들의 권리를 깎아 내리려는 사람들도 있었지만 그건 잘못이었지요. 만일 우리가 계급 간의 갈등을 끊임없이 불러일으킨다면 진정으로 인간답고 꿋꿋한 일은 전혀 해낼 수가 없어요. 난 이미 그 당시에 그런 생각을 했소. 그와 동시에 여행을 하면서 부자들과 사업가들을 만났지요. 그런 사람들은 모두들 사회 변화를, 옛 유럽을 뒤흔들지도 모를 미풍까지도 안 좋은 눈으로 보고 있었소.

그들의 세계관이란 돈 많은 장사치들의 짐수레만이 굴러다니는 요지부동 지구의 그것이었지. 난 그런 이기적인 생각들에 찬동할 수가 없었어요. 하지만 독일인들과 많은 계약을 맺고 있었던 까닭에 무슨 일이 일어났는지를 알고 있었고, 따라서 전쟁이 머지않아 일어날 거라고 고함을 치던 그 십장이나 기술자들을 비난하기가 어려웠소. 고용주와 마찬가지로 노동자들도 오직 자기네들 일에만 몰두하고 있었기 때문이었지요.

여하튼 그 나라에는 유급휴가도 있었고, 노동시간도 지켜졌소. 나머지 다른 나라들은 그들 어느 누구에게도 관심을 보이지 않았어요. 하지만 나는 전쟁이 일어날 것이고 또 독일이 그 전쟁을 일으킬 거라는 사실을 알고 있었소. 그 사실을 잊기 위해서는 귀머거리나 벙어리가 되어야 했단 말입니다. 프랑스인들과 영국인들은 그저 평화만을 얘기하려 했지요. 그 남자가 외치던 소리가 아직도 귀에 쟁쟁하군요.

'그래, 신 나게 싸우면 뭔가 좀 생기겠지!'

하지만, 곧 전쟁이 일어날 것이다, 그렇게 되면 다행이다라는 말을 난 노동자들에게 할 수가 없었소. 전쟁은 그들의 새로운 바캉스 취미나 세련된 생활을 싹 쓸어가버릴 테니까 말이오. 전쟁은 그들의 노동조합과, 그들의 요구와, 무엇인가가 되고자 하는 그들의 인격을 억누를 테니까 말이오. 난 그 말을 할 수가 없었어요. '당신들은 전쟁을 할 거요'라는 말은 노동자들에게 할 수 있었을지도 모르겠소. 우린 전쟁을 맞게 되어 있다, 그러니 눈과 귀를 열라고 말이오. 그 불행을 피하기 위해서 우리가 할 수 있는 일을 곰곰 생각하는 게 나을 것이다, 만일 그 방법을 발견할 수가 없다면 어떻게 싸울 준비를 해야 할 건지를 생각해야 한다고 말이오. 우선 사태를 명확히 파악하고 나서 그다음에 저항을 해야 하는 법인데 그땐 그러질 못했어요.

늘 싸워야 합니다. 안 그렇소? 독재에 지레 복종부터 해서는 안 돼요. 어떤 형태건, 어디서 유래하건 간에 폭력에 굴복하는 것은 이 시대의 진정한 불행이오. 개인들은 국가에, 국가의 공포에 복종하고 있어요. 인간 집단이란 개인들로 구성되어 있는 까닭에 물리적 공포에, 이념적 공포에 굴복하고 마는 거지요. 국가 집단은 국가의 공포에 굴복하는 거고, 독일 대중은 사회주의 내셔널리즘의 공포에 굴복했소. 소련 대중은 스탈린주의 내셔널리즘의 공포에 굴복했고, 유대 민족은 손을 잡은 그 두 개의 내셔널리즘, 그리고 유대인 학살이라는 숙명적 운명의 공포에 복종했지."

"점령하에서도 복종하지 않는 것이 가능했나요?"

"그렇다는 걸 증명해 보인 사람들이 있었소. 큰 생선들은 촘촘한 그물코를 빠져나갔지요. 그들은 처음에는 조심성 있게 이따금씩은 개인적으로 그리고 수동적으로 저항을 했어요. 그러고는 굴복을 하지 않았던 세력들과 연합해서 점점 더 적극적으로 저항을 하기 시작했소.

사람들이 자기들을 배신자, 비겁자라고 부르는 것을 참아낼 만큼 굉장한 용기를 가진 인물들도 있었지. 각 개인은 자기 위치에서 비록 보잘것없더라도 저항을 할 수가 있고 또 해야 한다고 난 확신하고 있소. 겉보기에 중요하지도 않고 눈에 띌 만큼 효과도 없어 보이는 그러한 저항은 독재자의 눈에는 꺼지지 않는 자그마한 불빛을 간직하고 있는 증거로 보이지요. 그런 하나하나의 동작이 쌓이면 힘찬 흐름이 됩니다. 그 힘찬 흐름이 줄기차게 장벽에 부딪히면 결국 그 장벽은 무너지고 마는 거요.

이 앨범의 페이지를 좀 넘겨줬으면 하오. 1942년은 중요한 해였소. 이것들은 파리 거리의 기록들이오. 내가 몰래 찍은 거지. 행군을 하는 병사들도 있고, 파리 사람들이 피난을 가느라 이용했던 짐수레도 있소.”

1942년. 사진은 한 페이지에 넉 장씩 가지런히 정리되어 있었다. 언뜻 보기엔 전쟁 때 사진 같아 보이지가 않았다. 대부분의 사진은 실내에서 찍은 것들이었고, 기술 수준도 앞의 것들보다 분명히 나아 보였다. 라 파예트 거리의 티랑티 상점에서 산 라이카 카메라로 찍은 사진들이라고 그가 말했다. 대부분은 화려한 실내에서 찍은 사진들이었는데, 독일 민간인들과 하사관들이 예쁜 여자들과 함께 샴페인으로 축배를 들고 있었다. 모두들 아무 근심 걱정 없는 듯 즐거운 표정들이었다.

“여긴 릴 거리의 프랑스 주재 독일 대사관이오. 그래서 군인들이 있는 거지. 이 사진들을 보면 레지스탕스와는 아무 관계가 없는 게 분명하게 나타나지요. 하지만 내가 보기에 이 사진들이야말로 레지스탕스의 가장 분명한 증거품이오. 그 끔찍한 시대를 살아보지 않은 사람들은 이 사진에서 아직도 배울 게 많소. 역사책이 모든 걸 기록하고 있지는 않으니까 말이오.

이 남자를 봐요(그는 술잔을 손에 든 채 뭐라 형용할 수 없는 표정으로 문 가까이에 서 있는, 깡마르고 수염이 없는 한 남자를 가리켜 보인다). 그의 이름은 줄리앙 랑베르요. 내 친구들 가운데 하나지요. 그는 정보를 얻어내려고 독일인들의 무도회에 참석했소. 밤이 되면 철도원들과 만나서 호송 열차를 탈선시킬 계획이었는데 그만 함정에 빠지고 말았소. 결국은 총살형을 당했어요. 당신 아버지도 그 일원이었던 우리 조직은 특히 정보 수집과 전달 임무를 맡았소. 줄리앙 랑베르는 자주 대사관에 가곤 했지요. 왜냐하면 그는 독일어를 유창하게 구사했고 루돌프 슐라이어의 친구였으니까. 그로서는 양다리를 걸치기가 수월했소.

이 사람은 아베츠 대사요. 파리에서 사는 게 행복하다는 표정 아니오? 베를린에서 자길 호출하리란 사실을 아직 모르고 있던 때였지. 이 사람은 에베르요. 대사의 수호신이었지. 어떤 명백한 진리, 그러니까 프랑스에는 독일제국의 적인 공산주의자와 흑인, 유대인들로만 득실거리며, 프랑스의 가치는 두 가지 기준, 즉 샴페인과 여자에 의해서만 평가된다는 사실을 늘 대사에게 주지시켰던 자요. 이 구석에 있는 사람은 그림이라는 자요. 유명한 교수였지.

에베르보다 더 과격했던 그는 모든 프랑스인은 검둥이 출신이라고 가르쳤지요. 보시다시피 제법 상당한 사교계였소. 잘 알려진 대독 협력자들도 몇 명 있었지. 독일 대사관은 그런 자들로 문전성시를 이루고 있었으니까 말이오. 그리고 거기서 난 소리 없이 사진을 찍곤 했소.

아르쉐 씨, 당신은 유대인이었던 내가 어떻게 해서 독일인들의 리셉션 광경을 사진으로 쉽게 찍을 수 있었는지 물어볼 권리가 있소. 납으로 봉인된 화물차를 타고 가서 아우슈비츠라 불리는 자그마한 마을의 평화롭고 청명한 하늘로 연기처럼 사라져가지 않고 말이오. 그 질문은 질문으로서의 가치가 있어요. 나 자신도 여러 번 그런 질문을 던져봤지만 대답을 찾지 못했소. 하지만 그 당시 어린애였던 당신이 이해할 수 없었던 사실을 이해해주었으면 싶군요. 당신 아버지 샤를르 에바리스트는 내 친구였고, '내 친구였다'라고 말하는 것은 그가 스스로 사라져버린 뒤로 나로서는 그의 과거밖에 말할 수가 없기 때문이오. 지금이라도 그가 나타나면 난 그에게 '넌 내 친구야'라고 말할 거요.

우린 니스에서 처음 만났지요. 물론 전쟁 전에 열렸던 수출업자 총회에서였소. 우린 금방 가까워졌지요. 우린 파리에서 다시 만났소. 전쟁이 터졌지요. 파리와 국토 절반이 침략당했소. 우리야말로 가장 직접적인 위험에 처해 있는 사람들이었소. 샤를르 에바리스트가 우릴 구해줬지. 그는 파리 경찰국에 수시로 드나들 수가 있었고, 그 덕분에 우리 가족과 난 신원을 바꿀 수가 있었어요. 동시에 우린 직업과 주소도 바꿀 수가 있었지요. 모든 일은 운명에 맡겨둘 수 없었으니까.

샤를르 에바리스트는 레지스탕스 단체에 우릴 인도해줬소. 우린 독일군이 샹젤리제에 진입하기 전에 보증을 받고 떳떳하게 행동할 수가 있었지요. 베를리츠 궁에서 반(反)유대인 전시회가 열리기 전의 일이었지. 우린 위험한 장소에 갈 때마다 우리의 새 이름이 적힌 증명서를 사용했지요. 그 증명서에는 '미국 이민'이라고 기재가 됐는데, 나중에는 무효가 됐어요.

당신 아버지는 우리와 다른 많은 사람들이 살아남도록 해주었소. 유대인들을 돕는 것이 우리의 가장 중요한 임무였는데, 초기에는 그것이 나의 가장 시급하고도 유일한 임무였소. 우린 적의 몹쓸 정책이나 잔인성을 알고 있었지요. 그래서 계획을 알아내야 했어요. 따라서 그 몰살 정책에 다른 걸로 맞서야 했고 우리에게 가능한 모든 방법을 동원해야만 했소. 차츰 우리 임무는 정보 수집과 연락, 역선전이 되어갔지요. 우린 영광스럽거나 영웅적인 일은 전혀 해보지 못했답니다. 국제 시장과 상술을 알고 있었던 덕분에 난 무사히 적들과 친해질 수 있었소. 그 사업이란 것이 전시에는 늘 긴급하고 유용했기 때문에 난 뤼테티아 호텔에 들어가서 독일군 사령부를 언제나 훤히 구경할 수 있었던 거요.

전쟁으로 인해 독일인들은 큰 대가를 치렀지요. 그들의 공장으론, 물론 점령 국가들보다는 덜했지만, 군사물자를 충당할 수가 없었어요. 난 외국의 납품업자들을 독일군 측에 연결해주는 임무를 맡았소. 그래서 독일군은 아르헨티나산 가죽과 터키산 담배를 얼마간 얻을 수가 있었지. ……그런 모든 거래는 오토 상점을 통해 이뤄졌어요. 그 자리를 유지하고 온갖 의심에서 벗어나려면 그건 치러야 할 대가였소. 동부전선의 병사들에게는 허리띠와 군화, 보병 외투와 바지를 만드는 옷감을 대준 덕분에 내핍 생활을 할 만한 봉급을 받을 수가 있었고, 레지스탕스들은 계획 중인 검거령을 제때 통보받게 되었으며, 유대인들은 자기 동네와 자기 집에서 다음날 새벽에 있게 될 일제 소탕령을 그 전날 이미 알게 되었지요. ……이해하시겠소?"

그렇다, 나는 이해할 수가 있었다. 그런 몇 년을 보낸 후엔 마치 그런 일들이 더는 그때만큼은 정당하지 않았다는 듯 질문이 제기되었던 것이다. 가죽과, 직물과, 구두끈과, 삶과 양심에 대해 무기력한 물질의 계산이. 난 이해했다. 인간으로 남기 위해서는 꼭 해야 할 일을 해야 하지 않는가? 어떤 대가를 치르더라도? 폴라의 아버지와 나 사이에는 침묵이 감돌았다.

그때 나는 내가 알고 있던, 내 기억에 깊은 흔적을 남겨놓은 전쟁 말기의 시절에 대해 얘기했다. 난 아주 명석한 의식을 가진 아이가 되어 있었다. 그 어느 것도 점령 당시의 끔찍한 분위기를 내 기억에서 사라지게 할 수는 없으리라. 난 그때의 공포를 기억했다. 내가 어머니를 위해 아무것도 하지 않았기 때문에 어머니의 공포는 내가 느끼던 공포보다 훨씬 심했다. 아버지와, 나와, 그녀 자신과, 모든 것과, 우유와, 빵과, 고기와, 오발탄에 대한 공포. ……우리 친구들 가운데 어린 딸 하나가 몽수리 공원에서 돌아오다가 가슴께에 총을 맞았던 것이다. 그 아이는 기적적으로 목숨을 건졌다. 또한 점령 당시의 한없이 계속되던 겨울의 추위도 두려웠다.

난 아버지 얘기도 했다. 밤에만 떠나던 그에 대한 고통스런 추억과, 신비와, 우리의 고독에 대해. 하지만 난 그가 전쟁에 참가하자 서글픔과 행복이 뒤섞인 기분으로 기뻐했다.

"당신 말은 옳소, 아르쉐 씨. 우린 어떤 특별한 상황 속에서만, 그리고 수많은 사건들에 관여될 때에만 결단을 내릴 수 있는 법이오. 거미줄에 걸린 파리는 죽거나 거기서 빠져나갈 때까지 발버둥을 치지요. 우린 거미들과 싸웠소. 난 절대적 결심이란 걸 믿지 않아요. 그런 건 흔히 맹목적 믿음이나 비겁한 집착으로 변질되고 말죠.

……의식의 억압이라는 원칙만을 의미할 뿐이라는 얘기요. 예를 들면 옛 사고방식을 갖고 있던 대부분의 민족주의자들은 공산주의를 반대한다는 구실하에 그렇게 터무니없이 비굴해지고 말았지요. 오늘날의 후기 스탈린주의자들도 맹목적으로 복종만 하고 있었고, 오직 공포의 이데올로기주의자들만 존재했기 때문에 모든 일이 간

단하고 수월했지요.

하지만 부식토에 득실거리는 벌레나 다름없이 우글거리는 비열한 자들은 하루하루 그럭저럭 먹고살았지요. 밀매자와 깡패들도 그랬고 세 겹, 네 겹 그리고 여러 겹으로 된 얼굴을 가진 자들 또한 그렇게 살았소. 우선 유대인들의 재산을 약탈해서 그걸 독일인들에게 도맷값으로 넘기려고 유대인들을 밀고하는 자들이 있었지. 또 외양간과 인간 우리 등을 관리하는 온갖 종류의 백정들도 있었지요. 어딜 가나 도살장이나 다름없었소. 안 그렇소? 물론 난 그 비열한 인간들 중 하나가 될 위험은 무릅쓰지 않았소. 하지만 매일 그들과 어울리는 위험을 감수해야 했지요. 그것 역시 내가 치러야 할 대가였소."

"가명을 쓰시지 않았나요?"

"효과가 있긴 했지만 큰 도움은 되지 않았어요. 조르주 앙드레. 상인. 하지만 매번 써먹을 수는 없었지요. 그래서 꾀를 써야 했소. 눈에는 조가비로 만든 안경을 쓰고 머리는 염색을 했지요. ……그렇게 해서 서투르긴 하지만 나 자신을 보호했는데, 아마 당신이 날 봤어도 눈치를 못 챘을 거요. 하지만 우연히 누구랑 마주칠 땐 조심을 해야 했지. 전쟁 전부터 오랫동안 알던 사람이 날 첫눈에 알아보더라도 모르는 체해야 했소.

……난 모든 사람들을 경계하지 않으면 안 되었소. 박테리아 같은 민족 사회주의자들은 외관적인 신선미를 유지하면서 동시에 사람들 내부를 부패시켰소. 우리 모두는 어느 정도 통찰력이 있는 어떤 시선을 받으며 줄에 매달려 있었어요. 우리가 늘 꾸며댈 수만은 없었던 우리 목소리의 지배를 받으면서 말이오."

나는 페이지를 넘겼다. 거기엔 1943년도 사진 두 장뿐이었다.

"아버지를 알아볼 수 있겠소, 아르쉐 씨?"

난 그를 알아볼 수가 있었다. 그에 대해 간직하고 있던 이미지와 비교해보면 그의 얼굴과 몸은 청년이나 다름없었다. 그 백발의 키 작은 남자와는 너무도 다른 모습이어서 두 사람이 전혀 다른 인물은 아닐까 하는 생각이 떠올랐다.

하지만 그건 분명히 아버지였다. 빈정거리는 듯한 눈빛, 나로 하여금 돌아서고 싶은 욕망을 갖도록 내 뒤의 뭔가를 응시하는 태도에 대해 착각을 일으킬 리가 없었던 것이다. 앉아 있을 때에는 허리를 왼손으로 누르고 있었던 그의 모습도 아니었다. 오른편 사진 속 그는 다리를 멋지게 꼰 채 미국 갱 영화에서와는 달리 뒤에서 앞으로 기울어진 폭신폭신한 모자를 썼다. 오른손은 뺨으로 가 있었고, 그의 손가락은 입 가장자리와 움푹 들어간 뺨 사이의 지점 위에 놓여 있었다. 언젠가 그가 그런 손짓을 하는 걸 본 적이 있었다. 두 장의 1943년도 사진에서도 그는 그렇게 오른손을 얼굴에 갖다 대고 있었다.

나는 폴라의 아버지에게 물었다.

"왜 손을 이렇게 하고 있죠?"

"정확한 이유는 모르겠소. 살갗에 뭔가가 났어요. 대단찮은 피부병 같은 거였는데 멋을 내느라 그걸 가렸던 것 같소."

"자주 그랬나요?"

"늘 그랬지요."

사진들 중 하나는 숲길 가장자리에서 찍은 것이었다. 나뭇가지에는 잎맥이 훤히 들여다보이는 자그마한 나뭇잎들만이 매달려 있었다. 봄인 듯했다. 그 사진에는 내가 한 번도 본 일이 없는 금발 여인도 포즈를 취하고 있었다. 폴라 아버지가 렌즈를 고정하는 동안 여인은 웃으며 우리 아버지를 바라보고 있었다.

"이 사진을 어떻게 찍으셨습니까?"

"그건 뷔크 숲이오. 파리에서 멀리 떨어진 교외에 있지요. 우린 이동 방송국을 설치하고 있었소. 화창한 5월 어느 날이었지."

여인은 많아야 서른쯤 되어 보이는 젊은 여자였다. 어머니랑 닮은 것 같기도 했다. 아마 푸른색 아니면 회색 같은 어두운 색깔 블라우스 위에 환한 색깔 레인코트를 걸치고 완연히 대조가 되는 마름모꼴 치마를 입고 있었다. 그녀의 눈은 연한 푸른색이었다. 윗입술이 아랫입술보다 더 튀어나온 것이 마치 속이 빤히 들여다보이는 꾀를 부리고 있는 듯 보였다. 아마 그녀도 키가 작은 모양이었다. 우리 아버지랑 똑같았으니까.

나는 사진의 배경을 이루고 있는 작은 관목을 찬찬히 바라보았다. 작은 관목은 듬성듬성해서 보잘것없었다. 훨씬 뒤편에서 두툼한 나무줄기 두 그루를 구별해냈다. 그 모든 것들은 어릴 때 내가 우리 아버지의 피신처로 생각했던 숲과는 완전히 대조적인 모습이었다.

"아르쉐 씨, 당신은 이 사진이 좀 특별하다고 생각할 거요. 우리 조직원의 사진을 찍는 건 분명 신중한 일은 아니었소. 우린 안전이 백 프로 보장되기 전에는 절대로 그런 실수를 범하지 않았지요. 하지만 이걸 보시오."

그것은 셔츠 차림의 우리 아버지가 갓을 씌운 램프의 환한 불빛을 받고 있는, 실내에서 찍은 사진이었다. 그는 사진사를 보고 있었다. 그의 얼굴 표정이나 흥분되어 보이는 두 눈의 광채는 그가 사실은 몹시 피곤해하고 있다는 걸 뚜렷이 나타내주었다. 그는 철모를 썼으며, 그의 오른편에는 라디오가 한 대 놓여 있었다. 그 사진을 자세히 들여다보던 나는 그 실내라는 것이 다름 아닌 전깃불 때문에 크게 보이는 자그마한 오두막집에 불과하다는 사실을 확인했다.

"이 사진들은 내가 직접 현상한 거요. 쉬운 일이 아니었소. 안전한 은신처에서 작업을 했지요. 보시다시피 샤를르 에바리스트는 무선 기사였어요. 전문가였고 또 이것저것 잡다한 일도 능숙하게 처리해냈지요. (나는 내가 아버지에 대해 아무것도 모르고 있었으며, 특히 그가 무선 전신 전문가였고 다른 일도 잘해냈다는 건 전혀 알지 못했다는 사실을 깨달았다.) 그날 우리는 고정식 무선 방송국 안에 있었지요. 여기보이는 이 기계들로는 신속하고 안전하게 교신을 할 수가 있었소. 또한 우리는 가장 중요한 메시지를 보낼 때만 이 기계를 사용했소.

그런데 우린 이 기계를 한 시간 안에 모두 옮겨야 할 처지가 되고 말았소. 독일군 전파 탐지 부대가 조사에 나섰던 거요. 이 시설은 제16구의 한 갈보집 꼭대기에 있었소. 그 집은 지금도 있는데, 늘 주의를 게을리하지 않았지요. 그런데 아마 그 집은 얼마 전에 업종을 바꿨을 거요. 지금은 독일 장교 대신에 지체 높은 신사들이 손님이지.

어떤 공원 안에 있는 다 찌그러져가는 집인데, 주위 집들과 거의 다를 바 없는 단독주택이지요. 아마 당신은 우리가 왜 장교들이 드나드는 그런 갈보집에 자리를 잡았는지 의아하게 생각할 거요. 거기야말로 안전한 장소였기 때문이오. 정보가 몰리는 곳이기도 했고.

독일 측에서는 프랑스인들이 독일군들에게 매독을 옮기려 하는 게 아닌가 의심을 했지요. 우리가 매독을 비밀 무기로 사용하는 게 아닌가 생각한 거요. 그래서 그들은 스스로를 보호할 수 있도록 창녀 사회를 재조직했던 게지. 창녀들은 프랑스 의사 한 명과 독일 의사 한 명에게 매주 두 번씩 검진을 받았어요. 규정에 따라 열 집 중에서 네 집만이 점령군들을 받을 수 있게 됐어요. 나머지 여섯 집의 대문에는 이렇게 쓰여 있었소.

'독일군 및 독일 민간인은 절대로 이 영업소에 출입할 수 없음.'

그래도 양심적인 하사관들은 얼마간은 '원투투'나 '스핑크스' 같은 몇몇 집에 다니다가 결국은 손님도 많은 데다 온갖 종류의 검사를 받는 데 진력이 나 민간복으로 갈아입고서 이렇게 은밀한 집으로 기어들게 되었지요. 그들은 거기서 전쟁과 마치 유형 생활 같은 군대 생활, 승리의 두려움, 패배의 두려움, 증오, 타락 등을 잊으려고 애썼지요…….

이 집 창녀들은 엄선됐기 때문에 모두 대단한 미인들이었소. 그중 일부는 우리를 위해 일을 했지요. 베갯머리 송사를 해서 정보를 빼낸 겁니다. 독일로 가는 수송 열차와 거기 실린 화물, 일정에 관한 정보를 알아내는 데에는 병사들의 우울증보다 더 효과적인 게 없었소. 육군 사령관과 헌병 대장, 그리고 이따금씩은 비밀 경찰 대장의 이동 상황을 알아내는 것도 유익했지요. 창녀들이 일제 검거령이나, 뤼테티아 호텔이나 포슈 거리에 있는 제4국에서 계획되는 경찰 검거령을 사전에 알려주는 일도 있었소. 그래서 우린 무사할 수가 있었지요. 많은 수배자들도 포위망을 빠져나갔고. 창녀들의 입을 통해서 우리는 독일군들이 그 때문에 핏대를 올리고 있다는 얘기를 듣곤 했소.

정보를 빼낼 경우, 당신 아버지가 고미다락방으로 올라가서 옷장 뒤에 감춰진 나무판 두 개를 끄집어낸 다음 자기 피아노를 찾아 내기만 하면 됐지요. 그는 즉시 송신을 했소. 상대방과 연결이 되면 두 번씩 송신을 하는 거지. 그리고 나면 송신기는 며칠이고 처박혀 있는 거지요. 독일군들은 그 메시지를 포착할 수 있었지만 송신 지점을 탐지해낼 만한 시간이 없었소. 그들의 전파 탐지 트럭은 근처 거리에 오랫동안 머물러 있곤 했어요. 우리가 더는 송신을 하지 않으면 그들이 먼저 나가떨어지곤 했지요."

나는 쇠약해서 병이 나 있는 그 젊은 남자의 모습을 바라보았다. '영웅'의 우울하고 예리한 시선과 부딪친 듯했다. 그가 앉아 있었기 때문에 난 그의 작은 키를 잊어버리고 있었다. 가느다란 콧수염이 곧고 무표정한, 하지만 음험한 악의는 전혀 없는 그의 윗입술을 침울하게 만들었다. 아마도 내가 기억하던 대로, 아마도 내가 생각하던 것처럼, 투사로서 싸우는 동안 샤를르 에바리스트 아르쉐는 빈틈없고 심각한 인상을 풍겼다. 폴라 아버지가 말했던 대로 그는 틀림없이 탁월한 전문가였을 것이다. 그 사진에는 또 하나 특이한 점이 있었다. 아버지 얼굴이 손이나 그늘로 가려져 있지 않았던 것이다. 오른쪽 입가와 움푹 팬 뺨의 중간쯤에 동전 크기만 한 검정색 반점이 보였다.

폴라의 아버지가 명함에다 몇 줄 적더니 내 윗도리 호주머니에 찔러 넣어주었다.

"잘 생각해보시오. 당신에게 주소를 드리겠소. 내가 마지막으로 알고 있던 주소요. 결정은 당신이 내려야 합니다. 자, 가서 위스키를 마저 마십시다."

이렇게 해서 폴라 로첸의 부모 집에서 열린 잔치는 끝이 났다.

전혀 있음 직하지 않은 일들을 꾸며대고 강요한다는 점에서 삶은 허구와 구분된다. 통계학자라면 실현 가능성이 거의 희박하다고 생각할 우연한 만남들을 모든 개인이 조금이라도 의식한다면 그들이 그 만남들을 놀랄 만큼 자연적인 현상들로 받아들이는 것은 개인의 특권이다. 물론 그런 천부적인 현상들에는 그저 간단히 '그게 인생'이라거나 '인생을 사노라면 무슨 일이 일어날지 모른다' 같은 온갖 수식어가 붙어 다니게 된다.

예를 들어, 어린 시절 헤어지게 된 자기 동생이 사는 건물의 옆 건물에서 어떤 남자가 20년 동안 살고 있는데, 그 두 남자는 단 한 번도 부딪친 일이 없으며 설사 부딪쳤다 할지라도 서로를 알아보지 못하고, 서로 얘길 나누지도 못한다는 것, 그것은 매일매일의 삶에서 이미 일어났고 또다시 일어나게 될 하나의 상황이다. 그런 일은 우리를 즐겁게 하고, 우리를 슬프게 하지만 진정으로 우릴 놀라게 하지는 않는다.

한 시나리오 작가가 그런 이야기를 영화화한다 해도 우린 더는 그 이야기를 믿지 않는다. 조금도 노력하지 않아 무능력한 까닭에 파멸해서, 가장 끔찍한 불행과 가장 더러운 구렁텅이 속으로 차츰 빠져드는 아들을 가진 갑부 아버지를 어떤 소설가가 상상해낸다 해도 그 전기(傳記)—하지만 잘 알려진 몇 가지 예들을 그중에서 인용할 수가 있을—를 펴내주겠다고 나설 출판업자는 단 한 명도 없을 것이다.

그 전기가 슬퍼서 그러는 건 아니다. 아무리 보잘것없는 아들이라 할지라도 가족 관계 덕분에 곤경에서 쉽사리 벗어날 수 있는 그러한 사회에서의 앞서 말한 전기란 도저히 있을 법하지 않은 것으로 치부되고 말 것이다. 자기 자신의 이야기를 한다는 것은 대체로 바보들 중에 바보나 하는 짓거리다. 개인들의 운명이란 필요한 기복(起伏)과 생기만을 예외적으로 갖기 때문이다.

비정상적인 운명에 관한 얘기는 추상적이고 뜬구름 잡는 식의 관심만을 불러일으키며, 결국 대다수 인간들의 이해 범위 밖에 머물게 된다. 그 범위 안으로 다가가려 한다는 것은 순전히 위선에 불과하다. 그러니 내가 어떤 얘기의 한복판에 나 자신을 등장시키는 것만을 생각한다는 것은 전혀 불가능하며, 어떤 얘기든 할 수 있는 기회가 온다 해도 나는 그림 한가운데 서는 일은 절대로 피할 것이다. 엄격하게 얘기해서 그 속에선 기하학적 중심 이상의 아무런 의미도 가질 수가 없을 그런 그림 말이다. 잘해봤자, 그리고 우연히 나는 거기서 뒤로 처진 하찮은 인물로밖에 그려질 수가 없을 것이다. (나 자신이 그렇다고) 고백하건대 내가 그림이나 예술에 관해 전혀 이해하지 못한다는 사실은 분명하다.

나 자신의 존재야말로 나의 관심 대상이라고 나는 생각하고 있다. 부조리해 보이는 사건들이나 사실들은 내 존재에 뚜렷한 흔적을 남긴다. 그러한 사건들이나 사실들은, 전혀 아무런 일도 일어나고 있지 않은 인생 속에서 나 또한 온갖 일을 기대할 수 있다는 생각이 들게 했다. 한겨울, 앙가딘느의 한 호텔 방에서 내가 감기에 걸려 있다는 사실, 그것은 그 자체로서는 있을 법하지 않은 일이지만 실제로는 사실이다.

내가 모든 것을 나누는 어머니, 그 무미건조한 휴가 기간과 내가 태어날 때부터 살아온 파리의 아파트는 낯설기조차 하다. 이 겨울 밤 나는 그러한 낯섦과 유일하게 진실한 대화를 나누고 있는데 그 또한 전혀 있을 법하지가 않은 일이 아닌가? 또 있다. 우리 아버지가 그토록 오랫동안 내게 낯선 존재였다는 사실. 그가 나를 먹여살리다가 저버린 사실. 내가 오직 그의 존재를 꿈꾸고 그를 생각밖에 할 수 없었다는 사실. 내가 그를 보는 순간에도 완전한 수수께끼로 내 가슴속에 머무르는 파산되어 소멸한 그 아버지란 도대체 무엇인가? 아버지의 옛 친구 딸인 폴라 로첸 그리고 그 옛 친구와의 그러한 만남이란? 나는 우연한 만남의 존재가 될 것인가? 상황의 노리개가 될 것인가? 나는 그러한 질문에 대답할 수가 없다. 아니면 감히 대답할 용기가 없든가. 나는 이러한 사실을 고백한다.

엷은 회색빛 그늘이 느닷없이 나타나면서 우리의 얼굴을 감쌌다. 비가 내리는 아침이었다. 우린 생-클루 성문을 통해 파리를 벗어났다. 검정색 소형 오스탱 승용차는 거의 한 시간 전부터 달리고 있었다. 폴라와 나는 가득 찬 휘발유와 교통 상황에 관해 겨우 몇 마디 나누었을 뿐이었다. 서부 고속도로는 잿빛 하늘 아래로 회색 길을 펼쳐놓았다. 나무들, 공장들, 공업용 건물들, 모든 도시의 외곽(망트-라-졸리, 에브류……)은 가랑비와 재로 가득 찬 하늘과 거의 구별이 되지 않았다.

폴라 로첸은 평소처럼 아무 소리 없이 빠른 속도로 차를 몰고 있었다. 그녀의 동작 하나하나는 간결하고 효율적이었다. 그녀는 센 계곡의 많은 꼬부랑길 중에서도 가장 좁은 노선을 택했다. 기어를 바꾼 그녀는 차체가 흔들리지 않도록 하면서 일부러 속도를 줄였다. 속도계 바늘이 120, 130 사이를 왔다 갔다 하고 있었다. 이따금씩 자동차 앞창으로 빗방울이 튀곤 했다. 이상하게도 나는 안심이 되었다.

에브류를 지나고 나자 집들은 점점 뜸해졌다. 멀리 보이는 농가가 일정한 간격으로 다가왔다가는 우릴 스쳐 지나면서 사라져갔다. 들판에서는 개들이 숨바꼭질을 하고 있었다. 소나기를 맞으며 혼자 말을 타던 어떤 남자가 손짓을 하더니 우리 뒤로 모습을 감추었다.

지난밤이 생각났다. 모든 일은 간단명료하면서도 뜻밖이었다. 나는 내가 무슨 일을 해야 하는지 알아야 했고, 폴라의 아버지는 그걸 이해하도록 해주었다.

"결정은 당신이 내려야 합니다."

하지만 선뜻 결정을 내릴 수가 없었다. 우유부단함은 오래전부터 내 본성의 일부가 되어 있어서 나는 그걸 답답해하지도 않았다. 내가 가야 할 곳은 노르망디 해변과 코탕탱이 아니라 앙샹테 섬(자그마한 명함 위에 섬 이름이 쓰여 있었다)이었다. 그런데 난 그 섬에서 쏜살같이 멀어져가고 있었다. 반대 방향으로 갈 수 있는 그러한 능력은 참을 수 없는 현기증을 일으킨다. 그래서 나는 내 위선을 솔직히 나타내어 짐짓 솔직하게 웃었다. 폴라 로첸은 거기에 속아 넘어가지 않았다. 그녀는 내 서투른 술책과 방어책을 잘 알았다.

나는 그녀의 매부리코와 뿌루퉁한 입, 신경을 쓰느라 팽팽하게 긴장된 얼굴에서 풍겨 나오는 아름다움, 핸들을 잡고 있는 손을 황홀하게 바라다보았다. 피곤한 탓인지 그녀의 동작은 더욱 거칠어지고 둔해졌다.

"당신은 여유를 가져야 해요, 필립. 깊이 생각을 하는 거예요. 저기서라면 당신은 그럴 수 있을 거예요. 조용한 곳이거든요. 근처에 자그마한 도시가 있지만 시즌이 아니면 적막할 정도로 조용해요.

날씨가 좋으면 해협, 제도까지도 보여요. 특히 지금은 바닷가도 아름답고요. 집은 언덕 위에 있어요."

"집은 언덕 위에 있어요."

이 말은 우리가 바다와 도시를 내려다볼 수 있다는 얘기였다. 또한 거기서 편안히 지낼 수 있다는 얘기도 했다. 즐겁게 지낼 수 있다는 얘기기도 했고. 그런 종류의 행복에 대해서는 늘 의심을 해보는 게 마땅한 태도다.

하지만 나는 폴라가 뭘 잘못 생각하는 경우란 전혀 없으며, 그녀는 내 안내자고 날 어디로 데려갈 건지를 알고 있다고 생각하기로 했다. 나는, 그녀의 불안감이 가만히 놔두질 않고 또한 자신이 다른 사람들처럼 건강하지도 무심하지도 않다는 것을 잊어버릴 수밖에 없는 환자였다(지금도 그렇지만). 난 실려가고 있었다. 두 눈을 감아버렸다.

날카로운 가시 철조망으로 연결되어 있는 자그마한 목장들, 생울타리, 수많은 구름과 흡사한 두 구릉 사이 작은 숲 모퉁이에 옹기종기 모여 있는 보잘것없는 집들, 높은 언덕, 한꺼번에 집중되어 있는 도로, 작은 숲과 포도밭이 온갖 폭리배와 운전사를 아직도 숨겨줄 수 있는 까닭에 안심도 되고 불안하기도 한 그 모든 직선 풍경을 더는 보지 않기 위해서였다.

나는 프랑스의 풍경을 조리 있게 구성해보려고 애썼다. 아주 세밀해 보이고, 색조가 미묘하고 섬세하며, 구름으로 뒤덮인 하늘이 시시각각 변화하는 그 풍경을. 깊은 대지 속으로 빨려들어 갔다가 바다 쪽 연초록색 내포(內浦)에서 솟아오르는 넓은 도로를 가진, 더욱 아득한 다른 풍경으로 바꿔보고 싶었던 것이다. ……어디선가 붉은색 지붕의 가지런한 흰 집들이 서편 푸릇푸릇한 언덕 그리고 동편 자갈과 함께 번득이는 조화를 이뤄내고 있었다. 원시적인 유물들이 감춰져 있는 문명화된 진짜배기 촌락, 그리고 내가 도구적 인간이 무엇인지를 모르고 있었음을 상기시키면서 전속력으로 다가오는 붉은색과 흰색 ESSO 주유소가 있는 조용하고 드넓은 또 다른 촌락 사이 어딘가를 오스탱 승용차는 달렸다. 차가 속도를 늦췄다.

나는 눈을 떴다. 손수레와 자동차가 우글거리는 넓은 주차장으로 우리는 차를 몰았다. 과열된 실린더 네 개가 시끄러운 소리를 냈다. 비가 오고 있었다. 커다란 우산이 만들어내는 그림자가 반짝거리는 자동차들 사이에서 춤을 췄다. 누군가 휘발유를 할인가로 팔고 있는 휘발유 펌프가 보였다.

"여기가 어디요?"

"슈퍼마켓 앞이에요. 그 집에서 머무르려면 쇼핑을 해야 해요."

"우리가 더 오래 머무르리라고 당신은 생각하오?"

"잘 모르겠어요. 시간이 필요할 거예요. 그건 당신과 내 손에 달렸어요."

"그래, 맞소. 시간이 필요할 거야."

나는 그렇게 진정으로 되풀이했다.

폴라 로첸이 백미러에 자기 모습을 비춰 보고 있었다. 그녀는 머리를 다시 매만졌다. 나는 이미 바다 냄새가 묻어 있다고 믿고 싶은 새로운 공기를 가슴 깊숙한 곳까지 들이마셨다. 그것은 변화에 적응하는 방법이었다. 나는 그녀의 공들여 세팅한 갈색 머리를 갖고 빈정거렸다. 사람들이 그녀를 시골 처녀로 보지는 않을 거라고 말이다. 그처럼 나는 바보 같은 생각을 하곤 했다(지금도 그렇지만). 폴라와 시골 처녀를 비교한다는 건 말도 안 된다. 게다가 내가 시골 처녀에 대해 뭘 안단 말인가? 내가 사는 제6구(區)에서 실제로 단 한 걸음도 나가보지 못한 내가? 시골 처녀들 중에는 대단한 미인이 있을 수도 있지만 그 수는 대단히 적을 것이다. 예쁜 시골 처녀들은 힘든 일을 안 하려 했다. 아니면 자기네들을 반기는 도시로 도망쳐버렸거나.

"우리가 이렇게 떠나온 걸 당신 어머니께 말씀드렸나요?"

"아니요, 아직."

"알리도록 해요. 그렇게 해야 해요. 꽃가게 진열대 근처에 공중전화가 있었어요. 거기서 전화를 걸고 안에서 만나요."

그녀가 힘차게 손수레를 밀면서 슈퍼마켓 안으로 빨려 들어가듯 사라졌다. 비가 왔지만 서두르지 않고 나는 전화박스 쪽으로 갔다. 걸으면서 슈퍼마켓 내부와 거기서 벌어지는 여러 가지 의식들, 선택, 영수증 작성, 판매대 사이의 행렬, 대열의 소리 없는 기다림, 카운터까지의 이동, 그리고 소시민적이고 일상적인 관례를 생각했다. 마카로니 상자와 크기에 따라 분류된 달걀 비스킷으로 가득 찬 손수레들. 그 규격화된 대량 소비를 생각하자 구역질이 났다. 대부분의 사람들이 분수에 맞게 살아가려면 그런 식으로 소비를 할 수밖에 없다는 사실을 나는 잘 알았다.

전화박스에는 세찬 바람이 불고 있었다. 전화기는 피복(被覆) 전선 끝에 매달렸고, 다 해진 전화번호부에는 먼지가 잔뜩 끼어 있었다. 전화기는 상대방과 연결해주지 않는 것도 모자라 집어삼킨 동전을 고집스레 간직하고 있는 그런 종류 같았다. 하지만 단번에 엄마와 연결이 되었다.

나는, 폴라랑 함께 있다, 여긴 에브류와 리지유 사이의 어느 곳인데 슈퍼마켓 건물 울타리 안에 있다고 엄마에게 설명하려고 애썼다. 코탕탱에 있는 그녀의 집으로 간다는 것, 걱정하지 말라는 것, 언제 돌아갈지는 모르겠다는 것. 엄마의 목소리는 우울하지도, 명랑하지도 않았다. 마치 내가 깊은 잠에서 깨운 것처럼 단조로운 목소리였다. 아마도 내 말에 수긍을 하거나 외관상 침착성을 유지하고 있는지도 몰랐다. 내가 전화하기 싫어한다는 걸 엄마는 알고 있었다. 엄마는 아주 이따금씩 기분이 안 좋은 듯 힘들어하거나 고의적으로 내 말에 응수를 하거나 했다.

그렇다, 엄마는 날 기다릴 것이다. 아니다, 엄마는 전혀 걱정을 하지 않을 것이다. 전혀. 그렇다, 난바다(遠海)의 공기는 생기가 있으니까 바닷가에 머무르면 내 건강이 좋아질 거라고 엄마는 생각하겠지. 그렇다, 우리가 거기서 오래 머물러야 한다면 엄마에게 전화로 몇 마디 하는 게 좋으리라. 그렇다, 엄마는 내가 더 일찍 기별을 할 수 없었다는 것을 이해했을 것이다.

아니다, 그것은 그다지 중요치 않았다. 엄마는 혼자도 잘 지내실 것이다. 평소에도 그랬으니까. 그래, 토니 소앙은 한물갔어. 그는 나아질 거야. 그는 사실 환자였다. 엄마는 그에 대해 잘못 판단한 걸 후회하고 있었다. 두 사람은 공장과 가까운 시일 내로 해야 할 조치들을 얘기했다. 그렇다, 이젠 우리가 그런 얘기를 할 차례다. 만사가 잘되어가고 있었다. 아니다, 엄마에겐 아무것도 필요가 없다. 그래, 난 내가 원할 때 돌아갈 수가 있어. 다시 한 번 나는 편지를 쓰마 약속했다. 그래, 정기적으로 소식을 띄우리라.

전화박스에서 나오던 나는 우스꽝스런 감정을 느끼지 않을 수가 없었다. 내가 마치 어린애처럼 난생처음 여름학교에 보내졌으며, 엄마는 그런 나에게 태연한 듯한 목소리로 너만 믿는다는 식으로 말을 한 것처럼 느꼈다.

비바람을 견뎌내고 있는 꽃집 진열장에서 봉오리가 움트고 있는 빨간 카네이션 한 다발을 샀다. 카네이션은 내가 좋아하는 꽃이었다. 품위가 없는 꽃이라는 생각이 들기도 한다. 남에게 선물을 할 수 없는 경우도 있다. 카네이션은 시장이나 거리의 소녀들에게서 살 수 있는 꽃이다. 엄마는 내가 그 꽃을 자기에게 가져오는 걸 반기지 않았다. 하지만 마치 화살 깃처럼 쭉 뻗은 가느다란 줄기의 연한 녹색과, 향수를 뿌린 치마에 닿으면 부드럽게 구겨지는 소리가 나도록 해줄 듯한 막 움트는 좁다란 꽃잎 끝 붉은색 무늬는 멋진 콘트라스트를 이루고 있지 않은가.

나는 주류 판매대와 해산물 판매대 사이에 있는 폴라 로첸에게 그 꽃을 주었다. 여러 가지 식료품들로 손수레 하나를 가득 채운 그녀는 또 하나의 손수레를 끌고 다니고 있었다. 나는 쌀자루와 연유 상자 사이에 꽃다발을 올려놨다.

"어머니랑 통화를 했어요?"

"그래요. 잘 지내신답니다. 외출 허가를 받았어요."

"필립, 당신은 꼭 어린애처럼 구는군요. 그러면 안 돼요. 어머니께 어제 알려드려야 했어요."

"난 배울 게 아직도 많소."

"내가 카네이션을 좋아해서 다행이에요. 집에 꽃병이 있어야 할 텐데."

"하나 사면 되겠지."

"여기서요? 원한다면 그렇게 해요. 하지만 우린 식기도 있어야 하고 식용유를 친 다랑어도 몇 상자 필요해요. 찬장 안에 아무것도 없다고 아빠가 알려주셨거든요. 침낭도 있어야 하고요."

난 현기증 같은 걸 느꼈다. 우린 캠핑 용품을 진열해놓은 판매대 앞에 있었다. 폴라는 분주히 움직였지만 아주 편안한 듯 보였다. 그녀는 혹한에도 견딜 수 있는 침낭 두 개를 두 번째 손수레에 집어넣었다.

"이게 필요할 거예요. 난방이 안 될지도 모르니까요."

그 두 개의 침낭을 붙이면 마치 부부처럼 한침낭 속에서 같이 잘 수도 있었다.

"꽃병은요?"

"저기 있는 게 괜찮은데."

"별로 안 예쁜데요."

"그럼 이걸로 하지, 그럭저럭 괜찮은데."

그것은 주둥이가 좁은 길쭉한 꽃병이었다. 연약한 카네이션 줄기를 꽂아놓기엔 안성맞춤이었다. 두 손수레는 물건으로 가득 찼다. 계산을 끝내고 난 우리는 자동차에 올라탔다. 비가 그쳐 있었다. 슈퍼마켓 안과 주차장에는 핑크 플로이드의 잘 알려진 곡 〈달의 어두운 쪽〉이 울려 퍼지고 있었다.

'캉까지 30킬로미터.'

사거리에 설치된 표지판에 이렇게 쓰여 있었다. 15분쯤 달리고 난 후였다.

폴라가 말했다.

"살찌운 거위 간도 샀어요."

"거위 간을! 배가 고파오는군. 어디서 차를 세울 수가 있소?"

우리는 샛길과 우릴 가려줄 수 있는 덤불을 찾았다. 저기, 아니. 저기 있다. 우린 벨랑그르빌, 쉬슈보빌, 섹크빌, 콩트빌…… 같은 동네 근처를 우회해갔다. 지방 도로와 시골길을 따라가다 보니 숲속에 조용한 빈터가 나왔다. 폴라 로첸은 여기저기 바퀴 자국이 나 있는 길에다가 자동차를 처박았다. 승용차 바닥이 진득거리는 둔덕에 가 부딪혔던 것이다. 폴라의 손가락이 핸들 위에서 부들부들 떨렸다. 자기는 공증인과 브로커가 득실거리는 시골 여인숙을 끔찍이도 싫어하며 또한 이것저것 따져볼 때 차라리 그 진창에 처박혀 있는 게 나을 것 같다고 그녀가 말했다. 난 우리를 거기서 벗어나게 해주십사 기도했다. 아마존 강의 진흙투성이 늪에 빠져서 꼼짝 못하는 평범한 탐험가는 되기 싫었다.

"여기가 맘에 안 들어요?"

그녀가 초록빛 도는 거품이 괸 개울 근처에 멈추었다.

"그래요, 아름다운 곳이오. 조용해서 마음이 편안해지는구려."

어린 시절 읽었던 K. 제롬의 어떤 소설이 갑자기 생각나자 웃음이 터져 나오기 시작했다. 우리가 처해 있던 만큼이나 암담한 처지가 생각난 것이다.

"별로 편안해 보이지 않는군요. 왜 당신은 아스팔트 대로를 그렇게 찾아내려는 거죠? 신발도 벗고 양말도 벗어요."

"왜?"

"벗어요. 차에서 내려 트렁크를 여세요. 그리고 오른편 가방에 있는 거위 간과 백포도주 병을 꺼내요. 병따개는 내 푸른색 연장 주머니 안에 있어요."

"이렇게 맨발로 말이오? 죽어도 안 돼요."

"좋아요, 그럼 내가 가겠어요."

"내가 가겠소. 하지만 지금은 11월이라고."

자동차를 살펴봤다. 아침 나절의 서리가 이슬로 변해 있는 풀밭의 감촉은 그다지 상쾌하지가 않았다. 처음으로 느낀 감각은 짜릿한 열기였는데, 무릎으로 스멀스멀 기어오르는 듯했다. 발가락에 으깨지는 진흙의 감촉 또한 새롭고 상쾌했다. 얼음처럼 딱딱해서 삐걱삐걱 소리가 날 정도였던 거위 간을 손으로 주물럭거렸더니 원래의 흐물흐물한 모습으로 되돌아갔다.

폴라 로첸이 차 문을 열더니 몸을 숙여 나를 바라다보았다. 그녀는 겁 많은 아이가 무슨 대담한 바보짓을 한 걸 보고 기뻐하는 어른처럼 날 칭찬해주었다. 그 아이가 약삭빨라지길 기다린 것처럼 말이다. 나는 대지와 덤불 속 길 한가운데에 그렇게 있는 게 행복하게 느껴졌다. 그동안 폴라의 웃음은 숨이 막힐 듯한 딸꾹질로 변해 있었다. 그녀는 내게 마시고 먹으라고 요구했다. 백포도주와 거위 간이 그녀가 말한 대로 가지런히 놓였다. 난 또 흑빵을 가져왔다. 자리로 돌아간 나는 간을 빵에 펴 바르는 데 필요한 나이프가 없는 걸 알았다. 일어서려고 하는데 폴라가 이번엔 내가 가겠다, 그리고 싶다고 말했다. 그녀는 치마를 살짝 걷어 올린 채 잠시 진창 속에서 어쩔 줄 몰라 했다. 내가 조금 전에 만들어놓은, 누런 물이 가득 찬 움푹한 곳에 발이 빠졌던 것이다. 그녀가 진흙을 짓이겨대고 있었다.

나는 뒷거울을 통해 그녀를 바라보면서 또한 내 앞에 펼쳐진 풍경을 감상했다. 무슨 나무인지는 모르나 몇 그루 나무가 여기저기 검은 반점이 보이는 나뭇잎들만 달린 채 앙상하게 서 있었다. 하지만 주위 숲은 그런대로 울창했다. 나뭇가지는 솜털로 덮여 있었는데, 끊임없이 살랑거리는 것이 더욱 가냘파 보였다. 우리가 웃고 떠들지 않았더라면 그곳은 아마 완전히 적막강산이었을 것이다. 심지어는 새 한 마리 보이지 않았다. 우리가 있는 것이 불안해서였는지도 몰랐고 아니면 그냥 이미 새가 날아다닐 계절이 지나서였는지도 몰랐다. 숲 뒤로 언뜻언뜻 보이는 들판 또한 쓸쓸했다. 농부들도 없어 보이는 것이 마치 식물만 자라는, 순전한 눈가림용 무대 같았다.

폴라 로첸이 다시 자동차로 되돌아왔다. 내 발처럼 그녀 발에도 발목까지 올라오는 반짝거리는 털신이 신겨 있었다.

"필립, 우리가 감기에 걸릴지도 모른다는 얘길 당신은 아직 해주지 않았어요. 혹시 당신 변하고 있는 것 아네요?"

우린 맛있게 먹었고 시장기가 가셨다. 그녀는 뭘 원하는 걸까? 어떤 계획이 있는 걸까? 아니면 아무런 계획도 없는 걸까? 어쨌든 난 굳이 알고 싶지는 않았다. "혹시 당신 변하고 있는 것 아네요?" 잘 생각해보면 단도직입적 질문이란 공격이나 다름없다. 내가 변해야 할 필요성을 감히 어찌 부정할 수가 있겠는가? 나의 조개껍데기 같은 삶에 내가 만족할 수 있었단 말인가? 그리고 이 순간에도, 난 만족할 수 있단 말인가? 사람이란 그렇게 쉽게 변하는 법이 아니다.

폴라 로첸은 쓸쓸한 들판에 대한 내 고통스런 감정을 함께 나누지 못하는 것 같았다. 그냥 거기 있다는 게 행복하다는 표정이었다. 백포도주에 살짝 취한 우리는 그 물컹물컹한 땅을 마지막으로 한번 밟아보기로 작정했다. 썩은 나뭇잎과 자갈과 잔가지로 뒤덮인 부드러운 흙이 밟혔다. 모래땅은 틀림없이 기분이 좋으리라 생각했는데, 웬걸, 투박한 데다가 쾌감도 느껴지지 않았다.

우린 나무 그늘 밑에서 여러 가지 흙을 조사했다. 부드러운 부식토, 이끼처럼 그윽한 냄새가 나는 흙, 우툴두툴한 짙은 색깔의 흙, 가시가 찌르는 듯 껄껄한 흙, 우리는 여기저기 바쁘게 걸어 다니면서 융단처럼 깔린 나뭇잎과, 물에 잠긴 풀밭, 울퉁불퉁한 터……를 찾았다. 그것은 새로운 놀이였다.

너무 열심히 놀다 보니 숨이 가빠왔다. 그만둬야 했다. 이끼로 뒤덮인 나무에 등을 기대고 있던 폴라가 축축한 나무줄기에 푸른색 웃옷이 스치는 것도 아랑곳하지 않은 채 땅으로 굴렀다. 그녀가 희고 윤기 나는 허벅지 위로 치마를 걷어 올렸다. 손을 내민 나는 마치 겨울 바람이 방금 내린 눈을 스쳐가듯 그녀를 애무했다. 그녀의 입에서 김이 나오더니 사라져갔다. 그녀의 숨소리만이 들려왔다. 구부린 채 꽉 오무린 그녀의 다리는 추위 속에서도 떨지 않고 있었다. 내가 조금씩 떨기 시작한 그 탄탄한 육체에 입술을 대자 피부가 조금씩 들뜨기 시작했다.

우리는 전혀 뜻밖의 몸짓을 하기 시작했다. 침묵에 가득 찬 사랑의 몸짓이었지만 그걸 사랑의 몸짓이라고 부르기에 적당한지는 알 수가 없었다. 내 입술이 그녀의 입술에 닿았고, 그녀의 혀가 내 혀에 닿았다. 내가 그녀의 가슴에 손을 대자 그녀 또한 들뜬 듯 두꺼운 바지 속에서 내 심볼을 꺼내 어루만졌다. 그녀의 차가운 손이 아주 천천히 그것을 애무하기 시작했다. 내 손이 그녀의 젖꼭지를 스쳐 지나쳤다가 잡아당겼으며 다시 부드럽게 밀어젖혔다.

"안 돼요. 필립, 안 돼요."

삽입을 하려 하자 그녀가 그렇게 중얼거렸다. 축제는 몇 분 동안이나 계속되었다. 그것은 분(分)의 보잘것없는 두께를 상실한 시간이었다. 그녀의 손가락이 부드럽게 내 음경에서 귀두로 올라갔다가 심볼이 딱딱해지는 순간 멈췄다.

"필립, 안 돼요, 제발."

우리는 기진맥진하여 온 근육에 경련을 일으키며 축축한 땅 위에 나란히 누웠다. 그리고 힘이 다할 때까지, 기분이 다할 때까지 서로를 애무했다. 겨울 대지의 얼음장 같은 냉기가 우리 몸을 허리까지 엄습했다. 일어서야만 했다. 옷을 추스려야 했다. 숨을 헐떡거려 가면서 힘들게 기진맥진한 채로.

오스탱 자동차가 우릴 기다리고 있는 오솔길로 다시 올라가는 것은 마치 예수님이 십자가를 지고 가는 것 같았다. 이번에는 자그마한 자갈들까지도 면도칼처럼 솟아올랐으며, 가시덤불은 사정없이 우리 발목을 찢어놓았다. 옷이 누더기로 변한 폴라가 전진했다. 그녀는 마치 20세기 초 성채 안에서 뛰놀던 개구쟁이 소녀 같은 모습을 하고 있었다. 그녀를 보면서 나는 나와 무엇이 닮았는지 알게 되었다. 우린 나들이옷을 입은 어린아이 꼴이었다. 본능과 고독에 내맡겨진 채 정원 한구석에서 문명의 허식을 지우느라 애쓰는 어린아이들.

차 문이 꽝 닫히는 소리. 다시 움직이려고 애쓰는 피스톤의 울부짖는 듯한 소리. 초록빛 도는 하늘 밑 오솔길에서 빠져나왔다. 급히 서둘러야 했다. 밤이 되기 전에 도착해야만 했던 것이다. 바위 더미와 산울타리가 좌우로 늘어서 있었다. 자동차가 갑작스레 속력을 내며 비명을 내질렀다.

"캉까지 10킬로미터."

"담배 줘요?"

"그래."

"당신은 참 음탕해요, 필립 아르쉐 씨. 이 모든 것이 어떻게 끝날지 궁금하군요."

"우리가 단 하나 확신할 수 있는 것은 그 모든 것이 언젠가는 끝나리라는 사실이오. 만일 당신이 그렇게 터무니없는 속도를 계속 유지한다면 당신이 생각하는 것보다 더 일찍."

"당신은 절대로 안 변할 거예요. 필립 아르쉐 씨. 우리가 확신할 수 있는 건 당신이 절대로 안 변할 거라는 사실이에요."

성냥을 긁는 소리(뜻밖에도 자동차 계기판에는 전기 시가 라이터가 장치되어 있지 않았다), 유황 냄새, 그리고 이윽고 담배 연기 냄새가 차 안을 가득 메웠다. 차창을 내려야 했다. 차창을 내리던 폴라 로첸은 자살하듯 달려드는 병아리를 하마터면 칠 뻔했다. 바이유 도로와 카랑탕 도로로 접어들었다. 돌풍이 불면서 하늘의 먼지를 쓸어버렸다. 높은 곳의 공간이 살짝 열렸다.

"필립, 당신은 야생동물을 길들여본 적이 있지요?"

"흰 생쥐 한 마리도 야생동물이라고 생각하는 거요?"

"그럼요. 그 동물이 인간과 전혀 관계를 맺지 않았거나 아주 조금만 맺었을 경우에는요."

"그렇다면 그런 적이 있지."

"얘기해보세요."

"고백하는데, 어렸을 때 난 뭘 주고 바꿨는지 잊어버렸지만 친구한테 뭔가를 주고 그 대신 진짜 야생 생쥐 한 마리를 얻었소. 갓 태어났기 때문에 솜털 밑으로 장밋빛 핏줄이 다 보일 정도였지. 한마디로 순결 그 자체였어요. 그놈은 샐러드 이파리나 마른 빵 조각을

244

갉아먹는 일 말곤 아무것도 몰랐소. 그거야 물론 갓 젖을 뗀 생쥐라면 으레 그렇게 하는 법이었으니까. 그 자그마한 동물은 일종의 착한 원시인이었지."

"그런데 어떻게 그 생쥐를 타락시켰나요?"

"길을 들여서 타락시켰소. 내가 그놈한테 시킨 그 못된 교육으로 말이오. 그저 본능적으로 마른 빵을 갉아먹는 그놈에게 나는 그 빵을 얻는 법을 가르쳐주었지. 사실 그놈은 치즈 조각을 더 좋아했소. 치즈 조각을 먹기 위해서 그놈은 가는 끈을 타고 올라가서 그 끈이 가로지르고 있는 자그마한 판자 위에 올라앉아야 했어요. 그놈은 그 일을 아주 잘해냈소. 다른 훈련도 잘해냈고.

저녁때 그랑-조귀스탱 강변도로 인도 위에서 자전거를 탈 때면 그놈은 자전거 핸들 위에서 꼼짝 않고 있었어요. 또 그놈은 내 호주머니나 침대 한쪽에서 잠을 자게 되었소. 그 때문에 난 그놈을 타락시키게 된 거요. 자연에 거역하는 그러한 습관을 몰래 확인한 우리 어머니는 그걸 멈추게 하려고 결심을 했소. 어느 날 학교에서 돌아와보니 낮 동안에는 그놈의 호텔로 쓰이던, 구멍이 숭숭 뚫린 마분지 상자가 안 보이는 것이었소.

나는 즉시 감을 잡았지. 엄마는 자기 생각에 징그럽게 보이는 그 동물을 없애버렸던 거요. 난 아무 상관이 없다, 자기 친구들을 만나려는 본능 때문에 도망친 거다라고 엄마는 기어이 우겨댔지. 물론 난 그 말을 단 한마디도 믿지 않았소. 당시 아파트 관리인의 고양이들이 쉴 새 없이 오가는 창가에 어머니가 그 불쌍한 동물을 내놓았다는 걸 알고 있었어요. 그런데 폴라, 당신은 야생동물을 길들여본 적이 있소?"

"아녜요, 길들이려고 해본 적은 있지요. 길들이는 데 성공했다고 말할 수는 없어요. 그럴 시간이 없었어요. 전쟁이 끝난 뒤였어요. 어머니와 나는 남부 지방에서 휴가를 보냈지요. 우리가 머문 집은 굉장히 넓었어요. 자갈밭도 있고 황야도 있었지요. 어딜 가나 자그마한 숲에 오솔길이 나 있었어요. 우린 자주 산책을 나가서 탕약이나 차를 만드는 데 쓰이는 백리향 열매를 따곤 했지요. 그런데 사냥꾼 아니면 밀렵자의 총에 맞아 부상을 입은 말똥가리 한 마리를 발견했어요. 그 지역은 포수들이 득실거리는 곳이었거든요.

그 새는 날개를 퍼덕였지만 날아갈 수가 없었죠. 그러자 나무줄기에 앉아서 날 빤히 쳐다보지 않겠어요. 한쪽 다리로 선 새는 다른 한쪽 다리의 위협적인 발톱을 내게 내보이더라고요. 부리로는 내 손을 쫄 준비를 하고 말예요. 새에게는 괴물로 비칠, 나에 대한 새의 용기에 감탄했지요.

새를 구해주고 싶었어요. 하지만 어떻게 새를 잡아야 하는지? 윗도리를 벗어서 새에게 덮어씌우자는 생각이 떠올랐죠. 그건 좋은 방법이었어요. 왜냐하면 어둠 속에 갇히자마자 새는 더 저항을 할 수가 없었거든요. 나는 새를 지하실의 밀짚으로 만든 자그마한 새장에 넣어두었지요. 침묵과 어스름한 빛이 새를 안심시켰어요. 난 몇 번씩이나 새를 촛불에 비춰가면서 관찰했지요.

새는 차츰 나와 내 목소리에 익숙해지기 시작했지요. 금빛 눈으로 날 뚫어져라 바라보는 거예요. 아주 아름다운 새였어요. 윗날개는 진주처럼 회색이었고, 등짝과 모이주머니는 갈색 깃털로 덮여 있었지요. 난 새의 원기를 회복시켜주려고 잘게 썬 쇠고기 만두를 먹이고, 자그마한 숟갈로 물을 떠 먹였어요. 처음으로 장갑 낀 손을 가까이 대는 순간 새가 나를 위험한 존재로 느끼지 않는다는 사실을 알게 되었지요. 내가 지하실에 내려갈 때마다 새는 기쁘다는 듯 날개를 퍼덕거렸어요. 그래서 그냥 맨손으로 새를 만지고, 손가락으로 주둥이를 벌려서 물이나 고기만두를 넣어줄 수가 있었죠.

오랫동안 새를 어루만지며 얘기를 하곤 했어요. 아름답고 감동적인 광경이었죠. 새가 나에게 애정을 느끼고 있으니 길들이는 데 어려움이 없겠다고 생각했어요. 충분히 쉬고 먹을 걸 먹고 나자 새는 원기를 되찾았어요. 새장 가장자리에 서서 마치 시험이나 연습을 해보려는 듯 날개를 움직여 보더라고요. 새가 원기를 되찾고 상처를 치료하는 데는 열흘밖에 안 걸렸지요. 어느 날 아침 새가 병 위에 앉아 있는 걸 봤어요. 살아난 거예요. 그 새는 다시 날게 된 거예요.

난 며칠 더 새를 먹여살리기로 했는데, 새를 계속 길러서 완전히 길들이고 싶은 욕망과 자유를 주고 싶은 욕망 사이에서 갈팡질팡했지요. 난 오직 스스로에게만 속할 수는 없는 한 동물을 내 소유로 하고 싶다는 욕구를 곰곰 생각해봤어요. 내가 만지고 쓰다듬어도 가만있는 걸로 봐서 새가 내게 갖고 있는 듯한 믿음을 가질 만한 자격이 내게 있다는 사실을 이해했지요. 새를 우스꽝스런 노예처럼 만들어서 저버리지 않는 한 말이죠.

새가 완전히 회복됐다고 생각한 나는 자루에 새를 넣어가지고 주위 사냥꾼들이 모두 돌아가는 황혼 무렵에 산으로 갔어요. 언덕에서 살짝 자루를 열었죠. 새는 살을 에는 듯한 공기 속에서 몸을 떨었어요. 그 추위 속에서, 전원의 소음이 약해진 곳에서, 자유가 가까워지는 걸 느끼기라도 하는 것처럼 말예요. 자루 끈을 더 풀었어요. 새는 힘차게 날갯짓을 하며 즉시 내 손에서 빠져나갔죠. 날갯짓 세

번에 새는 계곡의 어둡고 흐릿한 밑바닥 속으로 꺼져 들어간 비탈을 향해 미끄러져 가다가는 기류에 빨려 올려간 것처럼 갑자기 솟구쳐 올랐어요. 그러고는 남쪽 바다로 서서히 날아갔어요. 새가 수평선에서 사라지고 나자 난 언덕을 내려왔죠. 슬픔과 기쁨이 섞인 묘한 기분으로 말예요."

그 아름다운 새의 경우에 비하면 내 흰 생쥐는 별로 대단한 게 없었다. 내 생쥐는 자유 대신 고양이의 이빨 세례를 받았을 뿐이다. 내가 대신 차를 몰겠다고 폴라 로첸에게 제의했다. 하지만 그녀는 피곤을 느끼지 않았으며 계속 운전을 하고 싶어 했다. 표지판으로 봐서 5, 6킬로미터밖에 떨어져 있지 않은 바다를 따라 우린 차를 몰았다.

하지만 바다는 보이지 않았다. 산울타리와 바다 쪽으로 솟아 있는 목장들에 가려져 있었던 것이다. 그 고장은 바다라는 자기들의 보물을 감춰두고 있는 것처럼 보였다. 비르 강 삼각주를 보는 것만으로는 성이 차지 않았다. 카랑탕과 코탕탱을 지났다. 우린 다시 육로로 접어들었다. 해가 뉘엿뉘엿 넘어가고 있었다. 서쪽으로는 싸늘한 빛이 보였다. 다시 회색빛이 솟아오르더니 우리 얼굴을 환하게 비추었다. 이따금씩 나무와 오두막집, 동물원, 추운 듯 들어앉아 있는 동네가 눈에 들어왔다. 비는 그쳐 있었다.

한없는 바다의 파도 소리가 희미하게 들려왔다. 바다는 자신의 존재를 숨기려 하는 것 같기도 했다. 우리 발밑의 화강암과 방파제의 콘크리트를 바닷물이 핥고 있었다. 바닷물의 헐떡거림은 무시무시한 짐승이 아직도 그 속에서 살고 있다고 말해주는 것처럼 보였다. 어두운 증기가 바다의 몸속에서 나와 밤과 뒤섞였다. 드디어 도착한 것이다.

"자, 여기서 섬으로 가는 배를 타는 거예요."

어두워서 거의 보이지가 않았다. 나는 방파제 끝으로 갔다. 돛대와 난간 위로 솟아오른 포곽(砲郭) 위를 전등불이 낱낱이 비추고 있었다. 그것은 군사용 건물은 아니었지만 밀물 때가 되면 승선과 하선을 위해 선박들의 현문(舷門)과 연결되는 부속 건물이었다. 겨울 밤이었던지라 그곳에는 사람의 손이 닿은 흔적이 전혀 보이지 않았다. 돌풍이 몰아치면서 노란색 전구에 김이 서렸다. 그 평화로운, 길들여진 물건들은 초라한 풍경 너머에는 자기들의 왕국이 있으며 무한한 힘을 가지고 있음을 우리에게 상기시켜주었다.

"집은 저 위에 있어요."

폴라 로첸은 숲 같기도 하고 아닌 것 같기도 한 어렴풋한 형체에 잠긴 회색 점 하나를 가리켰다. 그 점은 육지 쪽 갑(岬) 위에 놓여 있었다. 아래쪽으로는 덧문이 잠긴(벌써 두 달 전에 시즌은 끝났다) 창고들과 말뚝으로 떠받친 수리 도크가 달린 예망 어선들이 보였다. 거무스름한 선체 사이를 게 한 마리가 배회하고 있었다. 모든 것이, 심지어는 게까지도, 거대한 바위 하나에 의지하고 있었는데, 그 바위 위에는 녹색 진주로 만들어진 묵주 같은 것이 언덕을 향해서 구불구불 나 있는 길을 표시해주었다. 아무런 냄새도 느껴지지 않았다. 요오드 냄새도, 소금 냄새도. 조가비나 물고기 비늘 냄새도 나지 않았다. 얼음처럼 차가운 습기가 그 냄새들을 빨아들였던 것이다.

문이 잠긴 건물 정면과 선원들이 드나드는 카페의 간판과 셰르

부르 방향을 알리는 신호판과 야행성 동물들의 인광을 발하는 눈들이 오스탱 승용차의 전조등에 비쳤다. 우리는 녹색의 묵주 같은 걸 따라 자동차를 몰았다. 철문 앞에서 폴라가 차를 세웠다. 철문은 맹꽁이 자물쇠를 채운 체인과 빗장으로 이중으로 잠가놓았다. 폴라의 아버지는 그녀에게 마멸된 기계들을 철책부터 시작해서 조심스레 다루라고 충고했다. 진흙으로 다리가 더러워지고 치마가 구겨진 폴라는 전조등 불빛을 받으며 몇 분 전부터 갖은 애를 다 쓰고 있었다. 드디어 맹꽁이 자물쇠가 열렸고, 빗장도 잠시 저항을 했을 뿐이다.

그녀가 말했다.

"당신에게 이 일을 맡겨두었더라면 당신은 몽땅 부숴버렸을 거예요."

체인이 날카로운 소리를 내며 삐걱거리더니 움직이기 시작했다. 어디선가 개 한 마리가 짖고 있었다. 우리가 문짝을 열어젖혔을 때 그 개는 있는 힘을 다해서 꽥꽥 소리를 지르기 시작했다.

폴라는 나뭇잎에 파묻힌 일종의 헛간 같은 곳까지 차를 몰았다. 나는 그녀 뒤를 따라 풀과 이끼로 뒤덮인 가로수 길을 걸어갔다. 좌우로는 원시림같이 변해버린 숲이 보였다. 가로수 길이 끝나는 곳에는 돌과 벽돌로 지은 집이 있는데, 창문들이 모두 막혀 있었다. 그 이층집은 뾰족한 모자처럼 균형 잡히지 않은 높다란 지붕으로 덮여 있었다.

어둠에 익숙해지자 내 두 눈은 자그마한 종루가 솟은 작은 탑과, 화살이 바람을 찌르는 그 반짝거리는 풍향계를 식별해낼 수 있었다. 현관 앞 층계는 사용할 수가 없었다. 계단이 나뭇가지에 뒤덮여 보이지 않았기 때문에 우리는 그 나뭇가지들을 헤치고 문까지 가느라 큰 어려움을 겪어야만 했다. 문은 무거운 떡갈나무로 만들어져서 친근한 기분이 들게 했다. 열쇠는 빗장 속에서 쉽사리 움직였다.

"집은 남동향이에요. 집 뒤쪽 테라스에서 바다를 바라다볼 수 있어요. 내일 보여드릴게요."

계단 밑에 숨겨진 전기 계량기를 찾아내야 했다. 그건 낡은 상자처럼 생긴 검정색 기계였는데 두꺼비집을 밑으로 내릴 수가 있었다. 모든 것이 아주 잘 움직였다. 광선 또는 파리똥으로 더럽혀진 전쟁 전의 전등에서 나오는 빛이 잿빛과 장밋빛 벽으로 막힌 복도에 쏟아져 내렸다. 벽은 시대의 유행을 완전히 무시한 식물(아칸더스 잎과 꽃)이 그려진 벽지로 온통 도배되어 있었다. 여기저기 곰팡이가 피어서 그 생기 있는 색깔을 훼손했다.

나는 폴라의 얼굴이 극도로 창백해진 것을 보고 깜짝 놀랐다. 그녀는 구석구석을 바라보고 있었다. 별로 기쁜 표정은 아니었다. 난 그런 기색은 나타내지 않았다. 하지만 잘못 생각한 것이었다. 그녀는 어린 시절 집을 다시 찾아온 걸 무척 기뻐하고 있었던 것이다. 계단과 방에서 그녀는 모래와 해초 냄새를 맡았다. 그런 냄새에는 계속되는 겨울과 어둠, 그리고 습기 때문에 퇴색해버린 직물의 아주 특별한 냄새가 뒤섞여 있었다.

그녀는 비어 있는 방으로 들어가서 방문과 덧창을 열었다 닫았다 했다. 수도꼭지도 틀어보려고 했지만 수도꼭지는 완강하게 저항할 뿐 물을 쏟아내지 않았다.

나는 짐을 풀어 마루에 모아놓았다. 모든 것이 고요하고 적적해졌다. 우리가 이 무덤 같은 곳에서 살거나 살아남으려고 하는 방법은 나를 불안하게 만들지 않았다. 극도로 불편한 그 집의 환경은 의 기소침했던 내 기분이 말끔히 사라져버린 것에 비하면 아무것도 아니었다. 머릿속에는 갑자기 의문 하나가 생겨났다. 여기서 뭘 해야만 하는가? 내게는 아무것도 아닌 이 낯선 집에 나는 왜 왔는가? 엄격하게 얘기하자면 폴라 로첸과 동행했다는 것이 충분한 이유가 될 수도 있었다. 하지만 나는 내가 식별할 수 없는 어떤 필연적인 이유가 또 하나 있다는 걸 알았다.

그거야말로 내 현기증의 이유였다. 낡은 집 문을 다시 열어서 상태를 조사하러 그 집에 갔다는 건 하나의 이유에 불과할 뿐이었다. 하지만 왜? 한 가지 확실한 것은 내가 어디 있느냐 하는 것은 거의 중요치 않다는 사실이었다. 그 집에 있든 파리에 있든 상관이 없었다. 우리가 거기 머무른다 해서 운명을 바꾸거나 밝게 만들 마술적 힘을 얻을 수 없다는 사실 또한 분명했다. 우리가 거기 머무른다 해서 우리 자신의 문제를 해결하는 데는 도움이 되지 않는다는 사실 또한 확실했고. 우리는 그저 머물렀을 뿐이다.

폴라의 환호 소리가 나를 곤혹감에서 끄집어내주었다. 그녀에게 올라갔다. 그녀는 벽장에서 사진 두 장과 소설 한 권을 찾아냈다. 알퐁스 르메르 출판사에서 발행된 바르베 도르비이의 《늙은 정부(情婦)》 1권이었다. 1928년도 판. 23쪽에서 33쪽까지의 슈와쉴 절(節). 폴라는 열심히 페이지를 넘기더니 기뻐서 어쩔 줄 모르는 표정으로 첫 줄을 읽어 내려갔다.

"183○년 2월 어느 날 밤. 바렌느 거리에 위치한 어느 아파트 창문에 바람이 불더니 비를 흩뿌렸다……."

순전히 감으로 어림짐작할 수밖에 없는, 도대체 이해할 수가 없는 구절도 있었다.

"너무도 신비스럽게 담황색 육체를 적시는, 또한 확신에 찬 듯 집요하게 퍼부어지는 입맞춤에 붉은 육체를 갑자기 배신하는 피의 부글거림. 우아하고 조용한 얼굴 속 부모에게 물려받은 낯선 윤곽은 어떤 운명의 자줏빛 표적이었다……."

나는 '담황색'의 의미에 대한 나의 무지를 고백했다. 하지만 얼마나 매혹적이면서도 종잡을 수 없는 말인가! 폴라는 기뻐서 어쩔 줄 몰라 했다.

"난 옛날에 모두 읽었어요. 물론 2권은 찾아내지 못했지만요."

정선된 단어들로 이루어진 그 흰 물결이 이는 페이지들과, 물결을 이루면서 그녀로 하여금 잠들게 도와주었던 그 바다의 장(章)들을 그녀는 감동 어린 표정으로 회상했다.

"바르베 도르비이에게는 자연이라는 게 없다는 사실을 알아요? 그건 그가 언뜻언뜻 생각하는 주제이며 순수한 관습이죠. 자, 그는 이렇게 말해요. '살을 에는 듯 차가운 달빛이 비쳤다.' 이 말은 드 프로즈니 자작의 밤의 산책을 생각나게 하기에 충분하죠. 그는 무대를 세우죠. 그걸로 끝이에요."

"그 사진들은 무슨 뜻이오?"

"수영복을 입은 이분은 우리 아버지예요, 1935년에 유행했던 수영복이죠. 난 태어나지도 않았죠. 이건 포르-바이유 쪽의 카르트레 해변을 찍은 사진이고요. 비상(飛翔)의 순간에 멈춰버린 이 파도를 봐요. ……이걸 보면 사진으로 찍힌, 잠시 고정되어버린 바다를 바라보고 있는 기묘한 인상이 들어요."

그녀가 자기 방을 보여주었다. 원래 침대가 있던 곳이었다. 하지만 침대와 다른 가구들은 보이지 않았다. 그녀는 어째서 그리 되었는지를 알지 못했다. 집 안을 들락거리는 건 가구들의 운명이다, 마치 그 집 식구들처럼. 나는 현관 수도꼭지를 틀 수 있게 되었다. 마치 달빛처럼 살을 에는 듯 차가운 물로 고양이 세수를 하고 난 우리는 부엌에서 식사를 했다. 부엌의 구석 화로 옆에는 식탁 하나와 걸상 몇 개, 짝이 맞지 않는 식기 몇 개가 있었다.

그러고 나서 우린 마치 노부부처럼 잠을 자러 올라갔다. 그 방에 붙은 테라스에서는 날만 좋으면 섬을 볼 수 있었다. 이런 계절에는 계속 안개가 끼기 때문에 절대로 섬을 볼 수가 없을 거라고 폴라가 덧붙여 말했다. 방은 굉장히 넓었다. 거기서 낡은 침대, 아니 차라리 그물 모양 스프링을 들어내고는 거기다 우리가 가져온 침낭을 깔았다. 공기가 차고 눅눅했으므로 옷은 벗지 않았다. 그러고는 살짝 데워진 한 개의 공처럼 서로의 팔 안에서 몸을 움츠린 채 한덩이가 되어 잠에 빠져들었다.

우리가 매일 부딪치는 그 단순한 사건들을 이해하려면 깊이 생각할 시간이 필요하리라. 예를 들면, 어제 너무도 큰 영향을 미침으로써 우리를 숨이 끊어질 정도로 놀라게 했고, 우리로 하여금 전혀 조리 있는 생각을 못하게 했으며, 오늘은 우리를 아주 냉담한 무관심 속에 몰아넣은 일이 어떻게 된 것인가를 이해하려면. 하지만 우린 우릴 괴롭혔던 일을 잊지 않았다. 우린 질문을 퍼붓거나, 우리가 느끼고 있던 괴로움의 윤곽을 다시 그려낼 수도 있었다. 하지만 그럴 생각조차 없었다. 그것은 마치 그 모든 것에 생소한 우리들이 신세계에 상륙하려는 것 같기도 했다. 우린 그 새로운 세계로 돌진했다. 우린 정말 그 새로움을 지극히도 원했다. 폴라 로첸은 아직 자고 있었고, 나는 그런 질문들에 관해 곰곰이 생각을 해보았다.

전날 저녁, 복도의 추위 속에서 나는 그 집에서의 내 존재가 갖는 외면상의 애매모호함에 대해 질문을 던졌는데 이제는 아무런 질문 없이, 아무런 불편 없이 눈을 뜬 것이다. 느닷없는 바람이 뚫고 지나가는 하늘처럼 정신이 맑아졌다. 나는 침묵 속에서 웃기 시작했다.

우리의 정신이나 영혼의 상태가 중요성을 부여하지 않는 한 그 장소는 아무런 중요성도 갖지 않는다. 그렇게 되지 않는 한 그 장소들은 중요하지 않은 것이다. 새벽의 침묵은 완전했다. 폴라는 내게 꼭 안겨 있었는데, 그녀의 온기가 날 기분 좋게 해주었다. 나는 그날 밤에 꿨던 꿈을 우아한 기분으로 되씹었다.

가장자리가 불명확한 표면은 순결무구하다. 그 표면을 가장 잘 한정하는 것은 경계선이라기보다는 그 순백함이다. 그 표면은 스크린을 생각나게 한다. 부드럽고 매끈하며 솜 같은 순백함. 형태가 없는 그 표면은 호화롭다. 그래서 구역질이 나려고 하는데, 그냥 그러고 말 것인지 토하게 될 것인지는 알 수가 없다. 눈과, 흰 담비의 흠 없는 털과, 우유와, 금방 다려놓은 속옷, 그리고 해마(海馬) 어금니와 비교하는 것은 적절하지 않다. 표면은 처녀지(處女地)와도 같으며, 그 내부 존재의 고동과 함께 빛을 반사하는 다른 흰색 물질들과는 달리 진동하지 않는다. 그 표면은 태양처럼 눈을 따갑게 만들지도 않는다. 오히려 시선을 끈다. 시선은 그 표면 위를 뚫어져라 바라보면서 거기서 자기 욕망을 채우려 할지도 모른다. 하지만 그럴 수는 없다.

몽상가는 자신이 저도 모르게 거기 가까워지려는 것을 깨닫는다. 그는 자신의 뻣뻣한 상체와 다리를 흔든다. 자신이 마치 한 마리 생선처럼 팔딱팔딱 헤엄을 치면서 다른 사람들을 향해서 나아간다는 생각을 한다. 어쨌든 어떤 힘이 그를 곁에 내팽개친다. 그의 마음속에서나 마음 밖에서나 그런 움직임이 이루어진다. 마치 그가 만져보고 또한 그를 만지는 기생체(氣生體)들이 도처에서 서로 멀어져가는 것 같다. 절박한 불안감과 근심 걱정이 멀어져갔다. 점점 심해지는 거북함을 생각한다는 것은 그것만으로도 이미 하나의 고통이 되리라.

그의 정신은 한가하며(하지만 비어 있지는 않다), 그의 자유로운 움직임은 영원하다. 그는 아래쪽과 위쪽, 앞쪽과 뒤쪽의 의미, 그리고 거기 용해됨이 없이 공간 속을 향하는 능력을 간직했다. 그는 먼빛으로 호수를 본다. 그는 온몸을 너울거리며 하얀 물을 향해 나아간다. 하지만 그는 자신이 거기 가까워진다는 느낌을 갖지 못하며, 또한 시간의 전개나 경과를 느끼지 못한다. 그의 지표(指標)는 사라져버린다. 그는 얼어붙은 부동(不動)의 현재 속에 있다. 그는 저기 보이는 흰빛 속에서 목욕을 하고 싶어 한다.

이제 그는 바다 깊숙한 곳을 걷는 듯하다. 그는 화가 난 듯 잠수부처럼 느릿느릿 몸짓을 한다. 그는 자신의 동작이 무겁거나 부자연스럽다고는 느끼지 않는다. 힘을 쓰는 것 같지도 않다. 그러니 피로하지도 않다. 분주히 몸을 움직이면 움직일수록 그는 잠에 빠져들기 이전에 근육이 풀어지는 것 같은 느낌을 더욱 갖게 된다. 그는 격렬하게 움직이지만 자기가 앞 또는 뒤로 이동하는 거라고 주장할 수는 없다. 순결무구한 표면은 그에게서 멀어지지도, 그에게 가까워지지도 않는다. 그는 아무런 욕구불만을 느끼지 않는다. 불안감도 느끼지 않는다. 하지만 그는 깨어 있는 세계에서는 그런 감정들을 느꼈는데, 깨어 있는 세계는 그의 의식에서 완전히 지워지진 않았다.

흰빛은 그 근원을 알 수 없는 빛을 사납게 빨아들인다, 부드러운 결을 가진 피륙을 변색시키면서. 흰빛은 반들반들 반짝거린다. 그때까지는 없었던 우툴두툴한 올도 생겨났다. 한쪽에만 생겨난 올. 여기저기 흩어져 있는 몇 개의 점들. 그 점들은 환한 빛을 발하며 타오르는 듯하다. 그 점들 가운데 하나는 아마도 연소를 마친 듯 회색빛을 살짝 띤다. 몽상가는 자신이 금방 호수에 잠겨들 거라는 사실을 안다. 아니면 그렇게 믿어 의심치 않는다.

시간의 인식으로의 복귀. 회색 점이 퍼져나가기 시작한다. 회색 점은 그 중심을 검게 물들인다. 중심을 침입한 검은색은 모든 표면 위로 흩어지고 확산된다. 어둠에 잠겨가는 그 과정을 저지할 방법을 재빨리 찾아내야겠다고 몽상가는 생각한다. 순식간에 퍼져나가는 검은색. 불안감이 그를 사로잡는다. 자신이 떠나보냈지만 소생시켜야 할 하나의 세계가 다가오고 있다는 것을 그는 느낀다. 그는 졸음 속에서 얼굴을 찌푸린다. 그의 시선은 아직 여기저기 하얀 표면에 여전히 매달려 있다. 그는 완전한 무력감 속에 빠져 있다.

더럽혀지지 않은 공간은 이제 더는 없다. 그렇게 계속된다. 어디나 펼쳐져 있는 회색빛은 진하고 어둠침침하게 변한다. 몽상가의 시선은 청징(淸澄)한 흰빛을 찾아 이 점에서 저 점으로 헛되이 떠돌며 방황한다. 불가능한 탐색. 모든 표면은 흐릿한 회색에서 최초의 어둠의 색조로 변한다. 끔찍할 만큼 규칙적으로. 그리고 나서 그는 움직이지 않았다. 상쾌한 항해와 부드러운 융해는 끝이 났다. 그는 젤라틴 같은 자신의 밀도와, 자신의 한계, 자신의 단일성을 느낀다. 그는 어떤 부동의 기다림으로 인도된다. 물론 사나울 정도로 격렬한 욕망으로써 음울한 베일을 젖히려 하지만. 자신이 머지않아 분리될 거라는 사실을 알고 있다.

짙어지는 어둠의 표면을 방해하는 것은 아무것도 없다. 잉크가 종이 위를 넘쳐흐르는 듯하다. '새까맣다'고도 말할 수 있다. 땀이 나기 시작하면, 숨쉬기란 믿을 수 없을 만큼 힘이 든다. 억압을 풀려는 그의 의지는 무력하다. 도처에서 그를 짓누르는 보이지 않는 벽과, 구토가 올라오는 것을 알려주는 딸꾹질을 억누를 수도 없다. 끝이 나지 않았다. 그는 자신이 감옥에 갇혀 있다고 느낀다. 그는 몸부림을 치면서 그 힘과 싸운다. 그를 부정하면서 앞으로 밀어내는 힘과. 이제 표면은 밤의 얼룩에 의해 침입, 점령당하고 말았다.

그것은 암종(癌腫)으로서 건강한 육신의 흔적을 말끔히 없애버렸다. 호수는 마치 훔쳐온 석탄 덩어리 모양을 하고 있다. 우툴두툴하고, 주름이 잡혀 있고, 모서리가 나 있고, 조각이 나 있고, 구불구불하고, 혹이 나 있는…… 석탄 말이다. 그의 시선은 황량하다. 광기. 응시될 수 없는 것, 견뎌낼 수 없는 것, 밤의 외설스런 빛을 그는 본다. 그는 땀에 흠뻑 젖은 채 잠에서 깬다. 그의 입은 활짝 벌려져 있고, 그의 얼굴은 찌푸려져 있다. 깨어나면서 내지르는 혈기 찬 외침이 그의 목구멍 안에서 터져 나온다.

옅은 잠 속에서 그렇게 꿈을 꾸던 나는 황토색 어슴푸레한 빛을 받으며 다시 눈을 떴다. 어렴풋한 황금빛이라고도 할 수 있을 그 빛은 벌거벗은 방의 공기를 덥혀주었다. 계절에 상관없이 날씨는 좋았다. 폴라 로첸은 팔로 머리를 감싼 채 쌔근쌔근 잠을 자고 있었다. 그녀의 새하얀 눈꺼풀은 희미한 빛을 유인하고 있었다. 그녀의 푸근하고 고른 숨소리가 내 손 위에 와서 자리를 잡았다. 반쯤 벌린 그녀의 입술 사이로 치열이 완전히 드러났다. 마치 산꼭대기에 서서 몇백 년이나 된 성채의 순찰로를 내려다보는 기분이었다. 그 숨결처럼, 몇십 개의 틈을 통해 길을 여는 그 이상한 빛처럼 모든 것이 침묵에 잠겨 있었다. 내 마음속의 고백할 수 없는 평화가 집 안의 평화에, 근처 집들의 평화에, 가깝지만 보이지 않는 바닷가와 바다의 평화에 답하고 있었다.

테라스는(난 결국 그곳으로 가는 길을 찾아내고야 말았다) 시간에 따라 금빛이나 장밋빛을 띠는, 브르타뉴 지방의 잿빛 쑥돌로 만들어졌다. 돌은 단단하게 붙어 있었다. 그래서 그 돌 속으로는 칼날을 집어넣는 것조차 불가능해 보였다. 마치 거대한 퀴즈코산 바위처럼 말이다. 경계를 표시하는 난간의 갓돌은 불룩하게 솟아오른 한 줄의 작은 기둥들로 받쳐져 있었다. 끝 부분과 모퉁이 부분에는 석회 더미를 모자처럼 씌워놓은 청동 수반(水盤)을 박아 고정해놓았다.

서향인 테라스는 따사롭다고 할 만한 풍성한 햇살을 아직은 받지 못했다. 그건 분명했다. 테라스는 푸른색이었다. 테라스는 공기와 벽 위에 그 푸르름을 퍼뜨리고 있었다. 테라스 남쪽에 있는 온실은 문이 잠겼는데, 온실은 거대한 바위에 세워져서 안쪽으로 들어가는 수밖에 없었다.

낮은 쪽 정원은 항구와 바다로 미끄러지듯 내려간 일종의 빽빽한 치너럼이었다. 아침의 돌풍은 정원의 죽은 나뭇잎과 나무들을 느닷없이 흔들어대곤 했다. 소(小)관목들은 얀선파(장세니즘을 신봉하는 교파)의 열광적인 신도들처럼 부들부들 경련을 일으켰다. 돌풍이 지나갈 때마다 초목들은 다시 토끼 사육장으로 변하곤 했다. 그것은 지각(地殼) 위에 만들어진 메마르고 빽빽한 초록색이었다. 개미들은 깊숙한 땅속에서 테라스까지 줄을 지어 올라오곤 했다. 높은 곳으로 옮아가거나 아니면 그냥 이사를 가는 듯이 보이는 개미들은 온갖 조각과 알을 옮겨갔다. 개미 떼는 난간을 따라가거나 아니면 구불구불 돌아서 정원으로 다시 내려가곤 했다. 개미 떼들은 전쟁을 치렀거나 아니면 개미 차원의 재난을 만난 듯 보였다.

아마 9시쯤 되었을 것이다. 손목시계를 내 방에다 놓고 왔으니, 바다와 면한 시간의 경과를 따져보려면 빛의 강렬함을 믿는 수밖에 없다. 테라스는 집주인들이 파도를 볼 수 있게끔 지어져 있었다. 시간은 그 공간 속으로 용해되고 있었다. 나 또한 거기 용해될지 모른다. 내가 본 것에다 아무것도 덧붙이거나 없애지 않고, 정확히 관찰할 의무를 지지 않는다면. 나는《잃어버린 시간을 찾아서》의 화자에게서 멀어지고 싶었다. 발벡의 자기 방에서 잠을 깬 그는—어쨌든 그건 내 추억이기도 하다—창문에서 바다를 바라보았다. '그늘 한 점 없이 적나라한' 바다는 눈처럼 흰 마루를 가진 에메랄드빛 파도와 빙하처럼 푸르른 연무(煙霧) 때문에 더욱 황홀해 보인다.
……실제 풍경은 점차, 반은 실제적이고 반은 상상적인 다른 풍경으로 바뀐다. 마치 내 가슴속에 유령 같은 바다가 그려져 있는 듯한 풍경. 내가 주의 깊게 바라보던 바다는 마치 희끄무레하고 얇은

강철판처럼 꼼짝하지 않았다. 그것은 넓은 노란색 양탄자 위, 수평선에 기대어놓은 난공불락의 강철판이었다. 마치 사막처럼 인적이 끊긴 강철판. 유일하게 움직이는 존재들은 하늘 속에 자리 잡고 있었다. 아니 그보다는 하늘이 움직이는 것처럼 보였다. 힘찬 산들바람은 커다란 흰 구름을 대지 내부로 끊임없이 몰아갔다. 흰 구름은 살며시 미끄러지다가 육지의 입김을 받고는 단숨에 날려 가버렸다. 그러고는 내 머리 위를 전속력으로 지나쳤다.

풍경을 정확하게 검사하던 나는 그걸 조망하기로 했다. 거기서 강철과 노란 양탄자와 사막을 발견하지 않을 수가 없었다. 아니다, 관찰자가 자기 자신의 시야에 포함되지 않는다는 것은 언제라도 불가능하다. 난간에 팔꿈치를 기댄 나는 그 시야 내에 자리 잡았다. 또한 더 멀리 또는 더 높은 곳에 자리 잡은 정관자(靜觀者)는 분명히 날 그곳에 포함시킬 것이다.

잠시 나는 내 주위에서 보이지 않지만 분명히 있을 그 정관자를 찾았다. 그 정관자가 깊은 수렁에 있는 한 심상 속에서 날 끄집어내고 나면 아무도 발견하지 못할 것이다.

나는 더 건전한 방법으로 관찰을 하려고 애썼다. 집을 둘러싼 토끼 사육장 발치에는 붉은색 기와지붕을 가진 자그마한 집들이 여기저기 흩어져 있었다. 어떤 굴뚝에서는 회색빛 연기가 가느다랗게 솟아났는데, 그건 사람이 있다는 증거였다. 외침도, 망치 소리도, 자동차 소음도 들려오지 않았다.

C는 죽은 도시였다. 승선장 방파제의 포대 지붕 위로는 역광 때문에 퇴색된 깃발이 나부꼈다. 바다에는 돛 하나 보이질 않았다. 늘 무슨 일인가가 벌어지는 자그마한 뜰에도 개미 새끼 한 마리 얼씬

거리지 않았다. 바람이 다셔놓은 엷은 연인 지대, 그리고 드넓은 바다와의 절망적인 접촉이 바로 그걸 설명해주지 않는가? 그곳에는 시(詩)도, 바다의 아름다움도 존재하지 않았다. 그곳 방파제와 갑(岬) 위에 사는 인간은 바다 위에서는 바라볼 게 아무것도 없다. 바다는 아무것도 아니다. 아마도 그는 그 바다를 바라보고 싶어 하지 않는지도 모른다. 그는 그 자신 속에 머물러 있다. 그는 아무 소리 없이 꼼짝도 하지 않는다. 그는 순응하기 시작한다.

이런 계절이면 섬에는 사람이 찾아오지 않는다. 섬과 육지 사이의 운항도 끊기고 말았다. 부두는 버려졌다. 깃발은 겨울 내내 나부낄 것이고, 춘분 무렵의 거센 바람은 그 깃발을 갈갈이 찢어 누더기로 만들 것이다.

잔잔한 썰물 시간은 지났다. 바람은 더욱 세차게 불었다. 뭉게구름을 갈기갈기 찢어 부스러뜨린 바람은 다시 그걸 톱니 모양의 가는 조각으로 흩뜨려놓고는 안개처럼 뿌렸다. 나는 바람이 천식 환자처럼 숨을 몰아쉬는 소리를 들을 수가 있었다. 바다가 앞으로 나아가는 듯했다. 저 아래쪽 불투명한 마그마의 미세한 움직임. 푸른색 모래톱이 짙은 색깔로 변했다. 가장자리가 흰빛으로 둘러싸여 있는 모래톱을 반사광이 스쳤다가 순식간에 사라져갔다. 바다가 잠에서 깨어나고 있었다.

이리저리 떠도는 구름과 안개에서 태양이 빠져나왔다. 북쪽과 남쪽으로는 모래사장이 길게 이어졌다. 그건 마치 한쪽은 자수정으로, 다른 한쪽은 에메랄드로 가장자리를 장식한 섬세한 금빛 리본처럼 보였다. 모래 언덕에 나 있는 풀과 모래와 물은 다시 한 번 바위와 귀금속으로 변했다. 변변한 재주 하나 없는 인간이라 할지라도 한 명의 기묘한 연금술사가 될 수 있다.

처음 사흘 동안은 별일 없이 지나갔다. 우리는 테라스 위에서 시간을 보냈다. 테라스 위에서 아침 식사를 했다. 공기가 아무리 차가워도 바다를 바라보며 그렇게 식사를 하는 것이 좋았다. 우린 주로 폴라 로첸이 쓴 시에 대해 얘기하곤 했다. 그녀는 차고에서 찾아낸 정원용 탁자에서 매일 오후 그 시들을 썼다. 짧은 시들이었다. 그 시들의 주제는 조약돌과 풀잎, 새의 노랫소리…… 등이었다. 폴라 로첸은 생명 없는 사물들이 말을 하기를 원했다. 그녀는 그 사물들의 형태를 표현하거나 표현하려고 애썼다. 그뿐이었다.

바람의 손길에 눕고 마는 풀, 모래에 반쯤 파묻힌 조가비의 부채 모양 줄무늬……. 최근 그녀는 자신의 자연 진열실에 바닷가의 조약돌과 바닷가에 한데 모인 신천옹 깃털을 덧붙였다. 그녀는 사물에 가장 가까이 가고 싶어 했고 사실 가장 가까이 있기도 했다. 난 그 시들에 감탄했다. 하지만 자신을 표현하는 데 인간의 말을 필요로 하지 않고 존재하는 형태들을 위해서 이야기하는 것은 위선적인 수단이라고 나는 주장했다.

폴라는 내 관점을 수긍했지만 인간의 본능이란 자신을 둘러싸고 있는 세계의 그 어느 것도 이해하지 못하는 것이며, 또한 그 세계에 접근할 수 있는 유일하게 가능한 방법이란 우선 우리의 말로 그 세계를 이야기함으로써 그 세계를 이해할 수 있다는 환상을 가지는 길뿐이라고 말했다. 나는 세계가 내게 알 수 없는 것이라는 사실을 인정했다. 또한 나는 언어의 문제에서는 가장 복잡하면서도 가장 일상적인 과학의 숫자들을 의심해보아야 한다는 사실도 인정했다.

예를 들면 맑은 물이 얼기 시작하는 0도와 파이(π), 그리고 소리와 빛의 속도 같은 숫자 말이다……. 왜냐하면 그런 모든 숫자들이란 인간들 입속에서만, 오직 인간들만이 이해하며 예나 아니요로 약속될 수 있는 설명 체계 안에서 존재하기 때문이다…….

폴라 로첸은 (또한 이것은 우리가 논쟁을 벌인 또 하나의 주제였는데) 그저 불평밖에 할 줄 모르는 인간들에게 말할 기회를 준다는 데 질색을 했다. 어떤 사람들은—난 이 점에서는 그녀를 반박할 수가 없었다—맹렬한 신음과 피눈물만을 계속 자기 시의 소재로 삼았는데, 그래서 그 희생자들 눈에서는 피눈물이 마를 날이 단 하루도 없었다는 것이다. 오직 고통과 모욕 그리고 끔찍한 죽음밖에 알지 못하는 이런 사람들은 망각의 휴식과 평화를 절대로 즐길 수 없으리라고 했다.

이런 시인들은 망각의 적이었다(지금도 그렇다). 죽은 자도, 산 자도, 심지어는 기적적으로 살아남은 자들까지도, 그들의 의식에 의해서가 아니라 망각의 적인 그런 시인의 목소리에 의해서 과거의 공포를 상기하지 않고는 그들의 살아 있는 삶의 1초도, 10분의 1초도 살기를 바랄 수가 없다. 이러한 일은 그들이 결국 망각했다고 믿었던 그 10분의 1초 내에 정확히 일어난다. 이러한 시인들은 역사의 교훈이나 논리학의 도움을 받아서 매 순간 그런 사람들에게 이렇게 되풀이해 말하려 애쓴다. "똑같은 고통이 가까운 미래에 당신들을 기다리고 있소, 최악의 경우는 언제나 그리고 아직도 예측 가능하오"라고 말이다. 이런 시인들은 망각과의 악착같은 투쟁 속에서 그들 자신을 위한 양심을 갖게 된다. 거리낌 없는 양심까지도. 그들은 지금 세상의 시인들이 그럴 수 있듯이 알려지고 유명해진다. 성실한 사이클 챔피언들처럼 말이다.

그들은 페이지를 차례차례 채우고 안테나와 화면을 점유하며, 희생자들의 공포의 고함과 헐떡임이라는 요란스런 소재를 전파시켜서 이익을 얻는다. 그런 일들을 끝냄으로써 만족을 얻은 그들은 그들의 마지막 핏방울을 만년필에서 비워낸다. 그들은 그것을 망각에 대한 증거라고 부른다. 샌프란시스코에서 서울까지, 파리에서 멜버른까지…… 그들은 그 신성한 언사를 쏟아놓는다. 피를! 피를! 조심들 하라. 적이 가까이 있다. 인간의 피에 굶주린 괴물은 벌써 당신들 가슴속에 존재하는지도? 그 괴물은 바로 당신인지도? 그래서 그 누구도 더는 살지 못하며, 단순한 인간적이고 평화로운 삶을 더는 살지 못하리라.

내가 그녀에게 말했다.

"하지만 당신은 유대인이오."

"내가 유대인이라는 바로 그 이유 때문에 난 요구하는 거예요. '희생자들을 묻어버리자, 그들은 평화를 얻어야 한다. 살아 있는 사람들이 살아야 한다, 그것만이 더는 희생자가 생기지 않을 유일한 조건이다'라고요. 또한 살기 위해서는 삶이란 진정하고 순결한 새로운 삶이 되어야 해요. 삶을 말하고 또한 그 삶에 어떤 생각이든 부여하려면 나는 우선 돌과 해초와 구름과 공기의 언어부터 말해야 해요. 아니면 내가 그것들의 언어라고 믿고 있는 것부터 말해야 해요. 전 제로부터 다시 출발하고 싶어요. 과거의 피맺힌 세계는 제쳐두고 싶어요. 이젠 희생자들에게 내가 필요한 게 아니라 내게 그들이 필요해요. 잊어버리고 싶어요. 목이 잘려 죽은 사람들의 피가 뚝뚝 떨어지는 말들을 내 기억에서 지워버리고 싶단 말예요. 내게 생명을 주는 나른 말로 밀하고 싶어요."

예를 들면 우린 그 자갈을 선택하지는 않았다. 정확하게 얘기해서 그건 아무 데서나 볼 수 있는 자갈이었다. 언뜻 보면, 대조(大潮)가 이곳저곳에 쌓아놓은 몇백만 개의 다른 비슷비슷한 자갈들과 전혀 구별이 되지 않았다. 하지만 더 가까이서 보면 모든 것이 달라 보였다.

그건 독특해 보이는 자갈이었는데, 푸른색인 것 같기도 했고 흰색인 것 같기도 했으며, 보일 듯 말 듯한 어두운 색깔의 평행선 물결 무늬가 자갈 밑바닥에서 윗부분까지 점점 좁아지는 고리 모양으로 뻗어 있었다. 그 자갈은 몇백 년 동안 바람과 모래에 씻기어 마멸된 피라미드 모양이었다. 그 자갈을 관통하는 물결 무늬는 (완전히 평평하지는 않은) 밑부분에서 단 하나의 선으로 시작되었는데, 그 선은 다시 완전한 입실론(그리스 문자의 스무 번째 자모, 'ε, v'로 씀) 글자 모양으로 갈라져 있었다. 그래서 그 자갈은 입실론 자갈이라 불렸다. 표면은 마치 여자나 어린애의 피부처럼 매끈했다. 결이 무척 고왔고, 그걸 햇빛에 이리저리 돌려 보면 반짝거리는 미세한 점들이 나타났다.

"이건 눈인가?"

"필립, 돌에는 눈이 없다는 걸 당신은 아셔야 해요. 당신은 시인이 될 소질이 별로 없군요."

다른 방면에서도 그렇지만 나는 그 방면에도 소질이 없다는 걸 스스로 인정하고 있었다.

난 먹을 거리를 책임졌다. 폴라 로첸이 글을 쓰려고 이용하고 있는 외딴 바닷가를 그녀에게 마련해주기 위해서였다. 무슨 일이건 시도해보지도 못했고 더구나 성공은 꿈꿀 수도 없었던 나는 대단치는 않지만 필요한 일을 함으로써 그녀의 시에 기여할 수 있다는 데 최소한 내심으로는 만족을 느꼈다. 슈퍼마켓은 셰르부르 도로에 자리 잡고 있었다. 난 오스탱 승용차를 타고 그곳에 가곤 했다.

우린 그 집에서 아주 만족스럽게 생활을 했다. 나는 지하실 구석 보일러에서 열량을 몇 칼로리 얻어내는 데 성공하기도 했다. 우린 굉장히 따뜻하게 지내지는 못했지만 그렇다고 얼어 죽을 정도도 아니었다. 난 그럴 가능성에 대해 말하기를 꺼렸다. 난 C에서의 일종의 불안정한 삶에서 편안함을 느꼈다. 여유를 갖고 깊이 생각을 해보라고 폴라는 충고하지 않았던가?

엄마에게 편지를 썼다. 어떤 서점에서 발견한 옛날 우편 엽서첩을 이용했다. 그것은 시에나 흙처럼 부드러운 색깔을 띤 엽서 두 장이었다.

첫 번째 엽서에는 1909년 8월 14일, C의 거리를 통과했을 당시의, 곰 놀리는 사람 니콜라 플라망의 모습이 그려져 있었다. 그는 비비꼬인 리본으로 장식된 원뿔형 모자와, 꽉 끼는 저고리, 노끈으로 어깨에 연결된 바랑, 촌사람들이 잘 입는 헐렁헐렁한 짧은 바지 차림이었는데, 굵은 끈으로 발목과 무릎까지도 꽉 졸라매고 있었다. 그는 침착하고 자신감 있는 표정으로 사진사를 뚫어져라 바라보았다.

그것은 비정상적인 직업을 가지고 있으며 또한 자기 자신을 비정상적 인물이라 생각하는 사람의 표정이었다. 그의 영리한 곰들은 간편한 옷을 입고 있었는데, 그중 한 마리는 짧은 윗도리(알제리 저격병들이 보라는 듯 몸에 걸치고 다녔던 여성용 윗도리 같은 것으로, 1870년 전투에서 독일 창기병들은 그 옷만 보면 겁에 질리곤 했다)와 술 달린 붉

은 두건 차림이었고, 또 한 마리는 목검과 멜빵을 두른 긴 외투 차림
이었다. 두 번째 곰은 철제 상자로 만든 벙거지를 썼는데, 주인이자
조련사인 사람은 벙거지 위에 못을 하나 붙여놓았다.

자세히 들여다보면, 니콜라 플라망이 그의 변함없는 반려동물들
인 샤스포와 비스마르크에게 둘러싸여 있다는 글귀를 읽을 수가 있
었다. 그와 그의 곰들 양옆으로는 어린아이들—나무 창을 댄 구두
와, 장딴지까지 내려오는 반바지와 긴 아동복 차림을 한—이 꼼짝
도 하지 않은 채 열심히 의장대 노릇을 하고 있었다. 그 아이들의 눈
은 자부심과 기쁨으로 반짝거렸다. 그들은 대물(對物) 렌즈에 의해
영원히 기록되게 된 어떤 특별한 사건을 구경하는 행운도 가진 것
이었다. 어부들과 주부들, 농부들이 약간 점잔을 뺀 엄숙한 표정으
로 그 광경을 바라보았다. 하지만 사진의 배경을 이루는 부분에서
는 그림자 하나가 성큼성큼 멀어져가고 있었다.

두 번째 엽서는 첫 번째 엽서와는 완전히 달랐다. 그것은 세기
초, 섬으로 가는 배를 타는 장면이었다. 날짜가 불분명했기 때문에
그 사진은 신비한 향수 같은 것을 불러일으켰다. 우리가 도착했을
때 발걸음을 멈춘 적이 있던 부두 선창이 눈에 띄었다. 빈둥거리는
사람들—특히 그 때문에 얼굴이 안 보이는, 꽃으로 장식된 커다란
모자에 긴 치마 차림을 한 여자—덕분에 그곳은 덜 황량해 보였다.
그 엽서의 수수께끼, 그것은 얼굴을 가린 그 여자였다. 나는 그 여자
가 아름답고 날씬하며, 아마도 뭔가에 흥분하고 있다고 생각했다.
그녀가 손을 쳐들고 있었던 것이다. 전송을 하는 걸까? 남자 친구일
까? 남편일까? 오빠일까? 애인일까? 아니면 그냥 따가운 태양을 피
하기 위해서였을까?

선창과 바다, 하늘, 무척 아름다운 범선으로 이뤄지는 배경을 영원히 보존하기 위해서 찍은 것이 분명한 그 사진은, 우연하고도 우발적으로 배경에 끼어들어 중요한 자리를 차지하게 된 그 여자의 존재 때문에만 내게는 존재했다. 그녀는 아직 살아 있을까? 자기 가족들에게 둘러싸여 있을까? 아니면 양로원에 은거한 노부인이 되어 있을까? 실루엣으로 봐서 30대로 보이는 그 여인은 죽었을까? ……진짜 질문은 그녀가 누구였던가 하는 것이다. 그녀는 어떤 인생을 살았을까?

테라스에 올라간 나는 그녀가 발을 디뎠던 정확한 지점을 눈으로 좇았다. 빈 공간을 그녀의 모습으로 가득 채웠는데, 그 때문에 거북한 기분에 사로잡히고 말았다. 그처럼 그녀에게 매혹당했다는 것은 다소 유치하다고도 생각할 수 있었다. 나도 그 사실을 알았다. 하지만 어쩔 도리가 없었다. 나는 그녀의 그림자와 흔적을 찾았다. 그녀의 들어 올린 팔, 그리고 아마도 모자 테두리를 잡으려고 하는 손은 금방 눈에 띄었다. 또한 그녀가 입은 블라우스의 가슴 장식은 꽉 끼는 우아한 윗도리와 대조를 이루었다. 그녀가 인사를 하는 남자 또는 여자는 보이지가 않았다. 아마도 그녀는 하늘과 바다 사이에 놓인 호사스런 범선을 보며 감탄을 하고 있는지도 몰랐다.

한 가지 생각이 나의 부아를 돋우었다. 그 엽서와, 그리고 내게서는 엽서의 주(主) 인물의 주인은 나뿐만은 아니라는 생각 말이다. 물론 나는 그 엽서를 몽땅 다 사버렸다. 하지만 다른 서점이나 수집가가 엽서를 가지고 있을 가능성도 매우 농후했다. 요컨대 난 나 혼자만이 그 엽서를 소유했으면 싶었던 것이다.

폴라 로첸도 그 엽서를 좋아했는데, 그건 또 다른 이유에서였다.

부두의 선창이 그녀가 알던 그대로의 모습이었다. 옛날 사진의 표면이 두껍고 불분명했기 때문에 바다는 거의 환상적일 만큼 멀리 보였다. 그 미지의 여인의 효력을 잃은 매력과 범선의 매력은 한 폭의 그림이었다. 엄마에게 나는 이틀에 한 번씩, 곰 부리는 사람의 엽서에만 편지를 썼다.

슈퍼마켓에서 돌아오던 나는 낡은 교회 근처 바닷가에서 걸음을 멈추고 오랫동안 산책을 했다. 그동안 폴라 로첸에게 주려고 여러 가지 잔해를 주웠다. 겨울이 다가오고 있었다. 바닷가에는 끝없이 안개가 펼쳐졌다. 일진광풍이 일더니 날카로운 소리를 내며 해안을 휩쓸고는 뚫고 지나갔다. 뒤로 물러난 바다는 마치 먼 곳에서 되새김질을 하고 있는 것 같았다. 먼 곳의 바다는 점차 희미해져가더니 희끄무레한 색깔의 리본처럼 떠다녔다.

나는 한 시간 또는 그 이상을 걸었다. 모래가 구두 바닥에 달라붙었다. 지난여름의 흔적이랄 수 있는 오물들이 몇 킬로미터씩이나 널려 있었다. 쥐가 갉아먹은 밧줄, 플라스틱 재료로 만든 주머니, 선탠 크림 통, 캡슐, 부식되어서 연결 부분이 굳게 붙어버린 우산살, 안경, 브래지어, 샌들, 컬클립, 안전핀, 신문지 조각, 가느다란 가죽끈, 가죽띠, 사진기 삼각대, 샌드위치를 쌌던 판지, 텐트 말뚝, 부표, 갈가리 찢긴 그물, 삽자루, 양철통, 작은 병, 금이 간 타이어, 깃털, 사금파리, 통조림, 담배꽁초, 콘돔, 빈 담뱃갑, 넝마, 레코드 재킷, 철사, 배가 갈라진 장난감, 비누 거품, 열쇠, 불쾌감을 주는 장미 한 송이가 표지에 그려진 가제본된 책(리타 셰리-오텡의 최후의 소설), 바랜 손수건, 자전거 바퀴, 풍로의 낡은 연통, 걷어올려진 널따란 치맛자

사랑하 는 도 시 오 나 의 조 국

제 발 물 결 에게 말을 하 게 하라 내 게 —

되 돌 려

락으로 가려버리는 게 낫다고 사진사가 생각할 만큼 흥미가 안 생기는 얼굴을 가진 한 아가씨의 둥그런 궁둥이가 찍힌 포르노 잡지의 겉표지, 부서진 새장, 행주, 악보 조각, 마분지로 만든 컵과 접시, 주방용 고무장갑, 생선 장수들의 장갑, 비어 있거나 뭔지 모르는 액체가 반쯤 들어 있는 병, 은종이, 얼룩이 진 위생 타월, 트럼프(다이아몬드의 무표정한 잭), 라켓, 배드민턴 공, 터진 공, 검게 변한 오렌지색 가발, 쓸모없는 크리켓 표, 라이터, 손목시계, 여러 가지 수영모…….

인간이 바닷가에 흩어져 있었다. 매일 두 번씩, 성실한 바다는 그 쓰레기들을 핥고, 침식하고, 마멸시키고, 삼키고, 제거하지만 플라스틱과 합성수지 제품은 이겨낼 수가 없다. 바다는 그것들을 모래언덕 발치로 밀어내는데, 여기서 그 쓰레기들은 썩지 않는 얼룩덜룩한 환형(環形)을 그려내게 된다.

나는 깃털도 주워 모았다. 펭귄과 갈매기 깃털. 갈매기들을 자주 보곤 했다. 썰물에 드러나서 반짝거리는 그물에 앉은 가냘픈 은빛 갈매기들은 떼를 지어 다닌다. 갈매기들은 마치 졸고 있는 듯 가느다란 다리를 꼼짝도 하지 않는다.

내가 그쪽으로 쉰 걸음쯤 걸어가면 제일 가까이 앉은 갈매기는 도망쳐 가서는 반대편 갈매기 떼 사이에 조용히 자리 잡았다. 그다음에 앉은 갈매기는 날아오르기 전에 자기와 나 사이에 똑같은 50미터 거리가 유지되기를 기다렸다. 그 이하로 거리가 좁혀지면 위험하다고 생각하는 것이었다. 갈매기들은 밀려가는 파도를 따라가면서 배부르도록 고기를 잡아먹었다. 그러고는 늪 위에 모여 앉았다. 썰물에 밀려 먹이가 많은 곳이 사라져버리면 갈매기들은 제각기 불만스런 울음을 내질렀다.

갈매기들이 지나가고 나면 그곳엔 초록색 게들의 껍데기만 남았다. 게들은 미처 갈매기들에 대항할 시간이 없었다. 그건 가히 아수라장이었다. 갈매기들은 어김없이 부리질로 게들을 해초에다 내팽개치곤 했다. 나는 그 게들이 쓸모없는 집게발을 내두르는 모습을 상상했다(거리가 너무 멀어서 게들을 잘 볼 수가 없었기 때문이다). 꽤나 우스꽝스런 모습으로 이리저리 날뛰는 게들을 상상했다. 아마도 그 게들은 아무리 난리를 쳐봤자 쓸데없다는 걸 깨닫고는 갑자기 조용해졌는지도 몰랐다. 끝까지 막무가내로 몸부림을 쳤는지도 모르겠고.

갈매기들은 두 번째로 부리질을 해서 게들의 몸을 꿰뚫었다. 게들은 아직도 다리를 움직이며 최후의 방어를 하고 있었다. 게들은 두려웠을까? 갈매기들은 게를 죽이면서 어떤 쾌감을 느꼈던 걸까? 이따금씩 갈매기들은 게 한 마리를 차지하려고 두 마리가 서로 다퉜다. 서로 찌르고 치고받고 하며 싸우던 갈매기들은 결국 화해를 하고는 게를 잘게 자르곤 했다. 결국은 각질(角質)의 등껍데기와 다리만이 남았다. 그것은 삼지(三指) 지문을 가진 동물들 사이에 벌어진 불공평한 전투의 전리품이었다.

부러진 다리 하나와 집게발 하나를 폴라 로첸에게 가져다주는데 이상하게도 프르와사르의 말이 생각났다. 중학교 3학년 때의 역사 선생님이 감격해서 떨리는 목소리로 우리한테 읽어줬던 문장이었다.

"라 브라와와 크레시 사이의 토요일 전투는 정말 잔인하고 끔찍했다……."

이야기를 들었던 그날 상상했던 대로, 다시금 내 머릿속에는 무거운 갑옷 때문에 동작이 둔해진 필립 왕의 거인 기사들이 영국인들이 일사불란하게 벌인 세 번의 전투에서 부상을 당하는 장면이 떠올랐다.

바닷가를 걸으면서 난 이따금씩 가장 흐릿한 시간 속으로 거슬러 올라가곤 했다. 그 시간 속에는 역사가도 존재하지 않았으며, 반나체에 돌칼을 가진 사람들이 모래사장을 돌아다녔다. 여름이면 그 사람들은 조개를 먹고 살았다. 첫 추위가 다가오면 그들은 다시 땅굴로 돌아갔다. 내가 있던 그곳에서 나는 어떻게 그들과 가장 확실히 연결되었을까? 물렁물렁한 모래사장 위를 그렇게 걸음으로써? 아마 그럴지도 모른다. 하지만 그건 허약한 감정이었다. 하늘과 함께 움직이는 파도를 바라봄으로써? 그들은 대서양 저편 땅을 몰랐고, 결코 쉬지 않는 그 거대한 바다는 아마도 그들 눈에는 무시무시하고, 노호하며, 끔찍한 분노로 사납게 파도치는 피조물로 보였으리라.

바람! 짐승의 소리. 짐승의 말. 그렇다. 반나체의 노인은 그 소릴 들으며 걷곤 했다. 소리는 노인의 귓속에서 점점 커졌다. 힘차게 고함을 지른 바람은 피아니시모까지, 찰랑거리는 소리로까지, 갓난애 울음소리로까지 목소리를 낮추었다. 그때가 되면 바람은 노인에게 정답게 얘기를 했다. 걸음을 멈춘 노인은 바람의 얘기를 들었다. 마치 내게 헛된 꿈을 품게 하듯 바람은 노인에게 헛된 꿈을 꾸게 했다. 똑같은 목소리. 은은한 파도 소리와 바람.

너무도 자극적이어서 철사로 가슴을 묶는 듯한 냄새가 또 있었다. 물보라가 거듭거듭 날라다주는 냄새. 짜릿하고, 도발적이며, 짭짤한 냄새. 후추를 뿌린 듯 축축한 냄새. 갈색과 녹색의 해초. 바다 밑 초원의 향기, 거대한 성기에서 풍기는 얼이 빠질 듯 지독한 냄새. 모래사장. 녹슨 선체들과 분해된 선구(船具)들의 자극적이거나 떫은 냄새. 물고기 비늘과 생선 창자와 고래 머리의 악취. 이미 썩어가는, 살아 있는 물질에서 뽑아낸 살아 있는 물질뿐이다.

저곳, 가장 먼 데는 두 시간이나 배를 타고 가야 닿는 섬들은, 초목들이 죽어버린 그 계절에는 향기를 풍기지 않았다. 나는 그 섬들이 봄에 풍기는 향기를 상상했다. 라일락의 도발적인 향기, 그리고 영국 처녀들의 손으로 기르는 장미의 미묘한 향기. 영국 처녀들의 손을 상상하는 건 내 자유다. 안 그런가?

더 향기로운 냄새가 확확 내게 오는 더 먼 섬들을 찾는 것 또한 내 자유다. 계피, 파파야 열매, 수박, 불에 탄 고무, 누렇게 뜬 난파자의 젖빛 피부, 고추, 머리칼, 땀, 생강, 좋아하는 과일, 카카오, 빵나무 열매, 썩은 갈대, 꿀을 넣고 튀긴 생선, 말라죽은 카사바 나무, 초원을 태우는 연기, 난초, 목서초, 종려와 송진으로 만든 술……. 솔

리망 풍(風)은 서쪽의 방향(芳香)을 내게 날라다준다. 난 무슨 일이 있더라도 그 섬에 가지 않았을 것이다. 난 그 사실을 알고 있었다. 그 때문에 후회하지도 않았고, 또한 그러고 싶은 생각도 없었다. 상상하는 걸로 충분했다.

겨울바람은 바닷가에 악착같이 붙어 있는 소나무 몇 그루를 향해 강한 숨결을 끈질기게 불어댔다. 소나무들은 휘청휘청하는 가지를 육지 쪽으로 구부리고 있었다. 그래서 소나무들은 늘 바람을 맞으면서 싹을 틔웠다. 바람이란 또한 일시적으로는 심술궂은 존재가 될 수도 있다. 모래를 들어 올려 지푸라기처럼 부숴놓으면서 악의에 찬 쾌감을 느끼는 것이었다. 그야말로 야단법석이었다. 느닷없이 돌아온 바람은 앞쪽의 파도를 공격해서는 그 꼭대기를 무너뜨린 다음 먼 바다로 되돌려 보내곤 했다.

그러면 파도는 꽃가루와, 씨앗 껍질과, 씨앗과, 많은 먼지와, 바람이 지푸라기와 금가루와 다이아몬드 가루와 함께 앞으로 밀어낸 모든 것들을 실어갔다. 바다는 그때까지도 살아 있으면서 번식하는 물질들의 씨를 뿌리는데, 사람들은 모래언덕 너머의 쓰레기 터에 그것들을 모아놓았다. 모든 것이 내 눈 아래서 되풀이되었다. 이젠 삶의 냄새뿐이었다. 나는 그 냄새를 맛보고 허파 깊숙이 들이마시려고 애썼다. 도시인으로서의 내 몸을 그 냄새로 가득 적시려고 애썼다. 결국 성공했다. 또는 이따금씩 성공했다고 믿었다. 하지만 흔히 내가 삶과 한편이 될 수 없다는 감정을 느끼곤 했다. 그러나 그다지 슬프진 않았다.

나는 폴라 로첸에게 멋진 나선(螺線)이 보이는 진주모(眞珠母)빛, 장밋빛 조가비, 비단처럼 구겨지는 소리를 내는, 푸르스름한 기가 도는 회색에 가장자리가 검정색으로 장식된 깃털을 가져다주었다. 그것들을 집어 든 그녀는 공중에서 이리저리 돌리거나, 날려 보내보거나, 햇빛에 비춰보거나 물에 담가보거나 하다가는 그걸 쓰다듬기도 하고 자기 몸을 쓸어보기도 했다. 그것들은 그녀의 마술사 같은 손에서 생명을 얻는 듯했다.

"조금만 있으면 너희들은 말을 하게 될 거야."

그녀가 이렇게 말했다.

환상에 잠긴 나는 거기서 쾌감을 느꼈다. 그것들에겐 존재할 뿐 사라지는 걸 두려워하지 않는 사물들이 보여주는 불안한 아름다움이 있었다. 또 한 가지 공통 특징은 불균형이다. 조가비의 위 꼭대기에서 시작되는 중심선 주위에 형성된, 소라게의 은신처인 반원 무늬들은 마치 붓자루에 달린 붓털처럼 두 개의 불규칙한 모양으로 퍼져나갔다. 나는 어떤 인상을 느끼거나 감동을 받기보다는 그런 식으로 관찰을 하는 게 더 만족스럽다. 폴라 로첸은 나의 시적 무능력을 탓하는 것 같지는 않았다.

집 안에서는 많은 자질구레한 물건들을 찾아내야 했다. 그 폐쇄되고 버려진 장소에 매료된 나나 폴라 로첸에게 그것들은 끊임없이 새로운 추억을 불러일으켰다. 물론 단 한 번도 사람의 발길이 닿지 않은 미지의 장소들을 묘사한다는 것은 즐겁지도, 그다지 쓸모 있지도 않다(어떤 나쁜 짓을 꾸밀 때를 제외하면). 그런 종류의 묘사란 엄청난 피로를 가져온다.

예를 들면, 마치 조각 미술관의 널따란 전시실을 오랫동안 걸어다녀야 할 때나, 또는 조각이란 것이 우리에게 털끝만큼의 감동도 불러일으키지 않는 예술 분야일 때처럼 말이다. 그런 식의 미술관이란 우리에게 텅 빈 거대한 집이나 다름없으며, 그래서 우리는 그런 식의 산책은 사양하게 될 것이다. 그 집에 대한 관심은, 아름다운 가구가 없기 때문에 매력적일 수도 있는 건물에서 솟아나는 것이 아니다. 만약 그 집을 아름다운 별장이라 부를 수 있다 해도 집을 눈에 띄게 하는 것은 높은 위치를 제외하고는 아무것도 없다. 그 집은 같은 1920년대에 똑같이 설계되어 프랑스 해안을 따라 지어진 똑같은 모양의 수많은 별장들과 다를 바가 없다.

아니다, 그 모든 것들이 내게서 멀어져가버린 지금 내가 인정하는 것이지만, 관심은 우리가 매일 탐험을 할 때마다 찾아내곤 했던 수많은 뜻밖의 자질구레한 물건들 속에 자리 잡고 있었다. 그녀 아버지의 사진과 카르트레 해변의 사진이 있었다. 《늙은 정부》라는 책이 있었다. 매일 밤 잠이 들기 전에 나는 그 책들을 몇 페이지씩 폴라에게 읽어주곤 했다. '약혼자들'이라는제목이 붙은 장(章)을 읽었다. 우린 거기서 마치 드 폴라스트롱 양에 대한 묘사처럼 유행에 뒤졌지만 매혹적인 인물 묘사들을 찾아냈다.

"그녀는 뭔가 방긋이 열려 있고, 감춰져 있으며, 감싸여 있고, 반쯤 감겨 있는 걸 갖고 있었는데, 그런 것들이 풍기는 인상에는 도저히 저항할 수가 없었고, 그 때문에 그녀는 인도인들이 상상하는 그런 창조물들 중 하나와, 꽃받침 속에서 나온 아리따운 처녀들 가운데 하나를 닮게 되었다. 어디서 꽃이 지고 어디서 여인이 태어나는지는 모르지만!"

왠지는 모르지만 엄마를 생각나게 하는 구절도 있었다.

"모든 면에서 조숙한, 꽃이기도 하고 과일이기도 한 그녀는 플레르 후작 부인에 의해 일찌감치 사교계로 진출했다. 청년들이 눈 밑으로 지나갔지만 그녀 시선을 끌지는 못했다.”

드디어 나는 매일 그 책을 바닷가로 가져가게 되었다.

세 개의 커다란 창문을 통해 정원으로 난, 일층의 큰방(옛날에는 식당이나 응접실이었을)에는 곤돌라 모양 다리와 가로대가 달린 탁자 하나와, 다른 가구들과 함께 옮겨지지 않았던 여러 가지 물건들이 남아 있었다. 가치를 무시할 수 없는 물건들이었다. 나는 벽시계와, 회색 나뭇결 무늬가 들어 있고 쇠시리식 청동으로 장식된 장밋빛 대리석 상(像)이 맘에 들었다.

대리석 상의 주된 인물은(비유적 의미에서와 마찬가지로 엄밀한 의미에서도) 다윗 드 도나첼로였는데, 그의 모자와 머리칼, 형태, 포즈는 너무도 매혹적이고 모호하고 선정적이었다. 나이가 어린데도 용사다운 분위기를 거의 풍기지 않는 다윗의 모습이 성경의 그 난폭한 일화를 빛내줄 수 있다는 사실은 놀라웠다. 반들반들하고 유연하며 나른해 보이는 육체를 가진 미남 청년은 골리앗에게 빼앗은 장검(長劍)에 몸을 기대고 있었다. 그는 시간, 또는 그의 발밑에 시계 문자판의 형태로 된 세상을 무심한 표정으로 지배하고 있다.

천장에서 떨어져 나와 이상하게도 마치 모래사장 위의 낙지처럼 탁자에 내팽개쳐진, 불 꺼진 샹들리에가 하나 있었다. 하지만 그 무엇보다도 날 매혹시킨 것은 대리석과 줄무늬 마노와 반암으로 만든 과일이 가득 담긴 커다란 유리잔이었다. 영원불멸의 색깔을 가진 복숭아와 배는 그렇게 포도송이와 뒤섞여 있었는데, 색유리로 된 엷은 막에 끼워진 잎사귀를 손가락으로 살짝 쓰다듬어볼 수가 있었다.

우리는 옛 세대의 그 놀라운 것들을 들고서는 찬찬히 쳐다보거나 희미한 빛에 비춰 반짝거리게 만들었다. 그 불가사의한 것들 주위에는 작은 탁자와, 인상파 화가의 그림에 나오는 듯한 정원 풍경, 수 놓은 식탁보, 어린아이들이 바닷가에 나가는 침묵의 오후가 다시 모여 하나의 무대를 만들었다.

난 폴라에게 물었다.

"이 과일들 기억나오? 저 다윗은?"

아니, 그녀는 기억해내지 못했다. 이상한 일이었다. 왜냐하면 대체로 현실과 유사한 그러한 물건들이야말로 기억을 불러일으키니까. 그 물건들은 그녀의 아버지 소유였을까? 절대로 그렇지 않다. 별장이 방치되고 난 후에 누군가가 가져다놓은 걸까? 그렇게 생각하거나 상상할 수도 있었다. 진실로 모든 것은 상상될 수가 있었다. 그것이야말로 별장이 가진 매력들 중 하나였다.

반대로 폴라 로첸은 각 방의 벽지를 기억해냈는데, 사라져버린 무대장치들 중에서도 눈에 보이는 마지막 요소인 그 벽지들은 무척 중요한 위치를 차지했다. 그중에서도 가장 아름다운 것은, 앞서 말한 응접실과 테라스 옆으로 붙은 온실 사이에 위치한 안방에 발라놓은 벽지였다. 세월이 흐르면서 누렇게 변해버린 흰색 바탕 위에는 어떤 식물을 그려놓은 화려한 아라베스크 무늬와 소용돌이 무늬가 서로 얽혀 있었고, 은빛 결도 섞여 있었다. 그 잎사귀들이 어디서 시작되고 어디서 끝나는지는 알 수가 없었다. 또, 톱니 모양 잎사귀가 달린 구부러진 가지들은 부드럽고 그윽한 푸른색을 띠었다. 한쪽 방바닥은 마치 교실의 교단처럼 솟아 올라왔다.

그 색깔도, 주된 모티브도 구분할 수 없을 만큼 해져버린 양탄자는 마루판에 꽉 고정되어 있었다. 햇빛은 온실 쪽으로 난, 풀솜을 넣고 찔러 박은 문 위로 높게 뚫린 채광창을 통해서만 비쳐 들었다. 나뭇가지에 여과되어 빈약해진 빛이었다. 나뭇가지들은 방 안으로 뚫고 들어오려는 것처럼 다른 쪽에서 올라와서는 창문을 압박했다. 그 모든 것이 대단히 매혹적이고, 이국적이며, 내밀한 느낌을 풍겼다. 그곳이야말로 우리가 사랑을 나눌 만한 장소라고 우리는 결정을 내렸다. 낮 동안에, 우리가 그러고 싶을 때…….

불쑥 솟아오른 부분에다가 우리는 창고에서 찾아낸 매트 한 장과 쿠션 몇 개를 끌어다놓았다. 꼭 필요한 때를 위해 아껴둔 보일러에 불을 때니 안락하다고 할 수 있을 만큼 온도를 유지할 수가 있었다.

진창 속을 걸으며 그곳에 도착한 날 이후로 우리는 숲의 얼음처럼 차가운 풀 더미 속에서 서로를 애무했으며, 이층 방에서 오누이처럼 잠을 잤다. 아침이 되면 마치 액체 같은 금빛 햇살이 그곳을 비추곤 했다. 서로를 포옹해야만 정말로 따뜻한 온기를 느낄 수 있고, 희미하게 들려오는 파도 소리를 어둠 속에서 듣는다는 건 그다지 사소한 기쁨은 아니었다. 우리는 건강한 삶을, 그곳을 발견함으로써 우리의 규율을 문제 삼게 된 안방이 없었더라면 진정으로 수도자 같은 생활이 되었을지도 모를 삶을 살고 있었던 것이다.

"필립, 당신은 당신이 왜 여기 와 있는지 기억해요?"

그녀는 이따금씩 그렇게 충고했다.

"당신이 그걸 똑똑히 알고 있었으면 해요."

하지만 난 그걸 똑똑히 알지 못했다.

"잊지 말아요. 그걸 생각해야 해요. 안 그러면 당신은 결코 난관을 벗어나지 못할 거예요."

그래, 난관에서 벗어나야 한다. 하지만 어떻게 벗어난단 말인가? 어디서 내 구원자가 올 것인지를 알 수가 없었다.

"필립, 내가 말했던 그 새 생각나요?"

"말똥가리 말이오?"

"네, 맞아요."

"난 말똥가리가 아니오. 또 이 집은 당신 지하실이 아니고. 내가 원할 때 또는 당신이 원할 때는 언제라도 여길 떠나겠소."

"원한다면 떠나요, 필립. 당신은 그걸 원하게 될 거예요."

내가 아닌 다른 사람이라면 그 순간 당장 짐을 꾸렸을지도 모를 빈정거리는 듯한 어조가 폴라 로첸의 목소리에는 노골적으로 담겨 있었다. 하지만 그녀의 목소리에는 또한 사람을 안심시키는 참을성 있는 애정도 담겨 있었다. 난 바닷가에 함께 가자고 몇 번이나 그녀에게 애원했다. 그녀는 거절했다. 난 C의 거리를 혼자 산책하지 않으면 안 되었다. 모래사장을 홀로 걸어야만 했다. 혼자 산다는 것. 나 자신의 힘으로 살아가는 법을 배운다는 것.

나 자신과 대립하고 있던 순간들은 우리가 안방에서 함께 지냈던 순간들에 그만큼 더 큰 가치를 부여했다. 우리 사랑은 절제된 것이 아니었다. 폴라 로첸은 어정쩡한 사랑 따위 하지 않았다. 나도 그녀처럼 되는 법을 배웠다. 내가 그녀처럼 되었다고 생각했다. 아무런 주저 없이 우리는 고통을 느낄 때까지, 견딜 수 없을 정도의 애무를 할 때까지, 그리고 언제나 힘이 다할 때까지 사랑을 나누었다. 그러고 나서 평화로이 서로를 껴안은 채 잠에 빠져들곤 했다. 지금도 난 그때를 생각할 때마다 쓰디쓴 그리움에 잠기곤 한다.

나는 깊이 생각해보았다. 사랑은 지속되는 시간에 굴복했다. 사랑이 우리와 함께 죽는다면, 그런 부정적인 방법으로 사랑을 정의할 수 있었을지 몰랐다. 난 글을 쓰지도 않았고, 추억을 연장할지도 모르는 일을 만들지 않았다. 다른 사랑의 존재들의 영혼에 그 멀고 먼 메아리를 울리기. 아마도 그 메아리는 폴라의 몇몇 시(순수한 환상의 가설)에도 나타나 있으리라. 하지만 그 시가 아무리 아름다울지라도 사랑이란 마치 너무 오래된 향수 한 병처럼 거기서 새어 나갈 수가 없을 것이다.

사랑이란 기껏해야 말의 뼈다귀로만 남을 것이다. 이상한 것은, 내가 생각하기에 사랑이란 가장 직접적으로 공간에 좌우된다는 점이다. 나는 거기보다는 여기를 더 좋아했고 또 거기서보다는 여기서 더 사랑받는다고 믿었다. 파리의 내 방(결국 우리 자신을 거의 되찾지 못했던 곳)은 내가 가장 강렬한 감정을 체험한 곳은 아니었다. 거기 있노라면 나는 나 자신의 정신과 마음이 제한되는 것을 느꼈다.

내 방은 내 유년기였고, 전쟁이었으며, 아마도 절대로 끝나지 않을 내 길고 긴 종속(從屬)이었다. 진정한 사랑의 장소는 프레르 거리에 있는 폴라의 환한 방이었다. 공들여 만든 천장과 목신(牧神)이 죽기 전 그리스 시대의 밝음을 가진 그 방. 기진맥진한 영웅이 잠들어 있는 그 시간. 우리의 상상력과 감수성은 그 공간을 시간으로, 다른 시간들로 채운다. 이렇게 나는 그 차이들을 설명했었다.

그 별장 역시 사랑을 나누기에 좋은 장소였다. 하지만 이유는 달랐다. 별장은 폴라 로첸에게는 먼 옛날의 추억만을 불러일으켰으며, 나에게는 아무런 추억도 불러일으키지 않았다. 우린 거기서 살았지만 아무것도 우릴 짓누르지는 않았다. 하지만 그곳은 중립의 장소가 아니라 특별한, 우리와 함께 시간이 창조되는 장소였다. 우리의 시간 그리고 우리의 사랑이 창조되는 장소였다. 최소한 나는 그렇게 생각했다. 모든 것이 수월해 보였다.

우리는 안방 쪽으로 나 있으며 열쇠를 찾을 수가 없는 문을 통해 몇 번씩이나 온실 안으로 들어가려고 했다. 풀솜을 넣고 찔러 박았기 때문에 견고한 문은 내가 갖은 애를 써도 끄떡도 하지 않았다. 결국 무성한 가시덤불을 헤치며 정원을 통해 갈 수밖에 없었다. 우린 낮은 쪽에서 온실 내부를 들여다볼 수는 있었지만 들어가지는 못했다.

온실의 기다란 판유리들은 투명하다기보다는 반투명했다. 어떤 판유리들은 깨졌고, 쇠 창틀은 소금기 때문에 부식되어 있었다. 온실 내부는 화석들로 가득했다. 말라비틀어진 옛 나뭇잎들의 부서지기 쉬운 가장자리 톱니 무늬를 무엇인가가 감싸고 있었다. 그것은 끈적끈적한 교미를 벌이던 도중에 벼락을 맞은 뱀들의 허물이었다. 옛날에는 나무들 사이에 당구대가 있었다고 폴라가 말했다. 하지만 거기서 누가 당구를 치는 모습은 한 번도 보지 못했다고 했다. 우리는 그 황량한 정원을 바라보는 데 별로 오랜 흥미는 느끼지 못했다. 하지만 나는 밤이 되면 이따금씩 꿈속에서 그곳을 거닐곤 했다.

장밋빛, 진주모 빛 조가비에 관한 시를 폴라가 끝냈다. 갈색 해초에 관한 시, 고운 모래 한 줌에 관한 시, 입실론 조약돌에 관한 시, 불가사리와 다른 것에 관한 시……. 그녀는 자기가 쓴 것에 대해서가 아니라 쓰인 것에 만족해했다. 그녀에 따르면 그런 감정이야말로 우리가 느낄 수 있는 최고의 문학적 만족이라고 했다. 난 별장의 정확한 주소를 쓰지 않은 채 엄마에게 엽서 두 장을 보냈다. 물론 어머니의 건강에 대한 소식은 물어볼 수가 없었다.

폴라는 자신이 내 꿋꿋한 태도를 높이 평가한다는 점은 내게 납득시켜주었다. 잘못을 저지른 게 없다고 생각했기 때문에 나는 진짜 무엇인가가 변했다는 결론을 내리게 되었다. 물론 그건 부당한 생각이었지만, 그래서 우린 그 별장을 떠날 수도 있었으며, 파리로 돌아갈까 하는 생각을 매일 아침 하곤 했다.

마지막 산책을 위해 나는 북쪽 끝 바닷가로 갔다. 낡은 교회와 등대가 만들어내는 그림자로 뒤덮인 바닷가였다. 그 교회가 "낡은 교회"로 불린 것은 사면 벽들이 초라한 폐허로 변해 있었기 때문이다. 등대는 램프가 삐죽이 솟은 변변찮은 사각형 탑에 불과했다. 나는 바닷가를 따라 걸었다. 은빛을 띤 회색 돛만 보였다. 파도는 나를 만나러 달려왔다가는 최후의 순간에 도망치는 것 같았다. 봇짐처럼 보이는 구름이 하늘 한쪽 끝에서 다른 쪽 끝으로 질주했다. 그 순간의 바다의 아름다움을 묘사하기 위해서 폴라처럼 글을 썼으면 하는 생각이 들었다. 그 바다를 묘사할 수도 있을 듯했다. 아이들이 자기들 책에서 보게 되면 굉장히 싫어한다고 생각하는 그런 아름다운 표현으로……

난 그런 표현이 싫지 않았다. 그런 표현이 묘사하는 풍경에 감탄하듯 그런 표현에도 감탄한다. 내가 그렇게 쓸데없이 서운해하고 있을 때 해가 기울기 시작했다. 세찬 바람이 하늘을 가득 메우면서 바다가 들끓었다. 바람이 바다를 언덕과 숲까지 들어 올리자, 언덕과 숲의 초록색과 회색은 다시 온갖 색깔로 뒤바뀌었다. 겨울 태양은 구름의 장벽을 부술 때마다 터진 구멍 속으로 통째로 뛰어들어서는 가장자리를 접어 감친 에메랄드빛 동그라미를 수면에 그려냈다. 그 마술과도 같은 원 주위의 모든 것은 투명하게 빛났다.

두 남녀가 깡충거리며 짖어대는 개 한 마리와 함께 다가왔다. 두 사람은 아직은 멀리 있었다. 그들은 항구 쪽에서 왔으며 아마도 건강을 위해 산책을 하는 듯했다. 바닷가를 따라 몇 킬로미터 걷다가 집으로 돌아갈 것이다. 그들은 혈액순환과 허파, 민첩한 다리를 생각하리라. ……나를 보지 못할 것이다. 개는 내 냄새를 맡지 못하거나 아무런 주의도 기울이지 않으리라. 그렇게만 된다면 나는 자유라는 믿을 수 없는 감정을 느끼게 될 것이다. 순수한 영혼이 되리라. 난 내가 보이지도 않고 내게서 냄새도 나지 않는다는 것을 알게 되리라.

난 그들을 잘 볼 수 있었다. 그들은 딱 붙어서 경쾌한 걸음으로 걷고 있었다. 완전히 한몸이 된 커플이 맞출 수 있는 박자로. 그들은 잠시도 쉬지 않는다. 그들은 백사장을 뚫어져라 쳐다보았다. 개가 깡충거리며 두 사람을 앞서거니 뒤서거니 따라갔다. 개는 한 웅덩이에서 다음 웅덩이까지를 다섯 번씩 왔다 갔다 했다. 남자는 돌아보지도 않은 채 휘파람을 불었다. 그리고 소리쳤다.

"이리 와, 보비! 호오! 호오!"

개가 달려갔다. 그리고 남자한테 뛰어올랐다. 머리를 쳐들고 귀를 쫑긋 세우면서 개는 자기가 남자를 알아본다는 시늉을 했다. 그럴 때마다 개는 자기 주인, 영원한 주인을 만났다는 기쁨을 나타냈다. 아마도 그 개는 남자가 좋아하는 것은 자신의 즐거움이 아니라 그러한 증거와 감정 표시라는 사실을 모르는 듯했다. 그것은 도베르만종 개, 우습게도! 타오르는 듯한 붉은 바탕에 검은 점이 찍혀 있는 멋진 짐승이었다.

"이리 와, 보비! 호오! 호오!"

남자의 피부가 내 주의를 끌었다. 겉보기엔 억세 보이는 한 인간이, 유별나게 노랗고 주름이 잡혔으며 군데군데 새까맣고 혐오감을 풍길 정도로 망가진 피부를 갖고 있다는 건 기묘한 패러독스였다. 그 기분 나쁜 모습을 지워버리려고 나는 폴라 로첸의 희고 불그스레한 피부와, 그녀의 팔에 걸친, 눈처럼 하얀 옷을 떠올렸다. 그녀의 목덜미를 덮는, 솜털이 많은 옷. 그녀의 안쪽 허벅지와 젖가슴을 덮는 옷. 그것은 복숭아빛 매끈하고 탄력 있는 벨벳이었다.

개는 더는 자길 부르는 소리에 응하지 않았다. 개는 순식간에 멀리 달려가더니 영리하게도 요란한 파도 소리를 핑계 삼아 주인이 부르는 소리를 못 들은 척했다. 남자가 건성으로 개를 불러댔다. 그의 퇴색해버린 피부는 완전한 잿빛, 바로 재나 그늘의 잿빛을 띠고 있었다. 두 사람은 멀어져갔으며, 그들보다 훨씬 앞에 가 있는 개는 마치 붉은색 벼룩처럼 보였다. 그들은 수평선 위, 마치 은도금을 한 듯한 파도 속 점 세 개가 되어버렸다.

날씨가 더욱 추워졌다. 새들은 눈에 안 보이는 둥지로 돌아가고 있었다. 조수(潮水)가 서로 싸우며 으르렁거리는 파도를 마치 두루마리를 말아 올리듯 힘차게 밀어냈다. 바람은 힘차고 단호하게 몸을 일으켰다. 그러고는 종이와 넝마 조각을 사납게 쓰다듬으며 튕겨냈다. 바닷가는 오물로 가득 찼고, 모래가 튀어 올랐다. 리본처럼 가느다랗고 니켈처럼 은빛 나는 하늘 아래로 얼음처럼 차가운 마지막 햇살이 비쳐 내렸다. 그러더니 먹물 같은 어둠이 갑자기 나타났다. 낮을 처형하는 것이었다. 나는 조가비 더미 위로 밀려와서 죽음을 맞는 파도 소리를 조금 더 들었다.

"만일 삼라만상이 자신의 무대를 가지고 있다면, 바닷가야말로 신께서 행복한 사랑을 위해 창조한 무대임이 분명하다……."

폴라 로첸은 내 옆에 누워 있었다. 밤이었다. 나는《늙은 정부》의 〈물총새의 둥우리〉라는 마지막 장을 그녀에게 읽어주고 있었다. 바르베의 낡아빠졌지만 우아한 문장들이 텅 빈 밤의 침묵 속으로 퍼져나갔다. 그 문장의 매력은 소설 줄거리가 폴라와 내가 있었던 바로 그 장소에서 전개된다는 점에서 일부 유래했다. 화자 말대로 그 곳은 "노르망디 해안에서도 가장 경치 좋고 특이한 곳들 가운데 한 곳"이었는데, 그는 그냥 "긴 부재(不在)의 시간에 갇힌 채 추억에 채색되어" 그 경치를 묘사할 뿐이었다. 나는 낭랑한 목소리로 천천히 읽어 내려갔는데, 내가 좋아하는 구절에다가는—바다를 상기시키는—아마도 그 구절들이 갖고 있지 못할 어떤 심오함을 부여해주곤 했다.

"그 높은 지점에서는 바다와 모래톱을 훤히 내려다볼 수가 있다. 불규칙한 밀물과 썰물 때문에 뚜렷이 드러나 보이는 노란색 모래는 반짝이는 파도가 톱니 모양으로 만들어놓은 구불구불한 선 하나를 눈에 띄게 해준다. ……말이 질주할 때면 이따금씩 말 발자국은 마차 주위에 물거품이 솟아 나오게 했는데, 말들은 물거품을 요란하게 터뜨리고는 그 안으로 들어갔다. ……마치 바다는 눈처럼 흰 물거품 속에 장미처럼 생긴 해초를 굴리는 듯했다. 영원불멸한 자연의 흥분된 피처럼 그 결정적인 색조로서 모든 것을 꿰뚫고 모든 것 주위를 순환하는 주홍빛 대기 아래로."

에르망가르드와 그녀의 남편이 비밀스런 내포(內浦) 또는 절벽 꼭대기를 거닐고, 노르망디 해적의 후예들이 젓는 호두 껍데기 같은 배를 타고 낚시질을 하는 장면에서 책은 끝났다. 폴라 로첸은 잠이 들었다. 나는 갓이 벗겨진 전구의 강렬한 불빛 아래서 그녀의 신뢰감을 주는 차분한 얼굴과 눈부시도록 흰 눈꺼풀을 마음껏 천천히 바라보았다.

가슴까지 덮인 침낭이 규칙적으로 오르락내리락거리지 않았더라면 난 그녀가 죽었다고 생각했을지도 몰랐다(난 그런 못된 생각을 쫓지 못한 나 자신을 원망했다). 살짝 내민 둥근 입술은 그녀 얼굴의 또 다른 아름다움이었다. 살짝 벌어진 채 연한 보랏빛으로 반짝이는 입술은 수정처럼 맑고 가느다란 침을 통해 서로 연결되어 있었다. 그녀의 숨소리가 점점 더 커지는 걸 똑똑히 들을 수가 있었다. 엄마가 한 말을 나는 다시 생각했다.

"저 앤 정말 예뻐. 너한테는 과분할 정도야. 저런 애가 어떻게 우리 보잘것없는 필립한테 관심을 가지게 되었을까?"

엄마 말이 옳다고 생각하지 않을 수가 없었다.

그 너머에는 방의 텅 빈 공간과, 전구가 천장에 비쳐주는 노란색과 흰색 원이 보였고, 한쪽 구석 창문 근처에는 폴라의 시들이 정리된 탁자가 놓여 있었다. 그녀는 자그마한 종이 묶음 여러 개에 그 시들을 적어 넣었다. 첫 번째 묶음에는 각 시의 초본(初本)이 쓰여 있었고, 두 번째 묶음에는 2본(二本)이…… 이런 식으로 계속되었다.

첫 번째 묶음과 두 번째 묶음을 비교해보면 똑같은 시인데도 한 단어나 한 문장이 삭제되었거나, 접속사 하나가 고쳐져 있거나, 형용사나 구두점 하나가 지워졌거나, 아주 드물게는 그런 것들 중 하나가 늘어났거나 하는 사실을 발견할 수가 있었다. 그것은 그녀의 시작법(詩作法)이었다. 즉 계속적으로 시상(詩想)을 정리하는 것이었다. 그렇게 해서 자기는 시간과 함께 일을 하며 이따금씩은 시간이 자신을 위해 일하기도 한다고 그녀는 말했다.

전등을 껐다. C에서 보낸 우리의 마지막 밤. 우린 파리로 돌아가기로 결정했다. 폴라 로첸의 느릿느릿한 숨소리가 서쪽에서 불어오는 돌풍에 파묻혀버렸다. 난 오랫동안 잠을 이룰 수가 없었다.

밤의 노예

우리가 파리를 떠나갈 때는 비가 억수같이 퍼붓고 있었다. 돌아올 때의 파리에는 짙은 어둠 속에 눈발이 흩날렸다. 나는 C의 해안과 사람이 살지 않는 큰 별장을 떠나오면서 아무런 감정도 느끼지 못했다. 단지 내 마음 깊숙이 자리 잡고 있어 떨쳐버리지 못했던 그 도시를 다시 보게 되기를 몹시 바랐을 뿐이다.

차가 달리는 동안 우리는 아무 말도 하지 않았으며 자동차 와이퍼만이 규칙적으로 움직였다. 더러운 물이 오스탱 자동차로 떨어지면서 금속판을 두들기는 요란한 소리를 냈다. 트럭들이 지나칠 때마다 강철로 만든 작은 조가비 같은 우리 자동차에 큰 물결을 밀어붙였다.

파리가 가까워지고 있었으며, 우리는 더욱 속력을 냈다. 사람들은 무엇이 그들을 도시로 유인하는지, 또 왜 그 많은 자동차들이 깔때기에서 물이 빠져나오듯이 도시로 몰려드는지 알지 못한다. 폴라는 아예 발을 자동차 바닥에 고정해둔 채였지만 장애물이 나타나면 순간적으로 그러나 정확하게 핸들을 꺾어 그 장애물을 피했다. 속도계 바늘은 130과 140 사이를 가리켰다. 겁이 났음 직도 한데 나는 두렵지 않았다. 아스팔트가 스케이트장을 방불케 할 정도였으니 뭐라고 한마디 해야 했을 텐데 난 아무 말도 하지 않았다. 내가 꼼짝 않고 침묵을 지키는 것은 폴라의 운전에 동의하는 것과 마찬가지였다. 폴라는 자동차의 작은 모터에서 맹수의 울부짖는 듯한 소리가 나게 하면서 즐기고 있었다.

중요한 건(난 오늘에야 이해하게 되었다) 사람들이 길이라고 부르는, 타르를 깔아놓은 리본 모양 물체를 따라 신속하게 움직인다는 사실에서 느껴지는 침착한 도취감 같은 것이었다. 읽을 수도 없고 일정한 모양도 없는 풍경이 사방에서 끔찍하게 행진해 나갔다.

번쩍거리는 핸들, 초록색 숫자와 붉은색 바늘이 들어찬 계기판, 뒤쪽에서 달려오는 다른 자동차들이 토해내는 불빛, 소리와 색깔이 엮어내는 야단법석, 이미 다가와 있는 도시, 이런 것들은 큰 위험을 살짝 스치고 지나가는 순간에 우리가 불사신이라는 느낌을 갖게 해주었다. 우리들은 마치 마취된 사람들 같았다. 도시인들은 자연스럽게 그와 같은 감정을 느끼며 살아간다. 도시인들은 서슬이 퍼런 칼날같이 좁다란 길을 걸어간다.

나는 C에서 느꼈던 그 모든 공허감에 대한 생각을 하고 있었다. 우리가 나누었던 애무와 포근함만이 이 버림받은 영역에 속해 있지 않았다.

파리가 가까워졌다. 주택들이나 빌딩, 주거 단지, 마을들이 서로 다닥다닥 밀집해 있는 것으로 봐서 파리가 가까워짐을 알 수 있었다. 엄격히 말하면 그것은 파리 근교라기보다는 그 근교의 근교인 셈이다. 도시도 아니고 시골도 아닌, 말하자면 고기도 아니고 생선도 아닌 어중간한 것이다.

이 지역은 밤이 되면 해무리처럼 노란빛이 도는 테두리에 의해 경계가 생긴다. 어둠 속에서 자동차 전조등 불빛은 최근에 갈아놓은 농지나, 포플러 나무 울타리, 방황하는 개의 인광을 발하는 눈, 정원사의 오두막 집, EDF(프랑스 송전 회사)의 사각 철탑 같은 것들을 탐지해내곤 했다.

C에서의 체류는 그처럼 텅 비게 공허로웠으나 유익한 것이었다고 나는 생각했다. 돌연 그런 공간에 빠져든다는 것은 자기 자신을 직시하게 됨을 의미한다. 파리에는 기분 전환거리가 수도 없이 많이 있으니까 그런 유의 자기 직시에 익숙해 있지 않았다. 나는 내가 유익한 체류를 좋아하지 않았음을 인정할 만큼은 명석하다. 유익한 체류에는 사물을 명백히 드러내 보여준다는 이점이, 어쩌면 단점이 될지도 모르는 면이 있다.

나 자신을 마주 대하는 것을 나는 단 1초라도 권태로워한 적이 없으며, 나 자신이 된다는 것, 다시 말해 내가 늘 있어왔던 곳에서 벗어난다는 것은 자유로워지는 일이었다. 따라서 나는 아무것도 아니라고 믿어왔던 나 자신의 존재가 사실은 그보다 더 못한 것, 아무것도 아닌 것보다 더 못한 것이라는 사실을 확인하는 시간적 여유를 가지게 되었다.

폴라는 복잡해진 교통 상황과 투쟁이라도 하려는 듯이 두 손을 핸들에 얹었다. 그녀의 시선은 노란 전조등 불빛에 묻힌 채 정면을 응시했다. 그녀는 담배를 피우고 싶어 했다. 담배를 피우면 졸음을 쫓을 수 있다고 그녀는 주장했는데, 평소에 하지 않던 동작을 해야 하기 때문이라는 것이 그녀의 설명이었다. 언제나 그랬듯이 그녀가 옳았다. 그녀는 절대로 잘못을 범하지 않는 끔찍한 능력을 지녔다.

필립 모리스 담배는 장갑을 넣어두는 상자 안에 있었다. 나는 한 개비를 꺼내 불을 붙여 데퐁텐느 이삿짐 센터의 노란색 트럭이 우리 차를 추월하는 순간 그녀 입에 물려주었다.

교통 상황은 흡인(吸引)이라는 거대한 현상 특유의 저항할 수 없는 힘에 의해 더욱 속도를 올리고 있었다. 운전자들은 핸들과 자기네 교통수단의 명령에 매달렸다. 반대 방향에서 달려오는 수많은 전조등 불빛이 그들의 시야를 순간적으로 가리거나, 운전자들 스스로 다른 차를 추월할 때 그들의 안면 근육은 자연 찌푸려지곤 했다. 생-클루 교가 가까워질수록 속도는 빨라졌다.

속도계 바늘은 145를 가리켰다. 오스탱 자동차는 모터가 내는 날카로운 소음과 멋을 부린 양철판을 맹렬히 긁어대는 바람 소리가 섞여, 울부짖음에 가까운 소리를 토해냈다. 우리는 나무들이 다닥다닥 붙어 있는 일종의 숲, 그 가운데로 도로라고 하는 곧은 홈이 파인 숲을 뒤로하고 달렸다. 가까이에서 보면 그것은 연극 무대에 등장하는 유령 같은 인상을 풍겼다.

어떤 지점에서는 식물로 이루어진 벽이 갈라지면서 한 줄기 섬광으로 변하곤 했다. 나는 그것이 우리와 다른 건축물 복합체, 말하자면 빌딩이라든가 정자, 헛간, 대피소, 공장, 다리, 육교, 막사, 울타리, 저택 같은 것들 사이에 놓인 하나의 얇은 칸막이 벽일 뿐이라고 생각했다. 간단히 말해 근교라는 것은 해괴망측한 고물상이거나, 아니면 환영이거나, 그것도 아니면 지옥문이 달린 조그만 낙원 같은 것이다.

운전자들의 신경질은 명백하고 급속하게 드러났다. 그들의 신경질은 이 자동차에서 저 자동차로 전파되는 것 같았다. 난폭하게 방향을 꺾는다든가 거칠게 차선을 바꾸고 급브레이크를 밟기도 했다.

그러한 신경질이 우리에게도 일어나게 될 것이다.

그러나 더 감동적인 신호가 아직 남아 있었다. 멀리서 보면 도시 전체에 왕관을 씌운 것같이 보이는, 둥근 찬장 같은 빛과, 탁한 소변 색깔 미광으로 주변 것들을 응집시키는 빛무리가 가까워지고 있다는 것이 그 신호였다. 푸르스름한 반사광으로 이루어진 단백광의 반구체, 하늘을 향해 찬연히 빛나는 대지 위 이 반구체는, 예나 지금이나, 열에 들뜬 듯 부지런히 자리를 옮기는 불 켜진 창 몇천 개와 전조등 불빛 몇만 개 그리고 산업용 화덕의 아가리와 공동묘지를 어슬렁대는 고양이의 희미한 눈빛들로 이루어진 도시의 모든 것 그 자체를 말해주었다.

그러나 불빛의 근원으로 가까워지면 가까워질수록 반구체는 어렴풋해졌다. 반구체를 잘 보려면 어느 정도 이상적인 거리를 유지할 필요가 있었다. 그러나 사람들은 마치 나비인 양 그 원 안으로 돌진해 들어간다. 합성수지로 된 높은 담장으로 둘러친 원, 강이라고 하는 흔들리는 거울로 이루어진 원 안으로 들어가는 것이다. 그 안에서는 모든 것이 가능했다. 폴라도, 또 나도 우리를 기다리고 있는 것이 무엇인지 알지 못했다. 이미 우리는 상당한 속도로 샤틀레 궁 쪽으로 올라가기 전에 있는 둑길을 따라가고 있었다. 나는 오른편으로 뾰족한 지붕이 연속되는 파리 법원의 검은 실루엣의 움직임을 보았다. 퐁-토-상주를 건너갔다. 자정이 조금 지나 있었다. 폴라 로첸은 나를 집 앞에 내려주고 콩코르드 광장 쪽으로 사라져갔다.

아파트는 사막처럼 황량해 보였다. 어머니가 날 기다려야 할 이유는 조금도 없었다. 아마도 어머니는 자고 있을 것이다. 돌아온다고 미리 알려주지 않았음을 어머니가 꾸중하리란 걸 나는 잘 알았다. 모든 건 예정대로 다 잘 정리될 것이다. 모든 일이란 겉으로 보이는 것만큼 감당할 수 없지만은 않다. 내가 돌아왔다는 걸 어머니가 알 수 있도록 코트를 눈에 잘 띄는 곳에 걸어놓았다.

"필립, 할 얘기가 있다."

나는 눈을 떴다. 침대 머리 위로 어머니 모습이 눈에 들어왔다. 어머니는 푸른 실내복 속에 몸을 잔뜩 움츠리고 있었다. 말투는 사뭇 명령조였으며 몸에 밴 번민이 가득 느껴졌다.

"결정을 내려야 한다, 필립."

무슨 결정을 내려야 할지 알 수가 없었다. 하지만 상관없었다. 베개 쪽으로 몸을 좀 일으켜 세우고 어머니에게도 침대에 앉으라고 권했다. 그녀는 신경질적으로 손을 비비댔다. 어머니는 불시에, 말하자면 내 입 안이 깔깔하게 마르고 사지가 쑤시는 고통스런 밤이 끝날 무렵에 나를 깨울 생각은 하지 못했을 것이다.

"무슨 일이 일어났는지 모를 게다. 넌 사람들이 필요로 할 때는 집에 없어, 필립. 한 번도 그래 본 적이 없단 말이다……."

물론 그렇다. 무슨 일이 일어났는지 모른다. 무슨 일인지는 모르나 우연하게도, 오늘 아침에 결정을 내리겠노라고, 나는 이미 결단성 있는 인물이 되어 있다고 대답했다.

"그럼 오늘은 가는 거지?"

"어디를요."

"공장에 말이다. 그는 떠났다. 알아듣겠니? 토니 소앙이 떠났단 말이야. 네가 뭔가를 해야 해."

어머니 목소리에는 뭔가 비탄 같은 것이 느껴졌다. 이번에야말로 난 모든 것을 이해했다. 나는 어머니 말에 동의했다. 그래, 공장엘 나가리라. 어머니가 그런 식으로 자기 손을 비비대는 일을 멈추게 하기 위해서라도.

가만히 생각해보았다. 그가 떠난 지 이미 8일이나 지났지만 나는 주소도 적지 않은 채 카드를 보냈으니 나에게 알릴 방법이 없었을 것이다. 그리고 어머니는 자신이 미쳐가고 있다고 생각했을 것이다. 어머니는 우는 시늉을 했다. 어머니를 안심시키려고 내가 발 벗고 나서겠다고 말했다. 위로의 말을 찾아내려고 애를 썼다.

"어머니, 우린 해결책을 찾을 수 있을 거예요."

어머니는 핀으로 찌르기라도 한 것처럼 펄쩍 뛰었다.

"아니다, 난 아니야. 그를 대신할 사람은 너지 내가 아니란 말이다. 나는 그런 일에 끼고 싶지 않다. 난 너무 늙었고 또 너무 지쳤어. 네가 알아서 해라, 필립."

어머니가 내게 물었다.

"그 사람은 왜 나를 괴롭히지?"

토니 소앙이 떠난다는 사실은 이미 예정되어 있었다고 어머니에게 말해보았자 허사였다. 그는 단지 피고용인이었을 뿐이고, 법률은 그에게 그만둘 권리가 있다고 규정해놓았다. 그러나 어찌할 방도가 없었으므로 어머니는 그가 궁극적으로 어머니를 괴롭힐 목적으로 자기 권리를 행사한 것이라고 상상했다. 어머니는 자리에서 일어났다가 도로 앉았다.

어머니는 눈물을 흘리고 있었다. 어머니는 내가 이런 유의 히스테리컬한 광경을 싫어한다는 것을 잘 알았다. 도대체 어머니는 뭘 생각나게 하려는 걸까? 어머니의 흐린 망막이 내게 고정되었다. 나는 그가 몇 가지 충고를 남겨놓긴 했지만 또한 레리티에 양을 만나야 한다는 사실을 알았다.

"오늘 아침엔 거기 가야 한다, 필립. 꼭 가야 해. 일을 그냥 방치해둘 수는 없잖니. 왜 그 사람은 나한테 모든 일을 떠넘기고 그렇게 나가버린 거지?"

나는 울화가 치밀었다. 어머니는 내 이름을 타이핑한 봉투를 가져왔다. 황급히 봉투를 뜯었다. 흰 종이에는 여백을 많이 남긴 채 글을 몇 줄 적어두었을 뿐이다.

친애하는 필립에게

나는 더는 출발을 연기할 수 없습니다. 그리고 당신이 부재중인 동안 그걸 어머니께 알려드리지 않을 수 없었습니다. 레리티에 양을 만나십시오. 꼭 필요하다고 생각되는 서류들과 지시 사항들을 당신에게 전해줄 겁니다. 아르쉐 공장의 미래에 필요하다고 생각되는, 몇 가지 안되지만 꼭 필요한 일들을 적어놓았습니다. 도움이 되기를 바랍니다.

당신의 고용인, 토니 소앙
11월 7일, 빌뇌브-르-르와에서

부끄러움으로 얼굴이 붉어졌다. 어머니는 무슨 내용인지 알고 싶어 했다. 나는 토니 소앙이 이런 유의 복잡한 일에 어머니를 끌어들이고 싶어 하지 않았으며 어머니의 침착함을 존중하고 있음을 알려주었다. 어머니는 그 말에 동의는 했으나 의심이 완전히 사라지지는 않는 모양이었다. 그래서 나는 다시 한 번 편지를 읽었는데 마지막 문장을 특히 강조해서 읽었다. 그것은 나의 능력—혹 내가 능력을 갖는 것이 가능하다면—에 일말의 환상도 남겨놓지 않는 문장이었다. 어머니는 늘 그랬듯이 잘 이해하지 못하는 얼굴이었다.

어머니가 나에게 어떠한 신뢰감도 갖고 있지 않다는 것을 잘 안다. 이제 레리티에 양에게 전화를 해서 되도록이면 토니 소앙의 충고에 나를 맞추어가는 일이 남았을 뿐이다. 아주 조금만 일을 하면 이번 달 정도는 아르쉐 공장을 유지해나갈 수 있을 것이다. 중요한 건 그게 아닐까? 나머지는 내 알 바 아니다. 어떤 일이 일어난다 해도 그건 별 볼 일 없는 일일 것이다.

우리가 늘상 해오던 것과는 달리, 어머니는 서재에 아침상을 차려놓았다. 그윽한 커피향이 아파트 전체에 배어들었다. 이 새로움이 옛날 분위기를 느끼게 했다. 밀짚 색깔 식탁보 위에 백색 찻잔이 얌전히 놓여 있었다. 우리는 서로 마주 보고 앉았다. 햇살이 강하지 않았으므로 불을 밝혀놓은 램프가 이 은밀한 광경을 비추어주었다. 나는 우리가 이토록 좋은 장소를 그냥 내버려둔 건 잘못이라고 말했다. 어머니도 앞으로는 이곳에서 식사를 하자고 했다.

"옛날처럼 말이에요."

어머니도 그렇게 대답했다.

"그래, 옛날처럼."

나는 조용히 과거로의 귀환을 생각했다. 전등 불빛에 드러난 플레엘 피아노의 모습은 몇 년 동안 그랬던 것 같은 끔찍하고 거북살스러운 주검의 모습이 아니었다. 늙은 말처럼 그 피아노는 아직 더 일할 수 있을 것이다.

"피아노를 다시 치시겠어요?"

"가끔은 그러고 싶어. 하지만 나하곤 벌써 멀어진걸……. 손가락도 굳어버렸고. 아직 악보를 볼 수 있을까 모르겠다."

"아마 레슨을 다시 받아야 될 거예요."

"그래, 못할 게 뭐 있겠니?"

어머니는 만족한 듯했다. 나 또한 그랬다. 나는 그 안온함의 감정이 점점 더 강해져감을 느꼈고 이젠 그 어느 것도 이 평온한 감정을 경감시키거나 위협할 수 없으리라 생각했다. 우리는 갑자기 행복이라는 이름의 알지 못할 심연으로 떨어져버린 느낌이었다. 그러나 나는 때마침 거기에 놓인 덫을 알아차렸다. 조금만 더했더라면 '가정생활'이라는 이름을 가진 포근한 망토로 미끄러져 들어갈 뻔했다. 어머니는 거의 자신의 의도를 성공시킬 뻔했던 것이다.

어머니가 웃어 보였다. 나는 어머니를 가능한, 그리고 견딜 만한 존재의 한 형태인 환상, 과거의 허상 속에 있도록 내버려두었다. 한순간 감동되었지만 가족 구성원이라는 슬픈 역할로 되돌아가도록 나를 내버려두지는 않을 것이다. 갑자기 그녀가 불안해했다. 위협적인 매혹은 이제 깨어진 것이다.

"더 말할 게 없니?"

"아뇨. 생각을 좀 했어요."

"무례한 질문이 아니라면, 무슨 생각을 했는지 물어봐도 되겠니?"

"공장 생각을 했어요. 중요한 건 그거잖아요. 그거야말로 관심을 가져야 할 유일한 사항이죠."

택시는 빌뇌브-르-르와 쪽으로 가고 있었다. 빈둥거릴 시간이 없다. 나는 어쩌면 사람들이 내가 되어주었으면 하고 바랄지도 모르는 한 기업의 우두머리라는 책임에서 나를 해방시켜줄 만한 일들을 생각했다. 마음속으로는 토니 소앙이 나를 믿지 않는 것이 옳다는 생각을 한다. 그렇다. 나는 아무것도 안 되기를 원한다. 무언가가 되기를 원한다는 건 얼마나 우스꽝스러운 일인가. 무언가가 되려고 한다는 것, 그건 어쩌면 짐승이 힘세고 맹목적이기를 가정하는 것과도 같다. 그러나 무언가 되기를 원한다는 건…… 아무런 야망도 갖지 않는 편이 더 나을 것이다.

햇살은 보풀이 인 천처럼 자욱하다. 에테르에 젖은 더러운 붕대 같다. 택시 운전사는 키가 작고 흰색 빵모자를 썼는데, 거의 말이 없는 데다가 자기 택시에 타는 손님이나 다른 차 운전사들에게 만족스럽다든지 아니면 언짢다든지 하는 내색을 하지 않았다. 나는 그와 내가 닮았다고 생각했다. 그는 주변에 무관심해 보였다. 그의 침착하고 확실한 운전 솜씨는 칭찬할 만했다. 이 사나이는 신경이 끊어진 것 같다. 생각건대 그는 내가 말을 걸어 자신을 방해하지 않아 만족스러워하는 것 같았다.

나는 미래를 믿는다. 토니 소앙이 나에게 남겨두었을 지시 사항들을 생각했다. 그는 사업에 관한 나의 몰취미를 그 어느 누구보다도 잘 안다. 그러므로 그는 모든 일을 잘 처리해놓았을 것이며, 나에게는 봉함된 봉투 몇 장만 남겨놓았을 터인즉, 상자에 처박아버리고 잊어버리면 그만이다. 그가 다른 식으로 처리해놓았을까? 물론 아닐 것이다. 만약 그렇다면 내 생활은 그로 인해 처참하고 견딜 수 없게 바뀔 것이다.

나는 변화를 싫어한다. 지난 몇 해 동안 있었던 변화 중에 가장 최악의 것은 원래의 내 육체적 모습에 일어난 변화다. 사춘기 때의 나는 키는 비록 중간 정도였지만 날씬하고 유연한 몸매를 가져 대체로 날렵한 인상을 주었는데 지금의 나는 그렇지가 않다. 몸이 좀 나긴 했지만 그건 내가 대식가여서라기보다 육체적으로 활동을 많이 하지 않은 탓인 듯하다. 이마도 약간 벗겨졌고 계단을 오르면 숨이 가빠질 때도 있다.

하지만 그건 아직 어쩔 수 없을 정도의 변화는 아니다. 아직도 내게는 변화의 여지가 남아 있다. 가벼운 걸음걸이, 헐렁한 의상, 정성 들인 헤어스타일 등이 그것이다. 다른 사람들은 잘 모르겠지만 이빨이 하나 없다든지, 치질이 있다든지 하는 나만의 은밀하고 사소한 비밀들을 나 자신은 똑바로 알고 있다. 간단히 말해 이런 은밀하고 사소한 비밀들은 내가 늙어간다는 것을, 이제 되돌아올 수 없는 내리막길을 내려가고 있음을 느끼게 해준다. 나는 모든 것이 제자리에 정리되게 하고, 그 어느 것도 변하지 않게 하기 위해 나 자신과 싸울 미래를 믿어야 한다.

드디어 도착했다. 여러 가지 상념들이 내게 약간의 용기와 활기를 불어넣어 주었다. 택시 운전사는 떠나기 전에 내게 목례를 해 보였다. 나는 잠깐 동안 아르쉐 공장 철제 현관문 앞에 얼어붙은 듯이 서 있었다. 잠시 음침한 하늘 아래 흐릿해 보이는 붉은 지붕들을 뒤편에 둔, 몹시 아름답고 또 몹시 이국적으로 보이는 센 강을 바라보았다. 바라던 대로 수위는 나를 알아보지 못했다. 그는 겸손함을 지어내 보이며 사과를 했다.

레리티에 양의 금속성 목소리를 나는 알아듣지 못했다. 그녀는 아마도 토니 소앙이 떠난 데서 기인한 듯한 권위적인 악센트가 섞인 어조로 인사를 했다. 나는 지난번 공장에 왔을 때보다 그녀의 목청이 더 높아졌음을 알아차렸다. 그녀는 만면에 웃음을 머금은 채 겹겹이 쌓인 서류 더미 속을 분주히 왔다 갔다 했다. 그녀는 회사를 유지해나가는 데, 또 나의 회사 방문을 순조롭게 진행해나가는 데 필요한 몇 가지 서류를 넘겨주었다.

순간 그녀의 눈 색깔에 강렬한 인상을 받았다. 그녀의 눈은 초록과 청색이 미묘하게 섞인 아주 드문 색깔이었으며 그로 인해 나는 레리티에 양이 젊었을 때는 아주 아름답고 고상한 처녀였으리라 생각하지 않을 수 없었다.

"소앙 씨께서는 이 서류들을 보여드리라고 하셨습니다. 그리고 이 봉투도 함께요."

그녀는 이상하다는 듯이 나를 쳐다보았다. 아마도 그녀에게는 내가 백치처럼 보였음에 틀림없다. 어쨌든 나쁠 것은 없다. 나는 봉투를 뜯고 토니 소앙의 세련된 글씨가 적혀 있는 종이 두 장을 꺼냈다. 레리티에 양이 입은 초록색 정장은 그녀 눈 색깔의 미묘한 분위기와는 잘 어울리지 않았다. 그녀는 안목이 없는 모양이다. 나는 편지를 읽었다.

친애하는 필립에게

내가 예정보다 일찍 그만두게 된 이유를 부연 설명하고 싶지는 않습니다. 단지 그것은 나와 내 어머니의 건강과 관련된 것이며 당신과 당신 어머니에 대해 책임져야 할 상황을 명확히 하고자 하는 내 의사와도 관련된 것입니다.

일은 간단합니다. 당신이 개인적으로 회사를 경영해나가기로 결정할 경우―나는 이 경우를 바라고 있으며 또 박수갈채를 보낼 것입니다―1번이라고 쓰인 봉투를 뜯어보면 됩니다. 그 안에는 회사의 현황에 관한 나의 개인적인 견해뿐 아니라 단기, 중기 전망과 우리 회사의 은행 고문과의 다음 약속일과 장소가 적혀 있습니다. 그 경우 회담은 당신이 주재해야 할 것이며, 만일 이 회담 중에 당신이 원한다면 나의 서류상 지식을 빌려드릴 용의도 있습니다.

첫 번째 가정과 반대의 경우에는 2번이라고 쓰인 봉투를 열면 됩니다. 나를 대신할 유능한 경영자를 뽑는 방법을 사용할 때 당신에게 도움이 될 것입니다. 만약 이 경우로 결정이 된다면 경험이 풍부한 사람을 고용하라고 충고하겠습니다. 그런 사람을 데려오면 그가 져야 할 책임 정도를 감안해서 내가 받던 보수보다 더 많은 보수를 제안하라고 말씀드리고 싶습니다. 만일 적임자를 찾지 못할 경우 지원자의 서류를 검토하고 또 결정적으로 선택하는 일을 기꺼이 도와드리겠습니다.

당신이 어떤 결정을 내리든 레리티에 양이 당신에게 급히 서명해야 할 서류들을 전달해줄 것입니다. 대체로 결제해야 할 채권자들과 견적서, 또 재고량에 차질이 없게 하기 위해서 주문해야 할 서류들입니다. 진행 중인 일들에 대해서는 레리티에 양에게 일임할 수도 있으리라 봅니다. 그녀는 신뢰할 만합니다.

그럼 진심으로 제 감사의 뜻을 전하는 바입니다.

토니 소앙

11월 16일, 빌뇌브-르-르와에서

나는 생각에 잠긴 채 레리티에 양을 곁눈질로 관찰했다. 그녀는 흰 서류들에다가 맹렬히 도장을 찍기도 하고 서랍을 뒤적거리기도 했다. 그녀가 무슨 생각을 하고 있는지 안다.

(그가 과연 결단을 내릴 것인가? 10년 동안 이 회사엔 고작 네 번밖에 모습을 안 나타낸 이 무능한 작자의 명령에 따라 일해야 하는 건가?)

나는 토니 소앙의 사무실 문을 뚫어져라 쳐다보았다. 그렇다, 나는 저 사무실 안에 몇 달 동안, 아니 몇 년이 될지도 모르게 갇혀 있을 수도 있다. ……회색과 황색 불빛 아래서. 모든 행동에 존경심이라곤 들어 있지 않은 그녀와 함께.

아니, 레리티에 양, 나는 그런 유의 불쾌한 느낌을 당신에게 느끼게 하진 않을 거야. 당연히 우리는 2번 봉투를 개봉하게 될 것이다. 아마 당신은 그걸 예측하고 있겠지. 당신은 아주 새로운 주인을 맞게 될 거라고. 우리가 당신에게 아주 능동적이고 노련하면서 유능한, 간단히 말해 당신에게 만족만을 주게 될, 완전히 전형적인 보스를 골라주도록 하지.

모든 것은 속이 뻔히 들여다보이는 속임수다. 토니 소앙은 나를 믿지 않았던 까닭에, 내가 자기 뒤를 잇지 않으리라는 걸 이미 알고 있었다. 그의 편지는 명확히 그걸 드러내고 있다. 모든 시제가 아주 정교하게 조건법 미래로 되어 있다는 것이 그 점을 명백히 증명했다. 또한 그는, 우리 어머니가 생각하는 체하면서 합의는 했지만 만일 내가 족벌 기업의 운명을 결정하는 모습을 보게 된다면 겁이 나서 죽을지도 모른다는 사실을 모르는 체했다. 내가 해야 할 일이 하나도 빠짐없이 열거되어 있었다.

나는 레리티에 양에게 토니 소앙의 편지 마지막 구절을 읽어주

기 시작했다. 그녀는 얼굴을 붉혔고 우리는 진지한 사항으로 넘어
갔다.

"레리티에 양, 소앙 씨의 충고에 따라 우리는 2번 봉투를 개봉하
겠습니다(……그녀는 머리를 들어 야유를 가라앉히려는 듯한 눈빛으로 나
를 쳐다보았다). ……그리고 아르쉐 사는 새로운 사장을 맞게 될 겁니
다. 당신은 곧 구인 광고를 신문과 방송에 내십시오. 우리에겐 영어,
독일어, 스페인어 등 4개 국어를 하는 사람, 물론 현재 활동 중인 사
람이 필요합니다. 다른 회사에서 스카우트를 할 수도 있겠지요. 그러
기 위해 소앙 씨 월급의 두 배를 준다고 제안할 수도 있습니다……."

"두 배라고요!"

"네, 6만 프랑입니다, 레리티에 양. 우선 사람들이 뭘 원하는지를
알아야 합니다. 당신과 내가 원하는 건 진짜 훌륭한 사장이지요. 재
정적·행정적·상업적 책임을 모두 질 각오가 되어 있는 그런 책임자
말입니다. 우리 공장이 사양길을 걷고 있는 게 벌써 10년이 넘었어
요. 벌써 상당 기간 지속되어온 거죠. 소앙 씨 자리에 오게 될 사람
은 필요한 자극을 줄 능력이 있어야 합니다. 필요하다면 대규모 집
단 해고도 가능하다고 봐야겠지요."

그녀는 공포에 질린 눈빛이었다.

"그럼 새로 들여온 기계는요? 그걸 잊어버리고 계신 것 같은데
요!"

"레리티에 양은 기계가, 비록 그것이 전자 기기고 또 미국에서
수입해온 것이라고 해도 판에 박은 듯 타성에 빠진 기업을 재도약
시킬 수 있는 요소라고 생각합니까? 아닙니다. 레리티에 양, 중요한
건 사람들입니다. 물론 그 말에는 여자도 포함됩니다만 (그녀는 한순

간 안심한 듯이 보였다) 필요하다면 레리티에 양을 해고할지도 모릅니다. 감원이라는 게 말단 사원들한테나 해당되는 일은 아니지 않습니까?"

"하지만……."

"아, 당신이 뭘 얘기하려는지 다 압니다. 우리는 최근 몇 년 동안 감원을 하지 않았지요. 그래서 어쨌다는 거지요? 내가 모르리라 생각했습니까? 그건 최선을 다한 게 아니에요."

그녀는 입을 딱 벌린 채 망연자실해 있었다. 나는 그녀를 겁에 질리게 만드는 이 불순한 쾌락을 늦추지 않고 얼음장 같은 목소리로 말을 이었다.

"우리의 경쟁사는 인원을 줄이고 비용을 절감해가고 있습니다. 우리가 일을 질질 끄는 동안 그들은 앞서가고 있어요. 그들은 우리를 짓누르고 있습니다. 결국에 가서는 그들이 우리를 죽이고 말 겁니다. 그걸 생각하셔야지요, 레리티에 양. 후우, 자산을 전부 공탁해버리고 모두 다 해고해버린다? ……살아남기를 원한다면 손실을 막아야지요. 우리도 다른 사람들과 마찬가지로 앞으로 나아가야 해요, 레리티에 양."

"하지만 아르쉐 씨, 당신은 늘…… 저…… 그건 말이죠……. 제 이야기는…… 당신에겐 여전히 비서가 필요하시겠죠. 그렇지 않나요?"

그녀의 흐릿한 눈에 강렬한 고통의 빛이 일었다. 나는 그녀의 시선 뒤에 들어 있는 생각을 알고 있다.

(그래, 네 녀석이 해고하려면 해고해봐. 기계 앞에서 땀을 뻘뻘 흘리면서 일하는 남녀 직공들, 방직공, 재단사, 감독, 기술자, 수위들. 자식이 딸려 있건

없건. 그런 사람들을 다 해고해도 나는 해고하면 안 돼. 나는 여기 있게 해줘. 다른 모든 사람이 다 나가게 되더라도 나는 여기 있게 해줘야 해.)

그녀의 입술이 파르르 떨렸다. 그녀는 자신의 회전의자에 앉아 초조하게 기다렸다.

"레리티에 양, 우리가 비서를 쓰지 않고서 지낼 수 있다고는 한 번도 생각해보지 않았습니다. 그리고 우리 회사의 발전에 당신의 공헌이 꼭 필요하다고 생각합니다."

그녀는 만족스러운 듯 몸을 꼼지락댔다. 그리고 자신을 계속 이곳에 있게 해준 것에 대해 감사했다.

나는 그녀에게 보여줘야 할 서류들을 잊어버리고 있는 것 같다고 말했다. 그러고는 전혀 주최할 의사가 없는 은행 고문 회담을 두 달 뒤로 연기하고 삼 주 정도 사장 후보자들을 심사하겠다고 했다. 드디어 일반적인 결재 사항들을 계절 특유의 차갑고 습기 찬 대기에 내던져버렸다. 나는 내 존재의 무의미함을 엄청나게 느꼈다.

나는 걸었다. 앞으로 나아간다. 인간은 회사와 마찬가지여서 발전하지 않으면 파산해버리고 만다. 나는 오를레앙 성문에 도착하자 택시에서 내려 걷기 시작했다. 무질서한 교외의 길을 걷는다는 건 아무 의미가 없는 일일지도 모른다. 교외라는 지역은 어느 쪽도 아닌 영역이어서 문학적 용어를 빌리면 사생아나 무정형의 것이다. 나는 쉬지 않고 계속되는, 그러면서도 결코 나와 합치되지 않는 상념 외의 어떤 충동도 느끼지 못한 채 계속 걷기만 했다. 사유하지 않는 존재란 것이 과연 존재할 수 있을까? 그런 존재는 아마 특정한 구조나 특정한 법률 없이 존재하는 근교 같은 것일지도 모른다.

나는 성벽에 들어 있는 도시, 경계선과 성벽, 큰 거리, 성문에 의해 한계가 정해진 도시를 만나게 되는 걸 좋아한다. 그건 가장 인간적인 이미지며 또한 인간성 자체이기도 하고, 육신이나 영혼, 얼굴모습 자체이기도 하다. 도시는 애초에 강변에 자리 잡은 오두막집서너 채에서 시작되어 나중에는 집을 몇천 채 가지게 된다.

어디서 왔는지도 모르는 사람들, 숱한 남자와 여자들, 기껏해야짐승 떼들이 저기 겨울의 추위 속에서 걸음을 멈췄다. 그걸 바라볼수 있을 만큼 멀리 있는 사냥꾼이나 주둔병 같은 사람들이라면 그들의 숨결이 희끄무레한 수증기가 되어 피어 오르는 것을 보았으리라. 그들은 미래 도시의 취약한 기반을 파헤쳤다.

한 도시의 기반이라는 것이 완전히 꺼지지 않은 불씨나 하천의범람 여부에 의해 좌우되는 정말 취약한 것이라는 사실은 우스꽝스러운 역설이다. 그들은 세우고 또 세웠다. 화재가 마을 전체에 번지지 않게 하기 위해서 오두막집을 띄엄띄엄 세웠다. 그들은 최초의길과 최초의 도로를 냈다. 그들은 공간을 확장해나갔고, 그것이 최초의 광장, 새로운 세계가 숨 쉬는 심장부가 되었다. 그들은 매일 강으로 돌아온다. 그들은 강의 흙을 다지고 한층 더 강심을 깊게 하고제방을 쌓는다. 세월이 더 지나면 이것이 둑이 되고 방파제가 된다.

그들 덕분에, 그들의 해묵은 열정 덕분에 뚜렷이 경계가 확정된공간 속에서 생각하는 일, 혹은 생각하지 않는 일이 쉬워진 것이다.이 공간은 생각을 갖고 있는 존재—조금씩 그 공간을 정립해나가는 데 기여하고 있는 존재—와 생각이 없는 존재들, 잠들어 있거나혹은 심사숙고하거나 저주하고 있는 존재들 모두를 관대히 받아들인다.

눈앞에는 빅토르 바슈 광장이 펼쳐져 있다. 그냥 걸어오다 보니 여기에 이르게 되었다. 거리(예전에는 오를레앙 거리라고 불렸다)는 아주 익숙한 오솔길로 여겨졌다. 나는 별 불쾌감 없이 몽루즈 생-피에르 성당이 지평선 위로 삐죽이 솟아 있는 광경을 바라보았다. 발길이 뜸했다. 몇몇 행인은 여전히 얼굴을 코트 깃에 파묻은 채 잰걸음으로 지나갔다. 모두가 조금씩 걱정스런 빛을 띠고 있었다. 곧 눈이 내리기 시작했다.

공간이 점점 작아져가면서 어두워졌다. 도시의 거리는 많은 사람들이 인류애를 위해 봉사하는 앙팡-아시스테 고아원이나 쥔느-피으-아뵈글 구제원, 담-드-라-비자타시옹 양로원 따위 시커먼 건물들이 한구석을 차지하는 복도로 변한다. 키 큰 나무들이 길 양쪽에 늘어서 있었다. 나뭇잎들이 다 떨어져버린 모습은 나무 본연의 실체를 느끼지 못하게 만든다(도시인들은 동체나 나뭇가지만 남은 나무의 모습을 잘 알아보지 못한다). 자선 기관과 관측소 높은 회색 담장에 이르면 그 모습은 희미해져버린다. 눈보라가 더욱 심하게 몰아쳤다. 나는 얼음같이 찬 바람을 정면으로 맞으며 불빛 없는 통로를 걸어갔다. 멀리 반짝이는 강물이 보였다. 몽파르나스와 포르-르와얄 거리의 자연적 경계 사이로 물의 지역이 쉽게 드러나 보였다.

먼저 생-미셸 가의 넓은 보도와 뤽상부르 공원의 철책에 다다랐다. 축축한 받침대에 무너지듯이 앉았다. 이제 노력은 메말라버렸다. 그러나 불평해봤자 무슨 소용이 있는가? 발버둥쳐야 한다. 그리고 나아가야 한다. 어떤 구실로도 멈춰서는 안 된다.

그러한 충동이 나를 퐁-토-상주까지 끌고 갔다. 어쩌다 보니 센 강의 지류에 다다른 것이다. 턱을 괴고 강을 바라보았다. 오, 이건 오리노코 강도 아니고, 다뉴브 강도 아니고, 라인 강도 아니다! 단지 작은 센 강일 뿐이다. 강물은 통과할 수 없는 궁전의 기념비 발치에 이르면 겸손하고 정숙해진다. 너무 천천히 흘러서 흐르는 것 같지가 않다. 그리고 하늘, 부연 회색빛의 건너갈 수 없는 하늘 또한 늘 해오던 빛의 장난을 멈추고 있다. 함박눈을 동반한 바람이 검은 물 위를 지나가고 있었다.

살을 에는 추위에도 난간에 팔을 대고, 미시시피 강과 그보다 조금 덜 장중한 미네소타나 일리노이 강을 비교하던 미국인들을 생각했다. 그들은 도시를 끼고 흐르지 않는 강들의 현실적 중요성을 전혀 이해하지 못했다. 서로는 서로를 선택했다. 그리고 그 통합된 전체가 새로운 삶의 방식을 창조해냈다. 게다가 영감이란 어디에도 없는 것이다.

대기는 물에 씻기고 부식된 돌의 맛을 알고 있다. 그 예민한 코는 전자 제품 몇천 개에서 나오는 오존과 종이들이 책이 되어 나오는 헛간이나 먼지 향기를, 인쇄소 잉크에서 느껴지는 매운 냄새를, 너무 높은 곳에 꽂혀 있어 아무도 읽지 않는 도서관 맨 위쪽 서가에서 나는 냄새 따위를 감지해낸다. 그러나 그건 불가능하다. 어떤 책도 도시나 강을 만나고 나면 잊힐 수 없다.

나는 태어나려 애쓴다. 나는 도시와 강에 의해 두 번째로 태어나게 될 것이다. 강과 도시는 내 사고의 지리멸렬함이나 혼돈스러움과는 반대로 심오한 질서와 영속적인 화합의 이미지를 느끼게 한다. 역사가 토해내는 승리의 이미지들. 침략, 혁명, 테러, 폭동, 광기의 날들, 피 흘리는 밤, 내란⋯⋯.

강은 흰 눈이 소복하게 쌓인 제방 사이로 검은 물을 살며시 밀어낸다. 헌책 장수의 상자 위로, 난간 위로 강의 요란한 통지서가 작성

되어간다.

퐁-토-상주 위로 밤이 부서져 내린다. 북풍은 점점 더 살을 엔다. 내 시선은 잔잔한 물결 저편, 저 밑바닥으로 젖어들었다. 퐁네프와 퐁아르 쪽에서 축제의 작은 별 같은 불빛들이 반짝거렸다. 화사한 색의 우편엽서를 만들고 싶을 정도로 깜짝 놀랄 만한 불빛들이 퐁 알렉상드르 3세 위에 있다는 생각이 들었다.

어두운 물 쪽으로 몸을 돌렸다. 그 어둠 속에 깊이 잠겨 빠져 죽을 수도 있다. 내 방에서 두 발짝도 안 떨어진 여기, 지네트 라카즈의 방 창문 아래에서 익사할 수도 있는 것이다. 지네트 라카즈는 아마도 내일쯤, 혹은 며칠 더 지나서 사람들이 내 시체를 찾아낼 때에야 내가 죽은 걸 알게 될 것이다. 사람들은 사고라고 말할 것이다. 아니면 아예 언급을 하지 않을지도 모른다.

그러나 나는 그런 미친 짓은 저지르지 않을 것이다. 저기 내 발 아래로 움직이는 석탄같이 시꺼멓고 몹시도 빛나는 강의 표면, 그 밀도는 내 뼈와 살의 밀도보다 높아서 강은 나의 육신을 통과할 수 없다. 일은 우스꽝스럽게 그리고 내 육신을 박살 내지 않고서도 끝나게 될 것이다. 자신의 육신을 제거하는 행위에 의미를 부여하려면 자기 자신의 내면에 삶과 의미의 비중을 충분히 느끼게 해야 한다. 아마도 나의 경우에 그것은 예술을 위한 예술일 것이다. 나는 이성을 경멸하고 싶은 생각은 없다. 또 순전히 미적인 의도로 행동하는 것은 내 습관과는 완전히 괴리된다.

지네트 라카즈는 나와 레리티에 양의 대화에 관한 정보를 기다리고 있었다. 그녀가 기다리는 건 내가 아니라 낡은 기계를 레일에 올려놓고 조종할 사람이다. 토니 소앙이 떠나갔다는 사실이 그녀에게는 뭐라고 이름 붙일 수 없는 재앙의 전구 증상이며, 그녀는 내가 자신을 그 재앙에서 보호해주기를 바라고 있다. 나는 그녀의 고통을 덜어줄 수 있을까?

대답은 물론 아니다. 나는 특히 민감하다. 그런데 지금처럼 냉혹해지게 된 것은 그 고약한 성미 때문이다. 자기 자신을 방어해야 할 필요가 있지 않은가? 모든 상황 때문에 수단은 점점 냉혹해져간다. 강인한 방어책이 없이는 인생에서 성공할 수 없다. 전쟁터에 나가면서 판자와 나염한 천으로 만든 연극용 전차를 갖고 나갈 수는 없는 노릇이며 심각한 것을 싫어하는 사람들에게 심오한 성격을 강요하는 일 또한 불가능한 일이다. 나는 샤틀레 광장에 있는 공중전화 박스로 다가갔다.

지네트 라카즈는 전화벨 울리는 소리가 나자마자 곧 수화기를 든다. 전화 받는 첫마디에서 그녀가 전화기에서 두어 발짝도 채 떨어지지 않은 곳에 자리 잡고 있었음을 알았다.

"여보세요."

그 네 음소 마디마디가 내 귀에는 돛을 찢어놓는 바람 소리처럼 들린다. 이미 나는 내가 그녀의 의도와 상반되는 것만을 할 수 있다는 것을 알고 있다. 그렇지 않다면 반신반의 속에 그녀를 잠들게 할 수도 있을 것이다. 나는 곧 터져 나올 그녀의 노골적인 질문이 어떤 것인지 짐작하고 있다.

"나한테 일언반구도 없이 8일 동안이나 폴라라는 애하고 종적을 감추어버리더니 오늘 저녁엔 들어오지도 않는구나. 또 시작된 거냐? 회사 일은 어찌 된 거냐? 넌 네 존재에 대한 결정을 내릴 정도의 능력밖에 없는 거냐……?"

대충 이런 질문이리라. 내가 목청을 가다듬기에 필요한 몇 초를 초과해서 침묵을 연장한다면 두 번째 질문 공세를 받게 될 위험이 있다. 예를 들어 이런 질문들이다. "아무도 우리 사업을 떠맡으려 하지 않으면 우린 어떻게 되는 거니?"라든가, "내 신경을 건드릴 작정이니? 불확실한 상황에 날 내버려두는 것이, 네 침묵으로 날 괴롭히는 일이 재미있니? 내가 휴식해야 한다는 걸, 내게 필요한 게 안정이라는 걸 모르고 있는 거 아니니⋯⋯?" 등의. 아니다. 그녀가 자유롭게 행동할 여지를 주어서는 안 된다.

"여보세요?"

그녀는 말하고 있을 때보다 숨을 더 가쁘게 몰아쉰다. 대답을 해야 한다.

그녀를 진정시키려고 나는 토니 소앙의 충고를 따랐다고 말한다.

어떤 충고?

어머니가 그것에 관심이 없었으면⋯⋯.

"레리티에 양과 제가 모든 걸 다 잘 정리했어요. 레리티에 양은 믿을 만한 사람입니다."

아무런 생각도 그녀에게는 떠오르지 않았으면⋯⋯.

"하지만 그건 레리티에 양에 관한 일이잖니! 얘야, 문제는 우리의 미래야. 우리가 살아갈 방법이 문제란 말이다."

"알고 있습니다."

아니, 모른다. 나는 그녀의 고독과 고통에 대해서는 이방인이나 다름없다. 이번만큼은 그녀에게 쓸데없는 말을 하지 말까?

그녀를 바보 취급 해버릴까? 나의 침묵은 그 모든 것보다 더 긴 이야기를 하고 있는 셈이 되리라. 이 우스꽝스러운 코미디를 연장할 필요는 없다. 세상 어떤 남자도 거짓말은 못한다. 그리고 나는 다른 어떤 사람보다도 더 못하는 편이다. 내게 용기가 있어 그녀에게 진실을 말해줄 수 있기를. 그녀를 속이게 되지 않기를…….

나는 그녀 말투에 모욕적인 부분이 있었음을 주지한 다음 그녀를 속이거나 거짓말할 의도가 없었음을 말해준다. 아파트로 가서 그녀가 알고 싶어 하는 모든 것을 정확히 알려주겠다고 말한다. 게다가 모든 것이 간단하다. 누가 공장을 운영하느냐고? 물론 나는 아니다…….

그녀는 감을 잡는다. 그녀는 내가 모든 책임을 지게 되리라고, 그래서 내가 그녀에게 기쁨을 만끽하게 해줄 거라고 진심으로 믿었던 것이다. ……더불어 그녀는 내가 어엿한 사나이가 되어주리라고 믿었다. 그러나 내가 할 수 있는 일이라곤 그녀를 실망시키는 일뿐이라는 것은 이미 예견되어 있었다. 실망을 안겨주는 것이 남자들의 속성이다. 나도 예외는 아니다. 나는 그녀를 환상의 종말로 이끈다. 그녀는 사양한다. 그녀는 이제 자신이 내게 무얼 해주어야 하는지 안다.

그녀는 스스로를 괴롭히고 나도 괴롭힌다. 그녀는 신경질을 낸다. 그녀가 내 의견에 맞장구를 쳐주었으면. 나는 히든카드를 보여줄 것이다. 그 히든카드란 다름 아니라 기적의 사나이 같은 사장을 찾아내는 일이다. 짧은 구인 광고를 내고 막대한 급료를 지불하면 훌륭한 자격을 갖춘 사람들이 미끼에 걸려들 것이 확실하며 우리는 어떤 사람을 선택할지 고민하게 될 거라는 식의…….

"어떤 사장을 말이냐! 내가 우리 공장 같은 기업체 수뇌부에 어떤 사람이 들어와 앉든 상관 안 할 만큼 단순한 사람이니? 토니 소

앙을 대신할 만큼 유능한 사람들이 파리라는 토양에 자랄 수 있는
거니……?"

침묵이 흐른다. 그녀는 다시 질문 공세를 퍼붓는다. 나는 이 모
든 생각이 나의 아이디어가 아니라 토니 소앙의 생각이었음을 지적
한다. 그것은 그녀도 잘 알고 있다. 그녀를 진정시켰다고 생각했으
나 착각이 되고 만다. 그녀는 더 심한 질문을 퍼붓는다.

"훌륭한 자격을 갖춘 사람들이라고? 그래 그런 사람들이 일을
한단 말이냐? 그런 사람들은 구인 광고를 읽느라 시간을 허비하지
는 않는다. 그런 사람들은 이미 기반을 잡고 또 한밑천 잡은 사람들
이니 우리 일에 관심을 기울이지 않는단 말이다……."

그녀는 자제력을 상실하면서 점점 저속해져간다. 나는 고통과 혐
오감을 느낀다. 타닥타닥 튀는 희미한 그녀 목소리만이 들려온다.

내가 그녀를 너무 고통스럽게 하는 게 아닐까?

샤틀레 광장을 건너다보았다. 강렬한 두 줄기 불빛이 극장 정면
에서 깜박거리고 있었다. 광장은 황량했다. 이야기를 다시 만들어
보았다.

나는 그녀를 썩 잘 속였다. 아침에 그녀는 줄곧 환상에 젖어 있
었다. 그녀는 의심할 수가 없었다. 나는 사업을 잇게 되었으니까. 그
러니 결국 난 그녀를 속인 셈이다. 세상 모든 남자가 그녀를 속였
다…….

택시 한 대가 드 라 빌 극장 앞에 와서 멈췄다. 예순 살은 족히 되
어 보이는 남녀가 택시에서 내리더니 불 켜진 어항 같은 일층 안으
로 사라져버렸다. 어머니 목소리가 내 귀에서 계속 윙윙댔다. 어머
니 눈에는 내가 여전히 일을 잘 처리하지 못하는 어린아이로 보일

것이다. 잠시도 눈을 뗄 수 없는, 항상 바른길로 인도해주어야 할 그런 아이로 보이리라. 마치 내가 스물다섯 살 이전으로 돌아가버린 것만 같다.

물결은 끊임없이 밀려오고 나는 그 소리에 귀를 기울였다. 어머니가 내게 원한을 품은 건 아니다. 단지 감정을 억제하지 못할 뿐이고 어머니도 그걸 시인한다. 자신의 성질과 나날이 조금씩 자신을 갉아먹고 있는 자신의 번민에 대항해서 그녀가 할 수 있는 일이 무엇인가? 그녀는 단지 내가 내 생활에 자리를 잡고 자신에게 만족을 주기를 바랐을 뿐이다(나는 어머니가 거짓말을 할 때만 풍기는 냄새를 잘 맡는다). 그렇다, 그녀는 나의 능력 이상을 요구할 수 없음을 잘 알고 있다. 나는 우리의 재산과 이익을 관리하는 일이라는 것이 나의 능력 이상의 것은 아닌 듯 보이며, 어머니가 상상하는 것 같은 이유 때문에 내가 그 일을 거절하는 게 아니라는 사실을 어머니한테 이야기하려다 참았다.

그녀는 울고 있다. 그녀는 모든 일이 잘 풀려나가기를, 또 내가 그녀를 용서해주기를 바라고 있다. 나는 어머니가 내게 보여준 사랑을 용서하는 따위의 우스꽝스럽고 부끄러운 일을 하고 싶지 않다. 그녀는 바라고 있다. 나와 폴라가 그러리라…….

침묵이 흐른다. 그녀는 대답을 기다린다. 나는 그저 조용히 침묵하고 있을 뿐이다.

그래, 폴라는 유대인이다. 그러나 시대는 바뀌었다. 유대인 또한 다른 프랑스인들과 마찬가지로 엄연히 프랑스인이 아닌가……?

침묵.

유대인 며느리를 본다는 것이 그녀에게 성가신 일은 아니다. 그와는 정반대이리라. 내가 알아두어야 할 건 그녀 생각의 근원이다. 폴라는 매혹적이다. 어머니도 시를 좋아하니까 폴라가 시를 쓰는 것 또한 허용되리라. 우리 시대에 시가 널리 읽히지 않는다는 건 불행한 일이다. 그렇다면 내가 희망을 가져도 될 만한가? 대답을 독촉받고 있다.

또 독촉을 한다. 희망이라고? 뭐라고 대답해야 하나? 거짓말을 해야 한다. 나는 잘 모르겠다. 어떤 남자도 어머니를 배반하지 않고서 거짓말을 할 수 있는 남자는 없었다고 어머니가 말한 적이 있다.

나는 확실하고 경쾌하고 명쾌한, 거의 무람없는 목소리로 말한다. 그래, 나는 희망을 갖고 있다고. 확실한 희망을. 게다가 폴라와 내가…… 서로 결합하기를, 사람들이 말하는 것처럼 가정을 꾸미려고 하지 않았다면(사람들이 흔히 믿는 바와는 달리 두 번째 거짓말은 첫 번째 거짓말만큼이나 괴롭고, 세 번째 거짓말은 두 번째 거짓말만큼 괴로운 것이다) 우리는 아주 오래도록 함께 있었을지도 모른다. 어머니는 결국 한숨을 쉬고 만다.

"필립, 넌 날 즐겁게 해주는구나! 네가 날 얼마나 즐겁게 해주고 있는지 안다면……."

내가 원한 것보다 너무 지나쳤던 모양이다. 거짓말을 한다는 것은 이런 유의 위험을 감수해야 한다. 하지만 오늘 밤엔 모든 것이 다 잘되었고 어머니는 잠을 잘 수 있으리라. 마지막으로 오늘 저녁에 집에 들어가지 않겠다고 말했다.

"그 애를 만나러 가니?"

마침 좋은 질문이었다…….

"네, 오늘 저녁을 같이 먹기로 했어요. 그러고서……."

나는 그녀가 행복해함을 느낄 수 있었다. 활짝 웃는 얼굴로. 그러나 나 자신을 만족스럽게 여기진 않았다.

나는 빅토리아 가 한 모퉁이에 있는 사라-베른하르트 맥줏집으로 가서 자리를 잡고는 커피 플로트를 주문했다. 담배도 함께 시켰다. 아무 담배나 한 갑 갖다달라고 하고서 나는 주위 손님들을 주시했다. 그들은 초록색 반사광을 받아 희미한 노란색, 보라색을 띠고 있었다. 창백하고 냉랭한 얼굴들은 모두 아름답고, 창백한 손들은 진액이 추위로 얼어붙은 식물 같아 보였다.

나는 그 모든 얼굴들과 싸우고 있었다. 함정 같은 얼굴들과 낮 동안의 상황이 겹쳐졌다. 나는 그들을 더 잘 볼 수 있었다. 그들의 희미한 머리칼은 공포감을 불러일으켰다. 비듬이 떨어진 옷깃, 잘못 칠한 마스카라로 얼룩이 묻어난 속눈썹, 핼쑥한 얼굴, 사무실을 빠져나오고 싶어 안달을 하는 그런 모습들이 인상적인 광경을 그려냈다. 때때로 그들은 미친 듯이 웃어댔다. 그 순간 그들 눈에는 백치 같은 섬광이 스치고 지나갔다. 틀림없이 9시쯤 되었으리라. 이제 시작되는 밤과 나는 대결해야 한다.

모든 것이 아름답다. 모든 것이 붉은색이나 노란색 따위 따뜻한 색으로 되어 있음에도 끔찍할 만큼 차가운 아름다움을 만들어냈다. 탁자와 카운터, 거울이 붙어 있는 벽은 끊임없이 서로의 이미지를 교환한다. 모든 것은, 유리처럼 보이게 하는 니스칠을 한 것처럼 보였다.

맥줏집 실내의 아름다움은 끊임없이 증가해가고, 중국 식당 정면에 도배해놓은 슬라이드 위로 강한 조명이 쏟아지듯이 모든 색채가 지나치게 흥분되어 있었다. 그곳에서는 고깃덩어리의 작은 미립 자라든가, 소스의 윤이 나는 점액질, 바닷가재의 비단결 같은 딱딱한 겉껍데기 같은 것에 대해 명상해볼 수 있었다. 나는 식욕을 사라지게 하는 환상에 잠겼다. 그것은 구역질을 하는 생각이다. 구역질 나는 투명한 소스 속에서 도망가야 한다. 나는 창문이 달려 있는 문쪽으로 사람들을 비집고 나갔다. 그들의 얼굴은 납작하고 매끌매끌하다. 그 얼굴들이 대화라는 거대한 소음 속에서 역류한다.

나는 길 가운데 있다. 걸어야 한다.

샤틀레 궁에서 숲 근처로 가는 가장 빠른 길은 퐁알마 쪽으로 난 오른쪽 강변길이다. 친구처럼 여겨지는 강을 따라가면 된다. 도시 심장부에 위치한 이 평평한 거울 같은 강을 따라가면 되는 것이다. 반짝이는 전조등 불빛과 행인들 그림자, 도로 표지판이 매끈매끈한 가로수 길 위에서 서로 분리되는 순간, 나는 비가 내리면 강으로 변해버리는 아스팔트 길을 찾는다. 오늘 저녁에, 빛은 움직이는 것이든 움직이지 않는 것이든 혼탁한 빛무리 속에 잠겨 있다. 주변은 흐려져간다. 지금 계절은 차갑고 서리가 내리는 시기가 되기를 망설이고 있는 것 같다. 첫눈이 내린다는 것은 하나의 기만적인 신호일 뿐이다. 약한 바람에도 흩어져버릴 것 같은 어슴푸레한 밤안개가 일었다. 맹렬한 바람이 도로 위를 이리저리 뛰어다닌다. 그 바람은 사거리마다 세워진 부르주아풍 높은 건물들이 이룬 날카로운 모퉁이에 부딪혀 붕괴되고 춤추는 눈송이들이나 질주하는 차들처럼 무질서하게 역류한다. 온몸이 마비되어버리면 더위마저 느끼게 된다. 사람들은 그 어느 것도 확신할 수가 없다.

알마 광장에 이르렀다. 탁 트인 시야 안에 큰길들이 보인다. 대로를 보면 그곳에 뛰어들고 싶다는 생각이 도무지 들지 않는다. 정반대 운명으로 인해 자신의 일상적인 이동 수단을 빼앗겨버린 채 밤만 되면 프레지당-윌슨 가나 마르소 가, 조르주 5세 가, 몽테뉴 가 합류점에 자리한다는 것은 사자(死者)로서는 얼마나 고통스러운 일인가. 나는 적어도 내 발길이 어디로 가고 있는지는 안다. 나는 밤의 어둠에 파묻힌 통로 네 개 가운데 맨 처음 통로를 지나간다.

트로카데로 가를 지나면 조르주-망델 가와 앙리-마르탱 가가 나온다. 앙리-마르탱 가는 나에게 모노폴리 게임이 생각나게 한다. 그 게임에서는 현실과 마찬가지로 건물을 소유하는 것이 곧 성공의 신호가 된다. 지금 이 시간에 그 거리들은 초췌하고 죽어 있는 계곡에 지나지 않는다. 화려한 거리는 상점 주인들이 아니며, 산책객이나 행인들도 아니다. 단지 공동묘지의 오솔길 같은 모습을 띠고 있는 부르주아일 뿐이다.

그 거리에는 넓은 둑도 있는데 최근에 상업화되었다. 평지는 울타리를 쳐서 구분해놓았다. 자동차들은 한쪽 끝으로 들어가서 얼마간 주차해 있다가 또 다른 쪽으로 나오며 그곳에는 한 사나이가 조그만 망루 같은 곳에 자리 잡고는 자동차가 그 안에 머물렀던 시간만큼에 해당하는 돈을 징수했다. 돈을 내지 않으면 이 땅의 단 1제곱미터도 그냥 지나칠 수가 없다. 나는 걸었다. 매일, 매주, 매달, 그리고 매년 여기서 걷은 돈이 이 구역에 사는 주민들 가운데 한 사람의 호주머니로 들어간다는 건 합법적이기도 하려니와 있음 직한 일이다. 왜냐하면 아무것도 손해되는 게 없고 또 동시에 그 어느 것도 창조되지 않기 때문이다.

나는 걸었다. 프레지당-윌슨 가가 내 뒤에 있다. 이 거리에는 유쾌한 추억이 깃들어 있다. 언젠가 들라아예 길을 내려왔는데 교통 체증 때문에 내리막길에서 꼼짝달싹을 못하게 되었다. 그때 번쩍이는 레인코트를 입은 한 사나이가 중앙 지부에 주차되어 있는 자동차 창문을 열었다. 그는 내 뒤쪽에 있었지만 나는 괜시리 그의 태도에 이끌렸다. 그는 자기 자리에 앉아서 뒤쪽을 돌아보았다. 나는 그가 장-루이 바로임을 알아보았다.

그때는 오데옹이라는 그의 극장이 치사한 정치적 이유로 해서 아나톨-프랑스 부두에 있는 오르세 역으로 쫓겨나게 된 시기였다. 그는 그곳에서 〈비단 구두〉라는 연극을 공연하고 있었다. 나는 곧 모르는 사람의 행동에 답해주는 것이 당연하기라도 한 것처럼 그에게 손을 흔들어 인사를 했다. 놀라운 것은 그가 자동차 엔진에 시동을 걸기 전에 웃으며 손짓을 해 보였다는 것이다. 사실 따지고 보면 그건 아무 일도 아니다. 단순한 만남에 불과하다. 그러나 그런 일은 파리에서만 일어날 수 있다.

앙리-마르탱 가가 끝나기 전 500미터쯤에 쉬세 가와 란느 가로 이어지는 완만한 커브가 이루어진다. 앙리-마르탱 가는 처음에는 왼쪽으로 구부러졌다가 마치 양심의 가책을 받은 듯 다시 오른쪽으로 방향이 바뀌었다. 그 거리가 나를 매혹하고 내 마음에 드는 것은, 마치 사람처럼 변덕스레 꼬인 모양 때문이다.

란느 가를 흐르는, 폭음과 빛을 발하는 금속성 기류는 나를 사로잡았다. 내가 가려고 하는 집은 숲을 등진 채, 원수나 제독의 이름을 딴 이 길 어딘가에 있다. 집을 찾는 데는 시간이 오래 걸리지는 않았다. 폴라 로첸의 아버지가 내게 준 정보는 정확했다. 우선 바깥쪽을 평범하다고는 할 수 없는 두꺼운 벽이 둘러싸고 있었다. 담을 넘을 수 없다는 걸 보이려고 그랬는지 담 위쪽엔 철책으로 둘러쳤다. 철책은 팔뚝 굵기만 하고 위쪽에 뾰족한 칼 같은 것이 달렸다. 담벽 안쪽으로 오동나무 몇 그루와 느릅나무의 메마른 영상이 드러났다. 느릅나무는 조금씩 번진 사상균 병에서 구해내기 위해서인 듯 군데군데 전지를 해놓았고 땅에다 연필을 박아놓은 형상이었다.

공원은 헐벗은 모습이었다. 겨울 분위기였다. 그곳에 들어가려면 큰 철대문을 지나야 하는데 아래쪽에 작은 문짝이 달려 있었다. 가볍게 밀자 문은 쉽게 열렸다. 잔디가 깔린 정원 중앙에 전나무로 둘러싸인 건물이 있어 아무나 쉽게 집으로 들어갈 수 있는 것처럼 보였다. 조약돌과 흙, 말라붙은 식물들 위로 눈이 덮인 좁은 길을 걸어가는데 발소리만이 크게 들려왔다.

건물 아래층은 불이 환히 밝혀져 있었다. 이층과 삼층 창문들은 창 하나에만 불이 켜져 있을 뿐 나머지는 캄캄했다. 높은 담벼락이 이 공간의 추위를 좀 막아주는 것 같았다. 침묵은 이곳에서 더욱 무겁게 느껴졌다. 이제 도시는 머뭇거리면서 꼬리를 감추었다. 느닷없이 실비가 내리기 시작했다. 나는 창문이 나 있는 현관까지 뛰어갔다.

초인종을 세게 눌렀다. 내 존재를 알리고 싶은 나의 갈망을 배반하기라도 하듯 조그만 종소리는 부드러웠다. 도-미-솔-레 하고 울리는 부드러운 종소리였다. 그러자 양차 세계대전 때의 소설에나 나옴 직한 분홍색 옷을 입은 금발의 사람 모습이 창살이 달린 유리문 뒤로 나타났다. 그 사람이 문을 반쯤 열더니 들어오라고 했다. 실내복의 움직임과 유행에 뒤떨어진 금발 헤어스타일, 희미한 불빛과는 어쩐지 잘 어울리지 않는 조심성 있는 말투였다. 그 사람은 나를 거실로 안내했다.

그 집 안의 모든 것, 즉 꾸민 듯한 어리숙한 분위기, 너무나 젊어서 어색해 보이는 수녀 같은 분위기, 특수한 호텔에 어울리지 않는 18세기의 우아한 분위기 같은 것들이 부조화를 이루었다. 과일과 화환이 그려진 높다란 액자 하며, 구경하기 힘든 희귀하고 화려한 가구들, 거실에 놓인 흰 나선형 대리석 난로, 기하학적 무늬가 들어 있는 양탄자……. 클로드 루터 작(作) 〈케이트 수녀〉의 정연하게 그려진 원경(遠景)은 정원의 침묵과 상반된 느낌을 주었다. 나는 긴 소파에 자리를 잡았다. 맞은편에 원탁 하나와 보기 흉한 소파가 놓여 있었다.

장밋빛 실내복을 입은 여인이 다시 나타났다. 그녀는 드 네리 부인이 잠시 후에 내려올 것이라고 격식을 갖추어 말했다. 나는 고맙다고 말했다. 그녀는 드 네리 부인이 매혹적이며 내가 그녀와 잘 어울릴 것이라는 사실을 강조해야 한다고 믿었다. 내가 어떤 점에서 그녀와 잘 어울리는지를 묻지 않는 편이 폐를 덜 끼치는 일, 간단히 말해 덜 우스꽝스런 일이 될 것이라고 판단했다. 내가 왜 그 '점'이라는 말을 입에 올렸는지, 그것이 상황에 얼마나 적합한 말인지는 알 수가 없다.

장밋빛 실내복의 여인이 웃었다. 그녀는 내 곁에 있어도 되느냐고 물었다. 말투에서 그녀가 수다를 떨고 싶어 한다는 것을 느낄 수 있었다.

"괜찮으시다면 당신과 함께 기다리도록 할게요."

거절할 이유가 없었다. 나는 그녀에게서 이 집의 습관 같은 것이라도 알아내고 싶었다. 그녀는 눈에 띄게 즐거워하면서, 하지만 실내복이 자기 무릎 위로 들쳐 올라가지 않도록 조심하면서 자리에 앉았다.

"무례하게 굴고 싶진 않지만 우리 집에는 처음 오시는 것 같군요."

"그래요. 처음이오. 이름이 뭔가요?"

"앙트와네트예요."

잠시 주저하면서 그녀가 말했다.

"예쁜 이름이군요. 요새는 그런 이름이 드물지요."

"사실은 그건 진짜 내 이름이 아니에요. 내 본명은 아주 평범해요."

나는 그녀에게 상냥하게 보이도록 노력하고 있었다.

"모든 이름에는 나름대로 매력이 있는 법이지요, 안 그렇습니까?"

"진짜 이름은 레이몽드랍니다. 예쁜 이름이란 생각 안 드세요?"

나는 가만히 있었다.

"게다가 난 레이몽드라는 이름을 가진 성녀가 있다는 소린 들어보지 못했어요. 레이몽드라는 성자가 딱 한 명 있었지요. 스페인 수도사라나요. 그런 사람 아세요?"

뭐라 대답해야 할지 몰랐다. 대답을 안 한다면 그녀가 자기 가명을 더 좋아하는 게 옳다는 것을 인정하는 셈이 되고 만다. 나는 좀더 실제적인 인물로 보이고 싶었다.

"그런데 앙트와네트, 당신은 이 집에서 무슨 일을 합니까?"

"전 손님들을 대접하는 일을 하는 호스티스예요……."

그녀는 얼굴을 붉히더니 곧 말을 이었다.

"이 말은 하지 말았어야 했는데……."

"말을 하지 말아야 했다고요? 왜요?"

"드 네리 부인은 이곳이 공항이나 보통 호텔 같은 곳이 아니라는 점을 끊임없이 우리에게 상기시켜줘요. 여기엔 호스티스는 없어요. 앙트와네트와 바르바라가 있을 뿐이에요. 바르바라는 목요일부터 일요일까지 일을 하죠. 우린 교대로 일을 하거든요."

"알겠습니다. 그러니까 바르바라와 당신이 한 조가 되는 거로군요."

"말하자면 그렇죠. 하지만 드 네리 부인은 우리가 그런 표현을 쓰는 걸 좋아하지 않을 거예요."

"조를 이룬다는 표현 말인가요?"

"그래요. 우리는 공장이나 뭐 그런 유의 곳에서 일하는 게 아니거든요. 우린 여기서 각자 하는 일이 있어요. ……우린 어떤 화제든 대화를 이끌어나가는 능력이 있다고요."

"그런 것 같군요. 그러자면 센스도 있어야겠고, 감수성이나 참을성도 필요하겠고, 또 약간의 외교적인 성향도 있어야겠군요."

"그래요, 외교적인 것이 필요하죠. 어떤 사람들은 아주 이상해요……."

그녀의 말이 활기를 띠어갔다. 자기가 맡은 역할 속에서 그런 그녀의 얼굴은 행복해 보였다. 갑자기 그녀가 실수를 저지른 어린아이처럼 손으로 입을 가리더니 자기 얘기만 해서 미안하다고 했다. 물론 나는 그 화제에 관심을 느끼지 못했다. 하지만 그렇지 않다고 그녀를 설득시키려 했다.

사실 그녀에게 호감도 악감도 갖지 않았다. 내가 가진 느낌은 약간의 엉큼한 호기심 내지는 대부분 남자들이 창녀들을 대할 때 느끼게 되는 얼빠진 감탄 같은 감정일 뿐이다. 그녀는 이상한 옷차림을 하고 손님을 끌어모으지만 나름대로 최선을 다하고 있는 것이다. 최소한 그녀는 음란해지기에는 너무 젊다.

앙트와네트는 자기 자리에서 몸을 비비 꼬았다.

"조금 전에 드 네리 부인이 '평범한 호텔'이라든가 '한 조가 된다'라든가 하는 표현을 좋아하지 않을 거라고 했는데…… 그건 왜지요? 드 네리 부인이 어떤 사람인지 얘기해봐요."

"그녀가 당신에게 뭐라고 하진 않을 거예요. 우리의 고객은 어떤 권리든 다 가질 수 있으니까요. 하지만 우리에겐 달라요. 말장난은 그녀의 괴벽 같은 거랍니다."

"괴벽이라고요? 한두 가지 괴벽이 없는 사람이 어디 있겠어요. 그럼, 지금 우리가 있는 이 호텔, '평범한 호텔'이 아닌 이곳을 그 여자는 어떻게 부르지요?"

"절 비웃으시는군요. 날 무시하시는 건가요?"

"아뇨, 천만에요. 난 그저 드 네리 부인이 이 집을 뭐라고 부르는지 당신이 아나 물어본 거요."

"난…… 몰라요……. 그녀는……. 그런데 당신, 정말 진지하게 묻는 거예요?"

"진심입니다. 뭐라고 부르나요?"

"저…… 드 네리 부인은…….

그때 등 뒤에서 문이 열렸다.

"질문에 대답해드리죠. 난 이곳을 비밀의 집이라고 부릅니다."

드 네리 부인이 들어오자 우리는 자리에서 일어났다. 조용히 그러나 위엄 있게 그녀는 등장했다. 그러고는 거실을 가득 채울 듯한 목소리로 말을 이었다.

"앙트와네트, 이 신사분과 같이 있어줘서 고마워요. 이제 가봐도 좋아요. 홀로 돌아가도록 해요."

장밋빛 실내복의 여인은 인사를 하고 사라져버렸다.

"인사를 드려도 될까요? 성함이……."

난처하고, 하염없이 길게만 여겨지는 순간이었다. 우선 등장인물이 바뀌었다는 사실 자체가 신기했고, 상대방에게 대답을 하도록 문장에 여운을 남기면서도 공격적으로 질문해오는 어투 또한 그랬다. 그녀는 그냥 선 채로 나의 대답을 기다렸다. 이 게임을 거짓말로 시작해볼까 하는 생각이 번개처럼 뇌리를 스치고 지나갔다. 그러나 또 다른 기회, 더 유용한 기회가 있을 거라는 생각이 들었다.

"제 이름은 필립 아르쉐라고 합니다."

그녀는 눈도 깜박이지 않았다. 그녀는 자기 이름이 엘리안느 드 네리라고 소개하고는 자기 집에 나를 모시게 된 것을 기쁘게 생각한다고 말했다. 말투는 침착하고 자연스러웠다. 그 여자에게는 어떤 품위 같은 것이 있었다.

나는 그녀의 목소리가 약간 무거워지면서 떨리는 것을 전혀 느낄 수 없었다. 그녀는 내가 생각했던 것 이상으로 교활한 사람일까? 아마도 나의 이름이 그녀를 동요시켰을지도 모른다. 얼굴을 마주 보고 앉아 있었으므로 나는 그녀를 유심히 관찰할 수 있었다. 내가 사진으로 본 그 여자가 틀림없었다. 정성 들인 화장과 최근에 받은 주름살 제거 수술로도 윗입술이 아랫입술 위로 비어져 나온 특징은 숨길 수가 없었다. 약간 주걱턱인 역삼각형 얼굴형 또한 그렇고. 게다가 검은색 실크 블라우스와 밝은색 치마바지를 입고 있었는데, 그것으로 보아도 그녀의 취미 역시 변하지 않았음을 알 수 있었다.

"아르쉐 씨. 이렇게 찾아주신 것을 기쁘게 생각합니다. 비록 상황이…… 그 뭐랄까…… 평소와는 좀 다른 상황이랄까…… 그렇긴 하지만…….”

“평소와는 다른 상황이라고요?”

“제 말을 들어보세요. 우리가 이렇게 만난 건 이번이 처음이지요. 미리 알려주시지도 않았고요. ……하지만 그런 건 중요한 게 아니지요. 이제 당신이 우리 집에 오셨으니 저희 고객이지요. 어떤 손님이건 우리 집 문턱을 넘어서는 순간부터 그분들은 자기 집에 오신 거나 마찬가지죠. 우리는 그분들이 새로 오신 분들이라 할지라도 어떤 질문도 하지 않습니다. 그리고 마찬가지로 당신의 호기심으로부터 나를 보호할 수도 있지요…….”

“어떤 상황에서건 자연스러운 것보다 더 좋은 건 없지요.”

“그럼 당신이 허락하신 걸로 치고 먼저 당신이 파리 사람인지 물어보고 싶군요, 아르쉐 씨.”

자, 이제 조심해야 한다! 이 여자가 드디어 탐색을 시작한 것이다. 함정에 빠지지 않도록 조심해야 한다.

“저는 북부 출신입니다. 어떻게 보면 파리에 들른 시골뜨기인 셈이지요. 친구와 대화하는 도중에 이 집에 대해서 알게 되었는데 여길 좀 자세히 알고 싶었던 겁니다. 친구의 친구를 통해서요. ……잘 알고 있습니다만…… 좀 거북스러운 건…… 뭐랄까…… 소개를 받지 않았다는 점이지요.”

충분히 거짓말을 했으니 이제 안전하다 싶었다.

“이것 보세요, 아르쉐 씨. 소개를 받고 오실 필요는 하등 없습니다. 누구에게 볼일이 있는지만 알면 되는 겁니다.”

나의 정체가 노출되었음을 알았다. 그녀 눈에 짧은 섬광 같은 것이 지나갔다. 나의 정체가 드러났다. 어머니가 옳았다. 남자들은 모두가 거짓말을 할 줄 모른다.

"우리를 만나보겠다고 하신 건 잘한 일입니다, 아르쉬 씨. 아마도 앙트와네트가 말했겠지만 우리 집은 은밀하고, 또 완전 신용 본위제로 되어 있습니다. 우리는 고객의 안락을 위해 고심하고 있죠. 철저히 비밀을 엄수한다는 점이 우리의 평판을 좋게 해주는 기본 요인이 되고 있습니다. 절 따라오실까요?"

그녀는 난로 오른쪽에 놓인 서가에서 책 한 권을 꺼내 들었다. 그러자 마치 삼류 첩보 영화에나 나올 것같이 한쪽 벽이 4분의 1쯤 빙그르르 그녀 쪽으로 돌아섰다. 완벽한 장비를 갖춘 스튜디오라고 해도 좋을 정도로 시청각 기재가 구비된 살롱으로 들어갔다. 다시 벽이 돌면서 닫혔다.

"이제 당신은 신성불가침의 장소에 오신 겁니다."

그녀는 나에게 텔레비전 스크린 앞에 놓인 자리를 권했다.

"나는 이곳을 환각의 방이라고 부르죠. 기호나 취향에 따라 하룻밤을 지낼 인물을 선택하실 수 있습니다. 저 스크린에 가장 바람직한 인물들을 보여드리게 됩니다. 그러면 그 인물들이 자기들 나름의 취향이나 특이한 것들을 보여주죠. 영화 필름도 있고, 슬라이드도 있고, 녹음 테이프도 있습니다……. 원하신다면요."

나는 그런 중요한 것들은 보여주지 않아도 된다고 만류했으나 허사였다. 그녀는 내게 좋아하는 카세트를 선택하라고 했다. 금발 머리, 갈색 머리, 다갈색 머리 등의 카세트가 있다고 했다. 나는 정말 그걸 보겠다는 특별한 욕망을 갖고 있는 걸까? 이런 설비가 갖추어진 이상, 모든 가능성을 다 이용해보지 않는다는 건 이상한 일이리라. 사실 나는 앙트와네트와 이야기를 계속하고 싶었다. 하지만 어떤 식으로 그걸 표현해야 한단 말인가? 과연 그녀가 그걸 허락해 줄까?

"금발로 하죠."

"아, 금발이오. 그러리라 짐작했어요. 아르쉐 씨, 당신은 훌륭한 취향을 가졌군요."

그녀는 자기 자신이 아름다운 금발을 가졌다고 생각하는 걸까? 그녀의 어조는 확신에 차 있었다. 나는 앙트와네트의 머리색을 생각했고, 그래서인지 몰라도 조금 전 내 선택이 더욱 정당한 것으로 여겨졌다.

"후회하진 않을 겁니다, 아르쉐 씨. 절 믿으세요. 당신도 확인하시게 되겠지만 우리의 파트너들은 굉장히 젊은 여성들이지요. 전부 서른 살 미만입니다. 그네들은 자신이 하는 일을 좋아하고 있습니다. 그네들은 일상생활에 권태를 느끼고 있고, 뭔가 기분 전환할 일을 원하죠. ……누가 그 여자들을 탓할 수 있겠어요? 물론 건강 상태는 모두들 아주 양호합니다. 우리는 아주 세심한 주의를 기울이고 있죠. 하나도 성가시게 굴지 않습니다. 모두들 완벽한 교육을 받았고 또 아주 아름다운 사람들이죠. 물론 각자에 대한 개인 기록도 있습니다. 마음에 안 드시면 다갈색이나 갈색 머리의 카세트를 보도록 하죠……."

나는 그녀가 비디오테이프를 기계에 넣고 있는 동안 다른 소리를 해보았다.

"저, 부인, 사실 금발 머리 여자 말인데요, 난 앙트와네트에게 아주 좋은 인상을 받았습니다. 사실 오늘 저녁은 그녀하고 제가 잘 어울릴 것 같군요. 너무 오래 신경 쓰지 않으셔도 됩니다."

"아닙니다. 당신이 절 방해하는 게 아니에요. 이 매력적인 아가씨들을 지켜보는 게 전 아주 즐거운걸요. 앙트와네트보다 더 멋진 아가씨들이 있습니다. 절 믿으세요. 지금 앙트와네트를 다시 부르고 싶으시면(나는 그녀의 억양에 일종의 경멸이 섞여 있음을 느꼈다) 이곳의 관례는 아니지만 불러드릴 수도 있습니다. 가만 계세요, 그걸 거절하지는 않을 테니까요."

마음이 좀 가벼워졌다. 난 원하는 걸 가지게 될 것이다. (나는 마치 이 집 아가씨들이 상품이라도 되는 것처럼 이야기하고 있다. 아마도 전염된 것이리라.) 앙트와네트의 진짜 성격이 어떤지, 그리고 그녀가 게임을 할 준비가 되어 있는지 알게 될 것이다. 그걸 기다리면서 이 집 여주인의 게임에 응해줄 것이다.

화면에는 이름 모를 여인들의 모습이 나타났다. 새로운 금발 머리 여자들이 나타날 때마다(그 금발은 실물보다 더 블론드 빛을 띠고 있었다) 엘리안느 드 네리는 그 여자가 굉장하다든가, 특별하다든가, 지적이라든가 하는 표현을 써가면서 감탄했다. 모두가 하나같이 아름답고 너무나 아름답다는 식으로……. 그 여자들을 분류한 기준은 애매했고 또 확실히 어떤 의미도 없는 것이었지만 엘리안느 드 네리는 카메라 앞에 놓인 이 딱한 여자들에게 열중했다.

나는 그 놀라운 화면에 계속 관심을 보이면서 이 화면들을 선별하는 데 컴퓨터를 쓰면 어떻겠냐고 제의했다. 그녀는 기뻐하면서 그 문제도 연구 중에 있으며, 그 작업에 있어 난점은 프로그래밍 과정이라고 대답했다. 화면에선 올리비아라는 이름을 가진 여자가 침대로 뛰어들기에 앞서 옷을 벗고 있었다. 엘리안느 드 네리는 내 쪽으로 몸을 돌렸다.

"아르쉐 씨. 저는 이 아가씨를 권하고 싶군요. 우리의 올리비아는 아주 굉장합니다. 보통과 다르다고 말씀드릴 수 있어요. 성격이 유순하고, 풍부한 경험에서 우러나오는 멋을 느끼게 하고, 더불어 아주 기지에 넘치는 대화를 이끌어가죠. 그녀의 해괴한 행위 장면들을 보여드릴까요?"

나는 해괴한 행위 장면이라는 생소한 용어를 다시 생각해보았다. 그것은 지금 내 눈앞에서 펼쳐지는 해괴망측함과 아주 유사한 용어로 여겨졌다. 금발 머리는 대체로 지겨웠으며 특히 대량생산된 상업성을 느끼게 하는 세트 장면이 소개될 때 더욱 그러했다. 화면이 거꾸로 돌려지는 모양이었다. 그러자 어느 모로도 특별히 주목할 만한 인품을 가졌다거나, 기지 넘치는 대화를 이끌어간다고는 여겨지지 않는 그 올리비아라는 아가씨가 용수철에서 튕겨 나온 듯 침대를 뛰쳐나와 발작적인 행동으로 옷을 다시 입는 장면이 비춰졌다.

그 코믹한 광경이 일종의 비현실적이고 우울한 느낌을 갖게 만들었다. 그 장면을 보고 나자 이 금발 여인을 올리비아라고 부를 수 없었다. 그것은 사실 같지도 않았고 동시에 어떤 멋이 결여되어 있는 것으로 보였다. 엘리안느 드 네리는 계속 열심히 화면을 고정했다가 다시 돌리곤 했다. 또 다른 여인이 새로이 옷을 벗는다. 그리고 드러누웠다가 다시 일어난다. 그 광경은 참을 수 없을 정도로 저속한 것이었고, 무엇보다도 우스꽝스러웠다. 화면 속 여자는 알몸으로 침대에 누워 있다. 그녀는 이런 유의 예술에서는 비길 데 없는 평판을 얻고 있다고 말하기에 앞서 누에처럼 몸을 비비 꼬았다.

엘리안느 드 네리는 내게 품고 있던 의혹을 씻은 듯했다. 그것 또한 하나의 술책일까? 아니면 알 수 없는 어떤 의혹을 푼 걸까? 또 다른 금발 머리 여인이 화면에 나타날 때 갑자기 그녀가 물었다.

"북부 출신이라고 말씀하셨지요? 제가 잘못 들은 건 아니지요?"

"맞습니다."

"참 흥미롭군요! ……당신의 얼굴은 아주 닮았어요……."

"닮았다고요?"

"제가 말하는 건 당신이 누군가를 닮았다는 거예요……. 내가 알던 그 누군가를 말이에요. 하지만 관두도록 하죠."

그래, 그건 관두지. 나는 부르르 몸을 떨었다. 그가 죽은 걸까? 아니다. 그건 불가능하다. 그녀가 사용한 과거 시제는 무언가를 조사할 목적으로 여기에 온 나의 의도를 포기시키고자 하는 것 외의 다른 목적은 없을 것이다.

더는 엘리안느 드 네리에게 숨길 게 없다. 그녀는 환히 꿰뚫어보았다. 화면에는 여자들 모습이 계속 나타났지만 나는 무얼 해야 하는지를 생각하고 있었다. 어떤 식으로든 내 아버지와 관계를 맺었고, 또 지금까지도 관계를 갖고 있는 이 늙은 뚜쟁이에게 내 마음을 털어놓을까? 내가 이곳을 찾아오게 된 진짜 이유를 말해버릴까? 그녀가 이미 알고 있는 사실, 즉 내가 거짓말을 했다는 사실을 그녀에게 털어놓자는 생각이 나를 유혹했다. 그렇게 함으로써 그녀가 나를 이해하고 용서해주지 않고는 못 배기도록 만들 수 있을지도 모른다. 뚜쟁이—나는 책에서 이런 표현을 배웠다—들은 보통 중년 남성들을 마치 어린애 다루듯 함으로써 스스로 젊어지려고 한다.

그러나 이 장소를 즉각 떠나야 될지도 모른다는 위험부담이 너무 컸다. 만약 그녀가 나의 정체를 짐작했는데도 나와 이 코미디를 계속하고 있는 것이라면 그것은 그녀가 모든 상황을 명백하게 밝히고 싶어 하지 않고 또 나의 아버지에 대해 어떤 말도 하고 싶어 하지 않는다는 얘기가 된다. 따라서 나도 이 게임을 계속해나가야만 한다.

"부인, 나는 당신의 귀한 시간을 뺏고 싶지는 않습니다. 화면에서 본 아가씨들은 모두 아름답고 또 탐나는 아가씨들이오. 그리고 올리비아라는 아가씨 말인데요, 부인 말이 맞습니다. 그녀는 아주 뛰어난 아가씨 같군요. ……하지만 아까도 말했듯이 오늘 밤엔 앙트와네트 양과 이야기를 나누고 싶습니다. 그게 더 간단하기도 할 테고요. 다음번엔……."

"좋으실 대로 하시죠. 하지만 올리비아 양을 부르는 데는 아무 어려움도 없을 거예요. 오늘은 그 애가 당번인 날이고 또 그녀는 우리의 부름에 기꺼이 응하게 되어 있으니까요."

"미안합니다만 다음번으로 미루죠."

"좋습니다. 앙트와네트 양도 굉장히 유능합니다."

"그리고 그녀 또한 금발 아닙니까, 그렇지요?"

나는 음흉하게 웃었다. 그녀는 비디오를 끄고 아까 있었던 큰 거실로 다시 나왔다. 그녀는 앙트와네트를 부르더니 옷을 갈아입고 27호실에 가서 나를 만나라고 하고는 손수 나를 그리 안내했다. 잘 이해 못하겠다는 빛이 역력하자 그녀는 자신이 이곳 관례를 어기지 않도록 조심하고 있다고 가르쳐주었다.

첫눈에 띄는 27호실의 특이한 점은 코니스〔벽이나 기둥 윗부분에 장식으로 두른 쇠시리 모양의 돌출부〕장식이었다. 사람 크기의 헤라클레스 같은 근육의 사람 모양 기둥이 코니스를 떠받치고 있었으며, 짙은 색

목재로 된 팔의 꼬임이 분홍색과 오렌지색 칸델라에서 퍼져 나오는 희미한 불빛 속에 빛났다. 그 목신의 얼굴에 조각된 안구는 생생하게 살아 있는 듯해 그들이 시선을 교환하고 있는 것 같은 인상을 떨쳐버릴 수 없었다. 침대는 한쪽 벽면을 거의 다 차지했다. 다른 한쪽엔 큰 벽장들이 놓여 있고, 바로 인접해서 화장실이 달려 있었다. 화장실 쪽 덧문은 닫혀 있어 이 방이 이 큰 저택 어디쯤에 위치하는지를 생각한다는 건 불가능했다.

엘리안느 드 네리와 내가 지나온 복도는 커브가 심하게 꺾여 있었다. 그러니 이 방이 건물 한 모퉁이쯤에 있지 않을까 하는 생각도 해볼 수 있었다. 그러나 이 방과 그 모퉁이 사이에 또 다른 조그만 방, 살롱이라든가 아니면 물건들을 넣어두는 작은 방 등이 있을 만한 충분한 공간이 있었다. 또 위층으로 올라가는 계단도 보아두었다. 나는 침대에 걸터앉아 기다렸다. 방들이 줄지어 늘어선 복도에선 사람들이 오고 갔다. 뛰는 사람도 있었다. 문들이 반쯤 열렸다간 삐거덕거리며 닫히곤 했다.

나의 정체를 완벽하게 은폐하지 못했음이 사실이었고, 나의 틈입(나는 왜 아르쉐라는 이름 외의 다른 이름을 생각해낼 용기나 기지가 없었던 걸까?)이 뭔가 동요를 일으킨 것이 분명했다. 더는 나를 감춰줄 수 없는 동요가. 그렇다 해도 무슨 상관이랴? 나는 그를 위해 여기에 왔다. 그를 만날 수 있을까? 그와 이야기를 할 수 있을까?

누군가 문을 두드렸다. 앙트와네트는 아랍인들이 쓰는 위가 뾰족한 붉은색 두건 같은 것을 쓰고 발목까지 내려오는 아라비아풍 소매 없는 긴 옷을 입어 거의 알아보기 힘들 만큼 변해 있었다. 그녀는 터키풍 슬리퍼도 신고 있었다. 그러나 괴상하게 옷을 차려입은 그녀는 매우 진지했다. 그녀는 무릎을 꿇어 절을 한 다음 자신을 선택해준 데 대해 자신의 주인님에게 감사를 드린다고 말했다. 또한 자신의 주인을 기꺼이, 그리고 충심으로 섬기겠노라고 했다.

그녀는 자신의 역할을 수행하고 있었다. 나는 그녀의 이 역할을 이용하려고 노력해야 할 것이다. 나는 그녀에게 침대에 누우라고 하고는 이러한 광경의 연출에 대해 서둘러 물어보았다. 연출이라는 말은 정확하지 않다. 그것은 연출의 문제가 아니라 나에게 보인 존경의 표시에 관한 문제라는 편이 옳다.

"이 의상은 뭐요?"

"이건 사막의 처녀라는 제 의상이에요. 알아보지 못하시겠어요?"

"사막의 처녀라고! 아주 훌륭하군."

"비웃지 마세요. 이 의상의 어떤 점이 재밌는지 아세요? 단추를 푸는 거예요. 이리 와보세요. 제가 보여드릴게요. 가까이 오세요."

나는 그녀 옆에 드러누웠다. 그녀 목소리에는 어리광과 교태가 섞여 있었다.

"앙트와네트, 내 말을 들어봐요. 말할 게 있어요."

"할 말이 있다고요? 하지만 지금은 말할 때가 아니에요. 말하는 것보다 더 좋은 일이 있어요. 그렇게 생각하지 않으세요?"

"이건 진지한 일이오, 앙트와네트. 내 말을 들어봐요. 우리가 충분히 서로를 알게 될 때까지 기다려요. 그리고 나서 당신이 원하는 대로 이야기를 하도록 해요. 나는 앙트와네트 당신과 알고 지내려고 여기 온 건 아니오."

"하지만 지금 하시는 말은 기분 좋은 게 아니군요. 저는 아주 만족스러웠는데……. 나는 당신이 나를 주목해서, 말하자면 어느 정도는 내가 마음에 들었다고 생각했어요."

"그런 문제가 아니오, 앙트와네트. 물론 난 즐거워요. ……당신이 맘에 들고 안 들고가 문제가 아니오. 다른 일이 있소……."

"다른 일이라고요? 옳아, 당신은 지금 두려워하고 있군요."

"두려워해? 천만에. 아마 이건 우스꽝스러운 일일 거요."

"아녜요, 당신은 두려워하고 있는 거예요. 그런 남자들이 더러 있어요. 그런 사람들은 여자와 그 모든 것에 대해 두려워해요. 그 사람들은 여자를 몹시 원하지만 막상 이러지도 저러지도 못하는 거예요. 예를 들면 병 같은 거죠. ……아마 당신이 두려워하는 건 그런 것 같은데요……."

"그래, 난 세상 모든 사람들처럼 그게 두려워요, 하지만……."

"안심하셔도 돼요. 우린 전쟁 때처럼 모두들 검진을 받고 있으니까……."

"당신은 전쟁을 경험하기엔 너무 젊은데, 왜 전쟁 때처럼이라는 말을 하는 거요?"

"그건 드 네리 부인이 우리에게 말하는 투예요. 창녀들은 정기적으로 검진을 받아야 한다는 거죠. 전쟁 때처럼 말이에요. 창녀들 자신의 이익을 위해서라는 거죠. 그녀 말로는 의학적으로 검진을 받는 것이 훌륭한 집에서 행해지는 규칙이라는 거죠. 훌륭한 집은 신뢰를 얻어야 해요. 그러자면 아가씨들이 건강하고 아름다워야 하죠. 나는 건강하고 아름다워요. 하지만 나의 주인님께선 나를 신뢰하지 못하기 때문에 나와 사랑을 나누고 싶은 생각이 없으신 것 같네요. 내 주인님께선 나를 소유하고픈 욕망이 없으신가 보죠?"

"물론 당신이 맘에 들어요. 하지만 말했다시피……."

"나의 주인님은 내가 마음에 든다고 하시면서 내게 말을 높이시나요?"

"앙트와네트, 나도 말을 놓고 싶지만 당신이 알아야 할 건……오늘 저녁엔 난 정사(情事)를 벌이고 싶은 생각이 없다는 거요."

"어떻게, 사랑을 위해서 여기 있는 존재가 바로 나인데, 어떻게 내가 그런 말을 이해할 수가 있겠어요? 내겐 그게 직업이고, 또 난 그걸 원해요. 좋아요, 할 수 없죠. 그게 당신의 기쁨이라면……."

"그래 이제 좀 이성을 찾은 것 같군."

"기다리세요."

그녀는 목부터 발목까지 드리운 그녀의 드레스 단추 여밈 부분을 묶은 끈을 풀었다.

"나의 주인님이 나와 사랑을 나누지 않겠다는 약속을 내게서 얻어내시려면 두 가지 조건이 있어요."

"어떤 조건이오?"

"첫째, 주인님이 몸소 사막의 처녀의 옷 단추를 풀어줄 것."

"두 번째는?"

"거짓 없이 이곳에 온 이유를 말할 것."

"조건을 받아들이겠소(나는 즉각 단추를 풀기 시작했다). 엘리안드 네리가 어떤 사람인지 얘기해주시오. 당신이 그 여자를 별로 좋아하지 않는다는 인상을 받았는데 진짜 그렇소?"

"맞아요. 우린 그녀를 좋아하지 않아요. 우리끼리는 그냥 '네리'라고 부르죠. 어쨌든 그녀는 우리의 고용주잖아요. 피고용인들이 고용주를 좋아할 거라 생각하세요?"

"사실 그렇게는 생각 안 합니다. 사회란 사람들이 서로 미워하고 질투하도록 만들어져 있어요. 하지만 문제는 그게 아니고…….”

문제는 젖가슴 바로 밑 아홉 번째 단추였다. 도무지 풀 수가 없었다.

“도와드리죠. 뭐가 문제예요?”

“고마워요. 문제는 우선 엘리안느 드 네리, 당신의 고용주요.”

“경찰과 관련된 조사인가요? 그렇다면 전 말씀드릴 게 하나도 없어요. 게다가 난 그녀에 대해서 아무것도 몰라요.”

“난 경찰관이 아니오. 어떻게 보면 조사를 하나 하고 있는 셈이긴 하오. 하지만 아주 개인적인 것이오.”

드디어 마지막 단추에 이르렀다. 그녀는 내 쪽을 돌아보고는 임무를 마친 것을 축하해주었다.

“조사라고요? 당신은 대체 누구세요?”

“내가 뭘 해서 먹고사는지를 묻고 있는 건가요?”

“그래요. 말씀해보세요.”

“저…… 난 먹고살기 위해 일을 하지는 않소.”

“연금 수혜자인가요?”

“원한다면 그렇다고 해두지.”

“사장님이세요?”

“원한다면. 하지만 사업을 하진 않아요. 나에게 흥미로운 건 그런 게 아니오.”

마지막 단추가 방금 풀어졌다. 옷이 앙트와네트의 가슴 위로 벌어졌다.

“당신에겐 뭐가 흥미롭죠?”

“내가 하고 있는 이 조사요. 여러 해 전부터 해왔다고 생각해요……. 결코 결말에 이를 수 없는 그런 조사요."

"아주 재밌군요! 자, 이제 사막의 처녀의 외투를 벗기셔야죠. 그런데 어떻게 결말에 이를 수 없는 조사가 당신을 여기까지 오게 했죠?"

"우리의 거래가 여전히 유효한 것이라면 얘기를 하리다."

"그래요. 하지만 먼저 제 흰 드레스를 벗겨주세요."

나는 한쪽 옷자락을 벌리고 다른 쪽도 벌렸다. 옷이 그녀의 흰 알몸 위로 벌어졌다.

"사막의 처녀는 자기 주인에게 욕망을 불러일으킬 정도도 안 되나요? 주인님은 그녀를 아름답다고 생각하지 않으세요?"

"앙트와네트, 부탁이오. 난 당신이 필요해요. 당신이 나를 도와주어야 해요. 내겐 아주 중요한 일이오."

"아, 잊어버렸어요, 조사! 자, 그럼 해보세요. 난 당신의 모든 질문에 대답할 준비가 되어 있어요."

"엘리안느 드 네리가 누구요?"

"내 고용주죠. 그 말을 몇 번이나 해야 하죠?"

"언제부터 그녀를 알게 됐소?"

"5년 됐어요. 내가 여기서 일하게 된 때부터죠. 하지만 이것 보세요. 당신 경찰이 아닌 건 분명하죠?"

"그녀의 과거에 대해 아는 게 있소?"

"아무것도 몰라요. 알고 있는 게 있다 해도 당신에겐 말하지 않을 거예요. 당신은 내가 비밀을 지키지 못하게 만들었어요. 게다가 당신 질문은 나를 피곤하게 만들고요. 나하고 사랑을 하시는 편이 더 좋을 거예요. 그러고 나면 더 확실한 생각이 떠오를지도 모르지요……."

"그녀는 전쟁 동안 뭘 했소?"

"도대체 당신 생각을 바꾸게 할 방법이 없군요! 요새 하고 있는 것과 똑같은 직업이었겠죠. 그게 제가 알고 있는 전부예요."

"그걸 어떻게 알았지요?"

"다른 아이들이 그렇게 얘기하니까요. 당신에게 아무것도 숨기지 않겠어요. 늙은 드 네리는 애초에 창녀였어요. 다른 모든 사람들과 마찬가지로 말예요. 그리고 나이가 들자 등급이 올랐어요. 포주가 된 거지요. 경영자가 된 거라고요. 직업을 바꿔서 성공한 거지요."

"그전에는?"

"그전에요?"

"그래요. 창녀가 되기 전 말이오. 뭐 아는 게 있나요?"

"그건 정확히 몰라요. 굉장히 좋은 집안 출신이라는 말을 들은 거 같아요. 드 네리는 자기 이름이 아니에요. 사실은 전쟁 동안 있었던 부정한 행위 때문에 그 이름을 계속 가질 수 없었던 거예요."

"부정한 행위라니?"

"자기 가문의 명예를 더럽힐 수 없었던 거죠. 그 여자는 독일 놈들이랑 같이 잤어요. ……누구든 가리지 않았지만 특히 고위층 사람들하고 많이 잤죠. 물론 이유야 번지르르했지요. 가끔은 우리에게 이런 말을 하곤 해요. '내가 레지스탕스였을 때에……' 하고 말이에요. 그렇게 웃어댈 건 없잖아요. 전쟁 때 쓴 이름은 에페르비에르였던 것 같아요. 이런 건 모두 과거지사잖아요. 그 말이 진짜인지 거짓말인지는 모르겠어요. 게다가 난 그런 일엔 관심 없어요. ……그녀는 자기가 원하는 사람들하고만 잘 수가 있었어요. 나에겐 독일인이든 프랑스인이든 터키인이든 다 마찬가지지만. 어쨌든 곤경에서 벗어나는 그녀의 솜씨는 나쁘진 않죠. 이 집이 문을 닫으면 댁이 보시듯이 화려한 호텔로 변신하죠. 그건 아주 좋은 해결책이거든요. 여기엔 아가씨들도 없고 길거리 여자들도 없어요. 아가씨들이라곤 자취를 감춰버리고, 손님, 손님들만 있을 뿐이에요. 여행객들과 지나가는 사람들. 그리고 서비스는 나처럼 남편에게 빌붙지 않고서도 밥벌이를 할 수 있는 좋은 집안 아가씨들이나 중산층 아가씨들만이 하게 되죠. ……그녀들은 왔다가는 떠나가지요. 본 적도 없고 알지도 못하는 여자들이에요. 이건 모두 비밀이에요. 고객들은 엄선되죠. 실리적이지요, 안 그런가요?"

"그렇군요. 아주 편리해요. 그리고 현대적이고."

"자, 그럼 내 주인님의 조사는 이제 끝난 건가요? 그럼 내 주인님께서 이 비천한 종에게 눈을 돌리실까요?"

"앙트와네트, 마지막 질문이 있소……."

"내 주인님께서 그 손을 제게 얹어주시는 조건으로만 받아들이겠어요."

내 손끝은 앙트와네트의 가슴을 가볍게 스쳐 부드럽게 그러나 기계적으로 쓰다듬었다. 그녀는 조용히 숨을 내쉬며 눈을 감았다.

"나는 주인님 손길을 좋아해요. 부드럽고, 애정 어린 손길이군요. 이제 질문을 해도 좋아요."

"남자 하나가 이 집에 살지 않소?"

그녀는 화들짝 놀랐다. 이제 게임은 끝났다. 그녀는 나를 경멸 어린, 거의 냉혹한 눈으로 쳐다보았다.

"그 질문엔 대답할 수 없어요."

"그럴 권리가 없다고 말하시오."

"맞아요. 난 그럴 권리가 없어요. 권리가 없다고요, 아시겠어요? 자, 당신 정체가 뭐예요? 경찰인가요? 그래요, 난 당신이 경찰이라고 생각해요. 경찰! 당신이 뭘 찾고 있는지 모르지만 알고 싶지도 않아요."

"난 경찰과는 아무 관계도 없소. 맹세하지요."

그녀는 거의 광분하여 헐떡거리며 자리에서 일어섰다.

"드 네리 부인을 불러드리겠어요. 그녀에게 물어보세요. 나보다는 그녀가 더 잘 대답해줄 거예요. 그녀에 관해 내게 물어볼 수 있는 권리가 당신에게 있나 보죠? 그녀를 부르겠어요……."

"이러지 말아요, 앙트와네트. 자, 진정해요."

"이제 앙트와네트는 여기 없어요. 귀찮게 굴지 말아요!"

"자, 진정해요. 스캔들을 일으키면 당신에게도 좋을 게 없어요. 당신에게 설명을 해주지. 내가 조사하는 건 드 네리 부인에 관한 게 아니라, 그녀를 통해서 그 남자를 조사하려고……. 나는 그 남자가 여기 살고 있다고 생각해요. 생각뿐 아니라 이제 확신도 갖고 있소. 왜 그 사람 얘기를 못하게 하지?"

"모르겠어요. 그건 금지되어 있어요. 그게 전부예요. 어느 누구도 그 사람에 관한 이야기를 하면 안 돼요. 계속 이러시면 그녀를 부르겠어요."

"아마 당신은 못 부를 거요. 그녀가 오면 당신이 한 말을 전부 고해바치겠소. 그 여자가 독일인이랑 함께 잤다, 자기 이름과 가문의 명예를 더럽혔다, 또 이 굉장한 호텔이라는 것이 사실은 불법 사창굴이라고 했다는 얘기를 몽땅. ……이게 바로 당신이 나한테 해준 이야기 아니오?"

"더러운 놈! 넌 정말 더러운 놈이구나!"

"내가 왜 이곳에 왔는지 이야기하겠소. 다시 한 번 말하지만 난 경찰하곤 아무 관계가 없어요. 내 조사는 단지 나와 그 남자에 관계된 것일 뿐이오. 나는 그 남자를 만나고 싶소. 그것 말곤 아무것도 없소. 왜냐하면 그 남자가 내 아버지라고 믿을 만한 이유가 있기 때문이오."

"당신 아버지라고요?"

"그래요. 나의 아버지요."

"그건 불가능한 일이에요."

그녀는 손으로 얼굴을 가렸다.

"뭐가 불가능하단 말이오?"

"그 남자를 만난다는 것 말예요. 어떤 사람도 그 남자를 만날 권리가 없어요. 우리조차도. 이해하시겠어요? 우리도 그 사람을 만날 수가 없단 말이에요."

"무슨 이유로?"

"몰라요. 그 남자가 이 집에 살고 있다는 걸 알아선 안 돼요. 그가 존재한다는 사실조차도. 절 좀 내버려두세요! 전 가겠어요."

나는 그녀를 침대 위에서 붙잡았다. 그녀는 일어서려고 발버둥을 쳤다.

"앙트와네트, 진정해요. 당신에게 겁을 좀 준 것뿐이오. 난 내 협박을 실행에 옮길 생각도 없고, 어떤 형태로든 당신을 파멸에 빠뜨리고 싶진 않소. 당신이 날 도와줬으면 해요. 돈을 지불할 의향도 있소. 먼저, 사람들이 우리를 감시하거나 도청하고 있는지 말해봐요."

"도청은 안 해요. 저 옆 화장실 안쪽에서 우리를 감시할 수는 있어요. 하지만 오늘 저녁엔 저 안에 아무도 없어요. 더는 할 말이 없어요."

"억지로 날 도와달라는 건 아니오. 당신이 두려워하는 게 이해가 안 되는군요. 당신하고 거래를 하겠소."

"아뇨, 당신 말을 듣고 싶지 않아요."

"단 세 가지 질문에만 대답하면 돼요. 그다음엔 당신 마음대로 해요."

"절 놔주시겠어요?"

"약속하오."

"좋아요. 질문이란 뭐죠?"

"이 집 어디에 그 남자가 살고 있소?"

"이 위층에요."

"일 년 소득이 얼마나 되오, 앙트와네트?"

"확실히는 모르겠어요. 36만 프랑쯤 될 거예요."

"세 번째이자 마지막 질문이오. 올해 그 수입이 두 배로 는다면 받아들이겠소?"

"두 배라고요! ……무, 물론이죠. 하지만 난 그런 기적을 일으키는 사람을 보지 못했어요. 설마 당신이?"

"기적이란 없는 거요. 여기 36만 프랑짜리 수표에 사인을 해주겠소."

"믿지 못하겠어요. 허풍 떠시는 거죠?"

나는 안주머니에서 수표첩을 꺼냈다.

"그 하사품을 받으려면 어떤 일을 해야 하죠? 당신이 36만 프랑이라는 돈을 내 아름다운 눈을 위해 주는 것 같진 않은데요……."

"내 말을 좀 들어봐요."

"당신 말을 들어주는 것만으로 그렇게 많은 돈을 지불하면 당신은 곧 파산하게 될걸요."

"그 남자를 만나볼 수 있는지 얘기해봐요. 내 말을 잘 들어요. 단지 그 남자를 보고 싶을 뿐이오. 가까이서든 멀리서든 그 남자를 보아야만 하오. 그 남자를 보려면 어떻게 해야 하는지 얘기해주겠소?"

"그 사람을 본다고요? ……이 위층에서 일어나는 일은 나하고는 상관없는 일이에요. 위층은 금지 구역이에요. 그건 명령이라고요. 그 명령에 거역하면 해고당한다는 사실을 이해할 수 있으세요? 끝이 좋지 않을 거예요. 난 그런 일에 끼고 싶지 않아요."

"어떤 일에든 당신이 연루되게 하지 않겠다고 보장하오. 잘못해서 곤란한 일이 생기면 내가 책임지겠소. 약속해요. 자, 보여주지. 이 수표는 이제 당신 거요. 내일 이 수표를 가지고 은행에 가면 현금이 당신 계좌에 입금될 거요."

나는 오렌지색 직사각형 종이를 그녀에게 내밀었다. 그녀는 그걸 의심스러운 듯 바라보았다.

"누군가를 멀리서 바라보기만 할 뿐인데 36만 프랑짜리 수표라! 이건 도대체 상식 밖의 일이에요! 여기엔 분명히 함정이 있을 거예요. 아뇨, 전 당신 돈을 받지 않겠어요. 그리고 이 종이쪽지가 정말 돈이 된다는 보장이 어딨어요?"

"의심하는 건 좋지 않소. 돈이 된다는 증거도 없지만 돈이 되지 않는다는 증거도 없지 않소? 내게 돈이란 중요한 게 아니오. 거의 실감도 나지 않소. 믿어야 해요. 이 수표를 준다고 해서 내가 더 가난해지는 건 아니오. 나는 30년도 넘게 가난뱅이 빈털터리 신세로 그 남자를 찾아다녔소. 앙트와네트, 그는 내 아버지요. 이해하겠소?

내 아버지란 말이오. 난 그를 만나야 해요. 그가 존재한다는 사실을, 그 남자가 바로 내가 찾던 사람이라는 것을 알아야 해요. 또 다른 수 표를 써주겠소. 액수를 두 배로 해서 말이오……."

"아뇨. 그럴 필요 없어요. 이제 당신을 믿겠어요. 하지만 우리가 성공하지 못하면 그 돈은 안 받겠어요."

"고맙소, 앙트와네트."

"고마워하지 마세요. 아직 일이 다 된 건 아니잖아요."

"어려울 것 같소?"

"생각보다는 어려울 거예요. 우선 저 역시 저 위에는 한 번도 가 보지 못했어요. 난 단지 남자 하나가 저 위에 있다는 걸 알 뿐이에 요. 그 외엔……."

"어떻게 그가 있다는 걸 알게 됐소?"

"일하는 아줌마가 하는 소리로 알았어요. 아주 가끔, 저녁때 아 가씨들이 그곳에 올라가요. 내가 하려는 말을 아시겠죠. ……그 축 제의 밤에 무슨 일이 일어나는지는 몰라요. 난 방 배열이 어떻게 되 어 있는지조차 몰라요. 한번 알아볼게요. 만약 길이 열려 있다면 말 이에요. 기다리세요."

그녀는 옷을 걸치고 맨발로 방을 나섰다. 소리 없이 문이 닫혔 다. 방 안의 사람 모양 기둥이 날 비웃고 있었다. 저 어리석은 놈! 사 랑을 하지 않은 걸로 만족하지 못하고 이루어지지 않을 만족을 기 대하면서 천문학적인 액수의 돈을 지불하다니. 나는 이상야릇하게 생긴 갈색 나무로 된 얼굴을 유심히 살펴보았다. 그들의 생각이 옳 을지도 모른다. 강인한 피조물의 몸체 근육은 조금도 떨리지 않았 다. 그들이 꼼짝도 하지 않는 것이 내게는 명문화되지 않은 고소장으로 여겨졌다. 나는 자극을 받아야만 행동한다. 나의 행동은 숨 같은 것이다. 그 행동에는 일관성이 없고, 뚜렷한 결과도 없다. 깨어 있을 때의 내 생활과 밤에 꾸는 꿈은 거의 구분하기가 힘들다. 그런 생활이 해결책도 찾지 못하고 끊임없이 계속된다.

돈? 두 배 아니라 세 배라도 지불했을 것이다. 그리고 이 모험이 좋지 않게 끝났을 때는 그녀를 보살펴줄 생각도 있다. 어쨌든 돈은 무가치하다.

그러면 그는? 그를 만난다는 것이 무슨 소용이 있는가? 그를 본다는 것이 대단한 일은 아니다. 그러나 자꾸만 그에게 향하는 내 마음은 그 무엇으로도 막을 수가 없다. 세상만사가 불가해하다고는 해도 그와 내가 살아가는 것을 방해한 것이 무엇인가를 이해하도록 노력해야 한다. 내가 그것을 이해하고자 하는 것이 잘못된 일인지도 모른다. 죽어가는 갓난애 같은 아버지가 알고 있는 것이 무엇인가를 알아내기만 하면 된다.

앙트와네트는 돌아오지 않았다. 그녀가 나를 믿지 못하고 엘리안느 드 네리에게 고해바치러 간 것이 아닐까 하는 생각이 머리를 스치고 지나갔다. 그러나 그녀는 자기가 발설한 말들을 폭로해버리겠다는 내 협박을 무시할 수는 없을 것이다. 그녀는 수표를 내게 놔두고 갔다. 그것만이 내가 가지고 있는 별 볼 일 없는 증거다. 나는 머리 위쪽에서 들려오는 발소리를 들었다. 손수레 소리 같은 것이 들리더니 앙트와네트가 모습을 드러냈다.

"이리 오세요."

그녀가 말했다.

"어떻게 한 거요?"

"속옷 담당 프랑스와즈를 매수했어요."

"매수라고?"

"당신은 만 프랑을 더 내셔야 될 거예요. 돈은 당신에게 중요한
게 아니잖아요? '네가 원하는 걸 가질 수 있어'라고 꾀었거든요. 그
앤 외투를 가지고 싶어 했으니까……."

"잘했어요, 앙트와네트. 그 여자에게도 수표를 써주지."

"절 따라오세요. 이쪽으로요."

나는 희미한 그림자 뒤를 따라 걸었다. 복도에는 희미한 불빛이
띄엄띄엄 켜져 있었다. 우리는 잠긴 문 앞을 지나갔다. 그 안에는 서
로 얼싸안은 남녀가 있든지 아니면 밤의 공허함이 있을 터이다. 문
과 문 사이에는 진홍빛 벨벳 양탄자가 침울하게 빛나고 있었다. 이
제 더는 출구가 보이지 않았다. 앙트와네트는 확신에 찬 목소리로
말했다.

"이제 수표를 주세요. 이제부턴 프랑스와즈가 당신을 안내할 거
예요. 하지만 조심해야 해요."

나는 그녀에게 수표를 내밀었다. 그녀는 수표를 낚아채더니 옷
섶에다 그걸 숨겼다. 그녀의 손이 벽에 붙은 S자형 선반 뒤로 지나
갔다. 곧 부드러운 벽면 한쪽이 움직이더니 철로 위에 놓인 것처럼
스르르 미끄러지면서 안쪽으로 좁은 통로가 드러났다. 나무로 된
계단이 보였다.

"가세요. 바로 이 길이에요. 올라가세요. 그리고 프랑스와즈에겐
제가 받은 돈 액수에 대해서 아무 말 마세요, 알았죠?"

좁은 통로로 들어가기 앞서 나는 그녀에게 도와줘서 고맙다는
말을 잊지 않았다. 나를 잡아 세운 그녀는 그 유령 같은 긴 옷에서

수표를 꺼내더니 바람처럼 사라져갔다.

벨벳 판자가 내 뒤쪽에서 닫혔다. 한 줄기 가느다란 빛이 계단 위에서 가물거렸다. 불빛을 든 손이 내 발자국 앞을 비춰주었다. 역광 속에서 그림자 하나가 자리를 옮기는 것이 보였다. 그건 아주 작은 여자의 실루엣이었는데 그녀가 나를 조금 떨어진 방으로 안내했다.

"프랑스와즈라고 해요."

나는 불빛에 드러난, 입술이 얇고 간교하게 생긴 그녀의 작은 얼굴을 볼 수 있었다.

"그를 보고 싶으세요?"

"그렇소."

"소리를 내지 마시고 따라오세요. 지금이 마침 그 시간이에요."

"무슨 말이오?"

"그를 보면 아시게 돼요. 하지만 약속대로 만 프랑을 주셔야 해요."

즉시 두 번째 수표에 서명을 했다. 그녀는 내 행동거지 하나하나를 뚫어져라 살폈다. 어찌 보면 그녀가 평생 얻을 수 없을지도 모를 부(富)를 상징하는 돈을 나는 그녀에게 건네준 것이다. 그녀는 오랫동안 수표를 살펴보더니 돈 액수의 구체성을 확인이라도 하려는 듯이 손가락을 숫자 위에 갖다 댔다. 짧은 웃음이 입가에 번지더니 곧 사라졌다.

"서둘러야 해요. 식이 곧 시작될 거예요. 그게 때론 생각보다 빨리 끝나기도 하거든요."

"무슨 식을 얘기하는 거요?"

"그냥 뭐 그렇게 부르는 거예요. 알게 되겠지만 아주 형편없는 거예요. 뭐라고 적당히 부를 만한 말이 없거든요. 그건 그렇고, 그들은 자기들이 원하는 걸 해요. 어쨌든 돈을 내는 건 그 사람들이니까 내 알 바 아니죠. 자, 이리 오세요."

그녀는 단조롭고 메마른 목소리로 띄엄띄엄 이야기했다. 그녀는 이 집에 살고 있는 걸까? 밤에도?

"알아두어야 할 게 있어요. 당신은 이 너절한 집 안에 일어나는 일을 알 수가 없어요. 알려고 해서도 안 되고요. 여기선 기이한 일들을 보게 되죠. 잠시 후부턴 말을 하면 안 돼요. 만약 허락도 없이 당신을 들여보낸 게 탄로나면 난 끝장이에요."

"그런 걱정은 마시오. 난 그 남자를 보기만 하면 돼요. 나머진 흥미가 없으니까."

"그 남자를 보기 위해서라면, 보게 될 거예요. 당신이 할 수 있는 유일한 일은 그 남자를 지켜보는 것뿐이에요. 그 남자에게 말을 걸려고 하면 안 돼요. 그 남자를 데려오는 건 나예요. 모든 일을 기획하는 건 그 남자고요. 장담해요!"

우리는 마치 미로 같은 복도로 접어들었다. 프랑스와즈는 생쥐같이 소리도 내지 않고 걸었다. 아마포로 된 그녀의 슬리퍼는 양탄자를 가볍게 스치고 지나갔다. 나는 가까스로 그녀를 따라갈 수 있었다. 우리는 오른쪽으로 비스듬하게 내려갔다. 갑자기 우리 등 쪽에서 문이 삐걱거렸다. 그녀는 나를 방 안으로 밀어 넣었고 우리는 어둠 속에서 꼼짝 않고 있었다.

"이제 시작하려는 거예요."

그녀가 가쁜 숨을 몰아쉬며 말했다.

"그 신사 숙녀 분들이 도착한 거예요. 당신은 프로그램에 들어 있지 않으니까 좋은 자리를 잡아드릴게요. 당신은 모든 장면을 다볼 수 있지만 다른 사람들은 당신을 볼 수 없을 거예요."

사람들 무리가 행진하는 무거운 소리가 복도에 울려 퍼졌다. 시끌벅적한 대화가 들리고 간간이 웃음소리도 터져 나왔다. 그들은 이 저택의 저쪽 끝, 아마도 저 아래쪽에서 온 것 같았다. 왁자지껄 떠들던 소리가 조용해졌다. 프랑스와즈의 숨소리가 들렸다.

"조용히 하세요. 또 다른 사람들이 올 수도 있어요."

그녀는 낮은 목소리로 말했다.

"당신은 너무 신경질적이군요. 진정하셔야 해요. 안 그러면 우린 곤란해져요."

"어떤 곤란 말이오?"

"모든 종류의 곤경이지요(그녀가 거만한 목소리로 나지막이 말했다). 나는 특히 더 그래요. 내쫓길 거예요. 오래전부터 드 네리 부인은 날 내쫓고 싶어 했어요. 나 때문에 비용이 더 든다고 생각하나 봐요. 지금 주는 월급도 병아리 눈물만큼인데 말이에요."

"그런 일은 일어나지 않을 거요. 내가 보장하지."

나는 이제 모든 일이 하트의 여왕에 의해 이루어지는, 예측할 수 없는 게임이 행해지는 또 다른 현실에 빠져들었다.

바깥엔 다시 침묵이 찾아왔다. 우리는 다시 좁은 통로를 잰걸음으로 걸었다. 지나가는 도중에 꽉 닫히지 않은 덧창으로 불빛이 새어 들어왔다가 덧없이 사라지는 것을 보았다. 그건 가까이든 멀리든 도시가 있다는 증거였다. 우리는 돌연 왼쪽으로 방향을 꺾었다. 이 건물 본체 부분에는 눈에 띄지 않는 날개라도 감추어져 있는 것 같았다.

"여기가 어디요?"

"몇 해 전에 원래의 집에 덧붙여서 증축한 곳이지요. 여기서 지체하면 안 돼요."

증축한 부분 끝에 큰 문이 있고 그 문은 열려 있었다. 그 안에서 왁자지껄한 소음과 희미한 불빛이 새어 나왔다. 프랑스와즈가 내 팔을 잡아당겼다.

"그쪽이 아니에요. 이리 와요. 우린 올라가야 해요."

그녀는 나를 후미진 구석으로 끌어당겼다. 선반 위에 서류 뭉치가 산더미처럼 쌓여 있었다. 어떤 서류 뭉치는 묶어놓은 철사 틈을 비집고 삐죽이 터져 나왔다.

"오래된 서류들이죠."

프랑스와즈가 알려주었다.

"숫자들만 잔뜩 기록되어 있어요. 전쟁 전에 벌어들인 돈, 또 쓴 돈들도요. 국가 기밀이에요!"

"그 남자를 볼 수 있는 게 분명하오?"

"모든 걸 다 보게 될 거예요. 그 남자에 관한 일은 걱정 마세요. 그 사람은 언제나 식이 시작되고 난 후에 도착하죠. 그는 자기 모습이 남들 눈에 띄는 걸 좋아하지 않아요. 이제 당신은 이 집의 미스터리를 알게 될 거예요. 만 프랑을 이미 주셨잖아요!"

그녀가 벽장문을 열자 묘하게도 거기엔 사다리가 하나 놓여 있었다. 그녀가 먼저 사다리를 기어올랐다. 한순간 그녀의 야윈 다리가 눈에 들어왔다. 그녀가 뚜껑 문을 들어 올리고 천장 위로 사라져 갔다. 이번엔 내가 사다리를 기어올라가 좁은 판자에 슬그머니 올라앉았다. 처음엔 아무것도 보이지 않았다. 프랑스와즈가 내 귀에 대고 말했다.

"이제 다 온 거예요. 움직이지 말고 소리도 내면 안 돼요. 모든 게 다 끝난 후에도요. 나중에 데리러 올게요."

그녀는 뚜껑 문을 통해 사라지고, 나는 그 문이 닫히는 소리를 들었다. 얼마간 잠자코 있다가 어둠 속에서 방향을 분간하려고 해보았다. 갑자기 내 머리 위쪽에서 푸르스름한 불빛이 비치고 거의 알아듣기 힘든 바이올린의 구슬픈 소리 같은 것이 시작되었다. 그러자 나는 난간 뒤쪽에 꿇어앉아 있는 내 모습을 분간할 수 있게 되었다. 내가 있는 곳은 스페인에서 자신의 모습은 드러내지 않은 채 길이나 광장 전체를 염탐할 수 있게 만든 망루 같은 곳이었다. 광장은 반원형 방으로 중앙에 침대가 있고 그 주위에 많은 남녀가 줄을 지어 서 있었다. 남자들은 전형적인 도시인 복장이었고, 여자들은 긴 드레스를 입었다. 모두들 멋진 가면을 쓰고 있었다. 금박 은박으로 장식된 가면과 깃털 장식 때문인지 그들에게서는 야성적이면서 동시에 세련된 분위기가 느껴졌고 더불어 눈만 빛나는 생선 대가리가 연상되었다.

음악은 귀에 거슬리는 소리를 내면서 리듬을 이루었다. 숨을 죽인 기괴한 군중 사이로 파도가 일듯이 가벼운 떨림이 스치고 지나갔다. 흥분, 기대감, 공포, 그리고 만족감이 나를 사로잡았다. 나는 돌부처처럼 꼼짝 않고 있었다. 나는 침대 전체를 비추는 강렬한 조명에 정신을 뺏겼다. 바이올린은 광란하듯이 격렬한 진동음을 쏟아부었다. 멜로디는 곧 피치카토로 바뀌었으며 실오라기 하나 걸치지 않은 젊은 남녀 한 쌍이 입장했고 사람들은 그들의 입장을 박수로 환영했다.

두 남녀 모두 늘씬한 미남 미녀였다. 남자가 좌중을 향해 웃어 보였다. 그는 풋내기 같아 보였으며 한 팔로 파트너를 감싸고 있었다. 그녀는 떨고 있는 것 같았다. 저 지어낸 듯한 떨림은 이 광경을 연출하는 데 필요한 요소의 하나일까? 아니면 젊은 여인이 거쳐온 수업에서 배운 재치일까? 사람들의 감탄 섞인 수군거림이 내가 몸을 감추고 있는 복도까지 들려왔다. 조명은 전문가들로 보이는 군중의 시선과 수군거림이 섞인 평가에 내맡겨진 흰 육체들을 붉은빛 또는 푸른빛으로 비추어댔다. 남자가 여자를 침대에 눕혔다. 침대를 밝힌 조명이 너무 눈부셔서 그녀를 정면으로 바라보기가 힘들 지경이었다.

까맣게 잊어버리고 있던 프란치스 카르코의 책이 내 기억에 떠올랐다. 특히 '숨은 영상'이라는 제목이 붙은 인류학적 테스트가 흥미로웠는데 그에 따르면 파리의 갈보집에서는 마치 말(馬)처럼 자세를 취하는 변태 성행위나, 늙은이들이 남의 성행위를 엿보는 행위 같은 무시무시한 장면들을 일군의 스위스나 독일 관광객들에게 보여준다는 것이다. 이 책은 자취를 감추기 전까지 일반 가정의 서가에 오랫동안 꽂혀 있었다. 이런 장면을 보게 됨으로써 내 기억은 새로워졌다. "불빛이 반짝이는 얼음 장식 속에 단지 두 존재가 있을 뿐이다"라는 문구가 떠오른 것이다.

하지만 이곳, 덧없는 이 순간에는, 털이 뽑힌 무거운 육체도 없고, 피곤에 지친 늘어진 사지도 없으며, 휴식 시간에 여자들이 몸에 두르는 이상한 속옷도 없다. 공기는 투명했다. 나체 위로 어둠과 황금빛이 천천히 쏟아져 내렸다.

그 자리에 참석한 사람들은 억제된 흥분과 탐욕에 사로잡혀 침대를 에워쌌다. 젊은이가 이 식의 주인인 모양이었다. 그의 파트너는 남자의 말에 복종하는 것 같았다. 사내가 손짓을 해 보이자 여자는 활짝 열린 자신의 성기를 탐욕스러운 시선 앞에 드러내놓으며 갑자기 줄어든 원 안에 드러누웠다. 사내는 그녀가 간헐적인 신음 소리를 내며 온몸과 팔을 물결치듯이 움직임으로써 진짜든 혹은 꾸며낸 것이든 간에 쾌락이 신체 한 부분으로 집중되고 있음을 알려 줄 때까지 그녀 성기를 애무했다.

두 몸뚱이들은 유연하게 움직였다. 신음 소리를 내면서 그들의 육체는 떨었다. 사내는 조명을 받아 보랏빛으로 보이는 여자의 입술이 자신의 성기를 애무할 수 있도록 자세를 취하는 한편 자신의 입술로는 여자의 성기를 애무했다. 그들 주위로 천천히 춤추는 듯한 가면들의 원이 이루어져갔다.

엘리안느 드 네리는 여전히 밝은색 치마바지를 입고 있어 별 어려움 없이 찾아낼 수 있었다. 그녀는 새(鳥) 가면을 쓰고 있었다. 그러나 정작 주인공, 샤를르 에바리스트의 모습은 흔적도 찾아볼 수가 없었다. 그 역시 어떤 가면을 쓰고 자신의 모습을 숨기고 있는 게 아닐까, 그렇다면 내가 그를 알아보는 일은 불가능한 게 아닐까 하는 생각이 떠올랐다, 그들이 가면을 벗지 않는 한. 분노가 치밀어올랐다. 확실히 난 속은 것이며 나 자신을 속인 것이기도 하다. 늘 그랬던 것처럼 무관심했어야 하는데 그러지 않았다. 세상만사는 평범한 진실 속에 있는데 그 진실이란 것은 항상 나와는 정반대인 것이다. 주인공은 여전히 내 손 안에서 빠져나간 걸까.

날카로운 파열음의 소란법석……. 장면이 바뀌었다. 잘생긴 청년은 신음하는 여자와 마주 보는 자세를 하고 그녀 몸속 깊숙한 곳으로 자신의 몸을 밀어 넣었다. 그의 허리가 움직일 때마다 헐떡거리는 목쉰 소리가 들려왔고 그 소리에 부응하는 여자의 신음 소리도 들렸다. 그 광경은 비록 독창적이지는 못했지만 강렬히 빛나는 조명과 바이올린의 단속적인 소리 때문에 환각적인 분위기가 풍겼다.

이 방 안과 두 명의 배우를 광적인 리듬이 긴밀히 연결해주고 있었다. 쾌락의 신음 소리(진짜든 꾸며낸 것이든)는 엑스터시와 황홀한 비명의 메아리로 되돌아왔다. 결합된 육체가 지칠 줄 모르고 물결치듯 요동할 때마다 그 몸짓은 밀집한 관중에게로 파급되어 그들의 육신까지 유연하게 흔들었다. 그들은 마치 파도가 밀려오듯 자신들 깊숙한 곳에서 흥분이 밀려오는 걸 느꼈다. 날카로운 음악이 완전히 매료된 이 가면 찌꺼기들을 흥분시켰다.

여자가 시각과 청각으로 감지할 수 있는 모든 방법을 통해 자신의 쾌락이 극에 달했음을 보여주고 나자 사내는 여자에게서 몸을 뗐다. 그건 자기 자신을 억제하는 놀라운 능력으로, 아직 사정하지 않았음을 보여주는 것이었다. 그는 자기 밑에서 헐떡거리며 신음하고 있는 무기력한 육체를 엎드리게 하고는 뒤쪽에서 삽입을 했다. 분위기는 뜨겁게 달아올라 거의 열광 상태였다. 그 여자의 진짜 고통스러운 비명 소리가 상대방에게 더욱 거센 삽입 행위를 하도록 만드는 자극적인 효과를 주었다. 그녀는 거의 사경에 이른 고통스러운 신음 소리를 냈다. 단조로운 가락에 식상해 있던 가면들은 수술등처럼 노골적이고 무자비하게 쏟아지는 불빛 아래 꼼짝 않고 있었다. 이 예식은 목쉰 헐떡거림과 숨가쁜 비명만이 흐르는 고요 속에 진행되었다.

그때 그가 나타났다. 나는 너무도 놀랐다. 그때까지 나로 하여금 그에 대한 생각을 잊어버리게 만들었다는 것이 이 예식의 지휘자들이 거둔 첫 번째 성공이었다. 나는 진저리를 치며 복도의 판자에 무릎을 꿇고 앉았다. 심장과 머리가 터질 것만 같았다. 어떻게 가만히 있을 수 있겠는가? 그는 프랑스와즈가 미는 휠체어를 타고 있었다. 프랑스와즈는 눈썹을 짧게 추켜올림으로써 나에게 신중하라는 신호를 보냈다. 휠체어를 탄 그의 늙어빠진 근육을 보고 나는 그를 알아볼 수 있었다. 그는 두 줄로 늘어선 가면들 사이를 지나갔다. 사람들은 길을 터주면서 그에게 인사를 했다. 프랑스와즈는 배우들이 그 힘 빠지는 일에 열중하고 있는 무대 중앙으로 그를 데려갔다. 그녀는 그에게 매끈매끈하고 창백한 육신의 결합 장면을 볼 수 있는 자리를 잡아주었다.

조명이 비추는 원 안으로 그의 옆모습이 드러났다. 누렇게 뜬 수척한 얼굴이 자신도 모르게 흘러나오는 웃음 속에 경련을 일으키고 있었다. 곧은 코와 이마의 비스듬한 선은 그대로였다. 머리칼이 거의 다 빠진 것으로 보아 그의 지난 기억을 지워버린 우울증이 얼마나 심하게 그를 좀먹었는지를 짐작할 수 있었다. 뒤통수가 툭 튀어나온 그의 모습은 어릿광대 같았다.

"저 사람이 샤를르 에바리스트 아르쉐! 바로 나의 아버지!"

헐떡이는 신음 소리가 뒤섞인 혼란 속에 예식이 진행되는 동안 샤를르 에바리스트 아르쉐의 턱이 아래로 처지면서 입이 헤벌어지더니 침이 흘러나왔다. 프랑스와즈는 아마도 이럴 때를 위해서 준비한 듯한 흰 천으로 침을 닦아주었다. 두 남녀의 쾌락의 강도가 높아져감에 따라 그의 작은 몸 전체가 전율했다. 이미 여자의 목에서는 고양이 울음소리 같은 소리가 새어 나왔다. 두 사람은 마치 존재의 저 깊은 근원에서 울려 나오는 것 같은 외마디소리를 갑자기 질렀다. 이번에는 그 사내가 자신의 원기를 방출해내고 있는 것이 확실했으며 (오랫동안 지속적으로) 그녀에게 아주 신선한 쾌락을 제공함으로써 그 여자의 입에서는 불분명한 신음 소리 같은 것이 흘러나왔다.

프랑스와즈는 계속 흰 천으로 바쁘게 그의 입언저리를 닦아주었다. 그는 머리를 설레설레 흔드는 관중이 증인이라도 되는 것처럼 영웅적으로 침을 흘려댔다. 배우들은 정력의 한계에 달했다. 그들은 여전히 서로의 몸을 풀지 않은 채 빛나는 천 위에 기진맥진하여 창백히 드러누워 있었다. 관중은 흥분하여 재잘거렸다. 바이올린 소리는 그쳤고 불빛은 닫힌 공간에 줄무늬를 연출해냈다. 조명 덕분에 그때까지 알아보지 못했던 광경을 보게 되었다. 샤를르 에바리스트의 거무스레한 오른쪽 뺨에 마치 살이 쥐어뜯겨 불에 그을린 것 같은 흔적이 있었던 것이다. 살을 도려낸 부분은 입술 끝에서 턱뼈까지 걸쳐 있었는데, 턱뼈에는 모반(母斑)이 보였고 그는 그걸 감추려고 애썼다. 그 안으로 두 줄로 늘어선 누런 이빨과 잇몸이 보였다. 침은 끊임없이 이 상처에서 흘러내렸고 프랑스와즈는 그걸 닦아주고는 휠체어를 반쯤 돌렸다. 그녀는 나를 향해 얼굴을 치켜들었다.

"이 남자를 보고 싶어 했죠? 이제 보신 거예요."

이 어둠 속을 나는 혼자 걷고 있다. 그렇게도 사랑스러웠던 도시는 이제 더는 피난처가 되지 못한다. 돌과 강철로 된 도시는 은밀히 내통하는 적 같은 얼굴을 하고 있다. 심장이 뛴다고 해서 살아 있는 것이 아니다. 그리고 나 또한 더는 내가 아니며 (과연 나는 누구였던가?) 내가 당신 혹은 너라고 부르는 다른 그 누구다.

"강이여, 너의 불빛은 꺼지고 축제는 끝났다. 너는 이제 내게서 멀어져간다. 옛날이 떠오른다. 밤, 완전한 밤, 너는 기억하는가, 뷔송의 시구를?

쥐 한 마리
물통에 떨어진다
밤은 춥다!

호텔 방에서 너는 꿈을 꾼다. 똑같은 꿈을. 혹은 똑같은 악몽을. 신에게 버림받은 사람들은 타일을 붙인 벽으로 둘러싸인 복도를 걸어간다. 남자 혹은 여자들. 그들 대부분이 젊다. 그들의 낯빛은 회색이다. 그들은 땅을 보며 걸어간다. 그들 중 어느 누구도 왜 자기들이 이러한 곳에 와 있는지를 알지 못한다. 자기들이 무엇을 잘못했는지도 모른다. 다른 모든 사람들과 마찬가지로 어디로 가고 있는지도 모르는 채 너는 네 의식 속에 자신이 몽상가라는 생각을 하면서 그 좁은 통로를 따라 걸어간다.

드문드문 켜진 전구가 좁은 통로를 비춘다. 그곳에는 드나들 수 있는 구멍도, 창문도, 문도, 총안(銃眼)도 없기 때문에, 화단에 펼쳐진 정원이나 작은 골짜기가 있는 목장이 그 꽉 막힌 벽 저편에 있다고 상상하는 것은 순전한 환상이거나, 기상천외하고 엉뚱한 생각일 것이다. 벽 저편 세계를 표현하려고 할 때 무의식적으로 머리에 떠오르는 것은, 잠수함 승무원들이 잠수함 선벽(船壁) 저편에 있다고 생각하는 우중충한 물의 장벽일 것이다. 이 통로에 붙어 있는 타일들은 모든 점에서 파리 지하철 역의 타일과 흡사하다(그것들은 한결같이 더러워진 흰빛이다). 엇자른 자국까지도 똑같다. 하지만 타일을 붙이는 예술의 엄격한 규칙에 따라 간격을 꼭 맞추어서 납작하게 잘 정돈되어 붙어 있다.

행렬은 좁은 통로 왼쪽에 자리 잡은 방 안으로 들어간다. 그곳으로 이어지는 계단이 퍽이나 길었음에도 그에 대해서는 불평 한마디 없었던 것 같다. 출입문은 정사각형 목재 문이다. 방 또한 정사각형이고 천장이 낮다. 방 안에는 사람들이 벽을 따라 한 줄로 정렬해 있다. 한구석에 벽난로가 보인다. 복도와 마찬가지로 창문은 찾아볼 수 없다. 황홀한 방 안 분위기는 호흡마저 곤란하게 만든다. 넓고, 높이는 방 높이만큼이나 되는 벽난로 불 피우는 자리에는 젊은 남녀 한 쌍이 근심스런 눈빛으로 무릎을 꿇고 앉아 있다. 그들 역시 버림받은 사람들이다. 그들은 회색과 베이지색 옷을 입고 있었다. 그들은 미동도 않고 서로를 부둥켜안고 있으며 손목과 발목에는 단단한 쇠사슬이 묶여 있다.

성미가 고약해 보이는 여자가 휠체어에 앉아 있다. 그녀는 사람들이 둘러선 원 한가운데 군림하고 앉아서는 번쩍이는 휠체어 바퀴에 손을 얹고 있다. 그녀는 난로 쪽을 돌아보고는 이어서 벽을 따라 꼼짝 않고 늘어서 있는 사람들을 돌아본다. 그녀는 자기 휠체어 위에서 몸을 좌우로 흔든다. 숱이 많은 그녀의 검은 더벅머리는 헝클어지고 해묵은 때가 끼어 불결하다. 잔다르크식으로 짧게 깎은 헤어스타일이다.

그녀는 만족스러워하는 것인지 화를 내는 것인지 분간할 수 없는 으르렁거리는 소리를 낸다. 둥근 그녀의 어깨가 경련으로 떨린다. 그녀는 털투성이 손을 흔들어 대열을 이리저리 정리한다. 그녀는 너를 모른 체한다. 그녀의 얼굴은 숨어 있다. 그녀는 자기를 에워싼 그 어느 것에 대해서도 두려워하는 것 같지 않다. 공포로 질린 시선을 은밀하게 그녀에게 보내던 사람들이 벽난로 안에 묶여 있는 가련한 젊은이들 한 쌍을 본다. 무슨 일이 일어날지 그 누구도 모른다. 불구인 암퇘지가 꿀꿀거리는 소리만이 끊임없이 이어진다.

갑자기 그녀의 그르릉거리는 소리가 멎는다. 그녀는 자신의 휠체어를 좌우로 굴리다가 한순간 회색빛 얼굴 앞에 멈추어 선다. 그것은 바로 당신들 얼굴이다. '당신들'이라는 말이 의미할 수도 있는 집단적 감정은 표현되지도 않고 또 드러나는 것도 아니다. 흰 다리로 휠체어 발 받침대를 계속 거세게 두드리는, 나이를 알 수 없을 정도로 늙어빠진 검은 피부에 이가 빠진 흉한 몰골의 그녀에 대한 냉랭한 물결이 이 사람에게서 저 사람에게로 이어질 뿐이다. 그녀는 팔을 들어 올려 검지손가락을 편다.

'앞으로 나와!'

그녀가 명령한다.

한 사람이 두어 걸음 앞으로 나선다. 그녀는 더 나오라고 명령하고는 검은 그릇을 가리킨다(아마도 고무 제품인 것 같다). 그 안에는 휘발유로 보이는 액체가 가득 들어 있다. 성냥도 들어 있다. 그녀는 이운 나쁜 사람에게 그릇에 든 내용물을 벽난로 안에 묶여 있는 젊은이들에게 끼얹고 불을 붙이라고 명령한다. 희생자들의 입에서는 한마디 불평도, 한마디 항변도 새어 나오지 않는다. 그들의 눈빛은 한곳에 고정되지 못하고 공포로 전율한다. 어쩌면 혀가 잘려 있는 것인지도 모른다.

이 끔찍한 일을 떠맡게 된 사람은 한마디 말도 없이 작업을 시작한다. 금발 머리에 몸이 허약해 보이는 젊은 남자다. 그의 피부는 너무도 창백해서 온몸에 밀가루를 뿌려놓은 것 같다. 하지만 보기와 달리 그는 조금도 떨지 않고 그릇에 든 내용물을 벽난로에 뿌리고 성냥을 켠다. 암돼지는 침을 줄줄 흘리면서 계속 그르렁거린다. 그녀는 냉정하게 명령을 내린다.

'불을 붙여라!'

작은 오렌지색 불꽃이 반짝 타올랐다가 떨어지고 만다. 한 줄기 섬광이 번쩍이더니 불꽃이 치솟아 오르고 젊은 남녀는 부들부들 떨면서 붉은 불의 장막 속으로 사라져간다. 불길에 탄 손가락이 서로 꼬이면서 오그라든다. 입술은 반쯤 벌어졌다가 아무 소리도 내지 않고 닫혀버린다. 자욱한 연기가 걷힐 무렵 그 남녀는 뭐라 표현할 수 없을 정도로 공포에 질린 눈을 하고 말짱하게 다시 나타난다.

피부가 창백한 젊은 청년은 다시 자기 자리로 돌아간다. 그녀의 검지손가락이 이번에는 찢어진 치마를 입은 어떤 여자를 날카롭게 지적한다. 그녀는 가까스로 걸을 수 있는 것 같다. 그 도깨비의 발치에는 요술에 걸린 것처럼 다시 가득 채워진 검은 그릇이 놓여 있다. 너는 쇠사슬에 묶인 젊은이들의 재빠르고 혼란스러운 눈동자의 움직임에 두 번째로 놀라게 된다. 너만이 느끼는 공포에 너는 온몸이 마비되어 아우성칠 힘도, 혹은 찢어진 치마를 입은 여인에게 달려들어 그 일을 하지 못하게 말릴 힘도 없게 된다. 그릇을 들라고 독촉받은 여자는 잠시 망설인다. 노파가 찢어질 듯한 소리를 지르며 자기 휠체어에서 일어선다. 금방이라도 그 우유부단한 여인에게 달려들어 누런 이빨로 목을 물어뜯을 것 같은 표정이다. 그러나 그녀는 다시 의자에 앉아 벼락같은 소리를 내지른다.

'명령에 복종하지 않으면 너를 벽난로 안에다 묶어버리겠다. 너를 불질러버리겠단 말이다!'

여인은 액체를 쏟아 붓는다. 그러고는 불붙은 성냥을 던진다. 불길이 혀를 날름거리고 남녀는 경련으로 온몸을 뒤흔들다가 애원하는 눈빛으로 다시 태어난다. 그 여자의 찢어진 치맛자락 사이로 그녀의 다리가 떨리고 있음을 어렴풋이 볼 수 있다. 괴물은 온몸을 흔들어대며 쥐어짜내는 웃음을 터뜨린다. 괴물은 몹시 기뻐하고 있다. 눈곱이 낀 눈을 소매로 닦는다. 괴물의 손은 휠체어 바퀴를 꼭 잡고서 미친 사람처럼 휠체어를 마구 돌려댄다. 시선은 모든 사람을 차례로 노려본다. 사람들에게 고문을 가중시켜도 좋다는 동의를 구하는 것이다. 그러나 버림받은 자들은 고집스럽게 눈을 내리깔고 있다. 음험한 얼굴이 노기로 일그러지면서 이번에는 그 손가락이 너를 지적한다.

'당신 이리 나와!'

그녀는 고래고래 소리를 지른다. 휠체어가 구슬프게 삐걱거리는 소리를 낸다. 너는 네 팔이, 네 허벅지가, 네 가슴이, 심지어 얼굴 근육마저 돌로 변하는 것을 느낀다. 목구멍도 꽉 막혀버린다. 너 자신의 어떤 움직임도 느낄 수 없게 된다. 검은 그릇이 네 손에 들려 있다. 그릇은 부드럽고, 너는 실수로 땅바닥에 내용물을 엎지르고 만다. 너는 그걸 주워 담아서 벽난로 쪽으로 다가간다. 애원하는 남녀 한 쌍이 네 눈앞에 있다.

괴물은 너의 등 뒤에서 냉소하고 있다. 그때 너는 네가 하게 될 일의 잔악성을 명철하게 마음속으로 느끼게 된다. 너는 네 자신이 사형집행인임을 알고 있다. 휘발유가 젊은 남녀의 옷에 배어드는 순간 너는 수치와 비열함을 느낀다. 너를 벙어리로 만들어버린 알 수 없는 힘은 너 자신의 내부에도, 또 너의 외부에도 존재한다. 그 괴물에 반항한다는 것은 불가능한 일일 뿐 아니라 생각조차 할 수 없는 일이다.

휘발유 방울은 공기 속으로 탄화수소 특유의 자극적인 냄새를 퍼뜨린다. 네 손이 성냥을 긋는다. 그 손은 떨리고 성냥은 켜지지 않는다. 조그만 불티가 튈 뿐이다. 너는 두 번째는 실수하지 않도록 주의를 기울인다. 성냥갑을 다시 열고 성냥개비 하나를 꺼내 작업을 다시 시작한다. 너는 그 일을 해내지 못하면 네 운명이 어떻게 되리라는 것을 안다. 그 생각이 온통 네 머릿속을 가득 메우는 바람에 두 번째 성냥개비 역시 불이 잘 붙지 않는다. 그 무시무시한 성미 고약한 여자가 노기등등하여 날카로운 소리를 지른다.

'당신은 알고 있지…… 당신은 알고 있어…….'

그 소리를 듣고 나면 이제 다른 생각은 떠오르지 않는다. 너는 네 손 안에 마지막 기회를 움켜쥐고 있는 것이다. 무한히 조심하면서 성냥개비를 다시 긋는다. 가슴이 방망이질을 한다. 불꽃이 붙었다. 1, 2초가량 불꽃이 살기를 기다려 그걸 던진다. 두 명의 순교자는 완전히 얼이 빠진 네 눈앞에서 오그라든다. 느린 걸음으로 너는 다시 버림받은 자들 가운데 있는 네 자리로 돌아온다. 삐걱거리는 휠체어에 앉은 성미 고약한 여자는 벌써 저만큼 물러서 있다. 여자 난쟁이가 큰 소리로 웃어대면서 문으로 나간다. 그녀는 멀어져 사라진다. 문이 닫힌다. 이제 너는 혼자가 된다. 모든 것을 상실한 채로. 벽난로 안에는 아무도 없다.

얼마나 시간이 지났는지는 알 수 없다. 당신들은 거기 선 채로 그대로 있다. 잠자코, 줄을 선 채로. 당신들은 그 같은, 아니 어쩌면 그보다 더한 잔악함이 준비되고 있음을 예측한다. 그 끔찍한 암퇘지가 지금 이 순간 없다는 것은 잠정적인 일이며, 당신들의 답답함을 덜어주지 못한다. 갑자기 당신들에게 들려오는 고통스러운 비명은 당신들 손에 의해 켜진 불씨로 희생된 사람들의 침묵만큼이나 고통스럽게 들린다. 그것은 몹시 날카롭고 야만적인 울부짖음이다. 그 울부짖음은 끊임없이 계속되고 (아마도 여자의 목소리인 듯한) 목소리가 숨이 가빠 헐떡거릴 때 흐느낌 속으로 잦아든다. 돌풍이 불 때마다 화석처럼 굳어진 당신들 몸 전체가 전기쇼크를 받은 것처럼 크게 흔들린다.

한줄기 바람, 어렴풋이 느껴지는 힘이 당신 몸 전체를 휘감으면서 흥분시킨다. 그러고는 눈에 보이지 않는 고통의 강둑 위로 당신들을 몰고 간다. 그 힘이 당신들의 신경을 옭아매고 당신들은 문으로 달려든다.

너는 뛰어든다. 그 맹목적인 회오리바람 속으로 휩쓸려간다. 너는 나무로 된 것 같은 문기둥에 사정없이 몸을 부딪히면서 빠져나간다. 너는 이름 없는 육신들을 느낀다. 네가 바로 이 육신들, 어둠의 화살에 관통당한 육신이다. 그것은 처음 느끼는 유쾌한 감정이다. 타일을 붙여놓은 통로에는 겁에 질린, 그러나 성난 물결이 전진한다. 방금 부수고 들어온 문 맞은편에 또 하나의 문이 가로막고 있다. 사람들은 조금 전만 해도 그것을 알아보지 못했다. 어쩌면 그 문은 없었던 건지도 모른다. 물결은 방파제로 몰려드는 급류 같았다.

사람들이 다다른 곳, 가슴을 에는 듯한 비명이 끊임없이 들려오던 곳은 이 문 저편이다. 이제 이 문을 부수어야 한다. 저 고통이 끝나게 해야 한다. 그를 구해줌으로써 당신들도 구원받아야 한다. 생각이 없다면 의지나 갈망 그 모든 것이 뒤죽박죽이 된다. 알 수 없는 힘이 물결을 일으킨다. 버림받은 자들 가운데서 거대한 회색 숫양한 마리를 등에 업어 구부정한 사람이 나타난다. 깨어 있는 너의 의식은, 그 두꺼운 나무 문짝을 부술 수 있는 유일한 도구인 그 숫양이, 검은 그릇이나 문이 나타난 것 같은 방식으로 홀연히 나타난 것임을 알고 있다. 숫양을 업은 사나이가 바짝 다가서서 숫양의 얼굴을 목표물 쪽으로 돌려놓는다.

그 순간 또 다른 사항이 너의 주의를 끈다. 나무 문짝은 예전에 시골에서 쓰던 기린혈(용혈수 열매에서 짜낸 나뭇진으로 착색제나 방식제 따위로 씀)의 연분홍색으로 칠해놓았다. 사나이가 돌진한다. 문을 쳐본다. 문은 꿈쩍도 하지 않는다. 저편에서는 귀에 익은 삐걱거리는 소리와 고통스러운 비명 소리가 들려온다. 거의 광적인 분노가 당신들의 목을 죄어온다. 만일 당신들이 이 문을 부수지 못한다면 그 괴물이 고문하는 존재를 구해내지 못할 것이며 당신들 자신도 구원되지 못할 것이다.

두 번째 시도할 때는 숫양을 동반한다. 숫양과 함께 문을 밀어본다. 당신들의 행위가 동시에 이루어지지 않았음에도 문짝은 충격으로 요란하게 갈라진다. 당신들은 숫양을 떼어놓고 열 배는 더 되는 힘으로 다시 반복한다. 문 중앙부가 부서진다. 세 번째로 문을 밀자 장애물은 항복하고 만다. 문 전체가 섬광 속으로 날아가버린다. 당신들은 문지방을 건너뛰어 엄청나게 거대한 광경 앞에 얼어붙는다.

이 방은 당신들이 떠나온 방과 비슷하지 않다. 방은 길고, 더 넓고 또 더 높다. 한쪽 끝에 10제곱미터 정도 되어 보이는 분수 같은 것이 자리 잡고 있고 그 위쪽으로 둥근 천장이 있는데, 도저히 다다를 수 없는 것처럼 보이는 푸른 하늘이 보인다. 둥근 천장은 금속과 유리로 지은 것으로, 도리아식 기둥 네 개가 떠받치는 기둥 아래쪽으로 분수의 네 귀퉁이가 연결되어 있다.

분수는 아주 얕아서 푸르스름하고 투명한 물을 채워놓았다. 방 안에는 버림받은 사람들로 꽉 차 있다. 그들의 기괴한 옷차림과 태도는 당신들을 닮았다. 그들은 흥미로운 듯이—그들 중 몇 명은 박수를 치기까지 한다—그 이상한 장면을 주시한다. 서른 살쯤 먹어 보이는 여자가 첫 번째 기둥에 묶여 있다. 팔과 손목을 얽어맨 밧줄이 높이 걸려 그녀는 푸줏간에 걸린 고깃덩어리처럼 간신히 발끝을 땅바닥에 대고 서 있을 수 있다. 미간을 찌푸린 채 그녀는 기절했다. 그녀의 팔뚝은 팔이라기보다 군데군데 뼈가 그대로 드러나 보이고 거무죽죽한 피로 뒤덮인 상처 그 자체다.

당신들의 침입으로 한순간 혼란이 인다. 그러나 곧 고문이 다시 시작된다. 성미 고약한 여자는 삼각대에 놓인 화로에서 벌겋게 달군 긴 칼을 꺼내 든다. 그러고는 난쟁이 의자의 발판에 서서 조금도 주저하는 기색 없이 불쌍한 여인의 팔에 칼을 찔러 넣고 어깨 쪽으로 밀어올린다. 살과 기름이 지글지글 소리를 내면서 붉게 탄다. 축 늘어져 있던 육신이 갑자기 고통으로 경련을 일으키며 희미한 신음 소리가 새어 나온다. 살이 타는 냄새가 목 안을 꽉 채운다.

괴물은 식은 칼을 다시 지글거리는 화로에 꽂고 또 다른 칼을 빼내 다시 그 짓을 할 채비를 갖춘다. 사람들은 침묵을 지킨다. 그들의 눈에는 놀란 빛이 역력하고 어떤 이들은 감탄과 부러움에 사로잡힌 것처럼 보인다. 이제 고문은 당신들을 겨냥한다. 그녀는 다시 한 번 고문 도구를 쓰려고 한다. 그녀의 시선은 당신들을 경멸한다. 그녀는 웃는다. 당신들의 도착은 예정되어 있었으며, 당신들이 이곳에 왔다는 사실은 어쩌면 그녀 자신이 집행자가 되는 이 예식의 한 부분이었음을 당신들은 이해할 수 있을 것이다.

물결은 다시 광분하여 치솟아 오른다. 추진력은 급격하고 저항할 수도 없는 것이다. 숫양이 정면으로 휠체어를 들이받는다. 그러고는 괴물의 등에 구멍을 뚫어버리자 괴물은 끔찍한 비명을 내지르며 분수 속으로 엎어진다. 화로는 뒤집히고 타다 남은 불씨가 제멋대로 뒹굴며 연기를 뿜어낸다. 악마가 다시 그 불구의 몸을 일으킨다. 그는 달려들어 발톱으로 할퀴려고 한다. 괴물은 궁지에 몰린 짐승처럼 트림을 하듯 신음한다.

두 번째 강한 공격이 정통으로 그에게 타격을 준다. 두개골이 갈라지자 자극적인 냄새를 풍기는 피와 희끄무레한 물질이 쏟아져 나온다. 난쟁이의 뒤틀린 육신이 화로의 숯불 사이를 떠다닌다. 그때 예기치 않았던 일이 일어난다. 그때까지 무관심하던 군중 사이에서 몇몇 투사들이 나타나 자기네 주인을 구하려고 한다. 마귀와 미치광이들을 열 개씩 묶음으로 해서 군중 속으로 집어던져야 한다. 몇 명은 더러운 물에 빠졌다가 증오와 절망에 가득 찬 비명을 지르면서 다시 다가온다. 그들은 즉시 난도질당한다. 끔찍한 숫양이 그들의 가슴과 머리를 부숴버린다. 조각난 그들의 육신은 괴물의 육신과 더불어 물위에 떠다닌다.

너는 불안과 해방감에 사로잡힌 채 그 어둠의 심연에서 깨어난다."

"네 멀리로 강이 흐르고 있다. 네가 강을 알아보지 못할 수도 있다. 세상만사가 다 그렇듯이 문제는 기필코 고집스럽게 무언가를 원한다는 것, 무언가를 갈망한다는 것이다. 욕망이라는 강력한 최면이 그냥 지나치도록 내버려두는 사람들은 그들이 원하는 것을 얻게 된다. 비록 일부분만을 얻는다 하더라도, 혹은 하나도 얻지 못하게 된다 할지라도 그들 내부에는 자신을 유지해주고 위안해주는 힘이 자리 잡고 있다. 바로 이것이 네가 가진 것이다. 바로 이것이 너의 모습이다. 너는 아무것도 갖지 못할 수도 있고 또 아무것도 아닐 수가 있다. 그러니 행복해야 한다.

네가 아무것도 가지지 못했다고 해서 그것이 네가 아무것도 아니라는 것을 의미하지는 않는다. 너는 상황이 좋지 않다고 겁 없이 너 자신을 기만할 수도 있다. 이것이야말로 너에게 도움이 될 수 있는 것이다. 그게 아니라면 정당화라고 할까. 그것도 아니면 최소한의 설명이라고 할까. 너는 노력했다. 그래서 희망을 가지게 된 것이다. 희망을 가진다는 것부터가 좋은 일이 아닌가. 시작한다는 희망, 전진한다는 희망을 체험해보지 못하는 사람들을 네가 생각한다는 것은 좋은 일이며 예외적인 일이기까지 하다. 적어도 너는 위험을 무릅썼다. 너는 너 자신과 도박을 했다. 너 자신과 내기를 한 것이다. 그건 굉장한 일, 또 위안이 되는 일이 아닌가?

너는 발 아래로 흐르는 물을 바라보면서 살아갈지도 모르는 불행한 사람들을 경멸하지 않는다. 그들 역시 용서받을 수 있는 사람들이다. 무엇보다도 그들은 무언가를 소유하기 위해, 그리고 무엇인가가 되기 위해서 언젠가는 위험을 감수해야 한다는 사실을 몰랐던 것이다. 그들은 그걸 몰랐고 그런 생각조차 하지 못했다. 그들은 자기들이 무언가를 바랄 수 있다는 생각조차 하지 못한 것이다. 또한 그들은 절망할 수 있다는 사실도 몰랐다. 희망을 찾게 된다는 것이 다른 것과 마찬가지로(그것이 무엇이든 간에 잔인한 실망이라든가 굴욕적인 모욕 같은 것을 거쳐야 한다는 사실을 상상할 수 있다) 절망하게 되는 방법의 하나라는 것을.

희망을 가지지 않는 인간은 이미 존재가 아니며 또한 용납될 수 없는 존재다. 희망은 존재의 심층 깊숙한 곳에 박혀 있다. 희망이라는 내밀한 존재는 한순간 환상을 품게 만들고 그러고 난 후에는 분리되어 잘게 부수어져 결국 파괴되고 만다. 거기에는 목적이 없다. 어떤 희망을 경멸하게 되면 너 자신을 경멸하게 될 것이다. 그것을 너는 아직 깨닫지 못했다. 그래, 아직 넌 그런 상태에 이르지 못했다.

너는 호텔 방 안에서(거의 자극을 주지 않는 그 존재 양태를 너는 쉽게 알아본다) 되새김질하고 또 목이 빠지게 기다린다. 너는 드러누운 채 웅장한 풍경을 바라보면서 몇 시간을 보낸다. 그러나 그렇게 큰 대가를 치르고 난 후에 너 자신을 위안하는 것이 문제가 아니다. 너는 사물의 있는 그대로를 본다. 풍경이 우리의 모든 욕구를 충족시켜줄 수는 없다. 그것은 허망하고 순간적인 구원을 줄 뿐이다. 인간과 풍경 사이에 이루어지는 이상적인 형태는 조화다. 한순간 인간은 이 조화에 만족하지만 그 조화가 우리 희망의 대단원이 될 수는 없다. 우리는 우리 자신에게서, 그리고 풍경에게서 도망쳐야 한다.

눈앞에는 오트 앙가딘느의 장관이 펼쳐져 있다. 유럽에서 가장 우아하고 또 안락한 호텔의 창문들도 보인다. 밤이면 황금빛으로 빛나는 높은 지붕들의 연속, 광활하면서도 변화무쌍한 하늘, 양탄자를 깔아놓은 듯한 전나무와 가문비나무 숲, 이 모든 풍경들이 이

협주곡에 침울하고 불안정한 하모니를 느끼게 해준다. 모든 풍경은 이끼와 잎사귀로 레이스를 두른 듯한 호수에 반사되어 두 개씩으로 보인다. 태어날 때부터 이런 장소에 친밀감을 느끼는 사람들은 스스로를 평온하게 만들고 또 자신에 대한 확신을 갖게 해주는 어떤 합일감이나 전체감을 느낀다는 것을 너는 알고 있다.

그 사람들에게는 몇천 년 전 이래로 이름이나 윤곽은 바뀌지 않았으면서 그들을 둘러싼 바윗덩이들 같은 그 무언가가 있다. 바람도 이곳에서는 독기를 잃어버린다. 산봉우리와 계곡이 늘어선 곳에 부는 바람은 예측할 수 없는 선을 그리면서 일부가 삭제되고 침식된다. 바람은 저 하늘 아주 높은 곳에서, 이곳이 아닌 또 다른 어떤 세상에서 그들의 분노를 푼다. 시간 또한 다른 장소에서 지나가는 것처럼 지나가지는 않는다. 시간은 흐른다. 시간은 늘어난다. 어느 누구도 자기가 가고자 하는 곳으로 가려고, 혹은 여차여차한 계획을 실현하려고 조급하게 굴지 않고 바빠하지 않는다. 모든 것이 알맞은 때에 오고, 모든 사람은 기다릴 줄 안다. 이 호텔 방에 들어 있는 또 다른 사람들, 스키 애호가나 봅슬레이, 스케이트를 좋아하는 사람들마저 인간과 풍경이 이루어내는 신경 거슬리는 공모 행위로 득을 보는 셈이다. 그들이 평화롭게 무리를 지어 경기장으로 향할 수 있으니 말이다. 그들은 걸어가면서 이런저런 이야기도 하고 노래를 부르기도 한다. 그들의 경쟁은 우아하게 경기를 하거나 아니면 대부분 아름다운 청춘 남녀를 사로잡는 일이다.

너에게 사물은 훨씬 더 난해한 것이다. 비록 네가 공공연하게 과시하지 않는다 해도 말이다. 너는 네 방 안에 있는 것으로 만족한다. 너는 이 기막힌 풍경을 바라보지 않을 때면 푹신한 침대에 누워 잠을 잔다. 또 너는 가끔 산책하는 것을 빼고는 거의 외출을 하지 않는 네 어머니와 맛있는 음식을 나눠 먹는다. 식당에 가서는 양식장에서 키운 송어 요리나 연한 돼지고기 요리, 그리고 특별히 마련된 치즈 따위를 주문한다. 그런 종류의 행복을 날카롭게 그리고 완벽하게 인식하는 행위란 너 자신을 행복하게 만드는 데는 완전히 무력하다. 네 주위 모든 것이 천천히 동요될 때에도 너는 움직이지 않는다. 엎드려 잠자면서 네가 느끼는 유일한 느낌은 네 손에 와 닿는 침대 시트의 유쾌한 감촉이다.

복도를 끊임없이 왔다 갔다 하는 소리, 귀를 멍멍하게 만드는 문의 삐걱거림, 수군거림, 웃음소리, 찢어질 듯한 목소리들, 정류장에 운송 트럭이 와서 멎는 소리, 종소리, 어린아이 울음소리, 양탄자에 속옷이 떨어지는 소리, 심지어 수도 파이프를 오르내리는 물소리에서도 너는 너를 둘러싸고 있는 삶의 소란스러운 움직임들을 느낀다. 너는 마치 은퇴라도 한 것처럼 늘 뒤에 처져 있다. 그럼에도 너는 체면을 살리려고 면밀한 주의를 기울인다. 식당에 내려갈 때에도 너는 정기적으로 메뉴에 대한 걱정을 한다. 레리티에 양이 보내온 서류들에 서명을 할 때는 아주 진지한 척한다. 호텔 주인이나 우체부, 보이, 하녀들은 네가 확실히 수다스럽지 않은, 차라리 내성적이며 비사교적인 성격의 소유자라고 생각한다. 하지만 때때로 웃고 말도 통하는 사람이라는 생각도 한다. 너는 가끔 네 성격이 그렇지 않다고 속이려고 이런저런 사람들과 우스갯소리도 주고받는다. 그럴 때 너는 네 목소리가 정확히 들리며, 만일 네가 이 우스갯소리를 받아들이는 처지라면 정말 즐거웠을 것이라는 사실을 잘 안다.

레리티에 양이 보내오는 우편물에 관해서 이야기한다면 너는 그런 우편물을 받게 되는 경우가 아주 드물다는 사실을 인정해야 한다. 토니 소앙은 자기가 원하던 대로 너와 어머니의 사업에서 손을 뗐다. 너는 능력도 끈기도 없으며 진정한 의미의 사업가가 되기 위해 갖춰야 할 시장이나 사업에 대한 센스가 결여되어 있다는 이유로 그의 뒤를 잇기를 거절했다. 자식된 도리로서 너는 어머니에게 어떤 근심도 끼치고 싶지 않다. 그러므로 너는 토니 소앙이 미리 준비해놓은 방식대로 젊은 '매니저'에게 회사 경영을 일임했다. 비록 어머니는 그를 전적으로 신임하지 않았지만 그의 특별한 이력서가 네 눈앞에 들이밀어진 순간부터 그는 너의 일을 떠맡게 되었다. 하늘이 도와 그가 회사 일을 보게 됨으로써 너와 네 어머니는 고지대 전면에 펼쳐져 있는 언덕에 겨울 보금자리를 마련할 수 있게 되었다. 네가 37만 프랑의 돈을 써버림으로써 은행 계좌에 생긴 적자가 네 어머니에게 돈 관리에 관한 너의 무능력을 결정적으로 드러내 보였다는 사실은 말할 필요도 없다. 네가 그 게임을 하는 데 썼다고 설명해봤자 실추된 네 위신이 회복될 수는 없다. 어머니는 수입-수출과 시장에 관한 연구 전문가를 하늘의 사자(使者)처럼 환영했다. 그녀가 그 전문가에 대해 가장 호의를 느낀 사실은, 그가 한 여자와 결혼해서 10년도 넘게 살고 있고 또 여덟 살 먹은 딸아이의 아버지라는 사실이었다.

식탁에서 지루한 식사가 계속되는 동안 너는 네 사치스럽고도 한심했던 돈의 지출에 대한 이야기를 하지 않도록 만들었다. 비난이란, 비록 그것이 근거 있는 것이라 해도 그걸 받게 되는 사람들에게는 성가시게 마련이다. 비난이 수그러들지 않고 계속된다면 그런 비난은 바뀔 수도 치유될 수도 없는 상처를 입힌다. 그렇기 때문에 너는 너의 아버지, 그 주인공을 찾는 작업을 할 때 병든 불구자이자 포르노 장면의 연출가인 그를 찾아낼 능력을 갖춘 어떤 사람에게 부탁하지 않았던 것이다.

샤를르 에바리스트의 운명은 네가 생각하던 것과는 달랐다. 샤를르 에바리스트는 세이렌 요정의 손아귀에서 벗어나지 못했다. 그는 저속한 곳에서 은밀하게 썩어가고 있었다. 팔다리가 잘려 나간 게들이 모두 그러하듯 그 또한 거대한 풍랑으로 난파선이 바닷속에 가라앉았다는 그림이 있는 크레타 섬 꽃병 주둥이에 틀어박혔던 것이다. 이제부터는 더욱 확실해지겠지만 그의 실패와 너의 실패는 한쪽은 오목거울, 다른 한쪽은 볼록거울이 붙어 있는 요술쟁이 거울의 양면일 뿐이다.

늘 환상에 싸여 있는 한 어머니가 갖가지 비난으로 더는 널 들볶지 않도록 강요한 대신 너는, 공장과 그 수입에 관련된 그녀의 불안을 네게 이야기하도록 허락했다. 나이가 들자 그녀는 겨우 최근 몇 년 새 걱정을 했던 생계 문제들에 지나칠 정도로 중요성을 부여하고 있다. 그녀는 우리의 새 사업가가 불경기와 아시아 지역 직물 기업들의 덤핑 경쟁 때문에 완전히 실패하게 되리라 상상하고 있다 (아마도 이건 그녀 스스로에게 감동을 주기 위해서인 것 같다).

간단히 말해서, 그녀는 잠 못 이룰 만한, 그리고 산속에서의 휴가를 망치게 할 만한 갖가지 이유를 찾아낸다. 너는 그렇지 않다고 어머니를 설득해야 하는 고통을 겪게 된다. 교묘하게 숫자를 끌어대고, 확장 계획을 제시하고, 또 그녀가 상상하는 각기 다른 재앙이 닥쳐올 때 그것을 해결할 방법들을 제시한다. ……게다가 너는 매일매일 너를 난처하게 만드는, 더 나쁘게 말하면 너를 권태롭게 만드는 이런 내용들이 얼마나 괴로운 일인가를 그녀에게 은폐할 수 있는 훌륭한 솜씨를 갖고 있다. 너는 아무 말도 하지 않기를 바랄 것이다. 너는 침묵을 원할 것이다. 그러나 어머니에게 말을 해야 한다. 너는 네 목소리가 네 심중을 드러내지 않게 하는 데 골몰하지만, 배우들이나 하는 이런 유희에서 아무런 기쁨도 느끼지 못한다.

너와 네 어머니의 또 다른 갈등의 원인은 너와 폴라 로첸의 관계가 불행하게 끝났다는 것이다. 네게는 물론 미리 예견되었던 결말이었다. 너는 지나친 환상은 품지 않았다. 그러나 네 어머니는 그걸 이해할 수가 없다. 아니면 그녀 말처럼 모든 걸 너무 잘 이해하고 있는지도 모른다. 그녀는 네게 미리 위험을 예고하지 않았던가? 너는 사랑에 빠질 수가 없었다. 사랑에 빠진다는 건 네게 주어진 역할이 아니었다. 모든 걸 파멸로 몰아붙인 건 바로 너 자신이다. 너는 뒤죽박죽으로 만드는 데는 천부적인 소질을 가졌다. 폴라도 너를 '아주 잘 보존된 애늙은이'이라고 부르지 않았던가? 너는 극도로 신중을 기하면서도 단조로운 목소리로, 그리고 어느 정도 간접적으로 그 슬픈 이야기를 꺼낸다. 식사는 어쩌면 엉망이 되어버릴지도 모른다.

네 어머니는 이 마지막 타격을 견디어낼까? 그녀는 때때로 낮은 목소리로 질문을 한다. 겉으로는 그래 보여도 그녀는 그런 권태롭고 실망스러운 태도에서 벗어나지 못할 것이며, 이후로는 그녀 자신이 그런 태도를 하게 될 것이다. 인생은 그녀에 대한 약속을 지킨다. 하지만 그녀는 삶을 매정하게 거절할 뿐이다. 지네트 라카즈는 매일 아침 동정 어린 시선으로 너를 쳐다본다. 그 시선은 너의 비열함을 나무란다. 꾸며낸 동정이 너를 짜증나게 한다. 너는 폴라 로첸이 인생에 '좀 더 나은 어떤 것' 이상으로 바로 네 생활의 유일한 행운이었음을 잊고자 노력한다. 너는 그녀와의 관계를 끊었지만, 할수 있는 유일한 결정을 내렸다는 감정이 회한과 불면의 밤을 쫓아주지는 못한다.

그렇다, 폴라는 삶의 원천이었다. 그녀는 지적이었고 아름다웠다. 너와 폴라는 서로에게 애정 어린 존경의 감정을 가졌고 둘 모두묶인된 약속을 간직했다. 그러나 너희는 미래를 준비한다거나 끝맺고 싶어 하지 않았다. 너흰 명석하게도 빠져나갈 구멍을 마련해두었던 것이다. 그녀는 마음을 털어놓지 말았어야 했다. 그러나 이 불행한 탐험에서 돌아왔을 때 너는 좌절감과 혐오감에 사로잡혔다. 좌절과 혐오는 검은 물결처럼 너의 영혼에까지 번져갔다. 더럽혀진강변을 언젠가는 정화할 수 있으리라는 한 치 희망도 없었던 것이다. 너는 그녀를 만나러 갔다. 그리고 그녀에게 너 스스로를 더는 정당하다고 생각하지 않으며 더는 기력도, 가치도 갖고 있지 않다고말했다. 너는 자포자기했다. 그녀는 너의 그런 말투를 전혀 이해할수 없다고 했다. 너는 그녀에게 부연 설명을 했고 그녀는 즉각 그걸거절했다. 너는 그녀에게 상처를 입히지 않는 방법을 몰랐다. 네 결정에 그녀가 관련되지 않았으며 그녀를 비난하지 않는다고 말했을때 그녀는 그 말을 믿지 않았다.

마찬가지로 자식이 아버지의 잘못을 책임질 필요가 없다고 그녀가 말했을 때는 네가 그 말을 믿지 않았다. 물론 그것은 그녀의 사고방식이고, 어쩌면 그것이 진실일지도 모른다. 단지 너는 설득당하고 싶지 않았던 것이다(어쩌면 설득당할 수 없었을 것이다). 폴라에 대한 너의 감정은 어떤 것이었던가? 너는 모른다. 진실한 감정임에는 의심의 여지가 없지만 그렇다고 아주 강한 감정은 아니었다. 이제 너는 타인에 대한 사랑이라는 진실되고 심오한 감정이 네 능력 밖의 것임을 알게 되었다. 너는 약속을 부정할 수 있을 정도로 비겁한 자신을 알고 있다.

그녀는 네가 떠나기로 결정을 내린 것을 몹시 슬퍼했다. 그건 너에 대한 사랑과 네가 그녀에게 입힌 고통의 표시였다. 그녀는 너에게 과거에서 벗어나야 한다고, 현재를 살아야 하며 자기 자신을 위해 살아야 한다고, 자기 자신의 인생을 살아야 한다고 말했다. 그렇다, 너는 과거라는 진흙투성이 늪에 빠져 있다. 그것이 바로 너의 광기다. 폴라는 너에게 시간을 두고 생각해보라고 요구할 만큼 용기가 있었다. 결국 너의 침묵이 그녀를 절망에 빠뜨렸고 그녀는 입을 다물었다. 이미 오래전부터 너는 침몰 상태에 있었으므로 조난 따위는 일어나지 않는다는 것을 너는 누구보다도 더 잘 안다.

풍경과 환상은 그대로다. 네 창문 밖으로 펼쳐지는 전경(이곳 사람들은 하나같이 '굉장한 파노라마'라고 표현한다)은 매일 아침 사물의 주변을 흐릿하게 만드는 흰 안개 속으로 몸을 숨긴다. 그리고 몸을 숨기는 시간은 매일 조금씩 연장된다. 호수의 모습이 나타났다가 사라진다. 호수는 융단이 되고 구름이 된다. 그것은 눈 덮인 산꼭대기의 모습이 되기도 하고 탑과 종각으로 가득 찬 동양의 마을로 변하기도 한다. 끊임없이 일어나는 이 변신이 너의 시선과 상상의 세계를 온통 사로잡는다. 물과 공기의 접경은 이젠 존재하지 않는다.

호수는 멀리 있는 계곡의 심원으로 흘러간다. 그리고 그곳에서 자취를 감춘다. 너는 벌거벗은 채 그 겨울의 물속으로 잠겨든다. 너는 눈을 크게 뜨고 두려움도 없이 그 물의 심연으로 내려간다. 물과 얼음의 애무로 네 육신이 떨리고 있음을 느낀다. 너는 침대에 드러눕는다. 가장 편안한 자세, 몇 시간이고 그대로 있을 수 있는 자세를 한다. 그 순간, 너의 창문은 현창(舷窓)이 되고 너의 방은 잠수함이 된다. 너의 방은 검은 심해로 침몰해간다. 천천히 그리고 순조롭게 추락한다. 부드럽고 격렬한 느낌. 너는 이런 감정을 예전에 한 번도 느껴보지 못했다. 이처럼 부드러우면서 동시에 이렇게 격렬한 느낌도, 이처럼 너의 진실과 인접해 있는 어떤 감정도 너는 결코 느끼지 못했다. 너는 변화무쌍하면서 동시에 움직이지 않는 심연으로 내려간다. 문은 열렸다가 다시 닫힌다. 아무런 소리도 내지 않고. 그것은 끊임없이 계속되고 더불어 너의 휴식 또한 끊이지 않는다. 이제 이보다 더 좋은 것은 아무것도 없다."

작품 해설

"삶이란 꿈이 아니다."

프랑스 최대 문학상인 공쿠르상의 1986년도 수상작은 미셸 오스트(Michel Host)의 《밤의 노예(Valet de nuit)》에 돌아갔다.

1943년 프랑스 플랑드르 지방에서 출생, 소르본에서 문학 공부를 마치고 스페인 문학 교수로 재직한 그는 1983년 발표한 《그늘, 강, 여름(L'Ombre, le fleuve, l'été)》 이후의 두 번째 작품인 《밤의 노예》로 공쿠르상을 수상하는 영광을 누렸다.

한국을 방문했던 레이몽 장(Raymond Jean) 교수가 지적했듯이 오늘날 프랑스에서 괄목할 만한 활동을 하고 있는 작가들은 다소간에 '누보로망'과 관계를 유지하면서 글을 쓴다.

미셸 투르니에(Michel Tournier) 같은 뛰어난 프랑스 현대 작가들이 '누보 로망'을 연상케 하는, 일상적이고 구체적인 현실과 대상을 꼼꼼히 묘사하는 글쓰기를 통해 자의식과 세계관을 드러낸다고 볼 때 미셸 오스트 또한 외부 세계와 자아의식의 충돌을 시적(詩的) 문체로 소화해냄으로써 독특한 작품 세계를 구축한다.

《밤의 노예》는 언뜻 아리아드네의 미궁(迷宮) 신화를 연상시킨다. 크레타 섬에 돌아온 테세우스가 괴물 미노타우로스를 죽이고 제물이 될 희생자들을 구하려고 미궁으로 들어갈 때 연인 아리아드네는 그가 미궁 속에서 다시 돌아 나올 수 있도록 실을 한 타래 준다. 괴물을 죽인 테세우스는 아리아드네를 데리고 귀로에 오른다. 두 사람은 낙소스 섬에 도착한다. 아리아드네는 해변에서 잠을 자고 있었는데, 눈을 떠보니 테세우스는 이미 출발하고 없었다. 테세우스는 출발 전 희생자들을 구해서 돌아오면 흰 돛을 올리기로 아버지와 약속했다. 하지만 테세우스는 흰 돛을 올리는 것을 잊어버렸다. 그의 아버지는 아들이 죽은 줄로 알고 바다에 몸을 던져 목숨을 끊고 만다.

심약하고 무능한 주인공 필립 아르쉐는 아리아드네를 연상시키는 폴라 로첸의 인도에 따라 C라는 도시에 머무르게 되며, 거기서 아버지를 찾아갈 결심을 하게 된다. 또한 그는 자신을 강박관념으로 짓누르던 평범함을 떨쳐버리려는 결심도 하게 된다. 미궁에서 다시금 상승하고자 하는 것이다.

결국 그가 찾아낸 아버지는 차마 눈뜨고 볼 수 없을 정도로 음탕한 노인으로 변해 있었다. 그의 탐색은 끝이 난다. 애인 폴라 로첸(아리아드네)은 바닷가에 버려졌고, 그가 영웅이라고 상상했던 아버지에게로 이어졌던 실타래의 흔적은 사라져버렸다. 삶이란 꿈이 아니었다.

이러한 탐색의 테마는 이 작품의 배경을 이루는 공간과 시간을 상징하는 센 강과 밤을 중심으로 짜인, 섬세하고 올이 촘촘한 피륙 같은 줄거리를 꿰뚫고 있다.

이 작품 전체의 공간적 배경을 이루고 있는 강(센 강)은 바슐라르(Bachelard)의 물의 이미지와 연결되어 있다. 주인공 필립 아르쉐의 무의식 세계는 바슐라르가 말한 '부드러운 물(l'imagination maternelle)'로 이어진다. 이 '모성적 상상력' 속에는 증오하는 어머니에 대한 추억이 잠재해 있어서 주인공의 물에 대한 무의식적 갈망을 지배한다. 사납게 포효하는 바다의 '난폭한 물(l'eau violente)'의 이미지와는 달리 '부드러운 물'인 센 강은 필립 아르쉐에게 끊임없이 모성을 촉발한다.

주인공 필립 아르쉐는 베르그송이 역설했던 순수 지속의 시간(durée pure), 즉 그 무엇에 의해서도 측정되지 않고 과거, 현재, 미래로도 분할되지 않는 참된 시간, 자기 자신을 자신과 동일한 것으로 파악함으로써 영원무궁한 순간들 속에서 연속적으로 변화하는 자신을 직관적으로 인식할 수 있는 시간 속에서 살려 하지만 그는 우리 모두가 똑같이 살고 있는 구체적이고 수학적인 시간에서 벗어날 수가 없다. 또한 그는 3차원 공간을 탈출할 수도 없다. 이것이야말로 우리 현대인 모두의 엄연한 운명이며 삶이 아니겠는가?

하지만 출구 없는 방에 갇힌 채 끊임없이 자기 존재의 근원을 찾아내야 하는 그의 운명이야말로 바로 우리 모두의 운명인 것을, 우리는 그의 탐색이 헛된 것이라고 간단히 치부해버릴 수 있을까?

끝으로 이 작품의 출간을 허락해주신 문예출판사의 전병석 사장님과, 난마와도 같은 번역 원고를 세심하게 살펴주신 편집부원 여러분께 감사를 드린다.

이재형

옮긴이 **이재형**

한국외국어대학교 프랑스어과 박사 과정을 수료하고
한국외국어대학교, 강원대학교, 상명여대 강사를 지냈다.
지금은 프랑스에 머무르면서 프랑스어 전문 번역가로 일하고 있다.
옮긴 책으로 《시티 오브 조이》(도미니크 라피에르), 《군중심리》(르 봉),
《꾸뻬 씨의 행복 여행》(프랑수아 를로르), 《프로이트: 그의 생애와 사상》(마르트 로베르),
《마법의 백과사전》(까트린 끄노), 《지구는 우리의 조국》(에드가 모랭),
《말빌》(로베르 메를르), 《세월의 거품》(보리스 비앙),
《레이스 뜨는 여자》(파스칼 레네), 《눈 이야기》(조르주 바타유) 등이 있다.

밤의 노예

1판 1쇄 발행 1987년 3월 20일
2판 1쇄 발행 2004년 9월 25일
3판 1쇄 발행 2013년 9월 20일
3판 2쇄 발행 2021년 1월 1일

지은이 미셸 오스트 | 옮긴이 이재형
펴낸곳 (주)문예출판사 | 펴낸이 전준배
출판등록 1966. 12. 2. 제 1-134호
주소 03992 서울시 마포구 월드컵북로 6길 30
전화 393-5681 | 팩스 393-5685
홈페이지 www.moonye.com | 블로그 blog.naver.com/imoonye
페이스북 www.facebook.com/moonyepublishing | 이메일 info@moonye.com

ISBN 978-89-310-0464-9 03860

■ 문예 세계문학선

★ 서울대, 연세대, 고려대 필독 권장도서   ▲ 미국 대학위원회 추천도서
● 《타임》 선정 현대 100대 영문 소설   ▽ 《뉴스위크》 선정 세계 100대 명저

(뒷면 계속)